W9-CBD-937

BEST SELLER

Danielle Steel es una de las novelistas más leídas y más queridas en todo el mundo. Las ventas de sus obras superan los quinientos treinta millones de ejemplares en veintiocho idiomas y cuarenta y siete países. Cada una de sus novelas ha encabezado invariablemente las listas de best sellers de *The New York Times.*
Ecos es su novela número sesenta y dos.

Visite la página web de Danielle Steel:
http://www.daniellesteel.com

DANIELLE STEEL

Ecos

DEBOLS!LLO

Título original: *Echoes*

Primera edición en España, 2006
Primera edición para EE.UU., 2007

www.randomhousemondadori.com.mx

Comentarios sobre la edición y contenido de este libro a:
literaria@randomhousemondadori.com.mx

Random House Mondadori México
ISBN-13: 978-970-780-404-3
~~ISBN-10: 970-780-404-1~~
Random House Inc.
ISBN-13: 978-0-307-34326-0
ISBN-10: 0-307-34326-X

Fotocomposición: Comptex & Ass., S. L.

Distributed by Random House, Inc.

Esta obra se terminó de imprimir en **Enero** 2007 en
Comercializadora y Maquiladora Tucef, S.A. de C.V.
Venado Nº 104, Col. Los Olivos
C.P. 13210, México, D. F.

A mis amados hijos,
que son infinitamente preciosos para mí,
cada uno de ellos muy especial:
Beatrix, Trevor, Todd, Nick, Sam,
Victoria, Vanessa, Maxx y Zara.
Que los ecos de vuestro pasado, presente y futuro
siempre sean amables y suaves.
Con todo mi amor,

Mamá
D.S.

Es asombroso que no haya abandonado todos mis ideales. Parecen muy absurdos y poco prácticos, y sin embargo me aferro a ellos porque todavía creo, a pesar de todo, que la gente es realmente buena en el fondo de su corazón.

ANNE FRANK

Quien salva una vida, salva un mundo entero.

TALMUD

1

Una perezosa tarde de verano, Beata Wittgenstein paseaba por la orilla del lago de Ginebra con sus padres. El sol era ardiente y no corría brisa; mientras la muchacha caminaba pensativa detrás de la pareja, los pájaros y los insectos hacían un enorme ruido. Beata y su hermana menor, Brigitte, habían ido a pasar el verano a Ginebra con su madre. Beata acababa de cumplir veinte años y su hermana tenía tres menos. Habían transcurrido trece meses desde el comienzo de la Primera Guerra Mundial, el verano anterior, y aquel año su padre había querido que pasaran las vacaciones fuera de Alemania. Era finales de agosto de 1915, y el padre acababa de pasar un mes con ellas. Sus dos hermanos estaban en el ejército y habían conseguido un permiso para pasar una semana con la familia. Horst, de veintitrés años, era teniente y estaba destinado al cuartel general de su división en Munich. Ulm era capitán del Regimiento de Infantería 105, que formaba parte de la Decimotercera División, unida al Cuarto Ejército. Había cumplido veintisiete años precisamente la semana que pasó con ellos en Ginebra.

Que la familia entera hubiera podido reunirse había sido casi un milagro. La guerra parecía devorar a todos los jóvenes de Alemania, y ahora Beata compartía con su madre la constante preocupación por sus hermanos. El padre les decía una y otra vez que la guerra terminaría pronto, pero lo que Beata oía cuando escuchaba la conversación del padre y los hermanos era muy distinto. Los hombres eran mucho más conscientes que las mujeres de los sombríos tiempos que les aguardaban. La madre nunca le hablaba de la guerra, y a Brigitte le preocupaba mucho más que apenas hubiera algún joven guapo con el que coquetear. Desde su infancia, Brigitte solo hablaba del matrimonio. Recientemente se había enamorado de uno de los compañeros de universidad de Horst, y Beata estaba casi convencida de que aquel invierno su joven hermana se prometería.

Beata carecía de tales intereses o intenciones. De las dos hermanas, siempre había sido la más tranquila, estudiosa y seria, y le interesaban mucho más los estudios que encontrar a un joven al que prometerse. Su padre siempre decía de ella que era la hija perfecta. Tan solo en una ocasión habían estado en desacuerdo; fue cuando ella insistió en que quería ir a la universidad como sus hermanos, algo que a su padre le pareció absurdo. Aunque él mismo era serio y culto, no creía que una mujer necesitara un nivel de educación superior. Le dijo que estaba seguro de que no tardaría en casarse y debería ocuparse de su marido y sus hijos. No hacía falta que fuese a la universidad, y no se lo permitió.

Los hermanos de Beata y sus amigos formaban un grupo muy animado, y su hermana era bonita y coqueta. Beata siempre había tenido un carácter distinto, y tanto su tranquilidad como su pasión por el estudio la distanciaban de ellos. A ella le habría gustado ser maestra, pero cuando decía tal cosa sus hermanos se reían de ella. Brigitte decía que solo las chicas pobres eran maestras de escuela o institutrices, y sus hermanos añadían que solo las feas pensaban en ello. Les gustaba tomarle el pelo, aunque Beata no era ni pobre ni fea. Su padre era propietario y director de uno de los bancos más importantes de Colonia, la ciudad donde vivían. Poseían una hermosa casa en el distrito de Fitzengraben, y su madre, Monika, era muy conocida en Colonia, no solo por su belleza sino también por la elegancia de sus ropas y joyas. Al igual que Beata, era una mujer tranquila. Monika se casó a los diecisiete años con Jacob Wittgenstein, y había sido feliz con él a lo largo de los veintiocho años transcurridos desde entonces.

Su matrimonio fue concertado por sus respectivas familias, y siempre había ido como una seda. Su unión permitió juntar dos grandes fortunas, y desde entonces Jacob había aumentado la suya considerablemente. Dirigía el banco con mano de hierro, y tenía un sexto sentido para el negocio bancario. No solo estaba asegurado su futuro, sino también el de sus herederos. La solidez era la principal característica de los Wittgenstein. El único elemento impredecible de su vida en aquellos momentos era el mismo que preocupaba a todo el mundo. La guerra era una pesada losa para ellos, en particular para Monika, que tenía dos hijos en el ejército. El tiempo que habían pasado juntos en Suiza había sido un respiro consolador, tanto para los padres como para los hijos.

Normalmente pasaban los veranos en Alemania, en la costa, pero aquel año Jacob quiso que estuvieran fuera del país durante julio y agosto. Incluso habló con uno de los generales al mando, con quien tenía una buena relación, para pedirle que intentara que dieran permiso a sus dos hijos a fin de que pudieran reunirse con ellos. El general arregló discretamente el asunto. Los Wittgenstein eran una excepción; era una familia judía que gozaba no solo de gran riqueza sino también de un enorme poder. Beata lo sabía, pero prestaba escasa atención a la importancia de su familia. Estaba mucho más interesada en sus estudios. Aunque Brigitte en ocasiones se inquietaba por las tensiones a que los sometía la ortodoxia de sus padres, Beata, a su silenciosa manera, era profundamente religiosa, cosa que satisfacía a su padre, quien, cuando era joven, alarmó a su familia diciendo que quería ser rabino. El padre de Jacob le hizo entrar en razón y, cuando llegó el momento oportuno, el joven se incorporó al banco familiar, como lo habían hecho su padre, sus hermanos, sus tíos y su abuelo antes que ellos. Era una familia muy tradicional, y aunque el padre de Jacob sentía un gran respeto por los rabinos, no tenía ninguna intención de sacrificar un hijo a la vida religiosa. Jacob obedeció a su padre; fue a trabajar al banco y poco después contrajo matrimonio. Ahora tenía cincuenta años, cinco más que la madre de Beata.

Toda la familia coincidía en que la decisión de pasar el verano en Suiza había sido acertada. Los Wittgenstein tenían allí a numerosos amigos, y Jacob y Monika asistieron a muchas fiestas, al igual que sus hijos. Jacob conocía a todo el mundo en la comunidad bancaria suiza, y viajaron a Lausana y a Zurich para visitar a los amigos que tenían en esas ciudades. Siempre que fue posible se llevaron con ellos a las chicas, y durante la breve visita de Horst y Ulm disfrutaron al máximo de su compañía. Cuando regresara, Ulm iría al frente mientras que Horst se quedaría en el cuartel general de la división en Munich, algo que se le antojaba muy divertido. A pesar de la seria educación que había recibido, Horst era un tanto *playboy*. Él tenía muchas más cosas en común con Brigitte que con Beata.

Como se había quedado rezagada, porque caminaba lentamente por la orilla del lago, Ulm, el hermano mayor de Beata, se detuvo hasta que ella lo alcanzó. Siempre mostraba una actitud protectora hacia ella, tal vez porque era siete años mayor. Beata sabía que apreciaba su carácter sereno y tierno.

—¿En qué estás pensando, Bea? Se te ve muy seria, sola y ensimismada. ¿Por qué no te unes a nosotros?

La madre y la hermana ya estaban muy por delante de ellos; hablaban de modas y de los hombres atractivos que habían llamado la atención de Brigitte en las fiestas de la semana anterior. Los hombres de la familia hablaban de los únicos temas que les interesaban, que en aquellos días eran la guerra y la banca. Cuando terminara la guerra, Ulm volvería al banco, donde había trabajado durante cuatro años. El padre decía que Horst debía abandonar su vida de diversión, volverse serio y unirse a ellos, y Horst le había prometido que así lo haría en cuanto llegara la paz. Solo tenía veintidós años cuando estalló la guerra, el año anterior, pero le aseguró a su padre que cuando el conflicto finalizara estaría preparado. Recientemente, Jacob había expresado varias veces su deseo de que Ulm se casara. Lo único que Jacob esperaba de sus hijos, como de cuantas personas le rodeaban, era que le obedecieran. Lo esperaba también de su esposa, y esta nunca lo había decepcionado. Tampoco lo habían hecho sus hijos, con la única excepción de Horst, quien, hasta el momento de incorporarse a filas, no había mostrado el menor entusiasmo por el trabajo. En lo último que Horst pensaba en aquellos momentos era en casarse. A decir verdad, la única que se interesaba por ello era Brigitte. Beata aún no había conocido a un hombre del que pudiera enamorarse perdidamente. Aunque muchos de los hijos de los amigos de su padre le parecían apuestos, a algunos de ellos los encontraba estúpidos, y los que eran mayores a menudo tenían un carácter demasiado sombrío y la asustaban un poco. No tenía ninguna prisa por casarse. A menudo decía que si llegaba a hacerlo esperaba que fuese con un estudioso, y no necesariamente con un banquero. Aunque de ninguna manera podía decirle tal cosa a su padre, se lo había confesado muchas veces a su madre y a su hermana. A Brigitte esa actitud le parecía terriblemente aburrida. El guapo amigo de Horst en el que se había fijado era tan frívolo como ella, y también procedía de una familia importante de la banca. Jacob tenía intención de reunirse con el padre en septiembre para hablar del asunto, aunque Brigitte no estaba enterada de ello. Hasta entonces, a Beata no le había salido ningún pretendiente, aunque tampoco lo deseaba. En las fiestas no solía hablar con nadie. Satisfacía sumisamente los deseos de sus padres, y se ponía los vestidos que su madre elegía por ella. Siempre era cortés con los anfitriones, pero sentía un gran alivio cuando llegaba la hora de volver a casa. Todo lo contrario de Brigitte, a quien tenían que llevarse casi a rastras, mientras se quejaba de que era demasiado pronto para abandonar la fiesta y preguntaba por qué su familia tenía que ser tan sosa y aburrida. Horst siempre estaba totalmente de acuerdo con ella. Beata y Ulm eran los serios.

—¿Te has divertido en Ginebra? —le preguntó Ulm en voz baja a Beata. Era el único que se esforzaba de veras por hablar con ella y averiguar qué pensaba. Horst y Brigitte estaban demasiado ocupados en divertirse para dedicar algún tiempo a temas más eruditos con su hermana.

—Sí, mucho —respondió Beata, y le sonrió tímidamente. Aunque era su hermano, a Beata siempre le sorprendía su apostura y su amabilidad. Era un hombre muy bueno, y se parecía mucho a su padre. Ulm era alto, rubio y atlético, como lo había sido Jacob en su juventud. Tenía los ojos azules y unos rasgos que a menudo confundían a la gente, porque no parecía judío. Todo el mundo sabía que lo eran, desde luego, y los aceptaban incluso en los círculos más aristocráticos de la sociedad de Colonia. Varios miembros de las familias Hohenlohe y Thurn und Thaxis eran amigos de infancia de su padre. Los Wittgenstein estaban tan bien establecidos y eran tan respetados que tenían todas las puertas abiertas. Sin embargo, Jacob había dejado muy claro que, cuando llegara el momento de contraer matrimonio, los cónyuges de sus hijos serían judíos. Esto ni siquiera era un tema de discusión, y ninguno de ellos se habría atrevido a ponerlo en tela de juicio. Los aceptaban por quienes eran y por su posición social, y en su círculo había muchos hombres y mujeres jóvenes y solteros entre los que los vástagos de Wittgenstein podían escoger. Cuando llegara el momento de casarse lo harían con uno de ellos.

A nadie que se cruzase con ellos durante su paseo por la orilla del lago se le habría ocurrido que fueran parientes. Sus hermanos y su hermana eran idénticos al padre: rubios, con ojos azules y facciones armoniosas. Beata, en total contraste con ellos, era como su madre. Beata Wittgenstein era morena, con un aspecto frágil, el cabello de color azabache y la piel de porcelana. El único rasgo que compartía con los demás era los enormes ojos azules, aunque los suyos eran más oscuros que los de sus hermanos y Brigitte. Los ojos de su madre eran de color castaño oscuro, pero aparte de esa pequeña diferencia, Beata era su viva imagen, lo que encantaba a su padre. Tras casi veintinueve años seguía amando de tal manera a su esposa que solo con ver la sonrisa de Beata recordaba la época en que su madre tenía la misma edad, al comienzo de su matrimonio; aquel parecido siempre lo conmovía. En consecuencia, tenía debilidad por ella, y Brigitte se quejaba a menudo de que Beata era su favorita. Le permitía hacer todo lo que quisiera, pero lo que Beata quería era inofensivo. Los planes de Brigitte eran considerablemente más animados que los de su hermana mayor. Beata se contentaba con quedarse en casa y leer o estudiar; en realidad, era lo que prefería. La única ocasión en que su padre se enojó con ella fue cuando la descubrió leyendo la versión de la Biblia del rey Jacobo.

—¿De qué trata este libro? —le preguntó con expresión severa, cuando vio qué estaba leyendo. Ella tenía entonces dieciséis años y el texto sagrado la fascinaba. Anteriormente había leído muchas páginas del Antiguo Testamento.

—Es interesante, papá. Los relatos son maravillosos, y contiene muchas cosas que son exactamente las que nosotros creemos.

La muchacha prefería el Nuevo Testamento al Antiguo. A su padre no le parecía nada divertido, y se lo arrebató.

No quería que su hija leyera la Biblia cristiana; se quejó de ello a su mujer y le pidió que vigilara las lecturas de la joven. Lo cierto es que Beata leía todo cuanto caía en sus manos, incluidos Aristóteles y Platón. Era una lectora voraz y le interesaban mucho los filósofos griegos. Incluso su padre tenía que admitir que, de haber nacido hombre, habría sido un erudito. Pero lo que ahora quería para ella, como para Ulm e incluso, dentro de poco tiempo, para los otros dos, era que se casara. Empezaba a temer que se volviese demasiado seria si esperaba demasiado. A ese respecto, tenía algunas ideas que habría deseado explorar aquel invierno, pero la guerra lo había desbaratado todo. Eran muchos los jóvenes que se habían incorporado a filas y, en el transcurso del año anterior, demasiados de ellos habían caído en combate. La incertidumbre del futuro era profundamente turbadora.

El padre de Beata pensaba que le convenía casarse con un hombre mayor que ella, un hombre que pudiera apreciar su intelecto y compartir sus intereses. Tampoco le parecía mala idea para Brigitte, a quien le iría bien alguien que la dominara. Aunque amaba a todos sus hijos, estaba muy orgulloso de su hija mayor. Se consideraba a sí mismo un hombre juicioso y compasivo. Era la clase de persona hacia la que los demás nunca vacilan en volverse. Beata sentía por él un profundo amor y respeto, como los sentía por su madre, aunque admitía que le resultaba más fácil hablar con ella, que era un poco menos intimidante. Su padre era tan serio como Beata, y a menudo desaprobaba la frivolidad de su hija menor.

—Ojalá no tuvieras que volver a la guerra —le dijo Beata en tono triste a Ulm mientras paseaban. Los demás habían dado la vuelta, y ahora ella y Ulm estaban muy por delante de ellos, en vez de rezagados como antes.

—También yo detesto ir, pero creo que terminará pronto. —Le sonrió para tranquilizarla. No creía lo que acababa de afirmar, pero era lo que solía decirse a las mujeres. O por lo menos él lo hacía—. En Navidad tendré de nuevo un permiso.

Ella asintió, pero pensó que aquella fecha parecía muy lejana; no podía soportar la idea de que algo llegara a sucederle a su hermano. Le tenía más afecto del que le había confesado jamás. También quería a Horst, pero parecía más un hermano menor alocado que uno mayor. A Horst le encantaba tomarle el pelo, y siempre la hacía reír. Lo que ella y Ulm compartían era diferente. Prosiguieron su agradable charla hasta llegar al hotel; aquella noche cenaron juntos por última vez antes de que los chicos partieran al día siguiente. Como de costumbre, Horst los divirtió con sus imitaciones de algunas personas que habían conocido y con graciosas anécdotas de sus amigos.

Al día siguiente los tres hombres se pusieron en camino; las mujeres se quedaron en Ginebra, donde pasarían las tres últimas semanas de vacaciones. Jacob quería que permanecieran en Suiza todo el tiempo posible. Brigitte empezaba a aburrirse, pero a Beata y a su madre les gustaba mucho estar allí. Una tarde, Brigitte y su madre fueron de compras; Beata dijo que se quedaría en el hotel, porque le dolía la cabeza. No era cierto, pero la aburría ir de tiendas con ellas. Brigitte siempre se lo probaba todo, y encargaba vestidos, sombreros y zapatos. Impresionada por su buen gusto y agudo sentido de la moda, su madre siempre se mostraba condescendiente con ella. Después de pasar por todos los modistos, zapaterías y tiendas donde vendían exquisitos guantes, hacían la ronda de las joyerías. Beata sabía que no regresarían hasta la hora de la cena, así que se sentó al sol, a leer tranquilamente en el jardín.

Después de comer, se dirigió hacia el lago y paseó por el mismo sendero que habían recorrido a diario desde que estaban allí. Hacía un poco más de fresco que el día anterior; Beata llevaba un vestido de seda blanco, un sombrero para protegerse del sol y un chal azul, del color de sus ojos, sobre los hombros. Tarareaba mientras caminaba. La mayoría de los clientes del hotel estaban comiendo o en la ciudad, y tenía todo el sendero para ella sola. Paseaba con la cabeza baja, pensando en sus hermanos. De repente oyó un sonido a sus espaldas, alzó la vista y se asustó al ver a un joven alto que pasó briosamente por su lado y le sonrió. Iba en la misma dirección que ella. La joven se sorprendió tanto cuando él pasó rozándola que se hizo con rapidez a un lado, tropezó y se torció un tobillo. Le dolió durante unos instantes, pero no parecía nada serio. Él se había apresurado a cogerla antes de que cayera.

—Disculpe, no pretendía asustarla, y mucho menos hacer que cayera.

Parecía compungido y preocupado, y Beata reparó en que era muy guapo. Era alto, rubio, con los ojos del mismo color que los de ella, unos brazos largos y fuertes y unos hombros atléticos. Mientras le hablaba, le cogía el brazo con firmeza. Ella se dio cuenta de que el ligero choque le había ladeado un poco el sombrero. Se lo enderezó mientras miraba disimuladamente al desconocido; parecía un poco mayor que Ulm. Llevaba unos pantalones blancos, una americana azul oscuro, corbata azul marino y un sombrero de paja muy bonito que le daba un aspecto desenfadado.

—Estoy bien, gracias. Qué tonta he sido. No lo he oído a tiempo para apartarme.

—Ni me ha visto, hasta que casi la he derribado. Me temo que ha sido un deplorable descuido por mi parte. ¿De veras está bien? ¿Y el tobillo?

El joven parecía amable y cordial.

—No me he hecho daño. Usted me ha sujetado antes de que pudiera lastimarme.

Él le habló en francés, y ella le respondió en la misma lengua.

Había aprendido francés en la escuela y lo había perfeccionado desde entonces. Su padre insistió en que todos sus hijos aprendieran inglés, y pensaba que también deberían hablar italiano y español. Beata estudió ambas lenguas, pero nunca perfeccionó ninguna de ellas. Su inglés era aceptable, pero hablaba el francés con fluidez.

—¿Querría sentarse un momento?

El joven le señaló un banco cercano, desde donde había una bonita vista del lago. Parecía reacio a soltarle el brazo. Actuaba como si temiera que fuera a caerse si dejaba de cogerla; ella le sonrió.

—Estoy bien, de veras —contestó, pero la perspectiva de sentarse a su lado un momento la atraía. No era algo que hiciera normalmente, en realidad jamás lo había hecho, pero él era tan agradable y cortés y parecía tan arrepentido de haber provocado aquel pequeño accidente, que Beata sintió pena por él.

Además, no había nada malo en sentarse y charlar un momento antes de proseguir su camino. No tenía por qué regresar apresuradamente al hotel, ya que su madre y su hermana estarían ausentes durante horas. Dejó que el joven la acompañara hasta el banco, y él se sentó a su lado dejando una respetuosa distancia entre ambos.

—¿Realmente no le ha pasado nada?

Bajó la vista más allá del borde de la falda para examinarle el tobillo, y pareció aliviado al comprobar que no había hinchazón.

—Se lo prometo —respondió ella, sonriendo.

—Solo quería pasar por su lado sin molestarla. Debería haberle dicho algo o advertirla. Estaba totalmente absorto, pensando en esta condenada guerra.

Mientras hablaba, su rostro se ensombreció por la preocupación; ella se puso cómoda en el banco y lo miró. Nunca había conocido a nadie como él. Parecía un apuesto príncipe de un cuento de hadas, y era muy amable. No tenía la menor afectación. Era como uno de los amigos de Ulm, aunque mucho más guapo.

—Entonces, ¿no es usted suizo? —le preguntó con interés.

—Soy francés —se limitó a decir él. Beata frunció el ceño y no dijo nada—. ¿Es eso tan terrible? La verdad es que mi abuelo materno era suizo. Por eso estoy aquí. Murió hace dos semanas, y he tenido que venir para ayudar a mi hermano y a mis padres a arreglar los asuntos de la finca. Estoy de permiso.

Hablaba con naturalidad y franqueza; no era presuntuoso ni se tomaba una confianza inapropiada. Parecía muy bien educado y cortés.

—No, no es terrible en absoluto —respondió ella con sinceridad, mirándolo a los ojos—. Yo soy alemana.

Esperaba que él se levantara bruscamente del banco y le dijera que odiaba a los alemanes. Al fin y al cabo eran enemigos y ella no sabía cómo reaccionaría.

—¿Espera que la culpe de la guerra? —le preguntó dulcemente, sonriéndole. Ella era muy joven y bonita. Pensó que era realmente hermosa, y mientras le hablaba se sintió conmovido por su expresión contrita. Parecía una chica extraordinaria; de repente se alegró de aquel pequeño accidente—. ¿Ha hecho usted esto? ¿Es la causante de esta guerra atroz, señorita? ¿Debería enojarme con usted? —inquirió en tono de broma, y los dos se rieron.

—Confío en que no sea así —replicó ella, sonriendo—. ¿Está usted en el ejército? —le preguntó. Él había mencionado que se hallaba de permiso.

—En caballería. Estudié en la academia ecuestre de Saumur.

Beata sabía que allí era donde todos los aristócratas se convertían en oficiales de caballería, la unidad de mayor prestigio.

—Debe de ser interesante.

A ella le gustaban los caballos; de niña, había cabalgado mucho. Le encantaba hacerlo con sus hermanos, sobre todo con Ulm. Horst siempre se desmadraba y lanzaba su caballo a un galope frenético, lo cual, a su vez, asustaba al de Beata.

—Mis hermanos también están en el ejército.

Él la miró, meditabundo, perdido en los ojos azules de la chica, que eran más oscuros que los suyos. Jamás había visto un cabello tan oscuro que contrastara con una piel tan blanca. Sentada allí, en el banco, parecía una pintura.

—¿No sería magnífico que los problemas entre las naciones se pudieran resolver con esta sencillez, como dos personas sentadas en un banco en una tarde de verano, contemplando un lago? Podríamos hablar abiertamente y ponernos de acuerdo, en lugar de lo que está sucediendo, con todos esos jóvenes que mueren en los campos de batalla.

Una vez más Beata frunció el ceño, pues esas palabras le recordaban lo vulnerables que eran sus hermanos.

—Sí, sería fabuloso. Mi hermano mayor cree que el conflicto terminará pronto.

—Ojalá pudiera compartir esa opinión —replicó él cortésmente—. Me temo que cuando los hombres empuñan las armas no las sueltan con facilidad. Creo que esto podría durar años.

—Espero que se equivoque —dijo ella en voz baja.

—También yo lo espero. —El joven volvió a parecer azorado—. Mi descortesía es increíble. Soy Antoine de Vallerand. —Se levantó, hizo una inclinación de cabeza y se sentó de nuevo. Ella le sonrió.

—Me llamo Beata Wittgenstein. —Pronunció la W como si fuese una V.

—¿Cómo es que habla un francés tan perfecto? —quiso saber—. Es casi impecable, sin acento. De hecho, parece usted parisiense.

Jamás habría pensado que era alemana. Aquella joven lo fascinaba; ni siquiera tras conocer su apellido se le ocurrió pensar que pudiera ser judía. Al contrario que para la mayor parte de las personas de su clase, ese aspecto no significaba nada para él. Nunca pensaba en ello. Lo único que veía en ella era a una joven bella e inteligente.

—Aprendí francés en la escuela —le explicó, sonriendo.

—No puede ser, o entonces es usted mucho más inteligente que yo. Se supone que aprendí inglés en la escuela, pero soy incapaz de pronunciar una sola palabra. Y mi alemán es absolutamente horrible. No poseo su don, como por otra parte les sucede a la mayoría de los franceses. Hablamos francés y poco más. Suponemos que todo el mundo aprenderá nuestra lengua a fin de poder hablar con nosotros, y es una verdadera suerte que usted lo haya hecho. ¿Habla también inglés?

Suponía que así era. Aunque no se conocían y él se dio cuenta de que Beata era tímida, parecía muy inteligente y desenvuelta. Ella misma estaba sorprendida de lo cómoda que se sentía con aquel hombre. A pesar de que era un desconocido experimentaba una sensación de seguridad a su lado.

—Sí, hablo inglés —admitió ella—, aunque no tan bien como el francés.

—¿Es estudiante?

Le parecía joven. Él tenía treinta y dos años, doce más que ella.

—No, ya no, he terminado —respondió ella con timidez—. Pero leo mucho. Me habría gustado ir a la universidad, pero mi padre no me deja.

—¿Por qué no? —inquirió él, y entonces se contuvo y sonrió—. Piensa que debería casarse y tener hijos, y que no necesita ir a la universidad. ¿Me equivoco?

—No. Es exactamente así.

Ella le devolvió la sonrisa.

—¿Y no quiere casarse?

Cada vez le recordaba más a Ulm. Beata tenía la sensación de que ella y Antoine eran viejos amigos, y él también parecía sentirse a gusto con ella. Podía ser sincera con él, algo que no era habitual, pues solía ser muy tímida con los hombres.

—No quiero casarme a menos que me enamore de alguien —se limitó a decir. Él asintió.

—Eso es muy juicioso. ¿Están sus padres de acuerdo con esa idea?

—No estoy segura. Su boda fue concertada por sus familias, y a ellos les pareció muy bien. También quieren que mis hermanos se casen.

—¿Qué edades tienen sus hermanos?

—Veintitrés y veintisiete. Uno de ellos es muy serio; el otro solo piensa en divertirse y es un poco alocado. —Sonrió tímidamente a Antoine.

—Parece como si se estuviera refiriendo a mi hermano y a mí.

—¿Qué edad tiene él?

—Es cinco años menor que yo. Tiene veintisiete, como su hermano mayor, y yo soy un viejo de treinta y dos. Ya no tienen esperanzas en mí. —Y, hasta aquel momento, tampoco él las tenía.

—¿Cuál de ellos es usted?

—¿Cuál? —Pareció desconcertado durante unos instantes; luego, comprendió—. Ah, sí; él es el alocado. Yo, el aburrido. —En cuanto dijo esto se calló—. Perdone, no quería dar a entender que su hermano mayor es aburrido. Tan solo serio, supongo. Yo siempre he sido el responsable, mientras que mi hermano no lo es. Tal vez su postura sea acertada. Yo soy mucho más tranquilo que él.

—¿Y no está casado? —le preguntó ella con interés.

Aquel encuentro casual no podía ser más extraño. Cada uno le preguntaba al otro cosas que no se habría atrevido a inquirir en una sala de baile, un salón o durante una cena. Pero allí, sentados en un banco ante el lago, parecía totalmente correcto que ella le preguntase lo que quisiera. Sentía curiosidad por él. A pesar de su asombroso atractivo, daba una sensación de afabilidad y honradez. Tal vez fuese el hermano disoluto y le estuviera mintiendo, pero no lo parecía. Beata creía cuanto le estaba diciendo, y tenía la certeza de que a él le sucedía lo mismo con ella.

—No, no estoy casado —replicó él con una expresión divertida—. He pensado en ello una o dos veces, pero nunca me ha parecido que fuese lo que debía hacer, pese a la fuerte presión por parte de mi familia. Ya sabe, el hijo mayor y todo eso. No quiero cometer un error y casarme con una mujer que no me convenga. Prefiero estar solo, como ahora.

—Estoy de acuerdo —dijo ella, con una determinación sorprendente. A veces a Antoine le parecía muy infantil, y en otras ocasiones, mientras le hablaba, se daba cuenta de que tenía unas ideas muy firmes, por ejemplo acerca del matrimonio y los estudios universitarios.

—¿Qué habría estudiado, de haber ido a la universidad? —le preguntó. Beata pareció sumirse en una ensoñación.

—Filosofía. Los antiguos griegos, supongo. Tal vez religión, o filosofía de la religión. Una vez leí la Biblia de cabo a rabo.

Él pareció impresionado. No había duda de que era una chica inteligente, tanto como guapa, y por lo tanto resultaba muy fácil conversar con ella.

—¿Y qué le pareció? No puedo decir que la haya leído, excepto algunos fragmentos; sobre todo en bodas y funerales. Paso la mayor parte del tiempo montando a caballo y ayudando a mi padre en la administración de la finca. Amo la tierra desde que era niño.

No era sencillo expresar en pocas palabras lo mucho que sus tierras y su lugar natal significaban para él.

—Creo que eso les sucede a muchos hombres —dijo Beata en voz queda—. ¿Dónde está la finca de su familia?

La joven disfrutaba de la conversación con él y no quería que terminara.

—En Dordoña, un país de caballos. Se encuentra cerca de Périgord, de Burdeos, para que pueda situarse.

Solo con pronunciar estos nombres sus ojos se iluminaban; ella se dio cuenta de qué profundos eran sus sentimientos.

—Nunca he estado allí, pero si tanto ama usted esa región, debe de ser muy hermosa.

—Lo es —le aseguró él—. ¿Y en qué parte de Alemania vive usted?

—En Colonia.

—Conozco esa ciudad —dijo Antoine, y pareció satisfecho—. Baviera también me gusta mucho, y lo he pasado muy bien en Berlín.

—Ahí, en Berlín, es donde mi hermano Horst quiere vivir. No es posible, por supuesto. Cuando termine la guerra tendrá que trabajar con mi padre, algo que a él le parece horrible, pero no tiene elección. Mi abuelo, mi padre y sus hermanos, así como mi hermano Ulm, todos trabajan allí. Es un banco. Supongo que no es muy divertido, pero a todos ellos parece gustarles bastante. Creo que debe de ser interesante.

Él le sonrió. Beata parecía tener brillantes e inteligentes ideas, y se interesaba por una gran variedad de cosas. Mientras la miraba y escuchaba, Antoine estaba seguro de que, si hubiera ido a la universidad, o hubiese podido trabajar en el banco, se habría desenvuelto muy bien. Seguía impresionándole que hubiera leído la Biblia de niña.

—¿Qué le gustaría hacer? —le preguntó con interés.

—Me encanta leer —respondió ella con sencillez— y aprender de todo. Me gustaría llegar a ser escritora, pero, naturalmente, tampoco puedo hacer eso.

Ningún hombre con el que se casara toleraría que hiciera tal cosa, pues debería ocuparse de él y de los hijos.

—Tal vez lo será algún día. Supongo que todo depende del hombre con quien se case, si es que lo hace. ¿Tiene también hermanas, o solo hermanos?

—Tengo una hermana menor, Brigitte, de diecisiete años. Le encanta ir a fiestas, bailar y vestirse con elegancia, y está deseando casarse. Siempre me dice que soy muy aburrida.

Sus labios dibujaron una sonrisa pícara, y él sintió deseos de abrazarla, a pesar de que no los habían presentado como era debido. De repente se sintió feliz de haber tenido aquel accidente. El encuentro empezaba a parecerle afortunado, y tenía la sensación de que Beata también lo creía así.

—Mi hermano cree que soy muy aburrido. Pero usted no me parece aburrida en absoluto, Beata, créame. Me gusta hablar con usted.

—Lo mismo digo.

Le sonrió tímidamente y se preguntó si debería regresar al hotel. Llevaban un buen rato sentados en el banco, tal vez más de lo que deberían. Permanecieron un largo momento en silencio, admirando el lago, y entonces Antoine se volvió de nuevo hacia ella.

—¿Le gustaría que la acompañara de regreso al hotel? Puede que su familia esté preocupada por usted.

—Mi madre ha llevado a mi hermana de compras. No creo que estén de regreso hasta la hora de cenar, pero tal vez debería volver —replicó ella, demostrando su sentido de la responsabilidad, aunque no quería marcharse.

Ambos se levantaron a su pesar, y él le preguntó cómo seguía el tobillo. Le alivió saber que la joven no notaba ninguna molestia, y le ofreció el brazo, mientras andaban lentamente de regreso al hotel. Ella cogió con su mano el brazo de Antoine y siguieron charlando mientras caminaban, acerca de diversos temas. Ambos convinieron en que detestaban las fiestas en general, pero les encantaba bailar. Le agradó saber que a ella le gustaba montar y había participado en cacerías a caballo. A los dos les gustaban los barcos y sentían pasión por el mar. Ella le dijo que nunca se mareaba, cosa que a él le resultó difícil de creer, pero le confesó que temía a los perros, desde que en su infancia le mordió uno. También coincidieron en que les encantaba Italia, aunque él le dijo que también le gustaba mucho Alemania, algo que de momento no podía admitir abiertamente. La guerra, y que sus países respectivos fueran ahora enemigos, parecía carecer de importancia para ellos. Cuando llegaron al hotel, Antoine parecía triste. Le costaba separarse de ella, pese a que sus familiares lo esperaban para cenar. Le habría gustado pasar muchas más horas con Beata. Se quedaron mirándose en la entrada del hotel; era evidente que él retrasaba el momento de marcharse.

—¿Le gustaría tomar el té? —preguntó él. Los ojos de la chica se iluminaron.

—Será un placer, muchas gracias.

Antoine la acompañó a la terraza donde en aquellos momentos estaban sirviendo el té. Había grupos de elegantes mujeres que charlaban y parejas acomodadas que tomaban pequeños bocadillos y, sin alzar la voz, hablaban en francés, alemán, italiano o inglés.

Tomaron un delicioso tentempié con el té y, finalmente, cuando él ya no podía retrasarse más, la acompañó al vestíbulo y se detuvo allí, mirándola. Era una mujer menuda y le parecía frágil, pero después de pasar unas pocas horas juntos, tuvo la certeza de que era briosa y muy capaz de defender sus ideas. Tenía firmes opiniones sobre muchas cosas, y él había estado de acuerdo con la mayor parte de ellas. Y aquellas con las que no estaba de acuerdo le divertían. La muchacha no tenía nada de aburrido. La encontraba muy interesante, amén de bellísima. Y supo que tenía que volver a verla.

—¿Cree usted que su madre le permitiría almorzar conmigo mañana?

Parecía esperanzado; anhelaba tocarle la mano pero no se atrevía a hacerlo. Aunque todavía le habría gustado más tocarle la cara. Su piel era exquisita.

—No estoy segura —respondió sinceramente Beata.

Sería difícil explicar cómo se habían conocido, así como que hubieran pasado tanto tiempo juntos, conversando, sin una carabina. Pero no había ocurrido nada indecoroso, y él era extremadamente cortés y evidentemente de buena cuna. No había nada que objetar respecto a Antoine, salvo que era francés, y era preciso reconocer que eso constituía un inconveniente en aquellos momentos. Sin embargo, se encontraban en Suiza, no era como si lo hubiera conocido en Alemania. Y que sus respectivos países fuesen enemigos no significaba que él fuese una mala persona. Pero no estaba segura de si su madre vería las cosas de esa manera, incluso estaba casi convencida de que no las vería así, puesto que sus hermanos participaban en una guerra contra los franceses y estos podían matarlos en cualquier momento. El patriotismo de sus padres era muy rígido y no destacaban precisamente por su amplitud de miras, como ella sabía muy bien y Antoine temía. Beata también sabía que si él se presentaba como pretendiente, su familia no lo consideraría adecuado porque evidentemente no era judío. Claro que preocuparse por eso parecía prematuro.

—Tal vez su madre y su hermana querrían también comer con nosotros —le dijo esperanzado.

No tenía la menor intención de abandonar. En aquellos momentos veía la guerra como un obstáculo menor. Beata era demasiado maravillosa para permitir que el conflicto bélico lo derrotara.

—Se lo preguntaré —dijo Beata en voz baja.

Iba a hacer algo más que preguntárselo, estaba decidida a luchar como una tigresa para verlo de nuevo, y temía verse obligada a hacerlo. Sabía que, a los ojos de su madre, él tendría dos grandes desventajas: su nacionalidad y su religión.

—¿Y si visito a su madre y se lo pregunto? —Parecía preocupado.

—No, lo haré yo —replicó ella, sacudiendo la cabeza.

De repente eran aliados en una conspiración: la prolongación de su amistad o lo que fuese. Beata no creía que estuviera coqueteando con ella, y solo esperaba que fuesen amigos. No se atrevía a imaginar nada más.

—¿Puedo llamarla esta noche? —le preguntó él. Parecía nervioso, y ella le dio el número de la habitación que compartía con Brigitte.

—Esta noche cenaremos en el hotel. —No era habitual que lo hiciera la familia al completo.

—Nosotros también —dijo él con una expresión de sorpresa—. Puede que nos veamos, y entonces podré presentarme a su madre y a su hermana. —Tras decir esto pareció preocupado—. ¿Cómo diremos que nos hemos conocido? —Su encuentro había sido fortuito, pero no del todo decoroso, y su larga conversación había sido, como mínimo, insólita.

La pregunta hizo reír a Beata.

—Diré que chocó conmigo, me derribó y me ayudó a levantarme del suelo.

—Estoy seguro de que eso las impresionará. ¿Dirá que la empujé al barro o que la arrojé al lago para que se limpiara tras haber caído? —Estas ocurrencias hicieron reír a Beata como una niña, y Antoine pareció regocijado—. ¡Qué tontería! Por lo menos podría decir que la cogí del brazo e impedí que se cayera, aunque realmente traté de derribarla al pasar precipitadamente por su lado. —Pero ya no lo lamentaba. El pequeño percance le había servido de mucho—. Y podría tener la consideración de decirle a su madre que me he presentado debidamente.

—Tal vez lo haga.

Por un instante, Beata pareció preocupada mientras lo miraba, un tanto azorada por lo que estaba a punto de plantearle.

—¿Sería mucho pedir que le dijera que es usted suizo?

Él titubeó un momento antes de asentir. Comprendía que su nacionalidad era un problema para ella, o para su madre. Lo que sería un problema mucho mayor era su condición de noble francés y no judío, pero Beata nunca le habría dicho tal cosa. Se hacía la ilusión de que, puesto que solo eran amigos, a su madre no le importaría tanto. ¿Qué había de malo en hacer amistad con un cristiano? Algunos de los amigos de sus padres lo eran. Ella se proponía recurrir a este argumento en caso de que su madre se mostrara reacia a que almorzara con él.

—Al fin y al cabo, tengo una cuarta parte de suizo. Tan solo he de recordar que no debo contar delante de su madre, o podría decir *soixante-dix* en lugar de *septante*, y eso me traicionaría. Pero no me importa, si le resulta más cómodo decir que soy suizo. Es una lástima que eso sea un problema en estos tiempos. —Lo cierto era que a su propia familia le horrorizaría que se hiciera amigo de una alemana y, peor todavía, que estuviera totalmente prendado de ella. No había más que hostilidad entre franceses y alemanes, pero Antoine no veía por qué razón ellos tenían que pagar por ello—. No se preocupe, lo arreglaremos —le dijo dulcemente, mientras ella le miraba con sus enormes ojos azules—. Todo irá bien, Beata. Se lo prometo. De una u otra manera nos veremos mañana.

No iba a permitir que nada se interpusiera entre ellos, y Beata, que no podía apartar los ojos de él, se sentía del todo protegida. Eran casi desconocidos y, sin embargo, ella no tenía duda de que ya confiaba en él. Algo increíble y maravilloso había sucedido entre ellos aquella tarde.

—Te llamaré esta noche —le dijo él en voz baja, tomando por fin la iniciativa de tutearla, mientras ella se dirigía hacia el ascensor; antes de que el ascensorista cerrara las puertas, se volvió para sonreírle.

Antoine seguía en pie, mirándola, y cuando la cabina empezó a subir, ella supo que en una sola tarde su vida entera había dado un vuelco. Antoine sonreía mientras abandonaba el hotel.

2

Cuando regresó su madre y Beata le planteó la posibilidad de almorzar con Antoine, su reacción, mucho más brusca de lo que ella había esperado, la sorprendió. Beata le dijo que se conocieron en el hotel a la hora del té, que hablaron durante un rato y que Antoine le propuso que todos ellos almorzaran juntos al día siguiente. No se atrevió a preguntar si los dos podrían almorzar solos. La madre se mostró horrorizada.

—¿Con un completo desconocido? ¿Es que has perdido el juicio, Beata? No conoces a ese hombre. ¿Qué has hecho para que te invitara a almorzar?

Su madre parecía desconfiar de Beata; la había dejado sola unas pocas horas y no era propio de ella que entablara conversación con un desconocido. Sin duda era un seductor que merodeaba por el hotel e intentaba aprovecharse de las jóvenes. Monika Wittgenstein no era tan inocente como su hija, y le indignaba que aquel hombre le hubiera hecho insinuaciones e incluso, lo que era peor, que Beata pareciera encontrarlo interesante. Eso solo demostraba que era una ingenua y que seguía siendo una niña. Y en cuanto a Antoine, pensó lo peor.

—Tan solo he estado tomando el té en la terraza —protestó Beata, contrariada. Las cosas no iban por buen camino, y no sabía qué le diría a Antoine—. Empezamos a hablar, de nada en particular. Él era muy cortés.

—¿Qué edad tiene? ¿Y qué está haciendo aquí en vez de participar en la guerra?

—Es suizo —replicó Beata con toda seriedad. Eso era algo bueno, al menos. Jamás le mentía a su madre, aunque Brigitte lo hacía con frecuencia, y aquella era la primera vez que recurría a la mentira. Para ver a Antoine de nuevo valía la pena correr cualquier riesgo. En una sola tarde él se había ganado no solo su lealtad sino también su corazón.

—¿Por qué no estaba trabajando? ¿Qué hacía holgazaneando en un hotel?

Para Monika, los hombres respetables trabajaban. No tenían tiempo para ir a hoteles a la hora del té y conversar con mujeres jóvenes.

—Está de visita, como nosotros. Ha venido a ver a su familia, porque su abuelo acaba de morir.

—Lo siento —dijo lacónicamente Monika—. Puede que sea un hombre encantador, pero es un desconocido. Ninguno de nuestros conocidos o de los suyos nos lo ha presentado como es debido, y no comeremos con él. —Entonces, como si se le ocurriera de repente, preguntó—: ¿Cómo se llama?

—Antoine de Vallerand.

Su madre la miró a los ojos. Se preguntó si Beata lo conocía de antes, pero no vio ninguna duplicidad en la muchacha. Tan solo era joven e ingenua.

—Es un noble —dijo la madre en voz baja. Sus palabras estaban llenas de reproche.

En tanto que noble, no era adecuado para ninguna de sus hijas, al margen de quién fuese. Había ciertas líneas que no se podían cruzar, y esa era una de ellas. Beata sabía lo que su madre estaba pensando sin necesidad de que se lo dijera. Ellos eran judíos, él no.

—¿Es un delito ser noble? —preguntó con cierta aspereza. Sus ojos reflejaban una tristeza que preocupó todavía más a su madre.

—¿Habías visto antes a ese hombre?

Beata hizo un gesto negativo con la cabeza; en aquel momento Brigitte entró en la habitación cargada con sus compras. Se lo había pasado muy bien en las tiendas, aunque pensaba que las de Colonia eran mejores. Pero por lo menos allí, en Suiza, no había las carencias impuestas por la guerra. Era un alivio librarse de aquello durante un tiempo.

—¿Qué aspecto tiene? —le preguntó Brigitte, con un nuevo bolso de ante y un hermoso par de guantes blancos de cabritilla en las manos—. ¿Es guapo?

—Eso es lo de menos —les espetó Beata a las dos—. Parece muy simpático, y nos ha invitado a las tres a almorzar, lo cual ha sido muy cortés y amable por su parte.

—¿Y por qué crees que ha hecho eso? —le preguntó su madre con una expresión desaprobadora—. ¿Tal vez porque se muere de ganas de conocernos a mí y a Brigitte? Claro que no. Es evidente que quiere estar contigo. ¿Qué edad tiene?

Sus sospechas aumentaban cada vez más.

—No lo sé. Puede que sea de la edad de Ulm.

En realidad, ella sabía que Antoine era cinco años mayor que su hermano. Había mentido por tercera vez para proteger al joven y su naciente amistad. Le parecía que para estar en compañía de Antoine merecía la pena. Quería verlo de nuevo, aunque fuese con su madre y su hermana. Quería estar un poco más con él. Quién sabía cuándo volverían a verse, o si su encuentro se repetiría.

—Es demasiado mayor para ti —le dijo su madre con brusquedad; aunque lo cierto era que sus objeciones eran de un orden muy distinto. Pero no quería decírselas a Beata.

Monika prefería no dar demasiado crédito a la invitación de aquel hombre, así no tendría que decir cuáles eran sus verdaderas objeciones, pero Beata las conocía de todos modos. Aparte de ser un completo desconocido, Antoine no era judío. Monika no iba a permitir que sus hijas se relacionaran con apuestos jóvenes cristianos. Jacob no se lo perdonaría, y ella estaba totalmente de acuerdo con la postura de su marido. No tenía sentido permitir que las cosas fuesen más allá. Ella no haría nada que alentara a un noble suizo y cristiano a cortejar a una de sus hijas. La sola idea le parecía una locura. Ciertamente, algunos de sus amigos eran cristianos y tenían hijos, pero ella nunca habría facilitado una relación con fines matrimoniales. Era absurdo poner a las chicas en una situación potencialmente perjudicial o tentarlas con algo que jamás podrían tener. Y por muy bellas que fuesen sus hijas, ninguno de sus amigos cristianos había insinuado nunca la posibilidad de emparejarlas con sus hijos. En este caso, como en todos los demás, los adultos estaban mejor informados. Y Monika se mantenía firme e intransigente. De no ser así, Jacob se lo reprocharía, y con toda razón.

—No comprendo qué crees que sucedería durante la comida —dijo Beata en tono quejumbroso—. Al fin y al cabo, no es un asesino.

—¿Cómo lo sabes? —replicó su madre con severidad.

Aquello no le gustaba nada, sobre todo porque era muy impropio de Beata. Sin embargo, no era extraño que luchara por algo en lo que creía y que deseaba con todas sus fuerzas. Su actitud tan solo denotaba testarudez, puesto que ni siquiera conocía a aquel hombre. Y mientras Monika estuviera allí para impedirlo, no lo conocería. Era mejor cortar de raíz la relación antes de que empezara en serio. Sabía muy bien lo que Jacob esperaba de ella como madre. Le había dicho que era hora de encontrarle marido a Beata. Si de improviso jóvenes nobles empezaban a rondar a su alrededor como buitres, era preciso que la muchacha sentara cabeza, antes de que sucediera algo desagradable.

Beata tenía unas ideas demasiado liberales, aunque normalmente era obediente, se portaba bien y sus padres estaban orgullosos de ella. Monika decidió que, cuando Jacob regresara, le plantearía el asunto. Pensaba en algunos hombres respetables y acomodados, entre ellos el propietario de un banco rival. Era casi lo bastante mayor para ser el padre de Beata, pero Monika estaba de acuerdo con su marido, como en casi todo, en que un hombre mayor, inteligente y rico sería muy apropiado para ella. Pese a su juventud, Beata era muy seria, y un hombre joven no se amoldaría tan bien a ella. Pero, al margen de otras virtudes que tuviera el candidato, lo más importante era que compartiese su credo. En este aspecto serían intransigentes. Y estaba claro que el joven noble que las había invitado a almorzar era de otra fe. Evidentemente era cristiano y, probablemente, católico, ya que se llamaba Antoine de Vallerand. Aunque al menos era suizo y no francés. En el transcurso del último año, desde que se declaró la guerra, Monika había desarrollado un intenso odio hacia los franceses, que estaban allá, en las trincheras, tratando de matar a sus hijos.

Beata no discutió más con su madre ni tampoco le dijo una sola palabra a Brigitte mientras las dos se vestían para la cena.

—Vamos, dime, ¿qué ha ocurrido realmente con ese hombre? —le preguntó Brigitte con una expresión maliciosa.

Se había puesto ropa interior de satén de color melocotón con encajes crema, unas prendas que su madre le había comprado aquel mismo día. A Monika le habían parecido un poco pícaras, pero no había daño alguno en concederle aquel capricho. Al fin y al cabo, nadie iba a verlas excepto su madre y su hermana.

—¿Te besó? —siguió preguntándole.

—¿Te has vuelto loca? —replicó Beata, molesta y enojada—. ¿Qué te crees que soy? Además, él es un caballero. La verdad es que, al pasar por mi lado, estuvo a punto de hacerme caer, y me cogió del brazo para impedirlo.

—¿Es así como os habéis conocido? —La idea pareció encantar a Brigitte—. ¡Qué romántico! ¿Por qué no le has dicho eso a mamá? Tal vez le habría estado agradecida por impedir que cayeras y te hicieras daño.

—No lo creo —respondió Beata en voz baja. Conocía a su madre y sus reacciones mejor que Brigitte, que todavía tenía pataletas infantiles y hacía escenas, lo cual desde luego no era el estilo de Beata—. Pensé que sería más respetable decir que nos habíamos conocido tomando el té.

—Es posible —dijo su hermana—. ¿Te caíste al suelo? Eso habría sido embarazoso.

Brigitte se puso un vestido de lino blanco y se peinó los largos y dorados rizos, mientras Beata la miraba con envidia. Brigitte era tan bella que casi parecía angelical. Ella siempre se sentía fea a su lado; lo que más le desagradaba era la negrura de su cabello. No es que le tuviera envidia, pero le habría gustado parecerse más a ella. Además, su figura era mucho más voluptuosa que la de Beata. Al lado de su hermana menor, ella parecía una chiquilla. Y Brigitte parecía mucho más experta en lo que respectaba a los hombres. Hablaba con ellos mucho más que Beata, y le encantaba tomarles el pelo y volverlos locos. Beata se sentía mucho más cómoda en compañía de otras mujeres. Brigitte era intrépidamente coqueta y su pericia para torturar a los hombres era exasperante.

—No me caí al suelo —le explicó Beata—. Ya te lo he dicho, me cogió del brazo antes de que cayera.

—Fue muy amable por su parte. ¿Qué más hizo?

—Nada, solo hablamos —respondió Beata, mientras se ponía un vestido de seda rojo que realzaba el vivo contraste del cabello y el cutis.

Estaba triste, porque cuando Antoine la llamara tendría que decirle que no podía verlo. Sabía con absoluta certeza que de ninguna manera podría convencer a su madre de que comieran en grupo, y mucho menos a solas.

—¿De qué hablasteis?

—De filosofía, de la Biblia, de su tierra, de la universidad, de nada importante. Es muy simpático.

—Dios mío, Beata. —Brigitte la miró con el entusiasmo desbordante de una chica de diecisiete años—. ¿Estás enamorada?

—Claro que no, ni siquiera lo conozco. Solo ha sido agradable hablar con él.

—No deberías hablar con los hombres de esa manera. No les gusta. Les parecerás rara.

Advertía a su hermana mayor con la mejor intención, pero solo consiguió entristecer más a Beata.

—Supongo que soy rara. No me interesa... —Se esforzó por encontrar las palabras apropiadas, para no ofender a Brigitte—. No me interesan las cosas «ligeras». Me gustan los temas serios, como el de los antiguos griegos.

—Es mejor que hables de otras cosas, como de fiestas, moda y joyas. Eso es lo que los hombres quieren escuchar. De lo contrario, pensarán que eres más lista que ellos y los ahuyentarás.

Brigitte era juiciosa, pese a su juventud; su sagacidad se basaba en el instinto, no en la experiencia.

—Probablemente lo haré.

Lo dijo sin convicción. La mayoría de los jóvenes a los que conocía en fiestas le parecían ridículos.

Beata adoraba a su hermano, pero preferiría morir a casarse con un hombre como Horst. Habría tolerado a un marido como Ulm, pero la perspectiva de casarse con alguien de su círculo no le atraía mucho, por no decir nada. Todos se le antojaban deprimentes, aburridos y muy a menudo tontos y superficiales. Antoine le había parecido muy diferente, serio y más profundo que la mayoría de los hombres que conocía, además de protector y sincero. Jamás había sentido por nadie, a quien solo conociera por unas horas, lo que sentía por él. Cierto que ese sentimiento no iba a ninguna parte y, además, no tenía ni idea de qué sentía él por ella. Carecía por completo del instinto de Brigitte y de su astucia con los hombres. Brigitte podría haberle dicho enseguida que Antoine estaba loco por ella, pero no los había visto juntos. Sin embargo, lo que sabía del encuentro le había parecido bien, y la invitación a cenar era señal de que él estaba interesado, pero no le dijo nada a Beata. Era evidente que su hermana mayor no estaba de humor para seguir hablando de ello.

Beata continuaba en silencio mientras bajaban en el ascensor para cenar en el comedor de la planta baja. Como la noche era cálida, su madre pidió una mesa en la terraza. Llevaba un vestido de seda azul marino muy elegante, con un collar de zafiros y unos zapatos y un bolso azul marino a juego. Lucía unos pendientes de zafiros y brillantes que conjuntaban con el collar. El camarero acompañó a su mesa a las tres hermosas mujeres. Una vez pedidos los platos, Beata siguió en silencio mientras Brigitte y su madre charlaban acerca de las compras que habían hecho por la tarde. Monika le dijo a Beata que había visto algunos vestidos que le sentarían bien, pero Beata no mostró el menor interés.

—Es una pena que no te puedas vestir con libros —bromeó Brigitte—. Te lo pasarías mucho mejor en las tiendas.

—Preferiría hacerme yo misma la ropa —se limitó a replicar Beata. Su hermana puso los ojos en blanco.

—¿Por qué tomarte esa molestia cuando puedes comprarlo todo en las tiendas?

—Porque entonces podría tener lo que quiero.

Lo cierto es que se había confeccionado el bonito vestido de seda roja que llevaba puesto y que le quedaba a la perfección; sus líneas sencillas y puras se ceñían a su esbelto cuerpo.

Tenía dotes de costurera, y desde pequeña le gustaba mucho coser. Su institutriz le había enseñado, aunque Monika siempre le decía que no era necesario que se dedicara a semejante menester. Pero Beata lo prefería. También se había confeccionado algunos de sus vestidos de noche; los había copiado de revistas y dibujos que había visto de las colecciones de París y que ahora ya no estaban a su alcance. Le gustaba modificarlos y simplicarlos según su gusto. Cierta vez le regaló a su madre un precioso vestido de noche de satén verde; Monika se quedó asombrada de su habilidad. Le habría hecho uno a Brigitte, pero ella siempre decía que detestaba las prendas de factura casera, le parecían vulgares. La que sí le encantaba era la ropa interior de satén y encaje de colores que Beata le confeccionaba.

Acababan de terminar la sopa cuando Beata vio que su madre alzaba la vista y miraba más allá del hombro de su hermana con una expresión atónita. Beata no sabía qué pasaba; se volvió y vio a Antoine de pie detrás de ella, con una cálida sonrisa dirigida a las tres mujeres.

—¿La señora Wittgenstein? —preguntó cortésmente, sin ni siquiera mirar a sus hijas, incluso la que lo había cautivado por la tarde. Parecía fascinado por la madre—. Debo disculparme por esta interrupción, pero quería presentarme y pedirle excusas por haber invitado esta tarde a su hija a tomar el té sin que nadie más nos acompañara. Tropezó mientras caminaba por la orilla del lago y creí que se había lastimado el tobillo. Pensé que tomar el té le haría bien. Le ruego que me perdone.

—No... no hay nada que perdonar... es usted muy amable...

Miró rápidamente a Beata y de nuevo al joven que acabó de presentarse, hizo una cortés reverencia y le besó la mano. Con una corrección exquisita no hizo lo mismo con Beata, pues ella era soltera y besar la mano era una cortesía reservada tan solo a las mujeres casadas. Beata recibió la apropiada inclinación de cabeza. En Alemania, los hombres jóvenes como él y sus hermanos efectuaban esa inclinación de cabeza al tiempo que daban un taconazo, pero ni los suizos ni los franceses hacían tal cosa, que él supiera.

—No me había dado cuenta de que se hubiera hecho daño —dijo Monika.

Pareció confusa por un momento, mientras Antoine se volvió para mirar a Beata y casi se quedó sin respiración al verla con el vestido rojo. Cuando la vio desde el otro lado de la sala, le pareció una estrella resplandeciente, y se excusó ante su madre para ir al encuentro de la de Beata.

No intentó presentar a las dos madres, pues se habría visto en un apuro, ya que Beata había querido que se hiciera pasar por suizo. Así, se limitó a presentarse a la dama y a la atractiva Brigitte, que lo miraba incrédula. Él apenas se fijó en ella; la trató como la adolescente que era y no como la mujer que anhelaba ser, lo cual le ganó la aprobación de Monika. Antoine tenía unos modales impecables y, evidentemente, era un hombre de buena cuna y no un seductor, como ella había temido.

—¿Qué tal su tobillo, señorita? —le preguntó en tono de preocupación.

—Está bien —respondió Beata, ruborizándose—. Muchas gracias, señor, es usted muy amable.

—En absoluto. *C'était la moindre des choses...* era lo menos que podía hacer.

Volvió de nuevo su atención hacia la madre y le reiteró la invitación a almorzar, algo que, cosa insólita en ella, la dejó confusa. Era un joven tan cortés, tan solícito, franco, simpático y amable que ni siquiera Monika pudo rechazarlo y, a pesar de sí misma, aceptó; quedaron en verse en la terraza al día siguiente a la una para comer juntos. Una vez convenida la cita, él hizo otra inclinación de cabeza, besó de nuevo la mano de la señora Wittgenstein y fue a reunirse con sus familiares, sin dirigir una sola mirada a Beata. Fue muy correcto y agradable. Una vez se hubo ido, Monika miró a su hija con una incómoda expresión de asombro.

—Comprendo que te guste. Es un joven muy amable. Me recuerda a Ulm.

Esto último, dicho por ella, era un gran cumplido.

—También a mí me lo ha recordado.

«Solo que mucho más apuesto», pensó Beata aunque no lo dijo. Mientras cortaba en silencio la carne rogaba por que nadie pudiera oír los latidos de su corazón. Él había llevado la situación de un modo perfecto, aunque eso no importara. Probablemente, lo que cada uno sintiera por el otro no tendría ninguna consecuencia, pero por lo menos ella podría verlo. Al menos, una vez más. Sería un recuerdo dichoso que se llevaría consigo. El apuesto joven al que había conocido en Ginebra. Estaba segura de que compararía con él a todos los hombres a los que conocería a partir de entonces y que todos saldrían perdiendo. Ya estaba resignada a ello, y se imaginaba como una solterona durante el resto de su vida. El pecado más imperdonable de Antoine era no ser judío. Por no mencionar que tampoco era suizo. No había nada que hacer.

—¿Por qué no me habías dicho que esta tarde te has lastimado el tobillo? —le preguntó su madre en tono de preocupación cuando él se hubo marchado.

—No ha sido nada, mamá. Chocó conmigo cuando salí a la terraza a la hora del té, después de pasear por la orilla del lago. Creo que se asustó, pero solo me lo había torcido un poco.

—En ese caso, ha sido muy amable al invitarte a tomar el té y proponer que almorcemos juntos mañana.

Beata se dio cuenta de que su madre también estaba de momento bajo el hechizo del joven. Era difícil no estarlo, dado su atractivo y su amabilidad con todo el mundo; en el fondo le gustaba que no le hubiera hecho caso a Brigitte. Todos los hombres a los que Beata conocía caían a los pies de su hermana, pero a él no pareció impresionarle. Estaba deslumbrado por Beata, aunque tampoco lo había demostrado. Se comportaba de forma normal y amistosa, una actitud como la que solía tener Ulm, razón por la que Monika había aceptado su invitación a almorzar. No tenía nada de seductor, como ella había temido; parecía un joven muy respetable con el que resultaba muy agradable conversar. Beata no volvió a mencionarlo mientras cenaban. Ni siquiera miró en su dirección cuando abandonaron la terraza, y él no se esforzó por hablar de nuevo con ellas. No era en absoluto lo que Monika había sospechado o temido. Ni siquiera Jacob podía desaprobar aquella relación. No había duda de que aquel encuentro casual era inofensivo.

Pero Brigitte era mucho más lista que ellas, y no se abstuvo de decir lo que pensaba cuando las dos hermanas entraron en su habitación tras dar las buenas noches a su madre.

—¡Dios mío, Beata, es fantástico! —le susurró a su hermana mayor, con los ojos desorbitados por la admiración—. Y está loco por ti. Los dos habéis engañado por completo a mamá.

A Brigitte aquello le parecía magnífico e imaginaba clandestinas citas de amantes a medianoche.

—No seas estúpida —le dijo Beata mientras se quitaba el vestido rojo y lo arrojaba a una silla, diciéndose que ojalá se hubiera puesto algo más llamativo. Cuando pensaba en Antoine, el vestido le parecía tan poco interesante como ella misma—. No está loco por mí. Ni siquiera me conoce. Y no hemos engañado a mamá. Nos ha invitado a almorzar y ella ha aceptado. Eso es todo, una simple comida y nada más. Tan solo es amable con nosotras.

—Ahora eres tú la estúpida. Los hombres como él no te invitan a comer a menos que estén locos por ti. Ni siquiera te ha mirado mientras se acercaba a la mesa, o apenas lo ha hecho, y eso lo dice todo.

—¿Qué quieres decir? —Beata parecía regocijada.

—Oh, Beata —su hermana se rió de ella—, no sabes absolutamente nada de los hombres. Cuando actúan como si no significaras nada para ellos, quiere decir que han perdido el juicio por ti. Y cuando hacen muchos aspavientos y parecen locamente enamorados, en general están mintiendo.

Beata se echó a reír ante el mundano análisis de la situación que había hecho su hermana, pero tuvo que reconocer que sabía más del mundo y de los hombres que ella. Su instinto era certero, mejor que el de su tímida y seria hermana.

—Eso es ridículo. —Brigitte se rió con ella, pero en el fondo estaba complacida—. Así pues, me estás diciendo que todos los hombres que no me hacen caso, como ha sucedido en el restaurante esta noche, en realidad están perdidamente enamorados de mí. ¡Es maravilloso! Desde luego, deberé tener cuidado con los que parecen amarme, si todos ellos mienten. ¡Dios mío, qué complicado es esto!

—Sí, lo es —convino Brigitte—, pero así suelen ser las cosas. Los efusivos solo juegan. Son los otros, los que son como él, quienes van en serio.

—¿En qué sentido?

Beata miró a su hermana menor, que, vestida con su ropa interior de satén, estaba tendida en la cama; era una joven muy atractiva.

—Los hombres como él son los que te quieren. Estoy segura de que se ha enamorado de ti.

—Pues no le servirá de gran cosa —dijo Beata con naturalidad, mientras se quitaba las enaguas y se ponía la camisa de dormir, que le hacía parecer una niña comparada con su hermana—. Regresaremos a Colonia dentro de tres semanas.

Siempre se hacía unas camisas de dormir de algodón blanco que eran idénticas a las que usaba en su infancia. Eran cómodas y le gustaban.

—En tres semanas pueden suceder muchas cosas —replicó Brigitte misteriosamente, mientras Beata, seria de nuevo, sacudía la cabeza. Su hermana menor era más perspicaz que ella.

—No, no es posible. Él no es judío. Jamás podríamos ser más que amigos.

Esta observación, que hacía pensar en su padre, corrigió las expectativas de su hermana menor.

—Eso es cierto —dijo Brigitte con tristeza—, pero por lo menos puedes coquetear con él. Necesitas practicar.

—Sí, supongo que sí —replicó Beata, pensativa, y se dirigió hacia el baño para lavarse la cara y cepillarse los dientes.

Aquella noche ninguna de las dos volvió a hablar de Antoine, pero Beata pensó en él durante horas antes de dormirse y reflexionó con pesar en la desdichada suerte de que el primer hombre que le gustaba no fuese judío. Y lo que resultaba casi tan malo era que fuese francés. Esto acababa con cualquier esperanza, aunque por lo menos podría gozar de su compañía durante las tres semanas siguientes. Eran casi las cuatro de la madrugada cuando finalmente se durmió.

3

Al día siguiente, el almuerzo con Antoine transcurrió sin el menor tropiezo y respondió por completo a los deseos de Beata. Cortés, agradable, cordial, totalmente correcto. Se mostró muy respetuoso con la madre, trató a Brigitte como si fuese una niña tonta y las hizo reír cuando bromeó con ella. Era inteligente, encantador, amable, divertido, y una se sentía de maravilla a su lado. Por no mencionar que era guapísimo. Les contó divertidas anécdotas de su familia y dijo de sus propiedades que administrarlas y mantenerlas era una pesadilla, aunque su respeto por el patrimonio familiar era evidente. No cometió ni un solo desliz ni reveló que las tierras no estaban en Suiza sino en Francia. Al final del almuerzo, Monika lo adoraba, y no vio nada malo en que fuese a dar un paseo con Beata. Él no había hecho ninguna insinuación romántica, y no había en su comportamiento la menor muestra de sordidez o astucia. Por lo que respectaba a la madre de Beata, tan solo era una persona muy amable a quien le gustaba tener tres nuevas amigas. La dama no sentía el menor recelo ni preocupación. Cuando por fin estuvieron a solas, Beata y Antoine experimentaron un gran alivio, y caminaron varios kilómetros por la orilla del lago. Esta vez, cuando se detuvieron para sentarse y conversar, lo hicieron en una delgada franja de playa. Sentados en la arena y con los pies en el agua, hablaron de infinidad de cosas. Parecían compartir gustos y opiniones en casi todo.

—Gracias por invitarnos a comer. Has sido muy amable con mi madre y con Brigitte.

—No seas tonta, ellas sí que han sido amables conmigo. Por cierto, tu hermana hará estragos, romperá el corazón de muchos hombres. Espero que la casen pronto.

—Lo harán —dijo Beata con una discreta sonrisa. Apreciaba la manera en que se había comportado con Brigitte. La mantenía en su lugar, bromeaba con ella como la niña que era y no tenía el menor interés romántico por ella. A Beata le satisfacía ese trato, aunque fuese un tanto cruel por su parte. No le resultaba nada fácil convivir con Brigitte—. Está más o menos enamorada de uno de los amigos de Horst, y mi padre hablará pronto con su padre. Estoy segura de que a finales de año estarán prometidos.

—¿Y qué me dices de ti? —le preguntó Antoine en un tono de preocupación que a ella le pasó inadvertido—. ¿Tienen planes para ti?

—Espero que no. No harán tal cosa. No creo que me case nunca. —Lo dijo con serenidad, y pareció como si hablara en serio.

—¿Por qué no?

—Porque no puedo imaginar que me interese por alguien que ellos elijan. Solo pensarlo me pone enferma. No quiero un marido al que no ame, con el que tenga que casarme sin conocerlo ni desearlo. Preferiría quedarme soltera para siempre.

Lo dijo con auténtica vehemencia; él la miraba y se sentía aliviado y entristecido al mismo tiempo.

—Para siempre es demasiado tiempo, Beata. Querrás tener hijos, y debes tenerlos. Tal vez un día encontrarás a alguien y te enamorarás. Solo tienes veinte años y toda la vida por delante.

Estaba triste mientras le decía estas cosas; sus ojos se encontraron y los dos sostuvieron la mirada largo rato antes de que ella replicara:

—Tú también.

—He de luchar en la guerra. Quién sabe los que sobrevivirán. Los hombres están cayendo como moscas en los campos de batalla. —De repente pensó en los hermanos de Beata y lamentó haberse expresado así—. Estoy seguro de que al final todos saldremos bien librados, pero resulta difícil pensar en el futuro. También yo he pensado siempre que me quedaría soltero. Creo que nunca me he enamorado —dijo sinceramente, y sus siguientes palabras sorprendieron a Beata casi tanto como a él mismo— hasta que te he conocido.

Se hizo un silencio interminable; ella no sabía qué responderle, pero sabía que también estaba enamorada de él a pesar de que acababan de conocerse. Lo que él le había dicho era absurdo, como también lo era lo que ambos sentían, pero esa era la realidad y no había nada que pudieran hacer al respecto. Era imposible y lo sabían, pero él lo había dicho de todos modos.

—Soy judía —dijo ella de repente—. No puedo casarme contigo. —Sus ojos se llenaron de lágrimas, y él le cogió la mano.

—Han sucedido cosas extrañas, Beata. La gente se casa al margen de su religión.

Se había pasado el día fantaseando acerca de casarse con ella. Era un sueño loco para los dos, pero él no podía negar lo que sentía. Había tardado treinta y dos años en encontrarla, y no quería perderla todavía... o nunca, si podía evitarlo. Pero ciertamente había obstáculos en su camino. En el mejor de los casos sería difícil. Su propia familia se indignaría. Él era el conde de Vallerand, y ni siquiera se lo había dicho todavía a Beata. Estaba seguro de que no significaría nada para ella. Lo que los había atraído era mucho más profundo que la fe, los títulos, la posición o la alta cuna. No había nada en Beata que no le gustara; lo que decía, sus sentimientos, su visión del mundo, y a ella le gustaban las mismas cosas de él. Se sentían atraídos por razones correctas, pero sus credos, sus nacionalidades, sus fidelidades y sus familias conspirarían para mantenerlos separados. Debían poner todo su empeño en impedir que triunfara cuanto se oponía a su unión. Ya se vería quién se saldría con la suya.

—Mi familia nunca lo permitirá. Mi padre me mataría. Me repudiarían.

Así respondió ella al comentario de Antoine sobre quienes

se casan al margen de su credo religioso. Aquello sería inaudito en su familia.

—Tal vez no, si se lo planteamos algún día. También mis padres se disgustarían. Necesitarían tiempo para acostumbrarse a la idea, y primero debemos ganar una guerra. Si decidimos seguir con esto, tenemos un largo camino por delante. Esto es solo el principio, pero quiero que sepas que te amo. Jamás se lo había dicho antes a ninguna mujer.

Beata lo miraba y asentía con lágrimas en los ojos. Estaban sentados uno al lado del otro en la estrecha playa, cogidos de las manos, y cuando ella habló su voz fue solo un susurro:

—Yo también te amo.

Él se volvió, sonriente y, sin decir palabra, se inclinó, la besó y la retuvo largo tiempo entre sus brazos. No hicieron nada incorrecto, a él le bastaba con la felicidad de estar a su lado.

—Quería que supieras que te amo, por si algo me sucediera. Quiero que sepas que este hombre te ama y te amará hasta el fin de sus días.

Era una afirmación demasiado imponente cuando solo hacía un par de días que se conocían, pero él lo decía con absoluta sinceridad, y ella no dudaba de que fuera cierta.

—Ojalá eso no llegue en muchísimo tiempo —dijo ella en tono solemne, refiriéndose a la frase «te amará hasta el fin de sus días».

—No llegará —replicó él.

Permanecieron allí sentados durante una hora, y él la besó de nuevo antes de que emprendieran el regreso. Antoine no quería hacer nada que fuese arriesgado para ella o que pudiera dañarla. Lo único que deseaba era protegerla y amarla, pero esos mismos sentimientos los colocaban en una situación difícil. El camino no iba a ser nada fácil, pero a los dos les parecía que aquel era su destino. Mientras regresaban al hotel cogidos de la mano ambos lo sentían así.

Aquella noche idearon un plan para verse. Ella le dijo que Brigitte dormía siempre como un tronco y no se enteraría cuando saliera. Se encontrarían en el jardín a medianoche. Era arriesgado, dadas las consecuencias si su madre los descubría, pero Beata aseguró que si ella o Brigitte estaban todavía levantadas, ella no acudiría. Él le pidio que fuera cauta y prudente, pese a que lo que iban a hacer no lo era, pero afortunadamente ella logró salir, y lo mismo sucedió las noches siguientes. Durante tres semanas pasearon, tomaron juntos el té y se vieron a altas horas de la noche. Lo único que hicieron fue hablar y besarse. Cuando él partió de Ginebra, poco antes de que ella lo hiciera, estaban profundamente enamorados y se habían prometido pasar juntos el resto de sus vidas, aunque no sabían cómo podrían cumplir su promesa. Cuando terminara la guerra hablarían con sus respectivas familias. Entretanto, él le escribiría. Tenía un primo en Ginebra que le haría llegar las cartas de Beata, mientras que le enviaría las suyas a Colonia. Lo había arreglado todo. De otro modo habría sido imposible mandar cartas a Alemania desde Francia.

La última noche que estuvieron juntos fue una tortura, y él la retuvo en sus brazos durante horas. Casi amanecía cuando ella se fue, con el rostro humedecido por las lágrimas, pero sabía que si los hados los ayudaban, un día estarían unidos. Él tendría permiso en Navidad, pero debía ir a casa de su familia en Dordoña. Mientras siguiera la guerra, le sería imposible ir a Alemania para verla. La familia de Beata no planeaba volver a Suiza. Así pues, tendrían que esperar. Pero no dudaban de que volverían a encontrarse. Lo que había ocurrido entre ellos solo se producía una vez en la vida, y la espera merecía la pena. Estaban absolutamente seguros de sus sentimientos.

—No olvides lo mucho que te quiero —le susurró él, cuando ella lo dejó en el jardín—. Pensaré en ti a cada momento hasta que vuelva a verte.

—Te quiero —le susurró ella entre sollozos. Luego fue a la habitación que compartía con Brigitte y se acostó.

Dos horas después, todavía despierta, vio que deslizaban una carta por debajo de la puerta. Se levantó para recogerla, y cuando abrió sigilosamente la puerta, él ya se había ido. La nota decía lo que ella ya sabía, lo mucho que la amaba y que un día sería suya. La dobló cuidadosamente y la metió en el cajón donde guardaba los guantes. Fue incapaz de destruirla, aunque sabía que sería lo más seguro, pero, como Brigitte era mucho más grande que su hermana mayor, nunca se ponía los guantes de Beata; por ello pensó que la nota estaría a salvo. No tenía ni idea de qué sucedería después. Todo lo que sabía era que amaba a Antoine, y lo único que por el momento podía hacer era rogar para que siguiera vivo. Su corazón le pertenecía.

Beata logró ocultárselo todo a Brigitte, e insistió en que ella y Antoine solo eran amigos. Su hermana tuvo una decepción, y al principio se resistió a creerle, pero acabó por aceptarlo. No tenía otra opción. Beata no mostraba ningún signo del amor o la pasión que sentía por Antoine, y no admitía nada ante Brigitte. Era mucho lo que estaba en juego. Ella no podía confiar a nadie lo que esperaba del futuro, excepto a Antoine, de la misma manera que este confiaba en ella. A su madre le parecía muy bien que hubieran hecho amistad, y decía que confiaba en verlo de nuevo algún día, cuando volvieran. Eran tiempos de guerra, y ella sabía que Jacob desearía volver a Suiza para tener un poco de paz.

El regreso a Colonia en septiembre fue difícil. La guerra continuaba, y era deprimente oír hablar de hijos, maridos y hermanos de conocidos que caían en el frente. Ya habían muerto demasiados hombres, y Monika estaba constantemente preocupada por sus hijos, lo mismo que Jacob, pero él además tenía que ocuparse de las hijas. Hizo lo que le había prometido a su esposa que haría. En octubre habló con el padre del amigo de Horst en Berlín, el joven que le gustaba a Brigitte, y luego le contó el resultado de sus gestiones; la muchacha estuvo encantada. El joven había aceptado, y sus padres pensaban que la unión de ambas familias era una excelente idea. Jacob dio a su hija menor una enorme dote y prometió a la pareja que les compraría una magnífica casa en Berlín. Tal como Beata había predicho, a finales de año, cuando cumplió los dieciocho, Brigitte estaba prometida.

En tiempo de paz, sus padres habrían organizado un gran

baile para celebrar el compromiso, pero eso quedaba descartado debido a la guerra. Simplemente lo anunciaron y dieron un gran banquete para ambas familias y sus amistades. Asistieron algunos generales y los jóvenes que estaban disponibles o de permiso; Ulm se las arregló para ir, pero Horst no lo consiguió. Fue una celebración por todo lo alto. La unión de dos familias y dos hermosos jóvenes.

Brigitte solo podía pensar en su boda y en el vestido de novia. Se casaría en junio, y la espera le parecía interminable. Beata se sentía feliz por ella. Aquello era lo que Brigitte había soñado desde niña. Quería un marido e hijos, fiestas, bonitos vestidos y joyas, e iba a tener todo eso. Además, tenía la suerte de que su prometido estaba destinado en Berlín. No corría un peligro inminente, y su padre había conseguido que lo nombraran ayudante de un general. Le habían asegurado al padre que el muchacho no sería enviado al frente, por lo que Brigitte no tenía nada que temer. Su matrimonio y su futuro estaban a salvo.

Beata parecía enormemente complacida; se sentía feliz al ver que su hermana lo era. Le había prometido confeccionarle toda la ropa interior de su ajuar, y se pasaba el día sentada, cosiendo prendas de satén claro y encaje. No parecía molestarle en absoluto que su hermana menor se casara y ella no. Estaba mucho más interesada en la guerra. Una vez a la semana recibía una carta de Antoine, a través de su primo suizo, que la tranquilizaba porque él continuaba vivo y estaba bien. Se encontraba cerca de Verdun, y Beata no dejaba de pensar en él mientras cosía y releía sus cartas un millar de veces. Su madre reparó en una o dos cartas cuando llegaron con el correo, pero en general Beata se hacía con él antes que los demás, y nadie se dio cuenta del número de cartas que recibía ni de la regularidad con que seguían llegando. Estaban tan enamorados como siempre, y dispuestos a esperar a que terminara la guerra para empezar a vivir juntos. Ella se había prometido a sí misma, una promesa que también le hizo a Antoine, que si le ocurría algo jamás se casaría con otro. Le parecía totalmente razonable. No podía imaginarse amando a alguien que no fuera él.

El padre de Beata había observado lo silenciosa que estaba en los últimos meses, y creía que su tristeza se debía a la alegría de Brigitte. Verla desdichada le rompía el corazón. Esta preocupación le impulsó a hablar con varios hombres a los que conocía bien, y en marzo supo que había dado con el apropiado. No habría sido su primera elección, pero tras examinarlo con más detenimiento, supo que el hombre que había elegido era el mejor para ella. Se trataba de un viudo sin hijos, de excelente familia y con una gran fortuna. Jacob había querido para Beata alguien mayor y más estable que el joven que le había conseguido a Brigitte, que podía ser inconstante, aún era inmaduro, juguetón y estaba demasiado mimado, aunque Jacob lo consideraba un muchacho simpático. Y Brigitte estaba loca por él. El marido que Jacob había escogido para su hija mayor era un hombre atento y muy inteligente. No era guapo, pero no carecía de atractivo, aunque se estaba quedando calvo. Era alto, un tanto corpulento y tenía cuarenta y dos años, pero Jacob sabía que iba a ser respetuoso con su hija. El hombre dijo que sería un honor para él prometerse a una muchacha tan bella. Había perdido a su esposa cinco años atrás, tras una larga enfermedad, y no había pensado en casarse de nuevo. Era una persona tranquila, a quien la vida social le desagradaba tanto como a ella, y todo lo que deseaba era un hogar donde reinara la paz.

Jacob y Monika lo invitaron a cenar a casa e insistieron en que Beata asistiera. Ella no quería, puesto que Brigitte estaba con sus futuros suegros para participar en unas fiestas que tendrían lugar en Berlín, y Beata no quería asistir a una cena sin ella. Sin embargo, sabía que debía acostumbrarse a ello, ya que en el mes de junio Brigitte se mudaría a Berlín con su marido. Sus padres fueron tajantes, aunque no le dijeron la razón por la que querían que estuviera presente; tenía que asistir a la cena. Beata se presentó en el salón ataviada con mucha elegancia; llevaba un vestido de terciopelo azul de medianoche, un hermoso collar de perlas y unos pequeños pendientes de brillantes. No prestó atención al hombre con quien ellos confiaban que se casara, pues no le había visto nunca hasta entonces; pareció como si ni siquiera se percatara de su presencia. Cuando se lo presentaron le estrechó cortésmente la mano y, pensando que el hombre estaba de alguna manera relacionado con el banco de su padre, no tardó en desentenderse de la conversación. Permaneció sentada y silenciosa a su lado, y aunque respondió con cortesía a sus preguntas, solo pensaba en la carta de Antoine, que había recibido aquella tarde. Durante la mayor parte de la velada hizo caso omiso del caballero. No oyó nada de lo que él decía, lo cual él interpretó como una muestra de timidez, y la encontró encantadora. Estaba francamente prendado de ella, pero Beata apenas lo observaba y no tenía la más remota idea de que lo habían invitado por ella. Creía que la habían sentado junto a él por azar, y no a propósito.

Aquella noche estaba preocupada por Antoine. No había tenido noticias en varios días, hasta la carta que acababa de recibir, en la que le hablaba de fuerzas alemanas que atacaban a los franceses en Verdun. Sentada a la mesa, apenas podía pensar en otra cosa; finalmente dijo que le dolía la cabeza y se retiró poco después del postre, sin ni siquiera desear las buenas noches. Consideró que era más discreto limitarse a desaparecer. Su futuro prometido le preguntó a Jacob cuándo pensaban decírselo, y este le prometió que lo haría muy pronto. Quería que Beata fuese tan feliz como Brigitte, y estaba seguro de que aquel era el hombre adecuado para ella. Su futuro marido compartía incluso su pasión por los filósofos griegos. Trató de hablar con ella de ese tema durante la cena, pero Beata se mostró distraída y ausente, y se limitó a asentir a cuanto él le decía, sin escuchar una sola palabra. Era como si estuviera a mucha distancia de allí. Su futuro prometido pensó que era una joven recatada y encantadoramente discreta.

Cuando su padre la encontró en el vestíbulo al día siguiente, Beata estaba mucho más animada. Acababa de recibir otra carta de Antoine, en la que aseguraba una vez más que estaba bien y tan locamente enamorado de ella como siempre. Había pasado unos días infernales en Verdun, pero estaba sano y salvo, aunque exhausto y hambriento. Las condiciones que le relataba eran de pesadilla, pero saber que vivía bastaba para levantarle el ánimo. A su padre le gustó verla tan feliz; luego, le pidió que se reuniera con él en la biblioteca porque quería hablarle. Le preguntó si le había gustado la cena de la noche anterior, y ella le respondió cortésmente que lo había pasado muy bien. Entonces su padre le preguntó por el invitado. Al principio ella apenas parecía recordarlo, pero después dijo que era muy simpático y una persona con la que resultaba agradable conversar. Era evidente que no tenía la menor idea de lo que le estaban preparando.

Cuando su padre se lo explicó, Beata se puso pálida. Le dijo que el hombre junto al que se había sentado y en el que apenas había reparado, estaba dispuesto a casarse con ella. De hecho, no veía ninguna razón para esperar. Le gustaría casarla lo antes posible, y le parecía que una boda discreta poco después de la de Brigitte, tal vez en julio, sería razonable. O incluso antes, si ella lo prefería, puesto que era la mayor de las dos hermanas, quizá en mayo. En tiempos de guerra la gente se apresuraba a casarse. Beata permaneció sentada y miró a su padre con una expresión horrorizada en el semblante; al principio, Jacob no acabó de comprender su reacción. La joven se levantó como impulsada por un resorte y dio unos pasos por la estancia, presa de ansiedad y pánico; cuando habló lo hizo con tal vehemencia e indignación que Jacob se quedó mirándola fijamente sin dar crédito a sus oídos. No era aquella la reacción que esperaba de ella, la que quería. Había prometido al pretendiente viudo que podía dar por hecho el matrimonio, y ya había hablado con él de las condiciones de la dote. Sería muy embarazoso que Beata se negara a casarse con él. Siempre había sido buena chica y había obedecido en todo a su padre, y Jacob estaba seguro de que lo haría una vez más.

—Ni siquiera lo conozco, papá —le dijo, con lágrimas deslizándose por sus mejillas—. Es lo bastante mayor para ser mi padre, y no quiero casarme con él —añadió con una expresión desesperada—. No quiero que me entregues a un extraño, como si fuese una esclava. No quiero compartir una cama con él, preferiría morirme solterona.

El padre pareció azorado ante aquella descripción demasiado gráfica y decidió pedirle a su madre que le hablara. Intentó por última vez razonar con ella. Él había esperado que estuviera complacida, no airada.

—En esta cuestión debes confiar en mi juicio, Beata. Él es el hombre apropiado para ti. A pesar de tu edad, te haces sobre el amor unas ilusiones románticas que no tienen sentido en el mundo real. Lo que necesitas es un compañero para toda la vida que comparta tus intereses, que sea responsable y te respete. El resto llegará con el tiempo, Beata, te lo prometo. Eres mucho más juiciosa que tu hermana, y necesitas un hombre que sea tan razonable y práctico como tú. No te conviene un chico guapo y bobo. Te hace falta un hombre que te proteja y os mantenga a ti y a tus hijos, un hombre con el que puedas contar y conversar. En esto consiste el matrimonio, Beata, no el idilio y las fiestas. No puedes desear eso, ni lo necesitas. Es mucho mejor un hombre como este para ti.

Dijo la última frase casi con severidad. Ella se detuvo en el otro extremo de la sala y lo miró furibunda.

—Entonces duerme tú con él. No voy a permitir que me toque. No amo a ese hombre y no me casaré con él porque tú lo digas. No vas a venderme como una esclava a un desconocido, papá, como si fuese una res. No puedes hacerme eso.

—No toleraré que me hables así —gritó él, temblando de ira—. ¿Qué querrías que hiciera? ¿Que te permita vivir aquí como una solterona durante el resto de tu vida? ¿Qué será de ti cuando tu madre y yo desaparezcamos y te quedes sin protección? Ese hombre cuidará de ti, Beata. Eso es lo que necesitas. No puedes quedarte aquí y esperar a que llegue un príncipe y te lleve, un príncipe que sea tan intelectual como tú, que sea tan serio y que le fascinen tanto los libros y los estudios como a ti. Tal vez preferirías un profesor universitario, pero no podría darte el tipo de vida al que estás acostumbrada y que mereces. Este hombre tiene unos medios comparables a los nuestros, y debes a tus hijos casarte con alguien como él, Beata, no con un artista o un escritor muerto de hambre que morirá de tisis en una buhardilla y te dejará sola. Esta es la realidad, hija mía, tienes que casarte con el hombre que he elegido para ti. Tu madre y yo sabemos lo que estamos haciendo; tú eres joven e idealista. La vida real no es lo que aparece en los libros que lees. La vida real está aquí, y harás lo que te digo.

—Antes me mataré —dijo ella, sin apartar los ojos de su padre, y parecía decirlo en serio.

Él nunca le había visto una mirada tan dura ni tan decidida, y entonces pensó en algo que nunca le había pasado por la mente, sobre todo tratándose de Beata. Le formuló una sola pregunta, con la voz temblorosa, y por primera vez tuvo miedo de lo que podía oír.

—¿Estás enamorada de alguien?

No podía imaginarlo, pues ella nunca salía de casa, pero la expresión de sus ojos le hizo comprender que debía preguntárselo; ella titubeó antes de responder. Sabía que debía decirle la verdad, no había otra solución.

—Sí. —Permaneció inmóvil y rígida ante su padre mientras pronunciaba esa única sílaba.

—¿Por qué no me lo habías dicho? —Parecía consternado y enfadado al mismo tiempo, y por encima de todo, se sentía traicionado. Ella le había permitido que siguiera adelante con aquella charada, y no le había dicho que estaba interesada en otro hombre. Lo suficiente para dar al traste con la unión que él había proyectado, la que sin ninguna duda era la mejor para su hija—. ¿Quién es? ¿Lo conozco?

Un estremecimiento recorrió el cuerpo de Jacob mientras hacía estas preguntas, como si alguien hubiera cavado su tumba.

Ella sacudió la cabeza y respondió en voz queda.

—No, no lo conoces. Lo conocí en Suiza el verano pasado.

Estaba decidida a ser sincera con él. No tenía alternativa. Aquel momento había llegado antes de lo que ella esperaba, y lo único que podía hacer ahora era rezar para que su padre fuese razonable y justo con ella.

—¿Por qué no me lo dijiste? ¿Lo sabe tu madre?

—No, no lo sabe nadie. Mamá y Brigitte lo conocieron, pero

entonces era solo un amigo. Quiero casarme con él cuando termine la guerra, papá. Él quiere venir y conocerte.

—Entonces dile que venga.

Su padre estaba furioso con ella, pero quería enfrentarse a aquella situación de una manera honorable y mostrarse razonable con su hija, pese a su enojo por aquella confesión en el último momento.

—No puede venir a verte, papá. Está en el frente.

—¿Lo conocen tus hermanos? —Ella sacudió de nuevo la cabeza y no dijo nada—. ¿Qué me estás ocultando acerca de él, Beata? Intuyo que hay más de lo que me dices.

Jacob estaba en lo cierto, como sucedía a menudo. La muchacha notó que todo su cuerpo se estremecía de terror al responderle.

—Es de buena familia y tienen una gran finca. Está muy bien educado y es inteligente. Me quiere, papá, y yo le correspondo.

Las lágrimas caían por sus mejillas.

—Entonces, ¿por qué lo has mantenido en secreto? ¿Qué me estás ocultando, Beata?

Estaba gritando, y Monika podía oírlo desde el piso de arriba.

—Es católico y francés —dijo Beata en un susurro. Su padre emitió un sonido como el de un león herido. Era tan terrible que ella dio unos pasos atrás mientras él avanzaba hacia ella, fuera de sí. Solo se detuvo cuando llegó ante ella y le asió los delgados hombros con ambas manos. La sacudió con tal violencia que los dientes le castañetearon mientras él le gritaba a la cara.

—¡Cómo te atreves! ¡Cómo te atreves a hacernos esto! No te casarás con un cristiano, Beata. ¡Jamás! Antes te veré muerta. Si haces eso, habrás muerto para nosotros. Anotaré tu nombre en el libro de los muertos de nuestra familia. No volverás a ver nunca a ese hombre. ¿Me entiendes? Y te casarás con Rolf Hoffman el día que yo diga. Le diré que el trato está hecho. Y tú le dirás a tu francés católico que no volverás a verlo ni a hablarle jamás. ¿Está claro?

—No puedes hacerme eso, papá —replicó ella entre lágrimas, sofocada por la falta de aire. No podía abandonar a Antoine y casarse con el hombre que su padre había elegido. No importaba lo que Jacob le hiciera.

—Puedo hacerlo y lo haré. Te casarás con Hoffman dentro de un mes.

—¡No, papá!

Cayó de rodillas, sollozando, mientras él salía a grandes zancadas de la biblioteca y subía la escalera. La joven permaneció allí, sin dejar de llorar, hasta que finalmente su madre fue a su encuentro, con el rostro humedecido por las lágrimas. Se arrodilló junto a su hija, con el corazón roto por lo que acababa de oír.

—¿Cómo has podido hacer esto, Beata? Tienes que olvidarlo... Sé que es una buena persona, pero no puedes casarte con un francés, no después de esta terrible guerra, y tampoco puedes casarte con un católico. Tu padre anotará tu nombre en el libro de los muertos.

La angustia embargaba a Monika cuando veía la expresión del rostro de su hija.

—Moriré de todos modos, mamá, si no vuelvo a verlo. No puedo casarme con ese hombre espantoso.

Sabía que no era espantoso, pero era mayor para ella, y no era Antoine.

—Le pediré a papá que se lo diga, pero nunca podrás casarte con Antoine.

—Nos hemos prometido que nos casaríamos después de la guerra.

—Debes decirle que no es posible. No puedes negar todo lo que eres.

—Él me quiere tal como soy.

—Sois dos críos alocados. Su familia también lo desheredará. ¿Cómo viviríais?

—Puedo coser... puedo ser costurera, maestra de escuela, cualquier cosa. Papá no tiene ningún derecho a hacerme esto.

Pero ambas sabían que sí lo tenía. Jacob podía hacer lo que quisiera, y le había dicho que si se casaba con un cristiano estaría muerta para ellos. Monika lo creía, y no soportaba la idea de no ver nunca más a Beata. Era un precio demasiado alto a pesar de que amaba a su marido.

—Te lo ruego —imploró a su hija—, no hagas esto. Debes hacer lo que dice papá.

—No lo haré —replicó la muchacha, sollozando en los brazos de su madre.

Jacob no era un necio. Aquella tarde le dijo a Rolf Hoffman que Beata era muy joven y, al parecer, temía las... obligaciones físicas... del matrimonio, y no estaba seguro de que su hija estuviera preparada para casarse con nadie. No quería engañar al hombre ni tampoco decirle toda la verdad. Le dijo que tal vez, tras un largo cortejo, y si llegaban a conocerse mejor, ella se sentiría más cómoda con todo lo que suponía el matrimonio. Hoffman estaba decepcionado, pero dijo que esperaría todo lo que hiciera falta. No tenía prisa, y comprendía que ella era una joven inocente. Se había dado cuenta de su timidez la noche que se conocieron. E incluso una hija obediente merecía la oportunidad de conocer previamente al hombre con el que iba a casarse y con quien se acostaría. Al final de la conversación, Jacob le agradeció su paciencia y le aseguró que, con el tiempo, su hija cambiaría de actitud.

Aquella noche Beata no se presentó a cenar, y Jacob no la vio durante varios días. Según su madre, no salía de la cama. Escribió una carta a Antoine, contándole lo que había sucedido. Le decía que su padre jamás aceptaría su matrimonio, pero ella estaba dispuesta a casarse con él de todos modos, ya fuese después de la guerra o durante el conflicto, como él quisiera. Pero ella ya no se sentía tranquila en su casa de Colonia. Sabía que su padre seguiría tratando de obligarla a casarse con Rolf. También sabía que pasarían semanas antes de que recibiera la respuesta de Antoine, pero estaba dispuesta a esperar.

No tuvo noticias suyas durante dos meses. En mayo recibió por fin una carta. Durante ese tiempo vivió aterrada por la posibilidad de que estuviera herido o muerto, o que, al enterarse de la reacción de su padre, hubiera decidido retractarse y no volver a escribirle más. Su primera conjetura era la correcta. Antoine había sido herido un mes atrás, y se encontraba en un hospital de Yvetot, en la costa normanda. Le había faltado muy poco para perder un brazo, pero decía que no tardaría en estar restablecido. Le informaba de que cuando recibiera aquella carta, él estaría en su casa de Dordoña, y que hablaría con su familia sobre el matrimonio. No volvería al frente, ni siquiera a la guerra. Su manera de decirlo hizo temer a Beata que la herida fuese peor de lo que él aseguraba, pero le repetía varias veces que todo iba bien y que la amaba.

Beata respondió enseguida a esta carta. La envió, como de costumbre, a través del primo suizo de Antoine. Lo único que podía hacer era esperar. Lo que él le había dicho en su carta era que confiaba en que su familia acogería a Beata y que, una vez casados, vivirían en su finca de Dordoña. Sin embargo, era indudable que llevar a una mujer alemana a Francia en aquellos momentos, o incluso después de la guerra, sería complicado, por no hablar de las cuestiones religiosas, que trastornarían a la familia de Antoine tanto como a la de Beata. Que un conde se casara con una judía era en Francia tan horrible como que ella se casara con un francés católico. No era fácil para ninguno de los dos. Tras escribirle, Beata pasaba los días tranquilamente, ayudando a su madre en las tareas de la casa y procurando que su padre la viera lo menos posible. Jacob intentó repetidas veces que se viera con Rolf, pero en cada ocasión ella se negó. Le dijo que jamás se casaría con él ni volvería a verlo. Había palidecido tanto que parecía un fantasma, y verla de esa manera desconsolaba a su madre. Monika le rogaba constantemente que cumpliera la voluntad de su padre. No habría paz para ninguno de ellos hasta que lo hiciera. El trauma que les había causado era tan grande, que la casa parecía una funeraria.

Cuando regresaron a casa de permiso, sus hermanos hablaron con ella, pero fue en vano. Brigitte estaba tan furiosa que apenas le dirigía la palabra. Estaba emocionada por la inminencia de su boda y se mostraba muy engreída.

—¿Cómo has podido ser tan estúpida de decírselo a papá, Beata?

—No quería mentirle sobre esto —se limitó a decir ella.

Pero lo cierto era que Jacob estaba furioso con todos ellos desde la revelación. Los consideraba a todos responsables de la traición de Beata. Sobre todo se sentía traicionado por su hija mayor, como si hubiera decidido enamorarse de un francés católico solo para ofenderlo. Desde su punto de vista, Beata no podría haber hecho nada peor. Tardaría años en superarlo, aunque ella aceptara abandonar a Antoine, cosa que hasta entonces no había hecho.

—No lo quieres de veras —le dijo Brigitte, con la seguridad de una muchacha de dieciocho años a punto de casarse con su apuesto príncipe.

Brigitte tenía el mundo en sus manos, y su estúpida hermana le daba pena. Le parecía ridícula. Lo que en Ginebra fue romántico durante unos días, ya no tenía ningún sentido. No se puede poner en peligro toda una vida o la unidad de la familia por un hombre que pertenece a otro mundo. Ella estaba encantada con el matrimonio que había convenido su padre.

—Ni siquiera lo conoces —la censuró Brigitte.

—Entonces no lo conocía, pero ahora sí. —Ambos habían desnudado sus almas en la correspondencia que habían mantenido durante seis meses, e incluso en Ginebra, al cabo de tres semanas, ya estaban seguros—. Puede que no tenga sentido para ti, pero sé que esto es lo mejor para mí.

—¿Aunque papá te inscriba en el libro de los muertos y nunca te permita vernos de nuevo?

Pensar en ello, y no había pensado en otra cosa durante los dos últimos meses, hizo que Beata se sintiera enferma.

—Espero que no me haga eso —dijo con voz ahogada.

La idea de no ver más a sus padres, a sus hermanos e incluso a Brigitte, era impensable. Pero no lo era menos abandonar al hombre que amaba. Tampoco podía hacer eso. Y aunque al principio su padre la echara de casa, ella confiaba que algún día transigiría. Si perdía a Antoine, desaparecería para siempre de su vida. Beata no creía que pudiera perder a su familia.

—¿Y si papá se muestra inflexible y nos prohíbe verte? —insistió Brigitte, obligándola así una vez más a enfrentarse al riesgo que corría—. ¿Qué harías entonces?

—Esperaría hasta que cambiara de idea —respondió Beata con tristeza.

—No cambiará de idea si te casas con un cristiano. Acabará perdonándote que hayas rechazado a Rolf, pero no que te cases con un francés. Ese hombre no compensa lo que perderás, Beata. Nadie podría compensarlo. —Brigitte estaba muy contenta por la aprobación de sus padres, y jamás habría tenido el valor o la audacia de hacer lo que Beata estaba haciendo, o de amenazar con hacerlo—. Lo único que te pido es que no cometas una estupidez que fastidie a todo el mundo antes de mi boda.

En eso era en lo único que podía pensar. Beata hizo un gesto de asentimiento con la cabeza.

—No lo haré —le prometió.

Beata tuvo noticias de Antoine una semana antes de la boda de su hermana. La familia del joven francés había tenido la misma reacción que la suya. Le dijeron que si se casaba con una judía alemana debería marcharse. Su padre casi lo echó de casa, diciéndole que no quería saber nada de él. Según las leyes francesas, su padre no podía privarlo de la herencia ni de su derecho al título cuando él falleciera, pero le aseguró que, si se casaba con Beata, ninguno de ellos volvería a verlo. Esta reacción indignó tanto a Antoine que cuando le escribió ya se encontraba en Suiza, esperándola. Lo único que él podía proponerle era que aguardaran el final de la guerra en Suiza, si ella todavía estaba dispuesta a casarse con él, a pesar de que eso significara el alejamiento de sus respectivas familias. Su primo le había dicho que podían vivir con él y su esposa y trabajar en su granja. Antoine sabía las dificultades que tendrían y que, una vez se distanciaran de sus familias, carecerían de dinero. Sus primos no tenían una posición desahogada, y él y Beata deberían vivir de su caridad y trabajar para su sustento. Si ella estaba dispuesta a ello, Antoine también, pero la última palabra la tenía Beata. Le decía que, si ella llegaba a la conclusión de que abandonar a su familia por él era demasiado difícil, lo comprendería y no se lo echaría en cara, que seguiría amándola fuera cual fuese su decisión. Sabía que ella sacrificaría todo cuanto amaba, aquello que le importaba y con lo que estaba familiarizada. De ninguna manera podía pedirle que hiciera eso por él. A ella le correspondía la decisión final.

Lo que conmovía a Beata era que él ya había hecho ese sacrificio por ella. Ya había abandonado a su familia en Dordoña y su padre le había dicho que no volviera jamás. Estaba herido y solo, en la granja de sus primos en Suiza. Y había actuado así por ella. Sus países seguían en guerra, aunque Antoine hubiera quedado al margen de la lucha. Ella deseaba volver algún día a Alemania y, desde luego, al seno de su familia, si su padre lo consentía. Pero hasta que la guerra terminara, no parecía haber más alternativa que aguardar en Suiza y resolver más adelante las cuestiones pendientes. Tal vez por entonces la familia de Antoine también habría transigido. Aunque en su carta le decía que no tenía esperanzas de que la ruptura con su familia pudiera arreglarse. Su marcha y la enconada discusión que la había causado habían sido demasiado decisivas y amargas. Incluso su hermano Nicolás se negó a hablarle cuando se marchó, y eso que siempre habían estado muy unidos. Era una gran pérdida para él.

Durante la semana que precedió a la boda de su hermana, Beata estuvo aturdida y se sintió torturada. Tenía que tomar una decisión. Cumplió con las formalidades en la boda de Brigitte, con la sensación de que soñaba. Y lo que resultó irónico fue que Brigitte y su marido iban a pasar la luna de miel en Suiza. Jacob se lo había aconsejado, porque era el único país seguro de Europa. Pasarían tres meses en los Alpes, por encima de Ginebra, no lejos de donde Antoine esperaba a Beata, si ella decidía ir. Quería reunirse con él, desde luego, pero le había prometido a Brigitte que no haría nada antes de su boda. Y no lo hizo.

El estallido definitivo tuvo lugar dos días después, cuando su padre le exigió que le asegurase que Antoine estaba fuera de su vida para siempre. Por entonces los dos hermanos se habían incorporado a sus respectivas compañías, Brigitte estaba de luna de miel, y su padre abordó a Beata sin contemplaciones. La discusión fue breve pero brutal. Ella se negó a prometerle a su padre que no vería de nuevo a Antoine, pues sabía que la estaba esperando en Suiza. Su madre procuraba dominar sus nervios mientras trataba en vano de calmarlos. Al final el padre le dijo que si no dejaba a su católico debería irse con él, pero que tuviera en cuenta que si abandonaba la casa, jamás podría volver. Y añadió que él y su madre realizarían la *shiva* por ella, el velatorio de los difuntos judío. Por lo que a él concernía, cuando abandonara la casa, habría muerto para la familia. Jamás debería ponerse en contacto de nuevo con ninguno de ellos. Lo que dijo fue tan atroz y estaba tan enfurecido que Beata tomó su decisión.

Tras discutir con él durante horas, rogarle que fuese razonable e intentar convencerlo de que la dejara reunirse con Antoine, finalmente fue a su habitación, derrotada. Hizo dos pequeñas maletas con todos los objetos que creyó que podían ser útiles en la granja de Suiza y puso también fotografías enmarcadas de todos sus familiares. Sollozaba cuando cerró las maletas. Las dejó en el vestíbulo, ante la mirada de su madre, que tenía los ojos llenos de lágrimas.

—No hagas esto, Beata... Él nunca te dejará volver. —Jamás había visto a su marido tan enfurecido, ni volvería a verlo. No quería perder a su hija, y no parecía haber nada que ella pudiera hacer para detener aquella tragedia—. Siempre lo lamentarás.

—Sé que lo lamentaré —dijo Beata, acongojada—, pero jamás querré a otro hombre. No quiero perderlo. —Tampoco quería perder a su familia—. ¿Me escribirás, mamá? —le preguntó, sintiéndose como una niña mientras su madre la atraía hacia sí; sus lágrimas se unieron cuando sus mejillas se tocaron. Durante una eternidad no recibió respuesta de su madre, y Beata supo lo que aquello significaba. Si su padre la repudiaba y decía que estaba muerta para todos ellos, su madre no tenía otra alternativa que obedecerlo. No cruzaría los límites que él les imponía, ni siquiera por su hija. La palabra de Jacob era ley para ella, y su esposo estaba plenamente decidido a considerar muerta a su hija—. Yo te escribiré —le dijo Beata en voz queda, aferrándose a su madre como la niña que todavía era en muchos aspectos. Aquella primavera había cumplido veintiún años.

—No me dejará ver tus cartas —replicó Monika, y abrazó a Beata durante tanto tiempo como pudo. Ver que se iba era una agonía—. Oh, cariño... sé feliz con ese hombre —le dijo, llorando de un modo incontenible—. Confío en que te merezca... pequeña mía, nunca volveré a verte.

Beata cerró los ojos con fuerza, abrazada a su madre, mientras el padre las miraba desde lo alto de la escalera.

—Entonces, ¿te vas? —le dijo Jacob severamente. Por primera vez en su vida Beata lo vio como un anciano. Hasta entonces le había parecido joven, pero ya no lo era. Estaba a punto de perder a su hija preferida, aquella de la que había estado más orgulloso, y el último de sus vástagos que quedaba en casa.

—Sí, me voy —respondió Beata en voz baja—. Te quiero, papá —añadió, deseosa de aproximarse a él para poder abrazarlo, pero la expresión de su cara le decía que no lo intentara.

—Tu madre y yo observaremos la *shiva* por ti esta noche. Que Dios te perdone por lo que estás haciendo.

Beata no se habría atrevido a hacerlo, pero quería decirle lo mismo a él.

Besó a su madre por última vez, cogió las maletas y bajó lentamente el último tramo de escalera, seguida por las miradas de sus padres. Los sollozos de su madre no cesaban. Su padre permanecía en silencio.

—¡Os quiero! —les dijo desde la puerta, alzando la cabeza hacia el lugar en que ellos estaban, pero no le respondieron. Solo oía los sollozos de Monika mientras cerraba la puerta a sus espaldas.

Cargada con las dos pesadas maletas, caminó hasta encontrar un taxi, y le dijo al conductor que la llevara a la estación del ferrocarril. Una vez sentada, no pudo contener las lágrimas. El taxista cobró la carrera sin decirle nada. En aquellos días todo el mundo vivía tragedias personales, y él no quería preguntar. Ciertas aflicciones no se comparten.

La espera del tren para Lausana se prolongó durante tres horas, un tiempo más que suficiente para que Beata cambiara de idea. Pero sabía que no podía echarse atrás, sabía con todo su ser que su futuro estaba al lado de Antoine. Él había hecho un sacrificio similar por ella. No podía saber qué les reservaba el futuro, pero ella supo que aquel hombre era su destino desde el día que se conocieron. No lo había visto desde septiembre, pero ahora él formaba parte de ella. Era su vida, de la misma manera que sus padres se pertenecían mutuamente. Brigitte pertenecía al hombre con el que se había casado. Todos ellos tenían un destino que seguir. Y, si tenía suerte, algún día volvería a verlos. De momento, aquel era su camino. Le parecía inconcebible que su padre mantuviera eternamente su irrazonable postura. Más tarde o más temprano cedería.

Por la tarde, cuando por fin subió al tren, Beata se había serenado, aunque las lágrimas siguieron cayendo por sus mejillas durante la mayor parte del trayecto hasta Lausana. Finalmente se durmió. La anciana que viajaba en el compartimiento con ella la despertó; sabía que Beata se apeaba en Lausana. La muchacha le dio las gracias, bajó del tren y miró a su alrededor en la estación. Se sentía como una huérfana. Le había enviado a Antoine un telegrama desde la estación en Colonia. Entonces lo vio a lo lejos, corriendo por el andén hacia ella. Tenía un brazo vendado y en cabestrillo, pero, cuando llegó a su lado, la asió con el otro brazo y le dio un abrazo tan fuerte que ella casi no pudo respirar.

—No sabía si vendrías. Temía que no... era pedirte tanto...

Las lágrimas caían por las mejillas de ambos mientras él le decía cuánto la amaba, y ella lo miraba, sobrecogida. Él era su familia ahora, su marido, su presente y su futuro, el padre de los hijos que tendrían. Ahora lo eran todo el uno para el otro. No le importaban las penalidades que debería soportar, mientras estuvieran juntos. Por doloroso que fuese haber abandonado a su familia, ella sabía que había hecho lo correcto.

Permanecieron de pie en el andén durante largo rato, saboreando el momento, aferrándose el uno al otro. Él cogió una de las maletas con la mano sana, ella cogió la otra y echaron a andar, al encuentro de la pareja formada por el primo de Antoine y su esposa. Cuando salieron de la estación, la sonrisa de Antoine era radiante, y ella lo miraba también sonriente. El primo colocó el equipaje en el maletero del coche, y Antoine atrajo a Beata hacia sí. No se había atrevido a creer que ella acudiría, pero lo había hecho. Lo había abandonado todo por él. Se acomodaron en la parte trasera del vehículo, él la rodeó con el brazo bueno y volvió a besarla. No había palabras para expresar lo que significaba para él. Mientras avanzaban lentamente a través de Lausana y salían al campo, ella se acurrucó contra él. Ahora no podía permitirse mirar atrás, solo era posible mirar hacia delante. Tal como le había dicho que haría, aquella mañana su padre anotó el nombre de Beata en el libro de los muertos. La noche anterior habían realizado la *shiva* por ella. Había muerto para su familia.

4

La granja propiedad de los primos de Antoine era pequeña y sencilla. El paisaje era hermoso, y la casa, agradable y sin pretensiones. Tenían dos pequeños dormitorios contiguos, en uno de los cuales habían dormido sus tres hijos. Mucho tiempo atrás los jóvenes se fueron a una u otra ciudad, ninguno se quedó a trabajar en la granja. Esta disponía de una espaciosa y cómoda cocina y una sala de estar para los domingos, que nadie utilizaba. Era un ambiente muy distinto del de la casa de Beata en Colonia. Los propietarios estaban emparentados con Antoine por parte de madre, y, como le explicó a Beata, eran unos primos lejanos, pero les encantaba echar una mano a los jóvenes y agradecían su ayuda en las tareas de la granja. En una casita cercana vivían dos jóvenes que ayudaban en la labranza, la cosecha y el cuidado del ganado. Allí, en las montañas por encima de Lausana, resultaba difícil imaginar que en cualquier parte del mundo hubiera conflictos bélicos. La granja estaba muy lejos de la guerra.

Los primos de Antoine, María y Walther Zuber, eran personas de trato fácil, cariñosas y simpáticas. Eran educados, tenían poco dinero y habían elegido un estilo de vida apropiado a su manera de ser. El resto de su familia vivía en Ginebra y Lausana, aunque sus hijos habían emigrado a Italia y a Francia. Tenían más o menos la edad de los padres de Beata, aunque, al hablar con ellos, la muchacha se dio cuenta de que eran mayores. Su vida ordenada, sana y caracterizada por el duro trabajo los había mantenido en buena forma física y mental. El refugio que le ofrecieron a Antoine cuando él les contó su apurada situación era perfecto para la joven pareja en aquellos momentos de necesidad. Antoine haría lo que pudiera por ellos, a cambio del alojamiento que les proporcionaban, pero la lesión del brazo le imponía limitaciones.

Aquella tarde, mientras lo ayudaba a vendarse la herida y le masajeaba el brazo izquierdo, Beata se alarmó al ver el daño que había sufrido. La metralla casi había destruido los músculos y los nervios, y la herida seguía pareciendo dolorosa. Los médicos le habían dicho a Antoine que podría volver a utilizar el brazo, pero nadie sabía hasta qué punto, y era evidente que nunca volvería a ser como antes. Esto no cambió en absoluto los sentimientos de Beata hacia él, y por suerte Antoine era diestro.

El joven francés ofreció a Walther su ayuda en el manejo de los caballos, ya que tenía una habilidad especial para ello, y con solo un brazo haría lo que pudiera. Beata y los dos muchachos que trabajaban allí harían el resto.

Mientras almorzaban sopa y salchichas en la acogedora cocina, Beata se ofreció a cocinar y hacer cualquier otra tarea que ellos creyeran oportuna. María le dijo que le enseñaría a ordeñar a las vacas, y Beata la miró con los ojos muy abiertos. Nunca hasta entonces había estado en una granja, y sabía que era mucho lo que tenía que aprender. No solo había abandonado a su familia por Antoine, así como la casa en la que había nacido, sino que había dejado la ciudad y la vida que siempre había conocido. Lo había abandonado todo por él, y él por ella. Era un nuevo comienzo para los dos, y sin los Zuber no habrían tenido ningún lugar adonde ir ni el modo de subsistir. Beata se lo agradeció de todo corazón cuando terminaron de comer; ayudó a María a fregar los platos. Era la primera comida que tomaba que no fuera *kosher*, y aunque no estaba familiarizada con aquella clase de alimentos sabía que ahora, en la granja, no tenía alternativa. Su vida entera había cambiado en un abrir y cerrar de ojos.

—¿Cuándo vais a casaros? —le preguntó María, con una expresión maternal y preocupada.

Se había sentido inquieta por Beata desde que Antoine les escribió para preguntarles si podrían vivir en la granja. Ella y Walther eran hospitalarios y generosos, y no vacilaron en aceptar. Como sus hijos estaban ausentes, la ayuda de la joven pareja les vendría muy bien.

—No lo sé —respondió Beata en voz baja.

No había tenido tiempo de hablar con Antoine sobre ello. Todo era demasiado nuevo. Tenían muchas cosas en las que pensar. Ella aún estaba impresionada por los últimos y traumáticos días en Colonia.

Aquella noche habló con Antoine de sus planes. Él dormía en el sofá de la sala de estar y, con la aprobación de María, había cedido a Beata el pequeño dormitorio. Antoine aseguró a sus primos que él y Beata se casarían pronto. María no quería que la joven pareja viviera en pecado bajo su techo, y Walther estaba de acuerdo. Eso era incuestionable. Ellos también querían casarse. Nada más llegar a Suiza, Antoine descubrió que, como extranjeros que eran, debían conseguir un permiso especial para casarse en el país. A fin de obtener los documentos que necesitaban, le pidió prestado a Walther su coche y, al día siguiente, fue con Beata a la ciudad vecina. Los requisitos eran sus pasaportes, un documento que les permitiría casarse en el registro civil y dos ciudadanos suizos que respondieran por ellos y actuaran de testigos. El hecho de que el abuelo materno de Antoine hubiera sido suizo no suponía ninguna ventaja. Su madre y su abuela eran de nacionalidad francesa, lo mismo que él. El funcionario que anotó los datos les dijo que los papeles estarían listos al cabo de dos semanas.

—¿La boda será civil o religiosa? —les preguntó rutinariamente el funcionario. Antoine miró perplejo a Beata.

Ninguno de los dos había pensado en quién los casaría, y Antoine había supuesto que bastaría con una breve ceremonia civil en el ayuntamiento. Sin más familiares que los Zuber, y en unas circunstancias como las suyas, la boda solo era un acto oficial para obtener los documentos necesarios y legitimar su unión a fin de que pudieran vivir juntos decentemente y en paz. No habría ninguna ceremonia, ni recepción, banquete o celebración. El acto no sería más que un instante en el que se convertirían en marido y mujer. Cómo y dónde lo harían, y cuál sería la autoridad que haría oficial su unión, no había pasado por la mente de ninguno de los dos. Después de que el funcionario del registro civil formulara la pregunta, Antoine miró dubitativo a la que iba a ser su esposa. Cuando salieron de la oficina y se hallaron bajo el sol veraniego, él la rodeó con el brazo derecho y la besó con cautela. Beata parecía sorprendentemente tranquila, y le sonreía.

—Nos casaremos dentro de dos semanas —le dijo ella en voz baja.

Aquella no era la boda que había imaginado de niña, pero en todos los demás aspectos era la realización de un sueño. Se habían conocido diez meses atrás y se enamoraron desde el primer momento; lo único que ella deseaba ahora era pasar el resto de su vida con él. Aún no sabían dónde iban a vivir después de la guerra, ni siquiera cómo vivirían o si sus familias volverían a acogerlos en su seno. Beata confiaba en que lo hicieran, pero lo único que sabía ahora era que solo deseaba estar con él.

—¿Quién te gustaría que nos casara? —le preguntó dulcemente Antoine.

El funcionario del registro civil les había formulado una pregunta muy razonable. Antoine no sabía si ella querría que los casara un rabino, aunque debía admitir que la idea le inquietaba un poco. Si lo deseaban, podían casarse en la oficina del registro civil, pero, tras pensar en ello, Antoine creía que preferiría que los casara un sacerdote.

—La verdad es que no había pensado en ello, pero no puede casarnos un rabino —le dijo juiciosamente Beata—. Para eso tendrías que convertirte, y serían necesarios largos estudios.

Dos semanas les parecían una eternidad, y desde luego ninguno de los dos estaba dispuesto a esperar años, sobre todo ahora que ella estaba allí y que vivían en casa de los Zuber. Antoine pasó despierto la mayor parte de la noche anterior, sabiendo que ella estaba en la cama que pronto compartirían en la habitación contigua. Después de todo lo que habían pasado juntos, anhelaba hacerla suya.

—¿Qué te parece si nos casa un cura? —le preguntó Antoine. No quería forzarla, aunque sus preferencias estaban claras.

—No lo sé. Nunca he pensado en ello. Pero casarnos en la oficina del registro civil me parece un poco triste. No creo que importe que nos case un rabino o un sacerdote. Siempre he pensado que existe un Dios que nos observa y se preocupa por nosotros. No estoy segura de que haya alguna diferencia entre la iglesia o a la sinagoga a la que Él pertenece.

A Antoine le pareció una idea novedosa. Beata, al contrario que su familia, era de ideas muy liberales.

Durante el camino de regreso a la granja hablaron de ello, así como de la posibilidad de que Beata se convirtiera al catolicismo. Ella mostró una actitud sorprendentemente abierta al respecto, y dijo que lo haría, si tanto significaba para él. Creía en su religión, pero también amaba a Antoine. Y si convertirse al catolicismo por él hacía que pudieran casarse antes, para ella bastaba. Mientras hablaban en serio del asunto, Antoine detuvo el coche ante una pequeña iglesia. En la parte trasera estaba la rectoría. Antoine bajó del vehículo, subió los antiguos escalones de piedra e hizo sonar la campanilla. Un letrero indicaba que era una capilla del siglo x; la piedra parecía desgastada y erosionada por los elementos. Salió un viejo sacerdote vestido con sotana y sonrió al joven. Intercambiaron unas pocas palabras mientras Beata esperaba en el coche; entonces, Antoine le hizo un gesto para que se acercara. Ella bajó del vehículo y se aproximó cautamente. Nunca había hablado con un sacerdote católico y nunca había visto a uno de cerca, solo cuando iba por la calle, pero la cara y los ojos del anciano reflejaban amabilidad.

—Su prometido me dice que quieren casarse —le dijo ante la pequeña iglesia, bajo el sol matinal y acariciados por el fresco aire de la montaña.

Más allá se extendía un campo de flores silvestres amarillas y, detrás de la iglesia, un antiguo cementerio. Al fondo había una capillita y un pozo que se remontaba al siglo IV.

—Sí, queremos casarnos —respondió Beata, procurando no pensar en lo que dirían sus padres si la vieran hablando con un sacerdote. Por un lado esperaba que la alcanzara un rayo, pero por otro experimentaba una seguridad y una paz sorprendentes.

—Tengo entendido que no es usted católica. Necesitará nociones de catequesis, y supongo que deseará convertirse.

Beata tragó saliva. Jamás había pensado que podría tener un credo que no fuese el judío. Pero tampoco había pensado nunca que se casaría con Antoine o un hombre como él. Además, sus estudios de las religiones habían abierto su mente a otros credos. Supuso que con el tiempo, y por amor a Antoine, se sentiría identificada con aquella fe que ahora le era ajena. Estaba dispuesta a convertirse por amor a él.

—Podría asistir a las clases de catecismo con los niños del pueblo, pero el último grupo acaba de hacer la primera comunión, y las clases no se reanudarán hasta después del verano. Según parece, quieren casarse ustedes dentro de dos semanas.

El cura miró el brazo herido de Antoine mientras hablaba. Entonces miró a Beata y vio en su rostro una gran inocencia. Antoine le había explicado que él era francés y Beata alemana, que le habían herido en la guerra y que no tenían familia, excepto los primos con quienes vivían. Había dejado claro que Beata había llegado de Alemania el día anterior y que deseaban regularizar su situación y no vivir en pecado. El sacerdote podía ayudarlos a satisfacer sus necesidades, y el anciano estuvo conforme. Quería hacer todo lo que pudiera. Los jóvenes le parecían buenas personas, y no había duda de que sus intenciones eran puras, pues de lo contrario no se habrían detenido a hablar con él.

—¿Por qué no entran un momento y hablamos de ello?

Hizo un gesto, invitándolos a entrar, y la pareja lo siguió al interior de una habitación pequeña y oscura. De una de las paredes pendía un enorme crucifijo, y solo unas velas proporcionaban luz. En un rincón había una hornacina con una imagen de la Virgen María. El sacerdote se sentó a una maltrecha mesa y

Antoine retiró dos sillas para tomar asiento con Beata. La atmósfera de la estancia era un poco deprimente, pero sin embargo frente al anciano sacerdote que les sonreía, los jóvenes se sentían a gusto.

—¿Podría venir a verme cada día durante una hora, Beata?

Ella asintió a esta pregunta. Todavía no estaba segura de lo que esperaban de ella en la granja, o de si Antoine tendría tiempo para llevarla a la iglesia en el coche. De no ser así, tendría que recorrer un largo camino a pie, pero también estaba dispuesta a hacerlo.

—Sí, vendré —replicó, sintiéndose un poco intimidada. No sabía a ciencia cierta qué quería el sacerdote de ella.

—Si lo hace, creo que podremos examinar todos los aspectos del catecismo que necesita para convertirse. Preferiría hacerlo con tiempo, a lo largo de varios meses, de modo que comprendiera usted lo que está aprendiendo y asegurarnos de que esté preparada para recibir el bautismo. Pero en este caso creo que podemos avanzar con más rapidez. Puede estudiar por su cuenta, y yo le enseñaré lo que debe saber. Este es un paso importante en su vida, incluso más importante que el matrimonio. Abrazar la fe de Cristo es algo maravilloso.

—Sí —susurró ella—, lo sé.

Antoine la miraba; los ojos de la muchacha parecían enormes en aquel rostro blanco como la leche. Nunca le había parecido tan bella como ahora, en la estancia iluminada por las velas.

—¿Y si no me siento preparada? Si no estoy preparada para el... bautismo... —Apenas podía pronunciar la palabra.

—Entonces, naturalmente, tendrá que esperar a estarlo —replicó en tono amable el anciano sacerdote—. Siempre puede aguardar a casarse. No es posible contraer matrimonio con un católico a menos que se convierta.

Ni siquiera mencionó la opción de que Antoine podría convertirse al judaísmo, o de que podrían casarse por lo civil y no en la iglesia. Para el anciano párroco solo había una opción válida si se era católico: el sacramento celebrado por un sacerdote en una iglesia católica. Y, por lo poco que él le había dicho aquella mañana, Beata sabía que Antoine pensaba del mismo modo. Era otro paso enorme que daba por él, otro sacrificio que debía hacer. Además, como habían decidido por la mañana, no sería práctico que él abrazara la fe judía, pues los estudios necesarios le llevarían años. Donde vivían ahora no había ningún rabino más o menos próximo que pudiera enseñarle, y Antoine ni siquiera se había planteado la posibilidad de ser él quien cambiara de credo. Tanto por razones prácticas como de cualquier otra clase, esa opción carecía de sentido, y pedirle a Antoine una cosa así parecía excesivo. Beata sabía que no tenía otra alternativa que convertirse a la fe cristiana, si quería casarse con él y que su unión fuese sancionada y bendecida por una religión, en este caso la de él. La Biblia siempre la había intrigado. Le interesaban los relatos sobre Jesús, y los santos siempre le habían fascinado. Tal vez, se dijo a sí misma, las cosas solo podrían ser de aquella manera. Y, aunque era la única religión que conocía, Beata nunca había estado demasiado segura de su vínculo con el judaísmo. Así que estaba dispuesta a abandonarlo por él y abrazar el catolicismo. Tenía la sensación de que formaba parte de lo que le debía a Antoine como esposa. Su amor había requerido sacrificios por parte de los dos desde el comienzo, y aquel era otro de los que ella hacía por él.

Hablaron con el párroco durante media hora, y Beata le prometió que volvería a la tarde siguiente. El anciano le aseguró que estaría lista para la conversión y el matrimonio al cabo de dos semanas. Entonces los acompañó al exterior y saludó a los dos jóvenes agitando la mano cuando subieron al vehículo y se alejaron. Antoine conducía solo con la mano derecha y no parecía costarle ningún esfuerzo, mientras los dedos de la mano izquierda lesionada descansaban sobre el volante.

—Bueno, ¿qué te ha parecido? —le preguntó Antoine a Beata, con preocupación.

Le parecía que estaba pidiéndole demasiado, y si ella se mostraba reacia de veras a convertirse, él estaba dispuesto a conformarse con una ceremonia civil. No quería que ella hiciese nada que violara sus creencias. No sabía si ella era muy religiosa o hasta qué punto seguía las tradiciones judías. Sabía que su familia era ortodoxa, motivo por el que les resultaba impensable que la muchacha contrajera matrimonio al margen de su fe, pero no sabía con qué profundidad ella misma creía, o lo doloroso que podría ser para ella abandonar su credo por él.

—Creo que es un hombre simpático y que será muy interesante estudiar con él —respondió ella cortésmente, pero a Antoine le alivió ver que no parecía en absoluto molesta. Mostraba una curiosa serenidad con respecto a lo que estaba haciendo, la misma de la que había hecho gala en cada paso dado hasta entonces.

—¿Qué piensas de la conversión? No tienes que hacerlo si no quieres, Beata. Podemos casarnos en el ayuntamiento. Es mucho lo que ya has abandonado por mí.

Sentía un profundo respeto por ella.

—Y tú también —replicó ella. Al cabo de un momento, mientras miraba por la ventanilla el paisaje que pasaba a su lado, añadió—: Creo que prefiero casarme en la iglesia, sobre todo si eso es importante para ti. —Se volvió hacia él con una sonrisa que le iluminó los ojos.

—Tu generosidad es increíble —le dijo él, deseoso de poder alzar la mano del volante para rodearla con el brazo, pero evidentemente no podía—. Te quiero —le dijo con dulzura. Al cabo de unos minutos otra pregunta cruzó su mente—. ¿Y los hijos que tengamos? ¿Querrás que sean católicos o judíos?

Esas cuestiones habrían surgido con naturalidad en un cortejo normal, pero en las difíciles circunstancias en que ellos se habían encontrado, y con la distancia que los separaba, nunca habían tenido el tiempo ni la oportunidad de plantearse tales cosas. Beata reflexionó antes de responderle, y entonces lo miró con una expresión seria. Ella se había tomado muy a pecho cuanto habían hablado aquella mañana. Eran decisiones importantes, que incluso cambiaban la vida.

—Yo voy a ser católica, tú ya lo eres, y si esto es lo que los dos creemos, entonces nuestros hijos deberían serlo también, ¿no te parece?

Al margen de cualquier otra consideración, le parecía lo más práctico. Ella nunca había tenido los profundos sentimientos religiosos de sus padres. Iba al templo para satisfacerlos y porque era una tradición. Además, la Biblia siempre le había parecido fascinante. Estaba convencida de que, una vez casada con Antoine y con el paso del tiempo crearía un profundo vínculo con el catolicismo, y confiaba en que así fuese.

Antoine hizo un gesto de asentimiento, agradecido. Por supuesto, aquel era el motivo por el que los padres de ella se habían opuesto de tal modo a ese matrimonio. La idea de tener unos nietos católicos era su peor pesadilla convertida en realidad, pero ahora a Beata le parecía una idea juiciosa.

—Sería demasiado confuso que siguiéramos ritos diferentes y tuviéramos creencias distintas, aunque, por lo que he leído, no estoy muy segura de que lo sean demasiado.

Antoine se mostró de acuerdo, y cuando llegaron a la granja y bajaron del vehículo los dos se sentían en paz y unidos. Él le rodeó los hombros con el brazo y entraron para almorzar con los Zuber.

Hablaron con Walther y María acerca de su encuentro con el párroco, de su visita al registro civil y de las lecciones de catecismo que Beata tomaría en las siguientes dos semanas. La muchacha pidió disculpas por marcharse cada tarde, pero a María le pareció una noticia fantástica. Se había preguntado a menudo qué iban a hacer, una vez que Antoine les explicó que su novia era judía. Le parecía que el hecho de que Beata se convirtiera por él era un hermoso acto de amor, y así se lo dijo cuando los hombres hubieron salido y ellas limpiaban la cocina.

—Todo esto debe de parecerte muy extraño —le dijo María, comprensiva.

Era una mujer corpulenta y maternal, sin experiencia ni interés en las cosas mundanas. Se trasladó a la granja a los diecinueve años, cuando se casó con Walther, quien la compró dos años antes y se deslomaba trabajando en ella. En este tiempo ella había traído sus hijos al mundo, trabajaba, amaba a su marido e iba a la iglesia. Aunque leía mucho y era inteligente, era un claro ejemplo de la vida sencilla, y había una gran diferencia entre ella y la casa grande y elegante en la que se había criado Beata, así como en las ropas y joyas que llevaban su madre y Brigitte. De hecho, imaginarlas allí era imposible. Beata no podía evitar una sonrisa cuando pensaba en lo diferentes que serían las vidas de ella y de su hermana. Ella y Antoine no tenían intención de quedarse en Suiza para siempre; deseaban volver a Francia o a Alemania, dependiendo de cuál de las dos familias cediera, y dónde encontraran las mejores oportunidades. Si no volvía a Dordoña para ponerse al frente de sus propiedades, Antoine no sabía qué iba a hacer. Pero después de la guerra, con todos los cambios inevitables que se producirían, habría otros en la misma situación en que ellos se encontraban, gente que debería comenzar una nueva vida en un nuevo lugar. Era un nuevo comienzo para ellos, y Beata estaba agradecida por encontrarse allí.

—No es extraño —respondió Beata a María—. Solo es diferente. No estoy acostumbrada a encontrarme tan lejos de mi familia.

Añoraba terriblemente a su madre. Durante toda su vida había sido inseparable de su hermana, aunque de todas formas, ahora que Brigitte estaba casada y vivía en Berlín, todo habría cambiado. Lo que más le dolía eran las horribles circunstancias en que había dejado a su familia. Beata lo sentía aún como si fuese una herida abierta, y a María no le costaba imaginar que probablemente sería así durante muchos años. Confiaba en que tanto la familia de Antoine como la de Beata acabaran por recuperar la sensatez y perdonaran a sus hijos las decisiones que habían tomado. Eran unos jóvenes encantadores, y María sabía que iba a ser duro para ellos que sus familias siguieran empeñadas en repudiarlos y en no aceptar su matrimonio. Entretanto, María y Walther eran muy felices como suplentes de sus padres. Tener allí a la joven pareja era también una bendición para los Zuber.

—¿Querréis tener hijos pronto? —le preguntó María con interés. Beata se ruborizó, insegura de qué debía responder.

Sobre la cuestión de los hijos, no sabía hasta qué punto se podía elegir. Siempre había creído que los hijos llegaban al mundo si tenían que llegar. Desconocía si se podía hacer algo para evitar que eso sucediera, o para alterar el curso de los acontecimientos. Y no conocía lo bastante bien a María para preguntárselo.

—Creo que sí —respondió en voz baja; pareció azorada, mientras colocaba los últimos platos limpios en el armario—, aceptaremos el deseo de Dios, cualquiera que sea.

Mientras decía esto se preguntó si Brigitte también tendría pronto hijos. Por alguna razón no podía imaginar a su hermana con hijos, pues ella misma era todavía una niña, incluso a los dieciocho años. Beata, a los veintiuno, apenas se sentía preparada para las responsabilidades del matrimonio y la maternidad. Tres años atrás ni se le habría pasado por la cabeza estar allí. Pero, a pesar de su doloroso comienzo con Antoine, se sentía a la altura de las circunstancias. Era una época emocionante para los dos.

—Me ilusiona mucho que tengamos aquí un bebé —comentó María alegremente mientras les servía el té.

Ella apenas veía a sus nietos, porque vivían demasiado lejos, y no podían abandonar la granja. Le alegraba el corazón pensar en Antonie, en Beata y en la posibilidad de que un día una criatura corriera por la casa, si la pareja aún vivía con ellos cuando naciera. Esa idea hacía que le brillaran los ojos. Beata ni siquiera podía pensar en ello, pues lo único que deseaba ahora era seguir las clases de catecismo en la iglesia y casarse con Antoine al cabo de dos semanas. Aparte de eso, no sabía qué esperar o pensar. Lo único que sabía con certeza era lo mucho que amaba a Antoine. No lamentaba nada de lo que había hecho o abandonado por él. Tanto María como Walther la respetaban profundamente por su lealtad hacia su novio. Era una joven admirable, y desde luego muy decidida. Y tan encantadora... María sentía cada vez más afecto por ella. Siempre le habían tenido cariño a Antoine, aunque en los últimos años lo habían visto muy poco, pero cuando él les preguntó si podrían darles alojamiento, aceptar no les costó ningún esfuerzo. Ella solo lamentaba que, debido a sus nacionalidades, no pudieran quedarse para siempre. Más tarde o más temprano, cuando la guerra terminara, el gobierno suizo querría que se marcharan. Habían ido a Suiza en busca de asilo, pero cuando sus respectivos países hicieran las paces, tendrían que regresar a sus lugares de procedencia. Sin embargo, dado lo que estaba sucediendo en el mundo tras dos años de guerra, ¿quién sabía qué iba a ocurrir? Entretanto, alojados en aquel enclave montañés, estaban seguros y en paz.

Las clases con el padre André le parecieron a Beata absolutamente fascinantes. Le recordaban un poco los estudios bíblicos que había emprendido por su cuenta. Aunque lo que el párroco le enseñaba se orientaba más hacia el catolicismo. Le hablaba del Vía Crucis, le enseñaba los diversos rezos, la instruía acerca de la Virgen María y la Santísima Trinidad, le enseñaba las plegarias y la manera de rezar el rosario. Le explicó los sacramentos y la importancia de la comunión. A lo largo de aquellas sesiones Beata le hizo preguntas que demostraban lo mucho que había pensado en las cuestiones religiosas. No parecía sentirse incómoda ni estar en desacuerdo con ninguno de los conceptos y las ideas del cristianismo. A menudo le comentaba al párroco algunas curiosas similitudes con la religión de su infancia. Era una joven con una mente despierta, que apreciaba profundamente la religión y la filosofía, amable y afectuosa. Durante las dos semanas que estuvieron juntos, estudiando profundamente religión, el anciano párroco le cobró un enorme afecto. Cada día ella le llevaba algo de la granja, junto con los saludos de los Zuber. Incluso le hizo reír cuando le contó su experiencia como ordeñadora de vacas. Ella misma se reía mucho cada mañana, si pensaba en Brigitte tratando de llevar a cabo la misma tarea. Se habría desmayado. Una sola cosa le dolía aún a Beata, y era pensar en su madre. Y a pesar de su inflexible postura respecto a su matrimonio con Antoine, también echaba de menos a su padre. Estaba constantemente preocupada por la seguridad de sus hermanos. Aunque ahora estuviera lejos de casa y se hubiera ido obligada por la reacción de su padre todavía quería a su familia. Ni siquiera estaba enojada con ellos, tan solo los añoraba; había hablado de ello con el padre André, a quien le impresionaba su capacidad de compasión y de perdón. Beata no parecía recriminarles que la hubieran repudiado. El mayor cumplido que le hizo el sacerdote una tarde fue que, de no haber nacido en otra fe y estar preparándose para el matrimonio, podría haber sido una magnífica monja. Aquella noche, cuando se lo contó a Antoine, él no se sintió tan conmovido, ni mucho menos.

—¡Dios mío, espero que no intente convencerte de que hagas votos! Tengo otros planes para ti.

De improviso se mostró profundamente egoísta con ella. No estaba dispuesto a que nada ni nadie se la arrebatara.

—También yo los tengo, pero ha sido agradable oírle decir eso. —Se sentía halagada y, como creía María, era un gran elogio por parte del amable y anciano sacerdote.

—No importa lo agradable que sea —dijo Antoine en tono de desaprobación; todavía se notaba el nerviosismo en su voz—. No quiero ninguna monja en mi familia. Siempre he pensado que esa clase de vida es muy triste. Los seres humanos están hechos para casarse y tener hijos.

—Tal vez no todo el mundo —objetó Beata—. No todo el mundo está preparado para casarse y tener hijos.

—Bueno, por suerte tú lo estás —dijo Antoine, inclinándose por encima de la mesa para besarla, lo que hizo sonreír a María.

Antoine había estado trabajando duro en la granja con Walther, y por la noche, cuando le vendó la herida, Beata observó que tenía mejor aspecto. Se estaba curando, aunque el brazo continuaba rígido y no era tan útil como él confiaba que lo sería en el futuro. Pero lo cierto era que se las arreglaba muy bien, incluso con un solo brazo bueno. Para Beata, era tan apuesto como siempre. Le sonreía con timidez cuando él la besaba, y cuando hablaban de tener hijos se ruborizaba un poco, ya que pensaba en las nuevas experiencias que estaban a punto de llegar.

La mañana del bautismo de Beata, camino de la iglesia, María, Antoine y Beata se detuvieron en el ayuntamiento. Un funcionario de aspecto sombrío llevó a cabo la breve ceremonia civil que era el preludio legal de la boda en la iglesia al día siguiente. Beata se sentía impresionada porque a los ojos de la ley ya era la esposa de Antoine, de la misma manera que al día siguiente lo sería a los ojos de Dios. En el bautismo de Beata estuvieron presentes Antoine y María. Walther no pudo asistir porque tenía demasiado trabajo en la granja. La ceremonia fue breve y sencilla, y ella profesó sus creencias y su lealtad a la Iglesia católica. Antoine y María fueron los padrinos y prometieron renunciar al mal en nombre de ella, ayudarla a cumplir con su fe y a mantenerla viva en el futuro. Después del bautismo, recibió la comunión por primera vez; cuando el padre André le dio la sagrada forma lloró. Para ella aquello significó mucho más de lo que había esperado; no había experimentado nada parecido con el judaísmo. El tiempo que pasaba en la sinagoga siempre le había parecido aburrido. Permanecían sentados allí durante horas, y siempre le irritaba que los hombres estuvieran separados de las mujeres. Otra cosa que le molestaba era que no hubiera mujeres rabino; le parecía muy injusta. Cada vez que hacía tales comentarios, su padre se enfadaba y decía con severidad que las cosas eran como eran. También se llevó una decepción cuando supo que tampoco había mujeres sacerdote. Pero por lo menos estaban las monjas.

También a Brigitte la ortodoxia le parecía demasiado restrictiva, y antes de casarse aseguró que, cuando se trasladara a Berlín con Heinrich, ya no comería según las leyes de los judíos, puesto que la familia de su marido y él mismo no lo hacían. Jamás se atrevió a decir tales cosas a sus padres, aunque pensaba que las estrictas reglas de la ortodoxia eran una estupidez. Beata no creía exactamente lo mismo, pero había cosas acerca del judaísmo con las que siempre había estado en desacuerdo. Aunque no dejaba de sorprenderle, de repente le gustaba la idea de hacerse católica. Era otra manera de tener más intimidad y estar más cerca de Antoine. Incluso le parecía fácil creer en el concepto de los milagros, así como en el de la inmaculada concepción y el posterior nacimiento de Jesús. Se sintió diferente y más ligera, renovada en cierto sentido, cuando salió de la iglesia convertida en católica. Tenía un aspecto radiante y sonreía a Antoine. Entre la ceremonia civil y el bautismo, había sido una jornada extraordinaria.

—Todavía lamento que no quieras ser monja —bromeó con dulzura el padre André—. Creo que con un poco más de estudio y cierto tiempo para descubrir tu vocación, habrías sido una hermana ejemplar.

Antoine parecía aterrorizado ante aquella perspectiva.

—Entonces me alegro de que solo hayas dispuesto de dos semanas —comentó, totalmente en serio. La idea de que un convento le arrebatara la novia, después de lo que había luchado por conseguirla, le daba pánico. Pero sabía que el sacerdote lo decía con buena intención.

Se despidieron del párroco hasta el día siguiente, cuando volverían para casarse. Los documentos estaban en orden. El matrimonio civil los capacitaba también para contraer nupcias por la Iglesia. Aquella noche, tras una cena para celebrar su conversión al catolicismo, Beata se retiró temprano a su habitación. Era la última noche que pasaría sola en la cama que después de la boda compartiría con Antoine. Aquella noche aún tenía trabajo que hacer; era una sorpresa. No se había traído de Alemania ninguna prenda apropiada para la ocasión. Todas sus ropas eran prácticas y adecuadas para las tareas de la granja, pero María le había dado dos hermosos manteles de encaje, herencia de su abuela, que con el transcurso de los años se habían desgastado en algunos lugares. Beata le dijo que no importaba, y cuando no estudiaba para el bautismo, ordeñaba las vacas o ayudaba a María en la cocina, cosía frenéticamente en su habitación. El vestido de boda que se había confeccionado con los dos manteles estaba casi terminado. Se las ingenió para cortar, drapear y colocar el encaje en el pecho, los hombros y los brazos, y le sobró la tela suficiente para hacer un sombrerito con velo. Como ella era muy menuda, el vestido incluso tenía una pequeña cola. También fijó con hilvanes pequeñas jaretas en el busto. El vestido se amoldaba perfectamente a su estrecha cintura, y la falda era suavemente acampanada, decorada con apliques procedentes del resto de encaje. Eliminó todas las zonas desgastadas y las pequeñas roturas. El vestido era una obra de arte; ni siquiera María lo había visto terminado, aunque estaba impaciente por verlo. Esperaba que fuese sencillo y con un diseño un poco torpe. Poco era lo que podía hacerse con dos viejos manteles. No tenía ni idea del gran talento de Beata y de la delicadeza de su costura.

Antoine accedió a dirigirse a la iglesia una hora antes de la boda, de modo que no vería a Beata cuando saliera de la habitación. Ella quería darle una sorpresa cuando avanzara por el pasillo de la antigua iglesia y se reuniera con él en el altar. No sabía que hacía ella cuando, al final de la jornada, se retiraba temprano a su habitación; pensaba que estaba cansada por el trabajo en la granja. Ni siquiera María estaba informada de que más de una noche había permanecido levantada hasta el amanecer y que al día siguiente había desempeñado todas sus tareas sin apenas haber dormido. Quería terminar el vestido a tiempo para el día de la boda. Era lo más hermoso que había cosido jamás, digno de una colección de París, y si hubiera sido de seda o satén habría sido un vestido realmente espectacular, digno de cualquier boda importante, como para ella lo era la suya. Aunque era de lino blanco, era un vestido exquisito, y en ciertos aspectos más apropiado para la sencilla iglesia en la montaña de lo que habría sido un suntuoso vestido. Al verla, María se quedó boquiabierta.

—Dios mío, criatura... ¿de dónde has sacado ese vestido? ¿Te ha llevado Antoine a Lausana?

—Claro que no. —Beata se echó a reír, satisfecha por el efecto que había causado en su madrina. María la miró fijamente y se echó a llorar—. Lo he hecho con los manteles que me diste. He estado trabajando en él de noche durante dos semanas.

—No es posible. ¡Yo no habría podido hacer algo así ni en dos años! —Nunca había visto nada que pudiera compararse al vestido que Beata había confeccionado. Parecía una princesa de cuento de hadas. María nunca había visto una novia más bella—. ¿Cómo has aprendido a coser de esta manera?

—Es divertido. Antes hacía prendas para mi madre y mi hermana, y siempre he preferido hacerme yo misma los vestidos que comprarlos.

De ese modo siempre obtenía lo que deseaba, en vez de un diseño ajeno.

—Pero no un vestido así. —Hizo girar a Beata con una mano, admirando el velo y la cola. Era el vestido más bonito que María había visto en toda su vida—. Cuando Antoine te vea en la iglesia... caerá redondo.

—Espero que no —replicó Beata, pero el efecto que había causado la emocionaba.

Incluso Walther se quedó asombrado al verla, y ayudó a María a colocar cuidadosamente el vestido y la cola en el asiento trasero del automóvil. Él y María se acomodaron delante; Beata se sintió un poco culpable por haberle pedido a Antoine que fuese andando a la iglesia, pero no había querido que él viera el vestido antes de que llegaran. Se ocultó en su habitación hasta que él se marchó, para que él no la viera aquella mañana; por lo visto daba buena suerte. A Beata todavía le costaba creer que aquel era el día de su boda. Lloró mientras se vestía, pues añoraba mucho a su madre. Jamás se le había ocurrido pensar que un día contraería matrimonio sin que su madre estuviera presente ni su padre la acompañara hasta el altar.

Walther y María también aportaban los anillos, que eran sencillos y muy usados. Walther le dio a Antoine el anillo de bodas de su padre, que había guardado en una caja, y entraba perfectamente en el dedo de la mano izquierda de su primo. Walther lo llevaba en el bolsillo, junto con la alianza de la bisabuela de María, una fina sortija de oro con diminutos brillantes engastados. Era tan pequeña que ninguna mujer de la familia había podido llevarla. Sin embargo, a Beata le iba como si la hubieran hecho para ella. En el interior del anillo estaban grabadas las palabras *Mon cœur à toi*, mi corazón para ti. La alianza parecía haber sido muy querida y estaba muy gastada por el tiempo.

En un gesto de gran generosidad, Walther y María se quedarían aquella noche en casa de unos amigos que vivían cerca, de modo que los recién casados pudieran estar solos. Walther puso a enfriar una botella de champán que guardaba desde hacía años, del día de su boda. María dejó preparado un pequeño banquete nupcial para ellos. Era todo lo que podía hacer por la pareja, y lo hizo con ternura y amor. Quería que todo fuese lo más agradable posible puesto que aquella no era la boda que habrían tenido de haberse quedado con su familia. A pesar de cuanto habían perdido, ambos sabían que, de todos modos, habían ganado mucho; se tenían el uno al otro. Para Antoine y Beata eso les bastaba, aunque resultaba difícil no pensar en los seres queridos a los que habían dejado atrás, sobre todo en semejante día.

Cuando llegaron Beata y los Zuber, los lugareños estaban saliendo de la iglesia, una vez finalizada la misa. Antoine estaba esperando en la rectoría, como Beata le había pedido que hiciera. Los feligreses que salían del templo se quedaban mirando a los recién llegados y demostraban con exclamaciones su admiración por la encantadora novia y su bonito vestido. Todos, al verla, pensaban en las princesas de los cuentos de hadas, con el cabello oscuro bajo el gorrito de encaje, la piel blanca como la leche y los enormes ojos azules. Jamás habían visto una novia como ella. Incluso el padre André estaba asombrado, y tuvo que admitir que le sentaba mejor ser una novia que una monja. Le dijo que era la novia más hermosa que había visto jamás. Poco después, cuando acompañó a Antoine a la iglesia y le dijo que le tenía reservada una increíble sorpresa, sus ojos brillaban de satisfacción. Antoine no podía imaginar de qué se trataba, hasta que el organista empezó a tocar la música que Beata y él habían seleccionado, y la vio cruzar la puerta del brazo de Walther y avanzar lentamente por el pasillo. Se movía con la gracia de una joven reina, y sus pies apenas tocaban el suelo. Llevaba el único par de zapatos de noche que había traído consigo, unas apropiadas zapatillas de satén de color crema, con hebillas de pedrería falsa. Pero el vestido tomó totalmente por sorpresa a Antoine. Estaba intrigado por saber qué se pondría para aquella ocasión, y ahora, al verla, se preguntó si se habría traído consigo el vestido de novia desde Colonia. Parecía como si lo hubieran confeccionado en París antes de la guerra. Antoine observó con detalle el asombroso vestido, pero luego solo pudo concentrarse en Beata. Sus miradas se encontraron, y las lágrimas empezaron a caer por las mejillas de ambos. El encaje era lo bastante fino para que ella lo llevara como un velo, y cuando María se lo alzó, pudo ver que el rostro de Beata estaba humedecido por lágrimas de ternura y alegría. Ni ella ni ninguno de los feligreses de la parroquia habían visto jamás una joven más hermosa en toda su vida.

Beata lloró de nuevo al pronunciar los votos, y sus manos temblaban cuando Antoine deslizó el anillo en su dedo. Ella le puso el suyo con mucho cuidado, dada la extrema sensibilidad de la mano herida. Cuando el sacerdote los declaró marido y mujer, Antoine la atrajo hacia sí y la besó. Era el momento más feliz de su vida. Antoine apenas podía soltarla para que pudieran cruzar la puerta de la iglesia y salir a la soleada mañana de verano. Algunas personas de las granjas vecinas se habían quedado después de la misa para esperar en el exterior de la iglesia y ver de nuevo a la hermosa novia. Nadie que la viera aquel día olvidaría jamás su aspecto, y menos todavía Antoine.

Luego los Zuber y el sacerdote se reunieron con ellos para almorzar; por la tarde, camino de la casa de sus amigos, dejaron al párroco en su iglesia. Beata y Antoine permanecieron en el umbral de la granja, mientras los Zuber se alejaban, y entonces se volvieron para mirarse el uno al otro, por fin solos. No sucedía a menudo, ya que siempre estaban presentes Walther y María, pero ahora por fin podrían compartir la misma habitación por la noche. Y, solo por aquel día, tenían toda la casa para ellos dos, un bonito regalo que les había hecho la pareja. Aquella noche a solas en la pequeña granja de los Alpes era la única luna de miel que tendrían, pero ellos no deseaban nada más. Todo lo que necesitaban era estar juntos. Y ambos sabían que nunca olvidarían la magia de aquel día. Antoine la miraba arrobado bajo el sol del atardecer. Ella llevaba todavía el vestido de novia, y él deseaba que pudiera llevarlo siempre. Beata había trabajado mucho en él y solo lo luciría durante unas pocas horas, como sucedía en cualquier boda. Pero pocas novias habrían sido capaces de crear semejante vestido. Mientras admiraba cómo se adaptaba perfectamente a su grácil figura, Antoine la siguió al interior de la casa.

Se sentaron en la sala de estar y hablaron tranquilamente durante un rato; luego, Antoine abrió una botella de champán y llenó dos copas. Hacía tanto tiempo que Beata no lo tomaba, salvo por el poco que bebió en la boda de su hermana unas semanas atrás, que después de brindar y tomar unos sorbos se sintió mareada. Era difícil creer lo mucho que había cambiado su vida en tan poco tiempo. Un mes atrás no habría podido creer que viviría en una granja de Suiza y se casaría con Antoine. Era un sueño hecho realidad para los dos, aun cuando ella había tenido que vivir una pesadilla hasta llegar allí. Pero las penalidades que había sufrido parecían desvanecerse, y lo que quedaba era la vida que iban a compartir.

Cuando el sol empezaba a descender, Beata se ofreció para servir la cena que María les había dejado. Se habían pasado la tarde entera sentados y cogidos de la mano. Ninguno de los dos tenía prisa por consumar el matrimonio, y Antoine no quería asustarla. Sabía que aquello sería un gran paso para ella, y deseaba que le resultara lo más fácil posible. No había ninguna prisa. Pero tampoco tenían apetito. Cuando el sol se puso, estaban sentados en la sala de estar, besándose. El champán empezó a surtir efecto y de repente Antoine y Beata sintieron un irresistible acceso de pasión. Habían esperado durante once meses aquel momento. Era primero de julio y se conocieron en agosto del año anterior. Parecía haber transcurrido toda una vida desde que se encontraron en la orilla del lago, cuando Antoine tropezó con ella. Y ahora estaban casados. Era lo que ambos soñaron y quisieron desde aquel primer momento.

A pesar del brazo lesionado, que se había fortalecido un poco más, logró cogerla en brazos, todavía vestida de novia, y llevarla despacio a su dormitorio, contiguo al de Walther y María. La dejó con sumo cuidado sobre la cama y empezó a desvestirla lentamente. Él temía que fuese demasiado tímida para permitirle que la viera, pero ella no parecía tener reparos ni miedo acerca de lo que estaba haciendo. Poco después, el vestido quedó colgado del respaldo de la única silla que había en la habitación, y él le quitó delicadamente la ropa interior de satén y encaje que ella había confeccionado meses atrás y traído consigo. Al mirarla, Antoine se quedó sin respiración, parecía una muñeca de porcelana; luego la besó con suavidad. Ella empezó a desvestirlo con dedos temblorosos. No sabía qué estaba haciendo ni qué esperaba su marido de ella. Tenía una vaga idea de qué era hacer el amor, por lo que Brigitte le había contado. Pero ella no estaba tan informada como su hermana menor, que siempre había tenido más interés por lo que sucedía, o imaginaba que sucedía, entre una pareja. Beata se unió a él con inocencia, y cuando Antoine la tomó en sus brazos y empezó a hacerle el amor, ella descubrió una pasión y un placer como nunca había soñado. Él se mostró delicado y tierno con ella y, tras haber hecho el amor, se tendió a su lado en la cama, la abrazó y recorrió su precioso cuerpo con el dedo índice. Aquella noche hablaron durante horas e hicieron de nuevo el amor; la segunda vez fue incluso mejor.

Finalmente, a medianoche, con un hambre voraz, tomaron la cena que María les había dejado. Antoine dijo que nunca había estado tan hambriento en toda su vida, y Beata, enfundada en la bata que María le había dado como regalo de boda, soltó una risita. Se sentaron en la cocina de los Zuber; no llevaban nada bajo sus batas. Mientras la besaba ávidamente, Antoine se la retiró de los hombros y admiró su belleza. No podía creer en su buena suerte, y lo mismo le sucedía a Beata. Nada les había decepcionado en su noche de bodas. Y mientras ella roía un hueso de pollo, lo miró con un interrogante en los ojos.

—¿Crees que después de lo de esta noche tendremos un hijo? Supongo que es así como se hace, a menos que haya algo que aún no me has enseñado.

De repente se sentía muy adulta, después de todos los misterios que había descubierto. Él le respondió con una sonrisa.

—Es posible que lo tengamos. ¿Es eso lo que deseas, Beata? ¿No te parece demasiado pronto?

—Pero ¿entonces? —inquirió ella, con curiosidad.

—Si quieres esperar, hay ciertas cosas que podemos hacer para evitar que suceda con demasiada rapidez.

Él prefería no hacerlo pero no quería imponerle nada. Si ella no quería quedarse embarazada de inmediato, estaba dispuesto a esperar. Por encima de todo quería complacerla y hacerla feliz durante el resto de su vida.

—No quiero esperar —replicó ella suavemente, inclinándose para besarle—. Todo lo que deseo ahora es tener un hijo tuyo.

—Entonces veremos qué se puede hacer para que ocurra cuanto antes.

Ya habían hecho un considerable esfuerzo. Retiraron los platos, los fregaron y los colocaron en su sitio. Él sirvió una última copa de champán para cada uno, con lo que casi vaciaron la botella. Tras apurarla, él la llevó de nuevo a la cama y volvió a hacerle el amor. Fue la perfecta noche de bodas para los dos. Cuando el sol se alzaba sobre los Alpes, ella suspiró como una niña y se quedó dormida en brazos de su marido, al que amaba más de lo que nunca había imaginado.

5

El día de la boda de Antoine y Beata sería un recuerdo mágico no solo para ellos sino para cuantas personas los vieron. Del vestido de novia se habló en el pueblo durante meses. María la ayudó a guardarlo cuidadosamente en una caja llena de papel de seda. Beata prensó algunas de las flores del ramo nupcial y, tras pensarlo durante varios días, decidió escribir a su madre y a su hermana. Sabía que por entonces Brigitte estaría en Berlín, y quería contarle lo bonita que había sido su boda y decirle que seguía queriéndola. Deseaba decirle a su madre que estaba bien, que lamentaba que el día de su marcha hubiera sido tan horrible, que pensaba mucho en ella y que la había echado en falta el día de su boda.

Dos semanas después de haberles escrito, le devolvieron las cartas sin abrir. La de Brigitte no tenía nada personal escrito en el sobre. Se la habían devuelto con un par de palabras impresas mediante un tampón: «Destinatario desconocido». Beata supo que, incluso en Berlín, Brigitte no estaba dispuesta a desafiar a su padre. En cuanto a la carta enviada a su madre, su padre había anotado en el sobre, con su minuciosa caligrafía, que la devolvieran al remitente. No querían tener ningún contacto con ella. Beata tardó dos días, durante los que lloró en silencio, en contarle a Antoine lo que había sucedido.

—Todavía es todo muy reciente —le dijo él con suavidad—. Escríbeles de nuevo dentro de unos meses. Por entonces las cosas se habrán calmado —añadió confiadamente.

Él no había escrito a sus padres, pues seguía enfadado por la postura que habían tomado. Y tampoco tenía deseos de comunicarse con su hermano. Antoine era mayor que Beata y estaba mucho más enojado que ella.

—No conoces a mi padre —replicó Beata, afligida—. Nunca me perdonará. Dijo que él y mamá harían la *shiva* por mí. —Le explicó a Antoine qué significaba esa palabra, velar a los muertos, y él se sintió muy impresionado—. Solo quería contarles la boda a mamá y a Brigitte. Eso y decirles que las quiero.

No se habría atrevido a escribir a su padre, pero escribir a las mujeres de la familia tampoco le había servido de nada. Tenían demasiado respeto por Jacob y se sentían demasiado atemorizadas para desafiarlo. Solo ella se había atrevido a hacer tal cosa, y sabía que su padre jamás la perdonaría por ello. Beata confiaba en que su madre y sus hermanos lo hicieran.

Antoine ponía todo su empeño en consolarla, y cada noche hacían el amor como corresponde a unos recién casados. Intentaban no hacer ruido, a fin de no molestar a los Zuber, pero estaban demasiado cerca unos de otros, tanto que una mañana, un mes y medio después de la boda, María oyó que Beata vomitaba en el baño.

—¿Te encuentras bien? —le preguntó en tono preocupado a través de la puerta.

Los hombres habían salido de casa al amanecer, y las dos mujeres estaban solas. Beata iba a ordeñar las vacas cuando sintió náuseas. Al cabo de diez minutos, cuando tomó asiento en la cocina, estaba pálida.

—Lo siento. Debe de ser algo que he comido. Ayer Antoine me dio un montón de moras que había recogido y me las comí. Anoche ya me encontraba mal. —Allí sentada, en una de las sillas de la cocina, era evidente que se sentía fatal—. No he querido decírselo y herir sus sentimientos.

—¿Estás segura de que se debe a las moras? —le preguntó suavemente María. No le sorprendía en absoluto ver a Beata en ese estado. Al contrario, le hacía concebir esperanzas.

—Creo que sí.

María le hizo a Beata algunas preguntas, y se rió de las respuestas que la daba la inocente joven.

—Si no recuerdo mal, querida, creo que estás embarazada.

—¿De veras?

El asombro de Beata hizo que apareciera una amplia sonrisa en el rostro de María.

—Yo diría que sí. ¿Por qué no esperas a estar segura antes de decírselo a tu marido?

No había necesidad de que Antoine se preocupara o se hiciera ilusiones antes de tiempo. María sabía que los hombres tenían extrañas reacciones ante esas cosas. Era mejor decírselo cuando una estuviera totalmente segura.

—¿Y cuándo será eso? ¿Cuándo estaré lo bastante segura para decírselo?

—Dentro de una o dos semanas, si no ocurre nada y sigues sintiéndote mal. Lo sabrás muy pronto.

Beata sonreía cuando fue a ordeñar las vacas; aquella tarde estaba tan cansada que volvió a casa en cuanto finalizó las tareas y durmió dos horas antes de la cena.

—¿Se encuentra bien Beata? —le preguntó Antoine a María, con una expresión preocupada, cuando llegó a casa.

Normalmente su esposa estaba muy animada, y ahora parecía estar siempre soñolienta. Se preguntó si quizá se debería a que él la mantenía despierta hasta muy tarde, haciendo el amor. Pero, cuando yacía a su lado, le resultaba imposible quitarle las manos de encima.

—Se encuentra bien. Lo que pasa es que ha estado todo el día bajo el sol, recogiendo fruta —respondió María con cautela.

Era una buena excusa para explicar las náuseas y la somnolencia, pero lo cierto era que Beata era una formidable trabajadora que le resultaba de gran utilidad a María.

Al cabo de dos semanas, cuando no sucedió nada que indicara que sus molestias podían tener otro origen, Beata estuvo segura de su embarazo; incluso en aquella primera etapa ya no podía abrocharse el cinturón. Las náuseas eran constantes. Un domingo por la tarde, mientras paseaba con Antoine, camino de casa tras salir de la iglesia, ella le sonrió de forma misteriosa. Él le devolvió la sonrisa y se preguntó en qué estaría pensando su mujer. La vida a su lado era un constante y delicioso misterio para él.

—Pareces una mujer con un secreto —le dijo, sonriéndole orgulloso. Le gustaba estar casado con ella y pensar en su futuro juntos.

—Lo compartiré contigo —replicó ella en voz queda, tomándole del brazo. Habían decidido ir andando a la iglesia en lugar de hacerlo en coche. El tiempo era todavía hermoso a finales de agosto. Según el cálculo que había hecho con la ayuda de María, llevaba dos meses embarazada. Estaba segura de que ocurrió en su noche de bodas, y Antoine no sospechaba nada—. Vamos a tener un hijo —le dijo, mirándolo a los ojos. Él se detuvo en seco y la miró fijamente.

—¿Lo dices en serio? ¿Cómo ha ocurrido? —le preguntó Antoine, sorprendido. Ella se echó a reír.

—Bueno, cuando lleguemos a casa te lo explicaré, o tal vez te mostraré cómo lo hicimos; quizá no lo recuerdas.

Le estaba tomando el pelo, y él se rió con ella, sintiéndose como un estúpido.

—No me refería a eso, aunque me encantará que me lo recuerdes en cualquier momento, madame de Vallerand. —Ahora le gustaba llamarla por su apellido de casada, y ella también lo usaba con agrado. Le sentaba bien—. Me refiero a cuándo te has enterado, a cómo lo sabes, a si estás segura y cuándo llegará. —De improviso pareció preocupado—. ¿Puedes andar?

—¿Te gustaría llevarme a casa en brazos? —replicó ella con dulzura, y entonces soltó una risita—. Estoy bien, aunque últimamente he tenido náuseas, pero María dice que eso es normal. Recuerdo haber oído hablar de chicas a las que conocía, que se encontraron muy mal durante varios meses. Ni siquiera podían salir de su dormitorio. —Pero en el saludable lugar donde vivían y si llevaba una vida tranquila, Beata estaba segura de que las náuseas no tardarían en desaparecer. Ya se encontraba un poco mejor. Las primeras semanas habían sido horribles, pero ahora la emocionaba tanto pensar en lo que estaba sucediendo que aquel malestar no le importaba—. Creo que sucedió en nuestra noche de bodas, lo cual significa que deberíamos tener un encantador bebé a comienzos de abril, tal vez para la Pascua de Resurrección. —Por costumbre estuvo a punto de decir «la Pascua judía», pero rectificó a tiempo.

En la fe católica, la Pascua de Resurrección era un tiempo de renacimiento, y a ella le parecía una época perfecta. Además, así podría sacar al bebé de paseo en verano, lo que era mejor que tenerlo bien abrigado y encerrado en casa. El momento era perfecto para ella. Y Antoine no cabía en sí de gozo. Le pidió que disminuyera la actividad y que no caminara con tanta energía. Si le hubiera dejado, su marido la habría llevado a hombros hasta la casa. Beata se dio cuenta de que estaba un poco preocupado. No estaba seguro de si deberían seguir haciendo el amor, y no quería hacerle daño. Ella le aseguró que todo iba bien y que podían seguir viviendo con normalidad.

Pero en el transcurso de los meses siguientes, Antoine no dejó de vigilarla. Regresaba a casa tan a menudo como le era posible para ver cómo estaba, y se ocupaba de la mayor parte de las tareas que antes compartían, aunque ella insistía en que no era necesario tener tanto cuidado.

—No debes hacer eso, Antoine, estoy bien. Me sentará bien moverme y estar ocupada.

—¿Quién te lo ha dicho?

Finalmente la llevó a Lausana para que la viera un médico, con el único objetivo de asegurarse de que todo era normal. El médico los tranquilizó y les dijo que el embarazo avanzaba sin ningún contratiempo. Lo único que Beata lamentaba a menudo era que no podía darle la noticia a su madre. Le había enviado otra carta, que esta vez le fue devuelta incluso con mayor rapidez. Su comunicación con la familia estaba totalmente interrumpida. Ahora no tenía más familia que Antoine, los Zuber y, al cabo de unos meses, su bebé.

Por Navidad, cuando llevaba casi seis meses, Beata tenía un vientre enorme. Era tan menuda que el ser que se estaba desarrollando en su seno hacía que el embarazo pareciera más adelantado de lo que en realidad estaba. A finales de enero parecía que el parto pudiera producirse de un momento a otro, y Antoine apenas le permitía salir de casa. Temía que resbalara en el hielo y abortara. Por las noches le encantaba tenderse a su lado y notar las pataditas que daba el bebé. Él creía que era un chico, y Beata confiaba en que lo fuese, aunque Antoine insistía en que realmente no le importaba el sexo de su primogénito. Si le parecía que era un niño se debía solo al volumen del vientre de Beata. Ella se encontraba bien y estaba animada, pero ahora apenas podía moverse. Confeccionó algunas prendas adaptadas a su estado y, como de costumbre, María se quedó asombrada por su talento de costurera. Hizo camisas, faldas y vestidos utilizando viejos trozos de tela que encontró en la casa, e incluso un abrigo muy elegante con una manta a cuadros de las que se usaban para montar a caballo y que Walther le había dado. Tenía un aspecto juvenil y saludable, y conservaba toda su belleza. Los domingos, cuando iba a la iglesia, el padre André se mostraba encantado de verla.

Lo que más preocupaba a Antoine eran las condiciones sanitarias en las que tendría lugar el parto. ¿Quién la ayudaría? Pensó en llevarla a Ginebra o Lausana para que diera a luz en un hospital, pero lo cierto era que no podía permitírselo. Había un médico a cincuenta kilómetros de distancia, pero no tenía teléfono, como tampoco lo había en la granja de los Zuber, y cuando llegara el momento, no habría manera de ponerse en contacto con él. El viaje en automóvil hasta el lugar donde vivía y el regreso probablemente requerirían más tiempo que dar a luz. Beata insistía en que no estaba preocupada por eso. María había tenido a sus hijos en casa, y había ido a Francia para estar con una de sus hijas cuando tuvo un bebé. En el transcurso de los años, había acompañado a varias amigas en ese trance y, aunque carecía de formación, era una comadrona experimentada. Las dos mujeres estaban seguras de que podrían hacer frente a cualquier contingencia. O por lo menos eso era lo que Beata decía. No quería preocupar a Antoine, pero en varias ocasiones le confesó a María que también ella estaba asustada. No sabía prácticamente nada de lo que comportaba traer un hijo al mundo, y cuanto más abultaba su vientre más preocupada estaba.

—No ocurrirá hasta que estés preparada —le dijo María con confianza—. Los bebés saben cuándo deben llegar. No vienen cuando estás cansada, enferma o trastornada. Aguardan a que te sientas dispuesta a saludarlos.

A Beata le parecía demasiado optimista, pero ante la serenidad y el buen juicio de María, estaba dispuesta a darle el beneficio de la duda.

Para su sorpresa, los últimos días de marzo Beata descubrió en sí misma una renovada energía. Un día incluso fue a ordeñar las vacas, aunque cuando Antoine lo descubrió por la noche le soltó un buen rapapolvo.

—¿Cómo puedes ser tan insensata? ¿Y si una vaca te da una coz y hace daño al bebé? Quiero que estés en casa todo el día y te lo tomes con calma.

Le preocupaba mucho no poder proporcionarle comodidades ni unas instalaciones seguras. No podía hacer nada para facilitarle las cosas, y aunque ella no parecía inquietarse, lo cierto es que no era una campesina. Había crecido en medio del lujo y era una delicada muchacha de ciudad. Por lo que Antoine podía deducir, Beata nunca había pasado un resfriado sin que la viera un médico, y ahora esperaba dar a luz en una casa de campo de los Alpes, sin la ayuda de un médico ni de una enfermera.

Antoine escribió a un amigo que tenía en Ginebra y le pidió que le enviara un libro de obstetricia. Lo leía de noche a escondidas, cuando Beata se había acostado; esperaba aprender algo que pudiera ayudarla. A medida que pasaban los últimos días del embarazo, su nerviosismo iba en aumento. Además, que fuese tan menuda le producía pánico. ¿Y si el bebé era demasiado grande para nacer de una manera natural? En el libro había un capítulo sobre las operaciones de cesárea, que solo podía llevar a cabo un cirujano. E incluso así tanto la vida de la madre como la del niño corrían riesgo. El autor del libro admitía que a menudo esa clase de nacimientos terminaban en un desastre. Antoine no podía imaginar nada más aterrador que perder a Beata, y tampoco quería perder a su bebé. Era imposible creer que una criatura del tamaño que tenía el que ella llevaba en su vientre pudiera salir de una madre tan menuda. Beata parecía hacerse cada vez más pequeña y el niño crecer todavía más.

La noche del 31 de marzo, Antoine dormía con un sueño ligero cuando oyó que Beata se levantaba e iba al baño. Había engordado tanto que llevaba uno de los enormes camisones de María, lo bastante grande para que cupieran ella y el bebé. Al cabo de unos minutos regresó a la cama y bostezó.

—¿Estás bien? —susurró él, preocupado. No quería despertar a los Zuber.

—Sí, muy bien.

Le sonrió adormilada y se tendió de lado en la cama, dándole la espalda. Ya no podía acostarse boca arriba, pues el bebé pesaba tanto que le daba la sensación de que se asfixiaba. Él la rodeó con los brazos y puso una mano sobre el enorme vientre; como de costumbre, notó las pataditas de la criatura.

Antoine no pudo dormirse de nuevo, y esta vez Beata tampoco lo consiguió. Se movía inquieta hasta que quedó de cara a él y Antoine la besó.

—Te quiero —le susurró de nuevo.

—Yo también te quiero —dijo ella, feliz, bella y satisfecha, con el oscuro cabello extendido sobre la almohada. Entonces volvió a darle la espalda, le confesó que le dolía y le pidió que se la masajeara, cosa que él siempre hacía encantado; no dejaba de maravillarle su pequeño cuerpo. Lo único enorme en ella era el vientre. Mientras le tocaba la espalda, oyó que se quejaba, algo que no hacía nunca.

—¿Te he hecho daño? —le preguntó en voz baja.

—No... estoy bien... no es nada.

No había querido decirle que sentía dolores desde la noche anterior. No le pareció nada importante; pensó que se trataba de una indigestión, pero ahora le dolía la espalda. Al cabo de una hora, antes del amanecer, empezó a dormirse mientras él se levantaba. Antoine y Walther tenían mucho que hacer aquel día, y se habían propuesto comenzar temprano. Beata todavía dormía cuando él salió de casa con su primo. María intentaba hacer el menor ruido posible en la cocina.

Beata no salió del dormitorio hasta dos horas después, y cuando lo hizo parecía asustada. Fue a la cocina en busca de María.

—Creo que está ocurriendo algo —le susurró.

María le sonrió con una expresión de placer en el rostro.

—Llega justo a tiempo. Hoy se cumple el noveno mes. Parece que vamos a tener un bebé.

—Me siento fatal —confesó Beata. El dolor de espalda la estaba matando, sentía unas violentas náuseas y notaba una enorme presión hacia abajo en el vientre. Tenía los mismos persistentes dolores en la espalda y el bajo vientre que la noche anterior, y ya no parecía una indigestión—. ¿Qué va a pasar?

Parecía una niña atemorizada. María, mucho mayor y más experimentada que ella, le rodeó suavemente los hombros con el brazo y la llevó de nuevo al dormitorio.

—Vas a tener un bebé precioso, Beata. Eso es todo lo que pasará. Quiero que te acuestes y pienses en ello. Volveré dentro de un minuto.

Había hecho acopio de toallas y sábanas viejas para el parto, así como de varias tinas y jofainas, y en cuanto Beata volvió a estar acostada, inquieta y con los ojos desorbitados, fue a buscar todo aquello.

—No me dejes sola.

—Tan solo voy a la despensa. Enseguida vuelvo.

—¿Dónde está Antoine?

Beata empezó a sentir pánico cuando una fuerte punzada recorrió su cuerpo. La cogió totalmente por sorpresa, pues nadie le había dicho que sería así. Era como si un cuchillo de carnicero subiera desde las ingles a través del vientre. Notaba el estómago duro como una roca y, mientras María la sujetaba, no podía respirar.

—Va bien, va bien. Volveré en un instante.

María corrió a la cocina, cogió una de las tinas y empezó a calentar agua; luego, con las toallas y sábanas que había preparado corrió de nuevo al lado de Beata. Esta yacía en la cama, con una expresión aturdida. La segunda punzada llegó precisamente cuando María cruzaba la puerta, y esta vez Beata gritó de terror y tendió las manos hacia la mujer mayor. María se las cogió y le dijo que no empujara demasiado pronto. Había un largo trecho que recorrer antes de que el bebé estuviera preparado. Si empujaba antes de tiempo, se cansaría demasiado rápido. Beata permitió a María que mirase, pero no pudo ver al bebé. Los dolores de la noche anterior indicaban el comienzo del parto, pero lo más duro aún tenía que llegar. María suponía que faltaban muchas horas para que Beata tuviera el bebé en brazos. Solo esperaba que le resultara fácil. A veces la rapidez era peor, aunque por lo menos terminaba pronto. Pero como aquel era el primer parto de Beata y el niño era grande, María sospechaba que su llegada al mundo sería lenta.

Con la siguiente punzada Beata rompió aguas y empapó las toallas que María había puesto debajo de ella y a su alrededor. Pero tal como sabía María, tras romper aguas aumentó mucho la intensidad de los dolores. Antes de que hubiese transcurrido una hora, Beata sufría dolorosos espasmos, que solo le daban unos pocos segundos para recobrar el aliento entre uno y otro. Cuando Antoine llegó a casa, a la hora del almuerzo, incluso antes de que abriera la puerta oyó gritar a su mujer y corrió hacia ella.

—¿Está bien? —le preguntó a María con una expresión aterrada.

—Sí, muy bien —respondió ella sin alterarse. No creía que él debiera estar en la habitación, pero había entrado resueltamente y al instante rodeó a su mujer con el brazo.

—Pobrecilla mía... ¿cómo puedo ayudarte?

Al verlo, Beata se echó a llorar. Aunque estaba aterrada, María no quería parecer preocupada. Lo único que sabía era que se trataba de un bebé muy grande, pero la propia fuerza de los dolores las ayudaría. Ya sentía tanto dolor como la mayoría de las mujeres cuando están a punto de dar a luz, pero cada vez que María miraba, no había señal del bebé.

—Antoine... no puedo... no puedo... oh, Dios mío... es terrible...

Jadeaba, sin aire, entre un espasmo de dolor y otro. Antoine estaba fuera de sí.

—Anda, ve a comer con Walther —le dijo María, pero Antoine no se movió.

—No me voy de aquí —dijo con firmeza.

Él era el causante de aquella situación y no iba a dejar que Beata se enfrentara sola a ella. A María esa postura le pareció fuera de lo corriente. Pero tenerlo cerca de ella parecía calmar un poco a la parturienta. Se esforzó por no gritar cuando llegaron los siguientes dolores, y él vio que su vientre se tensaba. Cuando lo palpó, estaba duro como una roca. María los dejó solos un momento, para ver a Walther en la cocina. Antoine le pidió que le dijera a su primo que iba a quedarse con su mujer hasta que hubiera dado a luz y ella y el niño estuvieran sanos y salvos. María regresó con un paño frío, que no ayudó en nada. Los dolores seguían torturando a Beata.

Aquello se prolongó durante horas, en las que Beata gritó sin cesar. El sol casi se había puesto cuando María lanzó un grito de victoria. Por fin aparecía la cabeza del niño. Ahora la veía cada vez que llegaba el espasmo, y el trozo de cuero cabelludo y pelo aumentaba con cada contracción. Tanto María como Antoine la estimulaban, pero Beata ni siquiera los oía. Tenía la sensación de que se estaba muriendo. Seguía gritando y apenas hacía una pausa para respirar. Ahora no había ningún alivio, y María le decía que empujara tan fuerte como pudiera. La cara de Beata se contorsionaba y amorataba mientras empujaba, pero no ocurría nada. Antoine no podía creer lo que estaba viendo; era atroz, y se juró a sí mismo que no volverían a tener otro hijo. De haber sabido lo que aguardaba a su mujer, jamás la habría hecho pasar por semejante trance. El parto se prolongó todo el día y continuaba al anochecer. A las siete Antoine estaba desesperado. Beata se negaba a seguir empujando, yacía inmóvil y gritaba diciendo que no podía más.

—Tienes que hacerlo —le gritó María, dejando a un lado la

suavidad habitual de sus modales. Veía la cabeza del bebé aparecer y desaparecer a cada contracción, y sabía que si ahora tardaba demasiado tiempo lo perderían—. ¡Empuja! —le gritó con tal firmeza que Beata la obedeció—. ¡Eso es! ¡Empuja! ¡Otra vez!

Le pidió a Antoine que le sujetara los hombros y le dijo a Beata que se apoyara en los pies de la cama. Los sonidos en la habitación eran espantosos; parecía que estuvieran asesinando a la parturienta. Mientras Antoine la sujetaba y María le gritaba que empujara, la cabeza del bebé asomó, y cuando volvió a empujar oyeron un lloriqueo en la habitación que los asombró a todos. Beata seguía gritando, pero miró a Antoine, sorprendida al oír a su bebé. María le pidió que empujara otra vez, y entonces se liberaron los hombros. Dos empujones más y el bebé estaba sobre la cama, cubierto de sangre y llorando ruidosamente. Era una niña.

Las sábanas alrededor de Beata estaban empapadas de sangre. María vio que había perdido mucha, pero no tanta como para que hubiera peligro. El bebé era tan grande como habían sospechado. Ante la mirada de Antoine y Beata, María ató expertamente el cordón umbilical en dos lugares y lo cortó. Se apresuró a limpiar a la criatura, la envolvió en una sábana y se la tendió a la madre, mientras Antoine se inclinaba sobre ellas, con lágrimas cayendo por sus mejillas. Jamás había visto algo más hermoso que su mujer y su hijita.

—Lo siento mucho —le dijo a Beata, acongojado—. Siento que haya sido tan terrible —añadió mientras ella acercaba el bebé a su pecho y sonreía a su marido.

—Ha valido la pena —replicó ella, sonriente, todavía cansada y sudorosa, pero dichosa. Era difícil creer que aquella era la misma mujer que había gritado, a causa de un sufrimiento insoportable, desde las primeras horas de la mañana. Parecía agotada, pero feliz y en paz—. Qué guapa es.

—Como tú —dijo él, tocándole con dulzura la mejilla a ella y luego al bebé.

La niña los miraba a ambos, y parecía interesada en conocerlos. Beata la mantenía contra su pecho; a causa de la fatiga tenía la sensación de que se hundía en las almohadas. Nadie le había dicho qué debía esperar. No la habían preparado para los rigores del parto. No podía comprender por qué nadie se lo había dicho jamás. Las mujeres siempre parecían hablar de esas cosas en voz baja y susurrando, y ahora sabía por qué. Tal vez si las mujeres hubieran sido sinceras con ella, no habría tenido el valor de hacerlo. Antoine parecía aún conmocionado.

Yacieron uno al lado del otro en la cama, arrullando al bebé y hablándole. María le pidió a Antoine que saliera de la habitación y fuese a cenar y a tomar un coñac. A juzgar por su aspecto, le sentaría bien. Eran pasadas las nueve de la noche y ella quería limpiar a Beata, al bebé, la cama y la habitación. Lo invitó a volver al cabo de una hora. Cuando regresó vio una escena totalmente apacible. Beata estaba tendida sobre sábanas limpias, con el cabello peinado, la cara limpia y el bebé dormido en sus brazos. El espectáculo de carnicería y terror que él había presenciado durante toda la tarde había desaparecido por completo. Sonrió agradecido a María.

—Eres asombrosa —le dijo, abrazándola.

—No, tú lo eres. Ambos lo sois. Estoy muy orgullosa de vosotros. Vuestra hija pesa casi cinco kilos.

Lo dijo con satisfacción, como si ella misma hubiese dado a luz, aunque era un alivio para ella no haberlo hecho, porque jamás había asistido al parto de un bebé tan grande. Y dado lo menuda que era Beata, todavía resultaba más impresionante. Hubo un par de momentos alarmantes en los que temió perder a la madre y a la criatura, pero no dejó entrever que empezaba a sentir pánico. El bebé, con sus cinco kilos, incluso en brazos de la madre parecía mayor que un recién nacido. María no había visto nunca a unos padres más orgullosos.

—¿Cómo vais a llamarla? —les preguntó. En aquel momento Walther apareció en el umbral y sonrió a la hermosa pareja y a su hijita.

Beata y Antoine intercambiaron una mirada. Habían hablado de nombres durante meses, pero no se habían decidido por ningún nombre de niña. Sin embargo, al mirar ahora a la pequeña, Beata supo que habían encontrado el nombre correcto entre sus primeras sugerencias.

—¿Qué te parece Amadea? —le preguntó a Antoine. Él lo pensó un momento.

En principio había pensado en ponerle a la niña el nombre de su madre, Françoise, pero tras su detestable actitud hacia Beata, ese nombre ya no sería apropiado. Ambos sabían que Amadea significaba «amada por Dios», y desde luego la niña lo era, tanto como amada por sus padres.

—Me gusta. Es muy indicado. Es una niña tan bonita que debe tener un nombre especial. Amadea de Vallerand. —Pronunció el nombre despacio, saboreándolo, y Beata sonrió. Entonces el bebé se movió y emitió un ligero sonido, a medio camino entre un suspiro y un gorjeo, y todos los presentes se rieron—. A ella también le gusta.

—Entonces decidido —concluyó Beata.

Volvía a ser ella, a pesar del poco tiempo que había transcurrido desde el parto. Parecía como si pudiera levantarse y bailar un vals por la habitación, aunque Antoine agradeció que no lo hiciera.

—Amadea —dijo Beata, sonriendo a su primogénita, y miró arrobada a su marido.

Eran unos padres orgullosos. Aquella noche, cuando Antoine abrazó a Beata, pensó en las penalidades de aquella jornada con un profundo asombro. Mientras Beata se dormía con el bebé en un moisés a su lado, Antoine susurró una plegaria de agradecimiento por el milagro que habían compartido. Amadea. Era en verdad un ser amado por Dios, y su padre rezó para que siempre lo fuera.

6

Amadea de Vallerand tenía diecinueve meses y diez días cuando finalizó la guerra, en 1918. Era rubia, con los ojos azules y alta para su edad, la alegría de sus padres y de los Zuber. María sabía que, en cuanto la guerra terminara, la joven familia que vivía con ellos se iría a otra parte, y ella lo lamentaría cuando lo hicieran. Pero no podían quedarse en Suiza para siempre. Cuando sus países se hubiesen recuperado, los suizos ya no les ofrecerían asilo.

En la Navidad de 1918, Antoine y Beata sostuvieron interminables discusiones sobre la posibilidad de regresar a Alemania o a Francia. La familia de él se mantenía más firme que nunca en su decisión de no recibir jamás en Dordoña a su esposa judía y a su hija medio judía. A este respecto habían mostrado una gran crueldad. No les importaba en absoluto que Beata se hubiera convertido y ahora fuese católica. Para ellos seguía siendo judía. Sus puertas seguían cerradas para Antoine. A Beata no le habían ido mejor las cosas. Las cartas enviadas por separado a sus padres le eran devueltas al igual que las anteriores, y obtenía el mismo resultado cuando escribía a Brigitte. Beata se preguntaba si su hermana ya habría sido madre. Beata no rechazaba la idea de tener otro hijo, y no habían hecho nada por impedirlo. Le sorprendía que hasta entonces no hubiese ocurrido nada, puesto que Amadea fue concebida con mucha rapidez. Correteaba por todas partes, y cotorreaba a una velocidad de vértigo en su lenguaje particular. Los Zuber la querían como si fuese su propia nieta, y sabían lo mucho que la echarían de menos cuando sus padres se marcharan con ella.

Por fin, en febrero, Antoine recibió una carta que les hizo tomar la decisión de partir. Un amigo suyo de Saumur, la academia de caballería donde había recibido su formación militar, le escribió diciéndole que había comprado en Alemania un espléndido castillo por una suma ridícula, y que tenía unos buenos establos, aunque deteriorados. El amigo se llamaba Gérard Daubigny, y quería reconstruirlos para que albergaran a los mejores caballos que era posible adquirir con dinero, contratar adiestradores y mozos de cuadra y dirigirlos. Sabía que Antoine era un excelente jinete y un experto en materia equina. Estaba enterado de la lesión de su brazo, pero Antoine le aseguró que eso no sería ningún obstáculo. Podía usarlo perfectamente, aunque no había recuperado del todo la movilidad que tenía antes. En consecuencia, era más hábil con el brazo derecho, lo suficiente para compensar la minusvalía del izquierdo.

Fue una coincidencia que el castillo que Gérard había adquirido se encontrara cerca de Colonia, y aunque la familia de Beata no daba muestras de querer recibirlos en su casa, siempre cabía la posibilidad de que, si vivían en las proximidades, acabaran por transigir. Tal vez con el tiempo se produciría un acercamiento. Pero el hecho de que los Wittgenstein vivieran cerca no influyó en la decisión de Antoine. El salario que Daubigny le ofrecía era irresistible, y era un trabajo que le encantaba. En los terrenos del castillo había una hermosa casa y Gérard se la ofrecía. La vivienda era lo bastante grande para los tres y varios hijos más. Antoine aceptó la oferta a finales de febrero, y se comprometió a incorporarse al castillo a comienzos de abril. Así disponía de tiempo para arreglar las cosas en la granja y hacer todo lo que pudiera por ayudar a Walther. El alojamiento que los Zuber les habían proporcionado durante más de dos años había sido su salvación. Sin ellos, Antoine y Beata no habrían sobrevivido a la guerra o, desde luego, no lo habrían hecho juntos, como tampoco habrían podido casarse ni darle un hogar a Amadea. Ambos se quedaron sin blanca cuando sus respectivas familias los repudiaron. Y ahora, el trabajo que le ofrecían a Antoine en Alemania los salvaría.

Antes de que abandonaran la granja, Beata pasó muchas noches enseñando alemán a Antoine. Aunque su patrón era francés, los mozos de cuadra y adiestradores a los que tendría que contratar, así como los constructores que se ocuparían de la reconstrucción serían todos alemanes. Necesitaba conocer la lengua, y aunque no le resultó fácil, cuando se marcharon la hablaba casi con fluidez. Mucho tiempo atrás habían decidido que Antoine le hablaría a Amadea en francés y Beata en alemán. Querían que su hija fuese bilingüe. Beata estaba decidida a añadir más adelante el inglés. Ella y Antoine estaban de acuerdo en que los idiomas siempre eran útiles.

Su situación económica estaba lejos de ser segura, aunque el salario que le habían ofrecido era respetable. Además, las actividades que Antoine iba a desarrollar le gustaban mucho y eran aquellas para las que estaba más preparado. La oportunidad que ponían a su alcance era una bendición. En cuanto a Beata, se proponía dedicarse a coser para las damas elegantes a las que conocía, si les interesaba, y confiaba en que de forma indirecta pudiera ser una vía de comunicación con su madre.

Los Daubigny y Beata aún no se conocían y, antes de que se casara con Antoine, no sabían quién era. Ella y Antoine hablaron del asunto y decidieron que las cosas serían mucho más sencillas si desconocían que era judía. Esta circunstancia era una parte de sus vidas que preferían mantener en secreto. Tanto eso como las dificultades que habían tenido con sus respectivas familias antes de casarse eran asuntos privados. Si no había ninguna relación con los Wittgenstein no hacía falta explicar que Beata era judía de nacimiento. Ciertamente no lo parecía, y tampoco Amadea. La niña era totalmente rubia y con los ojos azules, y compartía con su madre unos rasgos tan perfectos que recordaban un camafeo. Que la familia de Beata la rechazara seguía siendo un motivo de profundo pesar para ella, y no quería que nadie lo supiera.

Los cinco lloraron el día que los Vallerand abandonaron a los Zuber. Incluso Amadea gimió desconsolada y tendió los brazos hacia María. Los Zuber los llevaron en coche hasta la estación de ferrocarril de Lausana; Beata no pudo dejar de llorar mientras los abrazaba. Le recordó el día en que, casi tres años atrás, ella abandonó a sus padres. El día del segundo aniversario de Amadea llegaron a Colonia. Una vez en el castillo, aunque Antoine se alegró de ver a su viejo amigo, tuvo que confesarle a Beata que el proyecto le parecía intimidante.

El castillo estaba muy deteriorado, habían permitido que casi se viniera abajo. La familia noble que era su propietaria desde hacía siglos se había arruinado mucho tiempo atrás, y el lugar estaba deshabitado, amenazaba ruina y durante la guerra, e incluso antes, el abandono había llegado a un grado alarmante. Los establos se hallaban en un estado incluso peor. Tardarían meses, incluso años, en limpiar todo aquello, repararlo y dejarlo en condiciones para su uso. Sin embargo, al cabo de un par de meses, Antoine tuvo que admitir que lo que estaba haciendo era emocionante. Ardía en deseos de comprar los caballos que vivirían allí. A Beata le encantaba escuchar sus planes cuando hablaban de ellos por la noche.

Finalmente, avanzaban más rápido de lo que esperaban. Hacia Navidad un arquitecto y un constructor, junto con un ejército de carpinteros, pintores, albañiles, cristaleros y artesanos trabajaban briosamente en el castillo. Véronique y Gérard Daubigny eran incansables. Según Antoine, Véronique estaba construyendo un palacio, y el hecho de que no escatimaran en la reparación de los establos le satisfacía enormemente. Tenían calefacción, eran nuevos, modernos y construidos con un gusto exquisito; podían albergar hasta sesenta caballos. En la primavera siguiente Antoine recorrió Europa, a fin de adquirir buenos caballos al precio que fuera. Hizo varios viajes a Inglaterra, Escocia e Irlanda, y llevó a Beata consigo. A ella le encantó. Hizo también diversos viajes a Francia y compró tres hermosos caballos de caza en Dordoña, a unos quince kilómetros del castillo donde había crecido y donde su familia seguía negándose a verlo. Guardó silencio cuando pasaron ante la casa, camino de una subasta en el Périgord, y Beata comprendió su dolor. Observó que miraba las puertas con pesar. Era como si sus respectivas familias hubieran muerto para ellos.

Ella tuvo la misma experiencia cuando regresaron a Colonia. Un día no pudo resistirse y cogió un taxi para acercarse a la que había sido su casa. De pie en la acera, lloró al saber que allí estaban sus seres queridos, y que no la verían. Cuando regresó a Colonia volvió a escribirles, y una vez más le devolvieron las cartas sin abrir. Su padre no transigía. Eso era algo que ella y Antoine habían aprendido a soportar, pero todavía resultaba doloroso, como una cicatriz que en ocasiones doliera o como un miembro amputado. Estaba agradecida por tener a Antoine y Amadea, y un tanto decepcionada porque no llegaba el segundo hijo. Amadea tenía tres años por entonces, y Beata aún no se había quedado embarazada, aunque la pareja lo intentaba. Estaban mucho más ocupados y sometidos a más tensiones que en Suiza, y a veces ella se preguntaba si no sería ese el problema. Fuera cual fuese el motivo, Beata empezaba a pensar que nunca llegaría el segundo hijo. Pero era feliz con Antoine y Amadea y con su nuevo hogar. Gérard no solo era un patrón razonable, sino que los Daubigny eran grandes amigos suyos.

Antoine tardó otro año en llenar los establos. Compró cincuenta y ocho purasangres para los Daubigny, algunos de ellos árabes, y cuando Amadea contaba cinco años le compró un poni. La niña era una excelente amazona, y con frecuencia él y Beata daban largos paseos a caballo por el campo y se llevaban a Amadea con ellos. Antoine quería convertirla en una amazona excepcional. Volcaban en ella todo su amor y sus atenciones. Por entonces ya dominaba tres idiomas. La niña hablaba con fluidez francés, alemán e inglés. Al año siguiente ingresó en la escuela de la localidad con los hijos de los Daubigny. Véronique y Beata no pasaban mucho tiempo juntas, pues ambas estaban ocupadas, pero su relación era muy amistosa. Beata confeccionaba vestidos de noche para ella y algunas de sus amigas, a precios razonables. Ella y Antoine no habían amasado una fortuna pero disfrutaban de ciertas comodidades y, gracias a la casa que los Daubigny les habían cedido, vivían holgadamente. Llevaban una vida agradable en un bello entorno, y a Antoine le encantaba lo que estaba haciendo, lo cual era importante para Beata, que era feliz y se sentía muy bien con su marido y su hija.

Solo de vez en cuando recordaba su mundo perdido, lo que inevitablemente la afligía. Un día, en Colonia, vio a su hermana por la calle, y se preguntó si viviría allí. Brigitte estaba con su marido y dos niños pequeños, uno de los cuales era de la misma edad y tenía casi el mismo aspecto que Amadea. Beata estaba sola y se detuvo en seco cuando la vio. Había ido a la ciudad en tren, para comprar tela; en cuanto vio a su hermana, sin pensarlo dos veces, la llamó por su nombre y se acercó a ella. Brigitte solo se detuvo un instante, miró a Beata a los ojos y luego se dio la vuelta y le dijo algo a su marido. Se apresuró a subir a una limusina que aguardaba y sentó a los niños a su lado. Partieron al cabo de un momento, sin haber saludado a Beata. Se sintió tan dolida que ni siquiera fue a la tienda de telas y durante el trayecto de regreso a casa en el tren no hizo más que llorar. Por la noche se lo contó a Antoine, y él lo lamentó. Ninguna de sus familias había transigido en los siete años transcurridos desde su matrimonio. Eran crueles.

Hubo otro incidente, un día que vio a sus hermanos que salían de un restaurante en compañía de dos mujeres que debían de ser sus esposas. Ulm la miró directamente y ella se dio cuenta de que la reconocía. Sus ojos se encontraron, pero él hizo como si no la hubiera visto y pasó por su lado con una expresión dolida. Horst se dio la vuelta para llamar a un taxi, en el que subió con su familia. También aquella noche Beata lloró, pero esta vez estaba enfadada. ¿Qué derecho tenían a hacerle aquello? ¿Cómo se atrevían? Aunque, más que enojo, lo que sentía era pena y la misma sensación de pérdida que experimentó cuando abandonó la casa de su padre para casarse con Antoine. Sabía que aquella herida jamás se cerraría del todo.

Pero lo peor de todo fue el día en que vio a su madre, dos años antes de que viera a Brigitte. Habían transcurrido dos años desde su regreso a Colonia y Amadea estaba con ella. La había llevado consigo para hacer un recado en la ciudad y no pudo evitar acercarse a su antigua casa. Amadea le preguntó qué estaban haciendo.

—Nada, cariño, solo quiero ver una cosa.

—¿Conoces a la gente que vive en esta casa?

Hacía frío y Amadea tenía hambre, pero Beata quería volver a mirar las ventanas de la que fue su habitación y luego las de la de su madre, y entonces la vio en una ventana. Sin pensar siquiera en lo que estaba haciendo, alzó una mano y la saludó; su madre la vio. Entonces Beata agitó frenéticamente la mano, mientras su hija la observaba. La madre de Beata solo se detuvo un momento, inclinó la cabeza como si sintiera dolor y se apresuró a correr las cortinas sin responderle. Para Beata aquella fue la prueba de que no había esperanza. Sabía que no volvería a verla. Ni siquiera ver a Amadea junto a ella había bastado para ablandar el corazón de su madre y darle el valor necesario para plantarle cara a su marido. Ahora Beata estaba realmente muerta para ellos. Tenía una profunda sensación de soledad y vacío, y el corazón le dolía cuando fue con Amadea a comer. En el tren, cuando regresaban a casa, la niña la interrogó.

—¿Quién era la señora a la que has saludado? —Había visto la expresión de tristeza de su madre y no sabía qué significaba, pero se daba cuenta de que no era feliz. Beata parecía profundamente afligida.

Quería responderle que la dama de la ventana era su madre, pero no podía hacerlo.

—Una vieja amiga. Creo que no me ha reconocido. Hacía mucho tiempo que no la veía.

—A lo mejor no te ha visto, mamá —le dijo amablemente Amadea. Su madre asintió tristemente.

Tardó mucho en contárselo a Antoine. Él no había tenido mejor suerte con sus padres y su hermano, aunque un día heredaría legalmente el título y las tierras de su padre, así como su fortuna. Pero ni siquiera esa certeza hacía que su familia dejara su inflexible actitud. Su pasado había quedado definitivamente atrás, y todo lo que tenían ahora era el presente y un futuro juntos. Su historia se había desvanecido.

Dejando a un lado la dolorosa pérdida de sus familias, su nueva vida era agradable. Antoine y Gérard se llevaban bien, y los establos prosperaban. De vez en cuando Antoine compraba más caballos, organizaba una cacería, adiestraba a cinco o seis de los mejores caballos para las carreras y criaba los mejores sementales. Al cabo de poco tiempo los establos de Gérard Daubigny eran famosos en toda Europa, en gran parte gracias a Antoine, que sabía más de caballos que Gérard.

Una tarde en que Beata fue a ver a Véronique para retocar un vestido de noche que estaba haciéndole, sin ninguna razón aparente, mientras charlaban amigablemente, Beata se desvaneció. Muy preocupada, Véronique la tendió en una tumbona de la sala y cuando se recuperó la acompañó a casa. Antoine, que estaba cerca de los establos, la vio cuando pasaba por allí. Beata estaba aún muy pálida y parecía mareada. Él había estado enseñando a montar a Amadea, y pidió a uno de los mozos de cuadra que vigilara a la niña un momento. Corrió al lado de su esposa, que caminaba hacia la casa con Véronique a su lado. Beata le pidió a su amiga que no dijera nada de lo sucedido. No quería preocupar a Antoine. Diría que quizá había cogido la gripe, o tal vez que tenía migraña, aunque esa clase de dolencias no solían afectarle.

—¿Qué te pasa? —le preguntó Antoine, lleno de inquietud—. No tienes buen aspecto.

Miró a Véronique con preocupación, pero ella no le dijo nada, pues Beata le había rogado que no lo hiciera. Sin embargo, también estaba inquieta.

—Me temo que he cogido algo. —No le dijo que acababa de desmayarse en el vestidor de Véronique durante una prueba de costura. Incluso se había olvidado de traerse el vestido a casa—. ¿Qué tal le va a Amadea con las lecciones de equitación? —preguntó para cambiar de tema—. Deberías prohibirle que sea tan temeraria.

La niña tenía siete años, y nunca pasaba miedo cuando montaba un caballo. Lo que más le gustaba era saltar por encima de arroyos y setos, cosa que horrorizaba a su madre.

—No estoy seguro de que pueda obligarla a hacer nada —replicó Antoine con una sonrisa atribulada—. Parece tener sus propias ideas sobre un montón de cosas.

La pequeña tenía la agudeza de su madre y le interesaban infinidad de temas, pero tenía también una faceta temeraria que preocupaba a sus padres. No parecía haber nada que no pudiera o no se atreviera a hacer. En ciertos aspectos era una cualidad, pero también preocupaba. Beata temía constantemente que le ocurriera algo y, puesto que era hija única, todo el amor y la atención de sus padres se concentraban en ella. A menudo Beata pensaba que pecaban de exceso de protección, pero, al cabo de siete años, parecía evidente que Amadea no iba a tener hermanos, una circunstancia que la pareja lamentaba.

—¿Quieres que te acompañe a casa? —le preguntó Antoine, todavía preocupado, incapaz de pensar en otra cosa.

Normalmente Beata tenía la piel muy blanca, pero, cuando no se encontraba bien, adquiría una palidez extrema. En aquel momento, mientras hablaba con él, su palidez iba en aumento. Véronique también lo observaba. ¡Daba la impresión de que Beata iba a desvanecerse de nuevo!

—Estoy bien. Solo voy a acostarme unos minutos. Vuelve con nuestro monstruito.

Se besaron brevemente, y Beata recorrió la corta distancia hasta su casa con Véronique, que la ayudó a acostarse y se marchó poco después.

Aquella noche, cuando llegó a casa, Antoine se sintió aliviado al ver que tenía mejor aspecto. Pero su tranquilidad no duró mucho, pues a la mañana siguiente observó que su mujer había empeorado considerablemente. Su palidez era alarmante mientras preparaba a Amadea para ir a la escuela, y le había costado un enorme esfuerzo levantarse de la cama, cuando Antoine se fue hacia los establos. A la hora de comer volvió a la casa para ver cómo estaba.

—¿Qué tal te encuentras? —le preguntó con el ceño fruncido.

Nada le parecía más espantoso que ver a su mujer enferma. Ella y su hija eran todo lo que tenía en el mundo, lo único que le importaba de verdad.

—La verdad es que me siento mejor —respondió ella, tratando de parecer animada. No le decía toda la verdad, y él lo sabía. La conocía demasiado para creerle a pies juntillas.

—Quiero que te vea un médico —le dijo con firmeza.

—No es necesario. Esta tarde haré una siesta, antes de que Amadea vuelva de la escuela. Por la noche estaré bien.

Insistió en prepararle la comida, puso los platos sobre la mesa y se sentó delante de él, pero Antoine observó que no probaba bocado. Beata estaba deseando volver a la cama en cuanto él saliera hacia los establos.

Al cabo de una semana, Antoine seguía preocupado por ella. Aunque ella insistía en que estaba bien, su marido veía que no mejoraba, y el pánico empezó a apoderarse de él.

—Si no vas, yo mismo te llevaré. Por el amor de Dios, Beata, ¿vas a llamar al médico? No sé qué temes.

En realidad, lo que ella temía era llevarse una decepción. Había empezado a sospechar el origen de su malestar y quería esperar un poco más hasta estar segura y poder decírselo a Antoine. Pero finalmente cedió y aceptó que la viera el médico. Este confirmó sus sospechas, y aquella noche, cuando Antoine regresó de los establos, la encontró sonriente, aunque seguía sintiéndose mal.

—¿Qué te ha dicho el médico? —le preguntó Antoine con inquietud, después de que Amadea subiera al dormitorio para ponerse la camisa de dormir.

—Me ha dicho que estoy sana como una yegua... y te quiero...

Se sentía tan feliz que apenas podía contener la emoción.

—¿Te ha dicho el médico que me quieres? —Su respuesta hizo reír a Antoine—. Bueno, es muy amable por su parte, pero ya lo sabía. ¿Cuál es la causa de tu malestar?

Desde luego se la veía más animada, y muy juguetona, casi atolondrada.

—Nada que no lo cure un poco de tiempo —dijo indirectamente.

—¿Le ha parecido al médico que es una forma suave de gripe? En ese caso, cariño, debes tener mucho cuidado.

—No, nada de eso —lo tranquilizó ella—. La verdad es que se trata de un confirmado y muy pronunciado caso de embarazo. —Le sonrió—. Vamos a tener un hijo.

Por fin. Después de tantas plegarias. Cuando el bebé naciera, la diferencia entre los hermanos sería de ocho años.

—¿De veras? —Al igual que ella, hacía mucho tiempo que Antoine había abandonado la esperanza de tener otro hijo. La concepción y el embarazo de Amadea se habían producido enseguida, pero esa facilidad no había vuelto a repetirse desde entonces—. ¡Es maravilloso, cariño! ¡Es extraordinario! —exclamó, tan feliz como ella.

—¿Qué es lo maravilloso? —quiso saber Amadea, que había bajado vestida con la camisa de dormir—. ¿Qué ha pasado?

Siempre le gustaba participar en la animación de los adultos. Era una niña tozuda pero muy inteligente y que adoraba a sus padres, un amor que era totalmente recíproco. Por un momento, Antoine temió que se sintiera celosa. Enarcó una ceja y miró a Beata; esta hizo un gesto de asentimiento. Acababa de darle permiso para que se lo dijera.

—Tu madre acaba de darme una noticia muy buena —le dijo orgullosamente—. Vas a tener un hermano o una hermana. —Se quedó mirando a la niña con una amplia sonrisa.

—Ah, ¿sí? —Miró a su padre como si no comprendiera, y entonces miró a su madre. Ambos temieron que tuviera celos. Le habían dedicado toda su atención durante mucho tiempo, y tal vez no le atraería la idea de que hubiera un nuevo miembro en la familia, aunque a menudo había dicho que eso era lo que quería—. ¿Cuándo?

—Dos semanas después de tu cumpleaños, el año que viene —respondió su madre—. Entonces tendrás ocho.

—¿Por qué tenemos que esperar tanto tiempo? —Parecía decepcionada—. ¿No podría venir antes? Pregúntaselo al médico.

—Me temo que no es posible apresurar las cosas de esa manera.

Beata sonrió. Estaba claro que creía que los bebés se encargaban al médico. A Beata no le importaba el tiempo que tardara en llegar; estaba entusiasmada ante la perspectiva de tener otro hijo. Ella tendría treinta años cuando el bebé naciera, y Antoine había cumplido cuarenta y dos aquel verano. Pero lo más importante para Beata era ver que Amadea estaba tan emocionada como ellos; se sintió aliviada.

—¿Has pedido un chico o una chica? —le preguntó resueltamente Amadea.

—Eso tampoco puedes encargarlo —respondió Beata cariñosamente—. Tendremos que aceptar lo que Dios nos envíe. Aunque confío en que sea un chico para papá.

—¿Por qué papá necesita un chico? Las chicas son mucho mejores. Quiero una hermana.

—Bueno, ya veremos qué es lo que nos llega.

Antoine y Beata intercambiaron una afectuosa mirada por encima de la cabeza de su hija, y le sonrieron. Mientras el bebé estuviera sano, a Antoine le era indiferente su sexo.

—Será una niña —afirmó con rotundidad Amadea—, y será mi bebé. Lo haré todo por ella. ¿Puedo?

—Será estupendo que ayudes a mamá —le dijo Antoine con dulzura.

—¿Cómo la llamaremos? —Amadea se mostraba muy práctica al respecto.

—Todos tendremos que pensar en ello —respondió Beata, que se sentía fatigada pero emocionada. Había soñado con el feliz acontecimiento durante mucho tiempo, y por fin sucedía, cuando incluso había dejado de pensar que ocurriera.

—Tenemos que hacer una lista de nombres de chicas y otra de chicos.

—No, solo de chicas, y me parece realmente estúpido que tengamos que esperar tanto tiempo.

Beata estaba embarazada de casi tres meses, y el nacimiento debería producirse a mediados de abril. Parecía, en efecto, mucho tiempo, sobre todo para una niña de siete años.

Esta vez el embarazo no fue tan fácil como el anterior, pero, como le señaló el médico, ella tenía ocho años más. A menudo se encontraba mal, y en varias ocasiones, durante los dos últimos meses, tuvo la sensación de que iba a ser un parto prematuro. El médico le pidió que descansara todo lo posible. Antoine se desvivía por ella y, cuando no estaba trabajando, pasaba todo el tiempo que podía con Amadea, para relevar a su madre. Beata se dedicaba sobre todo a hacer labor de punto, y Amadea la ayudaba. Hacían gorritos, peúcos, jerséis y mantas, y Beata confeccionaba vestidos y camisas de dormir apropiadas para un bebé, ya fuera niño o niña, aunque Amadea seguía insistiendo en que quería una hermana. Le fascinó descubrir que el bebé estaba creciendo en el vientre de su madre, algo que ella nunca había visto hasta entonces, puesto que en su círculo inmediato no se había producido ningún embarazo. Había visto mujeres con el vientre como el de su madre, pero se había limitado a pensar que eran gordas. Por el contrario, ahora le parecía que todas las mujeres gordas que veía por la calle iban a tener un bebé, y Beata le advertía con frecuencia de que no se le ocurriera preguntarles si así era.

Beata pasó en casa el último mes de embarazo, y una vez más deseó que María estuviera con ella. Esta vez la asistirían un médico y una comadrona. Antoine se sintió aliviado, pero Beata estaba decepcionada. El médico le había dicho que Antoine no podría estar presente. Pensaba que su presencia sería demasiado engorrosa, y esa permisividad era contraria a su manera de trabajar. Ella habría preferido que María y Antoine la acompañaran en la humilde casa de campo.

—Amor mío, prefiero saber que estás en buenas manos. No quiero que pases por la tortura de la otra vez. —Beata había olvidado los peores sufrimientos del parto anterior, pero Antoine no. Él aún se estremecía al recordar sus desgarradores gritos—. Puede que el médico sepa cómo lograr que las cosas sucedan un poco más rápido.

Pero la misma madre naturaleza se encargó de facilitar las cosas. El médico la había prevenido de lo prolongado que podría ser el parto, casi como el primero. En el transcurso de ocho años, el cuerpo de Beata se había olvidado de la ocasión anterior. El médico dijo que, según su experiencia, cuando transcurrían muchos años entre uno y otro parto, la lentitud del inicial se repetía, o incluso los posteriores duraban más que el primero. Esa posibilidad no animó precisamente a Beata y, cuando conoció a la comadrona, no se sintió en absoluto tranquilizada. ¡Cómo deseaba poder tomar un tren con Antoine y volver al lado de María! Se habían mantenido en contacto a lo largo de los años, y, cuando se enteró por carta de su embarazo, le escribió para decirle lo contenta que estaba por la noticia del nuevo bebé. Beata y Antoine habían tenido a veces la intención de visitar a la pareja, pero él siempre estaba demasiado ocupado en los establos. Su trabajo apenas le dejaba tiempo libre.

Un atardecer Beata regresó a casa con Amadea tras haber dado un paseo. Se sentía mejor de lo que había estado en varias semanas, más llena de energía que en mucho tiempo. Madre e hija hornearon unas galletas, y luego Beata preparó una buena cena, para darle una sorpresa a Antoine. Estaba a punto de cambiarse para cenar, cuando sintió un dolor familiar en la parte baja del abdomen. Había tenido dolores similares durante semanas, aunque no tan fuertes, y decidió no pensar en ello. Se cambió para cenar, se peinó, se pintó los labios y fue a la cocina para asegurarse de que nada se estaba quemando. Había dejado un pequeño pavo asándose en el horno. Cuando Antoine llegó a casa, la encontró muy animada, aunque durante la cena pareció inquieta. Había sentido los mismos ligeros dolores durante toda la tarde, pero no habían sido tan fuertes como para que se decidiera a avisar al médico, y no quería preocupar a Antoine. Mientras cenaban, Amadea se quejó de que el bebé no llegaba nunca, y sus padres se echaron a reír y le dijeron que tuviera paciencia. Cuando Beata dejó a la niña bien abrigada en su cama y bajó para reunirse con Antoine, los dolores se agudizaron.

—¿Estás bien? —le preguntó, mirándola. Estaba saboreando una copa de buen coñac, agradecido por la excelente cena—. Apenas te has sentado en toda la tarde.

—Lo único que hago es estar sentada. He descansado más

de la cuenta. Desde ayer estoy llena de energía. Me siento mucho mejor.

—Estupendo. Disfrútalo entonces. No te fatigues. El bebé llegará antes de que te des cuenta.

—La pobre Amadea está tan cansada de esperar... —comentó ella. Comprendía muy bien la ansiedad de la niña.

De repente sintió un dolor agudo, pero no quiso decírselo a Antoine. Él, con la copa en la mano, se relajaba tras la actividad excepcional de los últimos días en los establos, donde acababan de llegar cuatro nuevos caballos.

Antoine permanecía sentado, admirándola, mientras tomaba sorbos de coñac. Beata era muy hermosa para él, pese al enorme volumen de su abdomen. Acababa de apurar la copa cuando le sorprendió ver que Beata se encogía. Ni siquiera podía hablarle, tan intenso era el dolor, y entonces, con tanta rapidez como se había producido, desapareció.

—Dios mío, ¿qué te ha pasado? ¿Estás bien? Será mejor que llamemos al médico.

Pero ambos sabían por su experiencia anterior que, una vez comenzaban los dolores, eran interminables. Aquello era solo el principio. Beata recordó que en la otra ocasión aquello se prolongó durante horas. El parto se inició al amanecer, y Amadea apareció quince horas después. Además, el doctor le había advertido que esta vez podría ser incluso más largo. Beata quería pasar algún tiempo tranquila y a solas con Antoine antes de que llegaran el médico y la comadrona y se pusieran al frente de la situación. Prefería estar con su marido en los inicios del parto, puesto que, en cuanto llegara la enfermera, Antoine se vería obligado a salir. Beata necesitaba estar con él ahora.

—Me acostaré un momento. Aunque el parto haya empezado de verdad, probablemente el bebé no llegará hasta mañana.

Eran las diez de la noche cuando Beata subió lentamente la escalera y Antoine la siguió. Se ofreció a llevarla en brazos, y ella se rió. Pero dejó de hacerlo nada más entrar en el dormitorio. El siguiente espasmo de dolor le golpeó como la onda expansiva de una bomba, y al instante sintió una fuerte presión en la espalda y el bajo vientre. Antoine la dejó suavemente sobre la cama mientras ella jadeaba y se preguntaba cómo era posible que hubiera olvidado aquel dolor. Ahora todo volvía. En realidad, solo cuando notó los primeros dolores recordó cómo había sido. Hasta ese momento, el recuerdo del sufrimiento se había desvanecido. Le resultaba difícil creer que lo hubiera olvidado, pero así era.

Se tendió en la cama, bajo la mirada de Antoine, e insistió en esperar un poco, por lo menos unos minutos, antes de llamar al médico.

—No te permitirán que me acompañes —le dijo, y por su tono parecía asustada.

—Estaré cerca, en la habitación de al lado. Te lo prometo.

Tal como María hizo ocho años atrás, Beata había preparado un montón de sábanas viejas y toallas, y le preocupaba que, desde la habitación contigua, Amadea oyera unos sonidos alarmantes durante el parto. Con suerte, estaría en la escuela cuando llegara el bebé y se perdería los momentos más duros. Beata sabía que el parto iba a prolongarse. Ahora recordaba muy bien la vez anterior. Entonces volvió a sentir dos agudos espasmos y una tremenda presión con la que no estaba familiarizada. Era como si un camión pasara por encima de ella, y cuando llegó el siguiente espasmo miró frenéticamente a Antoine, muy asustada.

—Oh, Dios mío... el bebé está aquí...

—Lo sé —dijo él sin perder la calma. El coñac le ayudaba. Reconocía todas las señales de que el parto iba en serio, pero esta vez sabía qué ocurriría y no estaba preocupado—. Llamaré al médico. ¿Dónde está el número?

—No, no lo entiendes —replicó ella, con la respiración entrecortada y cogiéndolo—. No puedo... no puedo... el bebé está llegando...

De repente dejó escapar un terrible quejido y su cara se volvió primero blanca y luego violácea. Estaba empujando. No podía detenerse. La presión que la obligaba a hacerlo era abrumadora.

—Deja de empujar... te vas a cansar.

Recordó que María le había hecho esa advertencia la primera vez. Tenía horas por delante, pero él estaba decidido a avisar al médico. Sin embargo, ella no lo soltaba. Le cogía la mano, y él se dio cuenta de que los dolores le llegaban sin pausa.

—Antoine... ayúdame... quítame la ropa...

Beata se las ingenió para quitarse la mayor parte de las prendas, mientras él se esforzaba por ayudarla, y al hacerlo se dio cuenta de lo que estaba ocurriendo. No se trataba solo de las contracciones, sino que estaba teniendo al niño, literalmente, en aquel momento. Eso no era en absoluto lo que él había esperado. Se sentía un poco bebido a causa del coñac mientras miraba entre las piernas de su mujer y entreveía la cabeza del bebé. Que él supiera, el parto se había iniciado hacía cinco minutos. Pero lo cierto era que el comienzo había tenido lugar a primera hora de la tarde y ella se había negado a aceptarlo.

—Acuéstate —le dijo él con firmeza, sin la menor idea de lo que debía hacer. Todo lo que recordaba, o sabía, era lo que vio hacer a María durante las horas interminables antes de que Amadea...—. No puedes hacerme esto, Beata... ¿No puedes esperar hasta que llame al médico?

No se atrevía a abandonarla para buscar el número, y no había nadie que los ayudara. Antoine pensó en llamar a Véronique, pero sospechaba que ella sabía incluso menos que él acerca de traer un niño al mundo. Intentó separarse para coger la agenda de Beata, pero ella no se lo permitió.

—Te necesito... no... oh, Dios mío... Antoine... por favor... oh, no... que alguien me ayude...

—Todo va bien, cariño, todo va bien... estoy aquí... no te abandonaré... ¿debes empujar ahora?

No sabía en absoluto qué hacer, excepto estar a su lado, que era todo lo que ella deseaba.

—¡Trae toallas! —le pidió Beata.

Él corrió al baño, trajo un montón de toallas bajo el brazo y las colocó a su alrededor. Veía que el dolor la desgarraba, y le sujetó los hombros como lo hizo en la ocasión anterior. Pero esta vez ella no tuvo que esforzarse, el bebé hizo el trabajo por ella. Beata gritó una sola vez, y pocos segundos después emergió una carita, con la boca abierta y lloriqueando. Ambos parecieron sorprendidos al oír el llanto; Antoine jamás había visto nada tan asombroso. Habló a Beata durante las siguientes contracciones, mientras aparecían los hombros del bebé y luego el cuerpo. El niño estaba allí, perfecto y berreando. Era otra niña. Su padre la cogió en brazos y la envolvió cuidadosamente en una toalla. Entonces se la tendió a la madre. Se inclinó y las besó a ambas, mientras Beata reía y lloraba a la vez. En total, el parto había durado menos de media hora. Antoine estaba todavía impresionado mientras le preguntaba por el número y llamaba al médico. Le dijo que no cortara el cordón umbilical y que estaría allí en cinco minutos. El médico vivía a poca distancia del castillo y sabía dónde se encontraba su casa. Después de telefonear, Antoine fue a sentarse al lado de Beata y besó dulcemente a la madre y a la niña.

—Te quiero, Beata, pero si vuelves a hacerme algo así, te mato... No tenía la menor idea de cómo ayudarte... ¿Por qué no me has dejado llamar al médico?

—Pensé que el niño tardaría horas en llegar, y quería estar contigo... lo siento... no tenía intención de asustarte.

También ella se había asustado. Todo sucedió con mucha rapidez, y ella nunca esperó que el bebé naciera casi sin avisar. Y, salvo por unos pocos y fuertes dolores, había sido bastante fácil.

El médico llegó poco después, cortó el cordón umbilical, examinó a madre e hija y dictaminó que se hallaban en un estado excelente.

—Para este parto no me ha necesitado, querida. Es probable que el siguiente sea incluso más rápido.

—Cuando llegue ese momento, iré al hospital —dijo Antoine, todavía impresionado.

Dio las gracias al médico, que llamó a la comadrona para que viniera a limpiar y poner en condiciones a la madre y a la criatura. A medianoche ambas estaban en la cama, inmaculadas y en paz. Aquel bebé era totalmente distinto de Amadea. Era mucho más pequeña de lo que fue su hermana al nacer, razón por la que el parto había sido tan fácil y su llegada tan rápida. Era diminuta y parecía tener el delicado físico de su madre. Amadea, alta y desgarbada, se asemejaba a su padre. El nuevo bebé tenía el pelo oscuro de Beata, pero era demasiado pronto para distinguir el color de sus ojos. Parecía muy sosegada y relajada en brazos de su madre.

Por la mañana, cuando Amadea entró en la habitación, lanzó un grito de alegría. La noche anterior no había oído nada, y Beata agradeció que tuviera un sueño tan profundo.

—¡Está aquí! ¡Está aquí! —exclamó la niña, palmoteando. Entonces se acercó a su hermanita y la miró con detenimiento—. ¿Cómo la llamaremos? ¿Puedo cogerla en brazos?

Beata y Antoine habían hablado de nombres hasta que se durmieron, pero querían comentarlo con Amadea.

—¿Qué te parece Daphne? —propuso Beata. Amadea miró seriamente al bebé, se quedó un rato pensativa y finalmente asintió.

—Me gusta. —Beata pareció aliviada, lo mismo que Antoine—. Daphne es perfecto.

Subió a la cama y se tendió al lado de su madre. Beata dejó suavemente el bebé en brazos de su hermana, y las lágrimas asomaron a sus ojos mientras las contemplaba. No había tenido el hijo varón que quería darle a Antoine, pero su corazón rebosaba de alegría al mirar a sus dos hijas; una preciosa y rubia, la otra tan pequeña y morena. Era la viva imagen de su madre. Cuando alzó los ojos, Beata vio que Antoine las miraba sonriente desde el umbral. Intercambiaron una larga y amplia sonrisa. Aquel era el momento que los dos habían estado esperando durante ocho años.

—Te quiero —le musitó a Antoine, más enamorada de él que nunca.

Su marido asintió con lágrimas en los ojos. Al margen de lo que hubieran perdido en el pasado, ahora tenían lo que siempre habían querido.

7

Cuando Daphne cumplió dos años, Amadea tenía diez, y nadie dudaba de que la niña era el bebé de Amadea, tal como esta había querido. Siempre le estaba haciendo carantoñas, la mimaba, la llevaba a todas partes. La pequeña era como una muñeca con la que Amadea nunca dejaba de jugar. Era una madre muy eficiente. Cuando Amadea estaba allí, Beata no tenía nada que hacer. Solo dejaba a su hermanita para ir a la escuela y cuando visitaba a su padre en los establos. A los diez años, era una excelente amazona. Había ganado diversas competiciones de salto y sabía mucho de caballos. Antoine estaba, con razón, orgulloso de ella, y adoraba a sus dos hijas tanto como Beata. Era un padre y un marido extraordinario. Beata no tenía la menor duda de que era una mujer afortunada.

Corría el mes de junio, poco después de que las niñas hubieran cumplido diez y dos años, respectivamente, cuando Antoine recibió un telegrama, seguido de una carta. Sin que hubiera vuelto a hablarle ni perdonarle por el imperdonable delito que creía que Antoine había cometido, su padre había muerto de repente. Y, por muy enojado que su padre hubiera estado con él, como hijo mayor, las tierras, la fortuna y también el título nobiliario recaían en Antoine. Este entró en la casa un atardecer con el telegrama en la mano y una expresión de sorpresa.

—¿Ha pasado algo? —Los dos se conocían bien, y Beata se preocupó al instante.

—Acabas de convertirte en condesa. —Ella se quedó un momento perpleja, y entonces lo comprendió. Sabía bien qué significó para él la ruptura con su padre. Y ahora eso no cambiaría jamás. Para Antoine era una pérdida irreparable.

—Lo siento —le dijo ella en voz baja, y fue a abrazarlo. Él la estrechó entre sus brazos, y luego, exhalando un suspiro, se sentó.

El telegrama decía que el funeral había tenido lugar la semana anterior. Ni siquiera habían tenido la cortesía de permitirle asistir. El remitente del telegrama era el abogado de su padre.

—Quiero ver a mi hermano —dijo Antoine, aturdido—. Esto ha durado demasiado tiempo. Debo solucionarlo. He de ir a Dordoña y ver a los abogados.

Había que tomar decisiones y dirigir propiedades. Antoine no podía ser un terrateniente ausente. Había heredado el castillo y todo lo que conllevaba. Por lo que sabía, la fortuna de la familia era considerable y solo una pequeña parte pasaría a su hermano Nicolás. De hecho, en el breve tiempo transcurrido desde que se había enterado de la noticia, Antoine había decidido compartir la fortuna con él. El título pertenecía a Antoine, así como las tierras. Pero, oponiéndose a la tradición, pensaba que el dinero debía repartirse a partes iguales. Ahora tenía un capital más que suficiente para permitirse ser generoso con su hermano.

—Mañana tendré que hablar con Gérard. Dentro de unas semanas quiero ir a Francia y no tengo idea de cuánto tiempo estaré allí.

Ambos sabían que sus días en el castillo de los Daubigny habían terminado. Habían pasado allí ocho años maravillosos, pero, en su calidad de conde de Vallerand, Antoine tenía sus propias responsabilidades. Tras un repudio que se había prolongado durante once años, había llegado la hora de que el hijo pródigo regresara a casa. De la noche a la mañana, Beata se había convertido en condesa. Era mucho lo que tenía que asimilar, y Antoine debería explicárselo a Amadea.

Antoine habló primero con Gérard. Tuvieron una larga conversación durante el desayuno, a la mañana siguiente. Antoine estuvo de acuerdo en quedarse unas semanas en la finca y, tras hablar con los abogados en Francia, regresaría a Alemania por lo menos durante un mes, a fin de buscar y preparar a un sustituto. Hizo algunas sugerencias que a Gérard le parecieron razonables, pero lamentaba perderlo. Habían sido amigos durante años, y el trabajo de Antoine en los establos era incomparable. Tenía el criadero de caballos más importante de Europa. Sus campeones eran famosos.

Dos días después, sabiendo que su larga alianza estaba a punto de terminar, Antoine propuso a Gérard que salieran a probar los nuevos sementales. Antoine acababa de comprarlos en una subasta. Eran unos animales muy briosos y de una belleza espectacular. Amadea los observó mientras salían del establo, y se quejó de que su padre no le permitiera ir con ellos. Luego entró de nuevo en la casa para jugar con su hermanita. Al atardecer, estaba con ella en el dormitorio cuando oyó que sonaba el timbre de la entrada, y que su madre hablaba con alguien. No pensó en ello mientras jugaba a las muñecas con Daphne y, al cabo de un rato, bajó a buscar una galleta para la pequeña. Vio a Gérard y a uno de los domadores de su padre sentados en la sala de estar, hablando con su madre; Beata tenía la mirada perdida. Parecía aturdida y, al volver la cara, vio a Amadea.

—Vuelve arriba —le dijo secamente, cosa que era impropia de ella.

Su tono sobresaltó tanto a Amadea que se dio la vuelta y obedeció, pero cuando se sentó de nuevo en la habitación con Dahpne estaba asustada. Incluso antes de que se lo dijeran, sabía que algo terrible había sucedido.

Parecieron transcurrir horas antes de que su madre subiera, y cuando lo hizo estaba llorando. Apenas podía hablar mientras abrazaba a Amadea y le contaba que el nuevo semental había tirado a su padre al suelo.

—¿Está herido? —le preguntó la niña, aterrada. Incluso con un solo brazo útil, su padre era un formidable jinete. Beata no dejaba de sollozar y de sacudir la cabeza. Transcurrió una eternidad antes de que pudiera decir las palabras. Ninguna de las dos podía creerlo.

—Papá ha muerto, Amadea... Papá...

No pudo seguir hablando, y Amadea se echó a llorar en sus brazos. Véronique acudió poco después para quedarse con las niñas, y Beata fue a los establos, donde estaba su marido. Se había roto el cuello y la muerte había sido instantánea. Había dejado de existir, el hombre por el que ella habría dado la vida. Aquello era insoportable.

El funeral fue una interminable tortura; la iglesia estuvo llena a rebosar. Todos cuantos le habían conocido y habían trabajado con él lo querían. Gérard pronunció un elocuente panegírico, y Véronique, sentada junto a Beata, le rodeó los hombros con el brazo. Luego hubo una recepción en el castillo, y el salón principal se llenó de jinetes que habían acudido a dar el pésame. Beata parecía un espectro mientras deambulaba por la sala, vestida de luto, aferrada a sus hijas.

Luego fue preciso ocuparse de infinidad de cosas. El hombre al que había amado tanto, por el que había abandonado a su familia, que jamás la había traicionado ni decepcionado, había desaparecido de repente. Ella no sabía adónde ir, qué hacer o a quién dirigirse. Gérard le ayudaba tanto como podía, y Véronique nunca se apartaba de su lado. Había que abrirse paso a través de un enorme papeleo, y Gérard le ofreció a sus propios abogados en Francia para que la ayudaran. La fortuna que Antoine había heredado de su padre ahora pertenecía a Beata. Él ya se había mostrado partidario de dividirla a partes iguales con su hermano Nicolás. Pero la mitad de la herencia sería más que suficiente para que Beata y sus hijas pudieran seguir manteniéndose. No viviría con un gran lujo, pero su futuro estaba asegurado. Compraría una casa y cubriría sus necesidades y las de las niñas mientras viviera. No tendría que preocuparse por las estrecheces económicas, aunque tampoco se entregaría a frívolos excesos. Desde un punto de vista financiero, tenía pocas preocupaciones. La peor de todas era que su marido había desaparecido y que, a los treinta y dos años, se había quedado viuda. Amadea sabía que nunca olvidaría el día que murió su padre. Con la mayor rapidez, dentro de lo razonable, tenían que abandonar la casa en la que ella había crecido. Su vida sufriría unos cambios radicales. Solo Daphne era demasiado pequeña para comprenderlos. Amadea y su madre lo sabían demasiado bien. Beata tenía la sensación de que su vida había terminado, y su aspecto lo corroboraba.

El título recayó en Nicolás, así como las tierras. Ahora el castillo era suyo. El conde Nicolás de Vallerand era un hombre rico, como Antoine lo habría sido finalmente, de haber vivido lo bastante para disfrutar de su fortuna. Había sobrevivido a su padre menos de dos semanas. Nada de esto era lo que Beata había esperado. No le importaba perder lo que nunca había tenido, y no ansiaba nada. Lo único que pesaba en su corazón era la pérdida de Antoine.

Al cabo de algún tiempo, un hombre al que Antoine conocía y al que apreciaba le sustituyó en los establos. Gérard y Véronique ayudaron a Beata a encontrar una casa en Colonia, y aquel verano ella y las niñas se mudaron a su nuevo domicilio. Recibió una cortés carta de su cuñado, dándole el pésame, pero no mencionaba el deseo de conocerla o de ver a las hijas de Antoine. La carta era fría, educada y formal. Beata lo detestaba porque había hecho sufrir a Antoine. Su familia había tenido un comportamiento tan cruel como la de Beata. Para sus familiares, Beata y Antoine habían sido unos parias durante toda su vida de casados. No habían tenido más amigos íntimos que los Daubigny. Era demasiado tarde para que Beata deseara conocer a su cuñado, y él no le ofrecía la posibilidad de hacerlo. Parecía limitarse a dejar las cosas como estaban, sobre todo ahora que Antoine había desaparecido. Ella tenía la impresión de que el hermano de Antoine todavía la culpaba de su distanciamiento, aunque tenía la cortesía y los buenos modales de dirigirse a ella como *madame la comtesse*, que todavía era su título legal. Cierto que un título no sustituía a un marido. No respondió a la carta de su cuñado ni le explicó a Amadea los motivos de su enojo con él. No veía la necesidad de hacerlo.

Durante el año siguiente, Beata deambuló por su nuevo hogar como un alma en pena, y agradeció que Amadea se encargara casi por completo de su hermanita. La bañaba, la vestía, jugaba con ella y pasaba todo el tiempo a su lado cuando no estaba en la escuela. Para Daphne era la madre que Beata ya no podía ser. Era como si cuando Antoine murió se la hubiera llevado consigo. Ya no quería vivir sin él, y a veces Amadea se asustaba porque su madre se había vuelto profundamente religiosa. Pasaba la mayor parte del tiempo en la iglesia. A menudo, cuando Amadea volvía a casa de la escuela, su madre estaba ausente y el ama de llaves, que cuidaba de Daphne, sacudía la cabeza cada vez que Amadea preguntaba por ella. Solo tenía once años, pero de la noche a la mañana se había convertido en el único miembro responsable de la familia. Como no sabía qué otra cosa hacer, a veces se pasaba horas en la iglesia, sentada en silencio al lado de su madre, solo para estar con ella. Era el único lugar donde Beata se sentía en paz. Y en lugar de horrorizarse ante aquella inclinación de su madre, Amadea se sintió fuertemente atraída por ella. Le encantaba estar en la iglesia. Su mejor amiga procedía de una familia católica, y cuando Amadea contaba trece años la hermana mayor de su amiga se hizo monja, algo que a ella le pareció muy misterioso e intrigante. Hablaron mucho acerca de la vocación religiosa de la hermana de su amiga, y Amadea se preguntaba cómo era posible adquirirla. Le parecía algo bueno.

Sin embargo, por aquella misma época su madre empezó a confundirla. No solo iba a la iglesia todos los días, en ocasiones más de una vez, sino que de vez en cuando también iba a una sinagoga. Era un edificio imponente frecuentado por personas acomodadas. Cierta vez llevó a Amadea consigo; según le dijo, era el día del Yom Kippur. A la niña le pareció fascinante, aunque le dio un poco de miedo. Desde donde estaba sentada, Beata se quedó mirando fijamente a una mujer mayor. La mujer no pareció verla. Por la noche, en la sala de estar, Amadea encontró a su madre con un montón de viejas fotografías enmarcadas en el regazo.

—¿Quiénes son esas personas, mamá? —le preguntó Amadea en voz baja.

Quería muchísimo a su madre y, desde hacía ya tres años, tenía la sensación de haberla perdido. En cierto sentido, la madre a la que conoció y quería se había desvanecido junto con su padre. No había habido risas en la casa desde que él murió, excepto cuando Amadea jugaba con Daphne.

—Son mis padres, mi hermana y mis hermanos —se limitó a decir Beata.

Hasta aquel día Amadea nunca había oído una sola palabra acerca de ellos. Cierta vez su padre le dijo que Beata y él eran huérfanos, y le contó cómo se enamoraron y lo hermosa que estaba su madre el día que se casaron. Ella sabía que se conocieron en Suiza y que vivieron allí con unos primos hasta que tuvo dos años, cuando se mudaron a la casa que ella conocía y en la que había crecido. Todavía iba a los establos de vez en cuando para montar, pero ahora le entristecía y echaba de menos a su padre. Hacía mucho tiempo que su madre había vendido el poni. Gérard y Véronique le decían que acudiese siempre que quisiera, pero ella sabía que a su madre no le gustaba que fuese allí. Tras la tragedia de su padre, temía que pudiera ocurrirle algo. Amadea dejó de ir para no inquietar a su madre, aunque echaba de menos aquel lugar.

—¿Han muerto todos? —le preguntó Amadea, al ver que su madre miraba fijamente las fotos desvaídas. Entonces Beata la miró de una manera extraña.

—No, fui yo.

No le dijo más que eso, y al cabo de un rato Amadea volvió al lado de Daphne. Esta era una niña de cinco años, feliz, que pensaba que el sol se levantaba y se ponía sobre su hermana mayor. Amadea era como una madre para ella.

Tras aquella primera vez en que llevó consigo a Amadea, Beata volvía a la sinagoga cada año por el Yom Kippur. Era el día de la expiación, el momento de reflexionar sobre los pecados del pasado y permitir que Dios juzgara. Educaba a sus hijas en la religión católica, y creía profundamente en lo que les enseñaba. Pero seguía yendo a la sinagoga una vez al año y, en cada ocasión, los observaba. Toda su familia. Estaban siempre allí, los hombres sentados aparte de las mujeres. Cada año llevaba a Amadea consigo. Nunca le explicaba el motivo. Le parecía que, al cabo de tanto tiempo, era muy complicado. Ella y Antoine siempre habían dicho que sus familiares estaban muertos, y Beata no quería admitir que había mentido. Por otra parte, nunca había dicho a sus hijas que años atrás era judía.

—¿Por qué quieres ir ahí? —le preguntó Amadea, intrigada.

—Creo que es interesante, ¿no te parece?

Beata nunca daba más explicaciones; cuando tenía quince años, Amadea admitió ante su mejor amiga que aquellas visitas le parecían repulsivas. Pero Amadea no tenía la menor duda de que, desde la muerte de su padre, cinco años atrás, su madre no era normal. Era como si no hubiese podido superar la conmoción, y Amadea percibía, acertadamente, que Beata deseaba reunirse con Antoine. Tenía treinta y ocho años y todavía era hermosa, pero ahora solo deseaba morir, y Amadea lo sabía.

Cuando Amadea contaba dieciséis años, Daphne tenía ocho, y aquel año Amadea le había prometido a su hermana que la llevaría a su clase de ballet el día en que su madre iba a la sinagoga, la festividad del Yom Kippur. Le alivió tener una excusa para no ir. No sabía por qué, pero siempre le resultaba deprimente. Prefería acompañar a su madre a la iglesia, y últimamente Amadea rezaba para saber si tenía vocación, como la hermana de su amiga. No le había dicho nada a nadie, pero empezaba a pensar que así era.

Como siempre, Beata llevaba un tupido velo en la cara cuando ocupó su lugar en la sinagoga. Y, como cada año, los vio. Podría ir allí en otras ocasiones, pero aquel siempre le parecía el día más apropiado para rogar por el perdón de sus familiares y el suyo propio. Esta vez su madre le pareció más frágil. Por algún milagro, pudo sentarse detrás de ella. De haberse atrevido, habría podido extender la mano y tocarla. Al cabo de un rato, como si el milagro se confirmara, su madre debió de notar los ojos de Beata fijos en ella, porque se volvió para mirar a la mujer que estaba sentada a sus espaldas. No vio más que un sombrero y un velo, pero intuyó algo familiar en ella. Antes de que pudiera volverse de nuevo, Beata alzó el velo y su madre la vio. Se miraron durante un interminable momento, hasta que su madre asintió y volvió la cabeza, con una expresión petrificada, allí sentada, sola entre las mujeres. Cuando salieron de la sinagoga, Beata se acercó a ella. Esta vez no tenía la impresión de que su madre quisiera evitarla. Lo que había alarmado a Monika era la profunda tristeza que había en los ojos de su hija. Las dos mujeres abandonaron la sinagoga la una al lado de la otra, y sus manos se rozaron. Beata cogió suavemente la de su madre y la retuvo, y la dama le permitió que lo hiciera. Entonces, sin decir una sola palabra, fue a reunirse con el padre. Beata vio que él aún parecía alto y orgulloso, aunque muy mayor. Sabía que tenía sesenta y ocho años, y su madre, sesenta y tres. Vio cómo abandonaban la sinagoga, y entonces Beata tomó un taxi y regresó a casa, donde estaban sus hijas.

—¿Cómo te ha ido? —le preguntó Amadea por la noche durante la cena.

—¿A qué te refieres? —replicó Beata, perpleja.

No solía conversar mientras cenaban, y aquella noche parecía particularmente absorta. Todavía pensaba en su madre. Llevaban diecisiete años sin hablarse, y habían sucedido muchas cosas. Habían nacido sus hijas, su marido había muerto, todo en su vida había cambiado y ella se había convertido en condesa, algo que no significaba nada para ella, aunque suponía que podría haber impresionado a su hija.

—¿No es hoy el día que vas a la sinagoga? ¿Por qué haces eso, mamá?

Sabía que a su madre siempre le había fascinado profundamente la religión. Tal vez era la curiosidad religiosa lo que la llevaba allí, o un gesto de respeto hacia otras personas. Ella sabía que su madre era muy católica.

—Me gusta.

No le dijo a su hija mayor que iba allí para ver a su madre, y que aquel día la había tocado. No habían intercambiado una sola palabra, pero solo tenerla cogida de la mano un momento la había hecho renacer. Desde la muerte de Antoine, sabía en lo más profundo de su ser que necesitaba ver a su madre. Tenía que establecer una continuidad entre el pasado y el futuro. Monika era el eslabón para ella, como Beata lo era entre su madre y sus hijas.

Durante la cena, Amadea expresó, indignada, su opinión sobre un tema de actualidad.

—Me parece repugnante que los judíos no puedan ser directores de periódico o seguir poseyendo tierras, y que a algunos de ellos los envíen a campos de trabajo.

En enero, Hitler había sido nombrado canciller, y desde entonces se aprobaron leyes contra los judíos. Beata lo sabía, como la mayoría de la gente, y le parecía vergonzoso, pero nadie podía hacer nada para impedirlo. Además, como le sucedía a la mayoría de la gente, tenía sus propios problemas y preocupaciones. Pero el antisemitismo, que empezaba a extenderse, era muy preocupante por diversas razones.

—¿Qué sabes de ello? —inquirió Beata, alarmada.

—La verdad es que sé mucho. He ido a escuchar las conferencias de una mujer llamada Edith Stein. Dice que las mujeres deberían participar en la política de su comunidad y de la nación. Ha escrito al Papa condenando el antisemitismo. Y he leído su libro *La vida en una familia judía*. Nació judía, y recientemente se ha hecho monja. Se convirtió al catolicismo hace once años, pero los nazis siguen considerándola judía. La han obligado a dejar de dar conferencias y enseñar. Ahora está en un convento carmelita de Colonia. Es muy famosa.

—Lo sé. He leído acerca de ella. Me parece interesante.

Era el primer libro sobre el que Beata y su hija tenían una conversación adulta, la primera conversación seria que mantenían en años. Amadea se sintió estimulada y decidió sincerarse con su madre. Le impresionaba que ella también conociera a Edith Stein.

—A veces creo que me gustaría ser monja. Cierta vez hablé de ello con un sacerdote. A él le pareció una buena idea.

Beata miró a su hija con expresión de alarma. Por primera vez se dio cuenta de lo alejada que había estado de ella y de la soledad de Amadea. Aparte de sus amigos de la escuela, su única compañera en casa era una niña que tenía la mitad de su edad. Aquello era un aviso para que Beata le prestara más atención. Antoine había muerto seis años atrás, y Beata tenía la sensación de haber muerto con él.

—A tu padre no le gustaría que te hicieras monja. —Recordaba su reacción cuando el párroco que los casó comentó que podría haberse hecho monja. Antoine mostró claramente su desaprobación, y no solo por lo que respectaba a ella. Le parecía que cualquier mujer que siguiera ese camino desperdiciaba su vida. Pensaba que las mujeres debían casarse y tener hijos—. Cuando llegues a adulta deberías casarte y ser madre. —Intentó hacerse eco de las palabras de Antoine, como si pudiera hablar por él, y de hecho tenía la obligación de hacerlo, puesto que él ya no podía hablar por sí mismo.

—Puede que no todo el mundo esté destinado a tener hijos. La hermana de Gretchen se hizo monja hace tres años, y le encanta su vida. El año pasado hizo los primeros votos.

Cuanto más la escuchaba, más cuenta se daba Beata de lo alejada que había estado de su hija. A juzgar por sus palabras, Amadea parecía dispuesta a vestir los hábitos lo antes posible. Beata comprendió que tenía que prestarle más atención y hablarle, no solo de tareas como llevar a Daphne al ballet y dejarla en la escuela sino de las cosas que le importaban a ella. Confiaba en que no fuese demasiado tarde para establecer de nuevo esa relación con la joven. De súbito, alarmada, Beata se dio cuenta de que desde la muerte de Antoine se había ensimismado, desvinculado de la realidad, y casi había perdido el contacto con sus hijas. Su cuerpo estaba presente, pero su espíritu no.

—No quiero que vayas a conferencias como las que da Edith Stein, Amadea, ni a reuniones organizadas por los radicales, si eso es lo que estás haciendo. Debes tener cuidado y no hablar fuera de casa acerca de la política de Hitler.

Amadea pareció alarmada.

—¿Estás de acuerdo con él, mamá?

—No, no lo estoy. —Beata sintió como si por fin se despejara su cabeza y fuese interesante hablar con Amadea. Era una joven muy inteligente. Le recordaba a ella misma cuando tenía su edad y su pasión por la filosofía y las discusiones políticas. Había pasado horas discutiendo con sus hermanos y sus amigos. Amadea no tenía a nadie aparte de ella con quien pudiera hablar de aquellos temas—. Pero es peligroso oponerse. La política de Hitler es muy antisemita. Incluso a tu edad podrías llamar la atención si dijeras públicamente lo que piensas, y podría ser peligroso para ti.

Amadea vio que su madre hablaba en serio, e hizo un comentario sobre lo repugnante que fue la quema de libros que llevaron a cabo los nazis en mayo. A ninguna de las dos les gustaban las cosas que veían y oían en la calle.

—¿Por qué queman libros? —Finalmente Daphne terció en la conversación. Parecía confusa.

—Porque tratan de intimidar a la gente y asustarla —respondió Amadea—. Están enviando a muchas personas a campos de concentración por ser judíos. Este año, por mi cumpleaños, los nazis han dicho a la gente que no vaya a comprar a las tiendas de los judíos.

—¿Han hecho eso por ti? —Daphne pareció alarmada por lo que Amadea acababa de decirle, y su hermana mayor le sonrió.

—No, ha sido solo una coincidencia, pero hay que ser miserable para hacer una cosa así.

—¿Son los judíos diferentes de las demás personas? —le preguntó Daphne con interés. Amadea pareció indignarse.

—Claro que no. ¿Cómo puedes decir semejante cosa?

—Mi maestra ha dicho que los judíos tienen rabo —dijo Daphne inocentemente. Su madre y su hermana parecieron horrorizadas.

—Eso no es cierto —dijo Beata, preguntándose si debería decirles que ella era judía de nacimiento, pero le resultaba violento confesárselo en aquellos momentos.

Ella era católica desde hacía muchos años, y algunas personas decían que los nazis solo perseguían a los judíos pobres, los que carecían de hogar y los delincuentes, no a los que eran como su familia. No perseguirían nunca a los judíos respetables. Ella estaba segura de eso. Pero su seguridad no era tan grande como para decirles a sus hijas que ella había sido judía.

Aquella noche la conversación durante la cena fue interesante, y la prolongaron más de lo habitual. Beata nunca se había dado cuenta de que Amadea tenía tal interés por la política, no había percibido su conciencia social y su independencia. Tampoco sabía que se debatía por decidir si tenía vocación religiosa, cosa que le parecía mucho más inquietante que sus inclinaciones más radicales. No podía dejar de preguntarse hasta qué punto le habían influido las conferencias y los escritos de Edith Stein, o, peor todavía, el hecho de que Stein se hubiera hecho monja. Ese tipo de cosas ejercían una poderosa influencia sobre una joven. Por no mencionar a la hermana mayor de su mejor amiga. Todo ello formaba un retrato de una clase de vida que Beata no deseaba para su hija. Pero ella misma, en los últimos años, había hecho muy poco para equilibrar los platillos de la balanza. Carecía de vida social, no tenía amigos, no veía a nadie excepto a los Daubigny, y no muy a menudo. Durante once años, mientras Antoine vivía, ella había dedicado todo su tiempo a la familia, pero, desde la muerte de su marido, se había convertido en una reclusa. No veía la manera de cambiar ahora ese estado de cosas, y no deseaba hacerlo. Pero por lo menos podía prestar más atención a lo que estaba sucediendo en el mundo. Amadea parecía mucho mejor informada que ella. Sin embargo, le preocupaban sus opiniones sobre el antisemitismo de los nazis, y confiaba en que no las manifestara en la escuela. Al día siguiente, antes de que saliera de casa, le recordó que debía ser prudente. Mostrarse en desacuerdo con los nazis era peligroso, a cualquier edad.

A la semana siguiente Beata volvió a la sinagoga. No quería esperar otro año para ver de nuevo a su madre. Esta vez se sentó detrás de ella a propósito, y no tuvo necesidad de alzar el velo. Su madre la reconoció nada más verla, y cuando salieron, después del servicio religioso, Beata deslizó un trozo de papel en la mano enguantada de su madre. En él estaban escritos su dirección y su número de teléfono; en cuanto se lo hubo dado y vio que su madre cerraba la mano para ocultar el papel, Beata se mezcló con la multitud y desapareció. Esta vez no esperó para ver a su padre. Todo lo que podía hacer era rezar por que su madre hiciera acopio de valor y la llamara. Beata deseaba con desesperación verla, cogerle la mano y volver a hablar con ella. Más que nada, quería que conociera a sus nietas.

Estuvo dos días en vilo. Pero fue Amadea quien respondió al teléfono cuando sonó. Se estaban levantando de la mesa después de comer, y Beata acababa de preguntarle a Daphne si quería ir a jugar. Amadea había observado que últimamente la actitud de su madre había mejorado mucho, y se esforzaba más por relacionarse con sus hijas o salir de su larga depresión tras la muerte de Antoine.

—Alguien pregunta por ti —le dijo Amadea.

—¿Quién es? —preguntó Beata, olvidándose momentáneamente de la llamada que estaba esperando y suponiendo que era Véronique.

La esposa de Gérard llevaba meses pidiéndole a Beata que le hiciera un vestido para Navidad. Pensaba que sería una buena terapia para ella. Pero Beata la había evitado una y otra vez. Llevaba años sin coser. Desde la muerte de Antoine solo lo había hecho muy de tarde en tarde, algo sencillo para las niñas. Ya no tenía ningún interés por confeccionar trajes de noche o bonitos vestidos. Y ya no necesitaba hacerlo por motivos económicos.

—No ha dicho quién es —respondió Amadea, mientras se llevaba a Daphne arriba, y Beata se ponía al aparato.

—¿Dígame?

Su respiración se paralizó cuando oyó la voz. No había cambiado.

—¿Beata? —susurró, temerosa de que alguien pudiera oírla. Jacob estaba ausente, pero Monika sabía que no estaba autorizada a hablar con su hija. Para ellos había muerto.

—Oh, Dios mío. Gracias por llamar. Estabas muy guapa en la sinagoga. No has cambiado. —Al cabo de diecisiete años, ambas sabían que eso no era posible, pero Beata la veía con el aspecto de siempre.

—Parecías tan triste... ¿Estás bien? ¿Tienes algún problema de salud?

—Antoine ha muerto.

—Cuánto lo siento. —Su tono era sincero. Le había parecido que su hija estaba destrozada. Por eso la había llamado. No podía seguir dándole la espalda, al margen de lo que dijera Jacob—. ¿Cuándo ha sido?

—Hace seis años. Tengo dos hijas preciosas. Amadea y Daphne.

—¿Se parecen a ti? —Su madre sonrió mientras le hacía la pregunta.

—La pequeña sí. La mayor se parece a su padre. ¿Te gustaría verlas, mamá?

Se hizo un silencio interminable, y finalmente respondió con un suspiro. Parecía fatigada. Últimamente la familia atravesaba dificultades.

—Sí, me gustaría.

—Sería maravilloso. —Beata parecía haber regresado a la infancia—. ¿Cuándo quieres venir?

—¿Qué te parece si voy mañana por la tarde, a tomar el té? Supongo que las chicas ya habrán vuelto de la escuela.

—Aquí estaremos.

Las lágrimas caían por las mejillas de Beata. Durante años había rezado para que aquello llegara a producirse. El perdón. La absolución. La posibilidad de tocar de nuevo a su madre. Una sola vez. De abrazarla. Un momento entre los brazos de su madre. Solo uno.

—¿Qué les dirás?

—No lo sé. Lo pensaré esta noche.

—Si les dices la verdad, me odiarán —dijo con tristeza Monika Wittgenstein.

Pero de la misma manera que Beata quería verla, Monika quería ver de nuevo a su hija. Y últimamente estaban sucediendo cosas atroces. Jacob vivía con el temor de que un día les ocurrieran también a ellos, aunque Horst y Ulm aseguraban que eso jamás podía suceder. Ellos eran alemanes, no simples judíos que vagaban por las calles. Decían que los nazis perseguían a los criminales, no a personas respetables como ellos. Jacob no estaba de acuerdo. Y el matrimonio estaba envejeciendo. Monika necesitaba ver de nuevo a su hija. Era preciso. Lo necesitaba desesperadamente. Para ella era como si le hubieran arrancado una parte de su corazón y necesitara que se la devolvieran.

—No tienen por qué conocer la verdad. Podemos echarle la culpa a papá. —Sonrió. Ambas sabían que su padre jamás transigiría. No existía la más remota posibilidad de que Amadea y Daphne conocieran a su abuelo. Pero Monika pensaba que su marido no podía seguir obligándola a soportar aquella tragedia. Ella no podía continuar infligiendo tal dolor a Beata y a sí misma—. No te preocupes, ya se me ocurrirá algo. Les encantará conocerte. Y, mamá... —dijo con la voz ahogada—, estoy deseando verte.

—También yo. —Su madre parecía tan emocionada como ella.

Beata lo pensó durante toda la noche, y por la mañana, cuando las tres estaban sentadas a la mesa del desayuno, les dijo que alguien deseaba conocerlas y que las visitaría por la tarde.

—¿Quién es? —le preguntó Amadea pero con escaso interés. Aquel día tenía un examen. Se había quedado levantada hasta muy tarde para estudiar, y estaba cansada. Era una alumna excepcional.

Beata titubeó un instante.

—Vuestra abuela —respondió. Las dos niñas la miraron con asombro.

—Creía que estaba muerta —dijo Amadea con suspicacia.

—Te mentí —le confesó Beata—. Cuando me casé con vuestro padre, Francia y Alemania estaban en guerra y nuestras familias se opusieron a nuestra unión. Papá y yo nos conocimos en Suiza, donde estábamos de vacaciones con nuestros padres. Mi padre quería que me casara con otro hombre, alguien a quien ni siquiera conocía.

Resultaba difícil contarles todo aquello ahora, pues su vida actual era demasiado diferente. Pero estaban fascinadas por lo que les decía. No era fácil encontrar las palabras o explicar lo que había sucedido tanto tiempo atrás.

—Ninguna de nuestras familias quería que nos casáramos, porque papá era francés y yo alemana. Sabíamos que sería necesario esperar hasta después de la guerra, y ni siquiera entonces era probable que él lo aprobara. Estábamos locos, éramos jóvenes, y le dije a mi padre que quería casarme con Antoine a toda costa. Él respondió que si lo hacía jamás volvería a verme. Papá estaba herido y me esperaba en Suiza; sus primos nos dijeron que podíamos vivir con ellos y casarnos. Así que me marché, lo cual fue una osadía por mi parte, pero sabía que tenía razón. Sabía que vuestro padre era un hombre muy bueno, y nunca he lamentado lo que hice. Pero mi padre no ha vuelto a verme desde entonces, y no permite que nadie de mi familia me vea, ni mi madre ni mis hermanos. Me han devuelto sin abrir todas las cartas que les he enviado. Él nunca ha permitido que mi madre me vea o hable conmigo. El otro día la vi en cierto lugar. —No les dijo que fue en la sinagoga, pues le parecía que sus hijas no necesiban la complicación añadida de saber que en parte eran judías, o tal vez incluso ponerlas en peligro, dada la política de Hitler hacia los judíos—. Cuando vi a mi madre le di nuestro número de teléfono y la dirección. Anoche llamó, y quiere veros. Vendrá hoy, cuando hayáis vuelto de la escuela.

Era más sencillo de lo que había temido, pero sus hijas la miraban fijamente, con expresión de incredulidad.

—¿Cómo pudo portarse tan mal? —preguntó Amadea, indignada—. ¿Es eso lo que hizo también la familia de papá?

—Sí, lo mismo. Odiaban a los alemanes, tanto como mi familia odiaba a los franceses.

—Qué estupiez y qué maldad. —Amadea se compadeció de su madre—. ¿Nos harías tú una cosa así? —La muchacha sabía la respuesta antes de pronunciar las palabras.

—No, no lo haría. Pero eso ocurrió hace mucho tiempo, y fue una guerra horrible.

—Pero ¿por qué no te vio luego? —le preguntó Daphne juiciosamente. Al igual que su hermana, era una niña inteligente.

—Porque es un viejo testarudo —respondió Amadea con rencor.

Beata le había perdonado hacía años, y había aceptado lo sucedido, aunque sufrió mucho antes de tomar esa decisión.

—¿Y qué me dices de tus hermanos? —le preguntó Amadea, todavía impresionada por lo que acababa de oír—. ¿Tampoco están muertos? —Beata hizo un gesto negativo con la cabeza—. ¿Por qué no quieren verte?

—No quieren desobedecer a mi padre —se limitó a decir Beata. No les dijo que su padre había decidido que estaba muerta.

—Debe de ser un hombre horrible si le temen tanto —conjeturó Amadea. No podía concebir que nadie tratara a la gente de esa manera. Su padre había sido un hombre muy amable—. Y la familia de papá también.

—Tu madre debe de ser muy valiente si quiere vernos ahora. ¿Le pegará tu padre cuando vuelva a casa? —inquirió Daphne, preocupada.

—Claro que no. —Beata le sonrió—. Pero ella no le dirá que ha venido aquí. Él se enfadaría demasiado. Y ahora es mayor, como ella. Me alegra muchísimo que venga a vernos —les confesó Beata con lágrimas en los ojos. Las niñas, al verla, se sintieron conmovidas—. La he echado mucho de menos, sobre todo desde que papá murió. —Amadea se preguntó de repente si las visitas anuales de su madre a la sinagoga estarían relacionadas con todo aquello, pero no quiso cuestionárselo. Su madre ya había pasado por suficientes penalidades—. Solo quería que lo supierais antes de que ella venga esta tarde.

Había sido la revelación de un aspecto desconocido de su madre, y las dos niñas estaban todavía asombradas cuando se dirigían hacia la escuela. Resultaba extraño descubrir que tenían una abuela que había estado viva durante todos aquellos años, y a la que nunca habían visto. No solo una abuela, sino también un abuelo, una tía y dos tíos.

—Me alegro por mamá de que venga —dijo Amadea en voz

baja—. Pero creo que fue terrible hacer una cosa así. Imagina si ella nos lo hubiera hecho a nosotras.

La hija mayor de Beata se solidarizaba con ella y estaba muy apenada. Qué enorme pérdida; dejar de ver a todos los seres queridos por un hombre. Aunque si no lo hubiera hecho, reflexionó Amadea, ella y Daphne no habrían nacido.

—Lloraría mucho —dijo Daphne, impresionada.

—Yo también. —Amadea sonrió y cogió la mano de su hermana menor para cruzar la calle—. Será mejor que no me hagas nunca una cosa tan estúpida como no hablarme, o te daré una paliza —le advirtió. Daphne se echó a reír.

—De acuerdo. Te prometo que no lo haré.

Pensando en su madre y en la abuela a la que estaban a punto de conocer, las dos niñas recorrieron el resto del camino hasta la escuela, cogidas de la mano, sumidas en sus pensamientos. Amadea ya había olvidado el interrogante surgido en su mente, acerca de si sus abuelos eran judíos. Eso no le importaba. Sabía que su madre era católica, por lo que debía de estar equivocada. Si su madre era católica, sus abuelos evidentemente también lo eran.

8

A las cuatro de la tarde, cuando sonó el timbre, Beata se quedó un momento inmóvil; luego se alisó el vestido y se atusó el pelo. Llevaba un sencillo vestido negro y un collar de perlas que Antoine le regaló en el décimo aniversario de su boda. La palidez de su rostro era sorprendente. Estaba seria y tenía la respiración entrecortada cuando abrió la puerta y vio a su madre allí, con un elegante abrigo negro sobre un vestido morado. Como de costumbre, su indumentaria era espléndida, calzaba zapatos negros de ante y llevaba un bolso a juego. Los guantes, también de ante negro, estaban hechos a medida. Un enorme collar de perlas adornaba su garganta. Sus ojos atravesaron los de su hija y, sin decir palabra, se abrazaron. Beata se sintió de repente como una niña pequeña que hubiera perdido a su madre y por fin la hubiera encontrado. Quería acurrucarse contra ella, tocarle la cara y su sedoso cabello. Monika usaba todavía el mismo perfume que se ponía cuando Beata era pequeña. Y, como si hubiese sucedido ayer, recordó con horror el día que se fue de casa. Pero ahora todo había terminado. Habían vuelto a encontrarse. Los años transcurridos habían desaparecido. Hizo pasar a su madre a la sala de estar y las dos se sentaron en el sofá. Madre e hija lloraban. Beata tardó un buen rato en poder articular alguna palabra.

—Gracias por venir, mamá, no sabes cuánto te he echado de menos.

Más de lo que se había permitido sentir, o de lo que jamás podría admitir. Todo volvía ahora a ella, precipitadamente. Los momentos en los que había deseado que su madre estuviera presente, cuando contrajo matrimonio, cuando Amadea nació... y Daphne... en las fiestas, los cumpleaños, en cada ocasión importante de su vida de casada... y cuando Antoine murió. Y en todos los momentos de la vida entre esos acontecimientos. Ahora ella estaba allí. Beata no sentía rencor por los años que habían perdido, solo tristeza. Y ahora, por fin, alivio.

—Jamás sabrás cuánto he llegado a sufrir —le dijo Monika mientras las lágrimas caían sin cesar por sus mejillas—. Prometí a tu padre que no te vería. Temía desobedecerle. Pero te echaba tanto de menos, un día tras otro...

Nunca lo había superado. Al final, había sido como si su hija hubiera muerto.

—Me devolvieron todas mis cartas —le dijo Beata mientras se sonaba.

—Nunca supe que habías escrito. Papá debió de devolverlas sin enseñármelas.

—Lo sabía —dijo Beata, entristecida, recordando la caligrafía de su padre en las cartas devueltas—. También me devolvieron las que le escribí a Brigitte. Cierta vez la vi en la calle, y no quiso hablarme. Y me ocurrió lo mismo con Ulm y Horst.

—Observamos la *shiva* por ti —dijo su madre, llena de pesar. Aquel fue el peor día de su vida—. Él ni siquiera nos permitía hablar de ti. Y creo que Brigitte teme trastornarme, por lo que no dice nada.

—¿Es feliz?

Su madre hizo un gesto negativo con la cabeza.

—Está divorciada. Quiere casarse con otro hombre, pero papá no lo aprueba. ¿Tus hijas son judías? —preguntó Monika, esperanzada. Beata sacudió la cabeza.

—No, no lo son.

Beata no le reveló a su madre que se había convertido al casarse con Antoine. Tal vez esa noticia sería demasiado para Monika. Tal como estaban las cosas, ya era suficiente. Pero su madre la sorprendió con lo que le dijo a continuación. Había supuesto correctamente que Beata se había convertido al catolicismo. De alguna manera ella había pensado que lo haría, una vez se casara con Antoine.

—Puede que sea mejor así, tal como están las cosas estos días. Los nazis están cometiendo atrocidades. Papá dice que nunca se meterán con nosotros, pero nunca se sabe. No le digas a nadie que eres judía. Tardarían mucho tiempo en descubrirlo en los registros. Si ahora eres cristiana, sigue así, Beata. Será más seguro para ti. —Era un buen consejo. Monika miró entonces a su hija con una expresión preocupada—. ¿Qué les has dicho de mí a las niñas?

—Que te quiero, que papá no quería que me casara con Antoine porque era francés y que estábamos en guerra. Les he dicho que su familia tenía una actitud similar con respecto a mí. Las niñas se han quedado asombradas, pero creo que lo han comprendido.

Tan bien como era posible comprenderlo. Era algo muy difícil de digerir, no obstante Beata creía que sus hijas lo habían hecho.

—¿Te ha visto su familia? —Beata sacudió la cabeza—. ¿Cómo murió tu marido?

—Un accidente, cuando montaba. Su padre había muerto dos semanas atrás. —Entonces Beata sonrió—. Ahora soy condesa. —Su madre también sonrió.

—Estoy impresionada —bromeó, con los ojos brillantes.

En ese momento, las niñas regresaron a casa y entraron en la sala. Miraron a la mujer que sabían que era su abuela y vieron la sonrisa que iluminaba el rostro de su madre. Presentó primero a Amadea y luego a Daphne. Monika las miraba mientras las lágrimas caían por sus mejillas y les cogía las manos.

—Os ruego que me perdonéis por lo estúpida que he sido. Qué feliz me hace conoceros... Estoy muy orgullosa de las dos, sois guapísimas.

Se enjugó los ojos con un pañuelo de encaje y las niñas se le acercaron lentamente. A Daphne le gustaba su aspecto, y

Amadea sentía deseos de preguntarle por qué había permitido que su marido se portara tan mal con Beata, pero no se atrevía a hacerlo. Parecía una buena persona. Lloraba mucho, igual que su madre. Y mientras tomaban el té juntas y hablaban, se dieron cuenta del gran parecido que tenía la visitante con su madre. Incluso al hablar se le parecía. Lo pasaron muy bien juntas, y finalmente Monika se levantó, mientras Daphne la miraba con interés.

—¿Cómo tenemos que llamarte?

Era una pregunta lógica en una niña de ocho años. Amadea también se lo había planteado.

—¿Qué os parece *oma*? —contestó Monika, vacilante, mirando primero a las niñas y luego a Beata. No se lo había ganado, pero era un término cariñoso para llamar a una abuela—. Será un honor para mí que me llaméis así.

Las dos niñas asintieron, Monika las abrazó antes de marcharse y luego retuvo a Beata en sus brazos. Les resultaba muy difícil separarse.

—¿Vendrás otro día? —le preguntó Beata en voz baja, cuando las dos estaban en la puerta.

—Desde luego —respondió su madre—. Siempre que lo desees. Te llamaré dentro de unos días —le prometió.

Beata sabía que lo haría. Su madre siempre había cumplido sus promesas, y Beata tenía la profunda convicción de que seguiría haciéndolo.

—Gracias, mamá —le dijo, y la abrazó por última vez.

—Te quiero, Beata —susurró su madre. La besó en la mejilla y finalmente se marchó. Había sido una tarde extraordinaria para todas ellas.

Después de que su abuela se marchara, Amadea se acercó a su madre. Beata estaba sentada en la sala de estar, sumida en sus pensamientos.

—¿Mamá? —Beata la miró, sonriente.

—Sí, cariño. ¿Qué te ha parecido?

—Creo que es una lástima que hayáis estado separadas durante tanto tiempo. Está claro que te quiere mucho.

—Yo también la quiero. Me alegro de que haya vuelto y de que os haya conocido.

—Odio a tu padre por lo que te hizo —dijo Amadea en un tono glacial, y su madre asintió.

No estaba en desacuerdo con la niña, pero ella no odiaba a su padre. Nunca lo había odiado, a pesar de que él había sido el causante de todos aquellos sufrimientos para Beata y Monika. Su decisión de repudiarla había tenido unos terribles efectos en ambas mujeres, y probablemente en sí mismo, aunque él nunca lo admitiría. Pero Jacob y Beata siempre habían estado muy unidos. Cuando ella se marchó de casa, fue un mazazo para él. A su modo de ver, era la peor traición. Beata nunca pensó que el repudio duraría toda la vida, pero aunque lo hubiera sabido se habría casado con Antoine.

—No odies a nadie —dijo Beata en voz queda—. Es muy cansado, y te envenena. Es algo que aprendí hace mucho tiempo.

Amadea asintió. Suponía que lo que su madre acababa de decirle era cierto. Pero de todos modos le parecía que Beata era extraordinaria por no odiar a su padre. Amadea estaba segura de que, si se encontrara en su lugar, ella le odiaría.

La muchacha se sentó en el lugar del sofá que había ocupado su abuela y abrazó a su madre, de la misma manera que Beata había abrazado a la suya, sintiéndose agradecida por poder hacerlo al cabo de tantos años.

—Te quiero, mamá —susurró Amadea, las mismas palabras que Beata le había dicho a Monika.

Era una cadena interminable de ecos y vínculos. Y al final, a pesar de la distancia, del tiempo y de unas diferencias inexpresables, el suyo era un vínculo indestructible. Su madre se lo había demostrado aquella tarde.

9

Durante los dos años siguientes, la madre de Beata fue a visitarlas una vez a la semana. Se convirtió en una tradición y un ritual con el que Beata contaba, y un precioso regalo para todas ellas. Beata y Monika llegaron a conocerse como no lo habían hecho cuando ella era joven. Ahora era una mujer madura y una madre con dos hijas, y ambas habían sufrido y adquirido prudencia y sabiduría con el tiempo. Monika habló con Jacob una sola vez, para intentar que abandonara su intransigente actitud respecto a Beata. Le dijo que la había visto en la calle con dos niñas, y él le dirigió una mirada furibunda.

—No sé de qué me estás hablando, Monika. Nuestra hija murió en 1916.

El asunto quedó zanjado. Aquel hombre era de piedra. Ella nunca se atrevió a mencionarlo de nuevo, y se contentaba con sus visitas, al igual que Beata. Esta ya no confiaba en ver de nuevo a sus hermanos. Que su madre volviera a estar presente en su vida le bastaba. Se sentía agradecida por ello.

Su madre le trajo fotografías. Brigitte todavía era hermosa, y vivía de nuevo en casa de sus padres, con los niños. Su madre estaba preocupada por ella, se quejaba de que acudía a demasiadas fiestas, se pasaba el día en la cama, bebía demasiado y parecía que ya no le interesaban sus hijos. Todo lo que quería era volver a casarse, pero la mayoría de los hombres con los que salía estaban casados. A Horst y Ulm les iban bien las cosas, aunque una de las hijas de Ulm era frágil y enfermaba a menudo, y Monika estaba preocupada por ella. El corazón le creaba problemas. Durante los años en que las visitó, su cariño por las hijas de Beata se hizo muy profundo. Amadea encontraba a su abuela interesante e inteligente, pero nunca la perdonó del todo por haber permitido que Jacob repudiara a su madre. Le parecía una crueldad, y el resultado era que mantenía un marcado distanciamiento con ella. Pero Daphne era lo bastante joven para quererla sin reservas. Le encantaba tener abuela, además de madre y hermana. No recordaba a su padre, y su mundo era totalmente femenino. Como lo era el de Beata. No había mirado nunca a otro hombre desde la muerte de Antoine, aunque seguía siendo bella. Decía que los recuerdos de los años pasados con él bastaban para llenar toda su vida, y no quería a nadie más. En 1935, dos años después de que comenzaran las visitas de su madre, Beata cumplió cuarenta años, y su madre, sesenta y cinco. Eran un gran consuelo la una para la otra. El mundo se había vuelto muy peligroso, aunque a ellas no les afectaba... de momento.

A menudo Amadea hablaba con indignación del creciente antisemitismo en Alemania. Los judíos habían sido expulsados del Frente de Trabajo alemán, y ya no se les permitía tener seguro sanitario. Tampoco podían estudiar derecho y estaban excluidos de la carrera militar. Todo esto eran signos de lo que se avecinaba. Beata temía que las cosas fuesen de mal en peor. Incluso los actores y cuantos trabajaban en el mundo del espectáculo tenían que afiliarse a sindicatos especiales, y no solían conseguir trabajo. El signo de los tiempos era cada vez más amenazador.

Una tarde, cuando Beata estaba a solas con Monika, antes de que las niñas regresaran de la escuela, su madre le habló serenamente de la situación. Estaba preocupada por los documentos de Beata, y hasta los de sus hijas. Sabía que Beata era católica desde hacía diecinueve años, pero de todos modos era judía de nacimiento y las chicas eran medio judías. Temía que, si las cosas empeoraban, aquello pudiera representar un peligro para ellas. A lo largo de los dos años anteriores, a los judíos más pobres y los que carecían de poder e influencias los habían enviado a campos de trabajo. Cierto que Jacob insistía en que eso jamás les sucedería a ellos. Los enviados a los campos de trabajo eran «marginales», o así lo afirmaban los nazis. Reclusos, criminales, gitanos, desempleados, alborotadores, comunistas, radicales y personas que no podían mantenerse. Pero de vez en cuando detenían también a personas a las que ellos conocían. Monika tenía una señora de limpieza a cuyo hermano enviaron al campo de Dachau, y posteriormente a toda la familia. Claro que el hermano era un activista político que había impreso panfletos contra los nazis, por lo que él mismo había sido el causante de la difícil situación en la que ahora se encontraba toda su familia. Pero, de todos modos, Monika estaba profundamente preocupada. Poco a poco estaban apartando a los judíos de la sociedad productiva, los señalaban y les ponían toda clase de obstáculos. Monika no quería que nada pudiera sucederles a Beata y a las niñas. Esta, por su parte, también había pensado en ello. No tenían a nadie que las protegiera y si surgían complicaciones no podrían dirigirse a ninguna parte.

—No creo que causen problemas a la gente como nosotras, mamá —le dijo Beata serenamente.

Monika se preocupaba por lo delgada que estaba su hija. Siempre había sido flaca, pero en los últimos tiempos parecía un espectro, y su rostro, sin maquillaje, era de una palidez alarmante. Desde la muerte de Antoine solo vestía de negro. De la noche a la mañana se había convertido en una mujer que parecía mucho mayor de lo que era. Había cerrado las puertas al mundo, y lo único que ahora tenía en él era a sus hijas y, por fin, de nuevo, a su madre.

—¿Y qué me dices de los documentos de las niñas? —le preguntó Monika con inquietud.

—La verdad es que carecen de ellos. Lo único que tienen son tarjetas de estudiante en las que figura el apellido Vallerand, y que han nacido católicas, como yo; además, en mi parroquia nos conocen bien. No creo que nunca se le ocurra a nadie pensar que no fui católica en mi infancia. Y como vinimos aquí desde Suiza, creo que algunas personas creen que somos suizas. Incluso mi certificado de matrimonio con Antoine demuestra que los dos éramos católicos cuando nos casamos. Mi pasaporte expiró hace años, y las chicas nunca lo han tenido. Amadea era un bebé cuando regresamos, y estaba incluida en mi pasaporte. Nadie prestará atención a una viuda con dos hijas y apellido francés. Figuro en todas partes como la *comtesse* de Vallerand. Creo que estamos a salvo, mientras no llamemos la atención. Estoy mucho más preocupada por vosotros.

En Colonia todo el mundo conocía a los Wittgenstein y sabían que eran judíos. El hecho de que hubieran repudiado a su hija dos décadas atrás y hubiesen contado que estaba muerta la protegería en cierto modo, y ahora su madre agradecía esa circunstancia. El resto de la familia era mucho más visible, lo cual tenía aspectos positivos y negativos. Suponían que los nazis no iban a elegir a una familia tan respetable como la suya para perseguirla. Al igual que muchos otros, estaban convencidos de que a quienes perseguían era a la gente sin importancia, a los cabos sueltos de la sociedad, como decía Jacob. Pero lo cierto era que el antisemitismo se extendía, y sus dos hijos admitían que estaban muy inquietos. Tanto Horst como Ulm trabajaban en el banco con Jacob, que estaba pensando en retirarse. Tenía setenta años. En las fotografías de él que Beata veía ahora, parecía distinguido pero anciano, y le preocupaba que la decepción que tuvo con ella hubiera contribuido a avejentarlo. Al contrario que su madre, parecía mayor de lo que era. Amadea se negaba incluso a mirar sus fotografías, y Daphne decía que le asustaba. Todo lo contrario que su *oma*.

La abuela siempre traía para las niñas pequeños regalos que les encantaban. A lo largo del tiempo le dio a Beata algunas joyas discretas. No podía regalarle nada de importancia, por temor a que Jacob lo notara. Le dijo que había perdido esas pequeñas joyas, y él la regañó por ser descuidada. Pero ahora también tendía a olvidarse de las cosas, por lo que no la reñía demasiado. Los dos se estaban haciendo viejos.

La única auténtica preocupación que tenía Beata con respecto a sus orígenes judíos era el deseo manifestado por Amadea de ir a la universidad. La muchacha ardía en deseos de estudiar filosofía, psicología y literatura, como su madre deseó hacer antes que ella, aunque su padre no se lo permitió. Ahora eran los nazis quienes podían impedírselo a Amadea. Beata sabía que si su hija intentaba ir a la universidad, descubrirían que era medio judía. El riesgo era demasiado grande. No solo tendría que mostrar la partida de nacimiento, un documento que no era un problema porque demostraba que ella y sus padres eran católicos cuando ella nació en Suiza, sino que tendría que aportar documentos sobre los orígenes de sus padres. El de Antoine no suponía problema alguno, pero esa sería la única ocasión en que probablemente saldría a relucir el origen judío de Beata, y no podía permitir que ocurriera tal cosa. Nunca le explicó los motivos a Amadea, pero se mostró inflexible en su negativa a que fuera a la universidad. Era demasiado peligroso para todas ellas; Beata creía que podían correr algún riesgo. Incluso siendo tan solo medio judía, Amadea estaría en una situación peligrosa. Tal era la conclusión a que habían llegado en sus conversaciones Beata y su madre. Y de ahí que se mostrara intransigente. Le dijo a Amadea que, en una época conflictiva, la universidad no era el lugar más indicado, sobre todo para una mujer. Estaba llena de radicales, comunistas y de quienes tenían problemas con los nazis y eran enviados a los campos de concentración. Incluso podrían detenerla por verse mezclada en disturbios, y su madre no podía permitir que sucediera tal cosa.

—Eso es ridículo, mamá. No somos comunistas. Lo único que quiero es estudiar. Nadie va a enviarme a un campo de concentración.

No podía creer que su madre fuese tan estúpida. Al adoptar aquella postura intransigente, Beata se parecía a su padre.

—Claro que no —dijo Beata con firmeza—. Pero no quiero que te mezcles con esa clase de gente. Puedes esperar unos años, si eso es realmente lo que quieres hacer, hasta que las aguas vuelvan a su cauce. En estos momentos hay demasiado malestar social en toda Alemania. No quiero que corras peligro, aunque sea de una manera indirecta.

Era evidente que solicitar la admisión en una universidad representaría un gran peligro para ella, pero no por alguna razón que la joven pudiera suponer. Su madre no tenía intención de decirle que era judía de nacimiento y que Amadea y su hermana eran medio judías. Eso no era asunto de nadie, ni siquiera de ellas. Beata sostenía con firmeza que las chicas no necesitaban saberlo. Cuantas menos personas lo supieran, más seguras estarían. Nadie en su entorno estaba enterado de que Beata era judía de nacimiento. Su completo aislamiento y el hecho de que durante diecinueve años hubiera sido repudiada por su familia habían mantenido su origen en secreto; además, ninguna de ellas tenía aspecto judío, y la que menos Amadea, que era la viva estampa de una joven aria, rubia y con ojos azules. Pero incluso Beata y Daphne parecían cristianas y, aunque tenían el cabello oscuro, sus rasgos eran delicados y refinados, y sus ojos azules eran exactamente tal como la gente los asociaba a los cristianos, dada su visión estereotipada de los judíos.

Amadea discutió durante meses sobre el asunto de la universidad, pero su madre se mantuvo inflexible, una actitud que alivió a la abuela. Ya era bastante penoso preocuparse por sus demás hijos que eran declaradamente judíos, sin tener además el corazón en vilo por Beata y sus hijas. Y era evidente que sin Antoine, Beata y las niñas no tenían a nadie que las protegiera o se preocupase de ellas. Su hija y sus nietas estaban solas en el mundo, debido en parte a la actitud de Beata tras la pérdida de su marido y a haber perdido a las dos familias décadas atrás, cosas que al final la habían llevado a recluirse. Ya no tenía vínculos con nadie, aparte de con sus hijas y con los Daubigny, a los que no veía con frecuencia. Llevaba una vida solitaria. El conflicto entre ella y Amadea por no permitirle ir a la universidad era considerable. Amadea y su madre discutían y se enfrentaban, pero esta se mostraba inflexible. Amadea no podía desobedecerla, puesto que en el aspecto financiero dependía por completo de Beata. Esta le había propuesto que estudiara ella sola, hasta que la normalidad regresara a los centros docentes. La muchacha terminaría la enseñanza media en junio, dos meses después de haber cumplido dieciocho años. A Daphne, que aún no tenía diez, le quedaban años por delante, y su madre y su hermana mayor todavía la consideraban una criatura. Pero a ella le irritaba ver que su madre y Amadea discutían, y se quejaba de ello a su *oma*, a la que adoraba. Daphne la encontraba hermosa, y le gustaban mucho sus joyas y sus ropas elegantes. Ella siempre le permitía revolver sus bolsos y jugar con los tesoros que encontraba en ellos, como los polvos y el pintalabios. Le dejaba ponerse sus joyas mientras estaba allí, y probarse sus sombreros. Monika seguía siendo tan elegante como siempre. A Beata, la ropa ya no le importaba, pero Daphne detestaba los sombríos vestidos y el negro constante que llevaba su madre. Le daban un aspecto demasiado triste.

Amadea iba a cumplir dieciocho años cuando su abuela dejó de acudir a la casa durante dos semanas seguidas. La primera vez pudo llamar, y le dijo a Beata que no se encontraba bien. La segunda vez no hubo ninguna explicación. Beata estaba muy preocupada, y finalmente se atrevió a llamarla. Una voz femenina que no reconocía se puso al aparato. Era una de las criadas, que la hizo esperar un momento y al regresar le dijo que la señora Wittgenstein estaba demasiado enferma para hablar por teléfono. Beata pasó la semana siguiente muy preocupada por su madre, y su alivio fue enorme cuando, a la otra semana, Monika se presentó. Sin embargo, parecía muy desmejorada. Su palidez era extrema, y su cara tenía una tonalidad grisácea, le costaba caminar y respiraba con una dificultad alarmante. Beata la tomó del brazo, la acompañó hasta el sofá y la ayudó a sentarse. Por un momento pareció que Monika apenas podía respirar, pero tras tomar una taza de té se sintió mejor.

—¿Qué te pasa, mamá? —le preguntó Beata con una mirada de profunda inquietud—. ¿Qué te ha dicho el médico?

—No es nada. —Monika sonrió de una manera animosa, pero nada convincente—. Sucedió hace unos años, y lo superé al poco tiempo. Es algo relacionado con el corazón. La vejez, supongo. La maquinaria se desgasta.

Pero sesenta y cinco años no parecía una edad demasiado avanzada, y el aspecto de su madre era preocupante. Si las cosas hubieran sido diferentes, ella habría hablado con su padre al respecto. Monika le dijo que también él estaba sumamente preocupado. Al día siguiente iría de nuevo al médico, para que le hicieran más pruebas, pero le aseguró a su hija que no estaba inquieta. Tan solo estaba irritada por aquel inconveniente. Sin embargo, parecía tener algo mucho peor que irritación. Esta vez, cuando se marchó, Beata la acompañó hasta la calle para asegurarse de que no sufría ningún percance, y llamó a un taxi. Su madre siempre que acudía a verla lo hacía en taxi, para que su chófer no pudiera decirle a Jacob adónde había ido. No le confiaba a nadie su secreto, por temor a que su marido le impidiera salir si la descubría. Y, de saberlo, se habría enfurecido con ella. Había prohibido tajantemente que vieran a Beata, y esperaba que su mujer y sus hijos le obedecieran.

—Prométeme que mañana irás al médico, mamá —le dijo, inquieta, Beata antes de que su madre subiera al taxi—. No hagas nada estúpido como cancelar la cita. —Conocía bien a su madre.

—Claro que no. —Monika le sonrió. Beata se sintió aliviada al ver que parecía respirar mejor que a su llegada. Daphne le dio un fuerte beso cuando se marchaba, y Amadea, llena de pesar y remordimiento, la abrazó. Monika miró a su hija durante largo rato antes de subir al vehículo—. Te quiero, Beata. Sé prudente y cuídate.

Las lágrimas caían por sus mejillas mientras decía estas palabras. Le dolía en lo más profundo haber hecho el vacío a su hija durante diecinueve años, como si fuese una criminal que debía ser castigada por haber cometido imperdonables delitos. Y Beata siempre tenía un aspecto de profunda tristeza. La muerte de Antoine había sido una pérdida excesiva, de la que jamás podría recuperarse.

—No te preocupes por nosotras, mamá. Estamos bien. —Sabía que las dos estaban demasiado inquietas por los orígenes de Beata y por los papeles de las niñas. Nadie les había preguntado jamás sobre el particular—. Cuídate mucho —le dijo Beata, mientras volvía a abrazarla—. Y recuerda lo mucho que te quiero. Gracias por venir.

Siempre agradecía las visitas de su madre, y sobre todo ahora, cuando no se encontraba bien.

—Te quiero —le susurró Monika de nuevo, y puso algo en la mano de su hija.

Beata no sabía qué era. Una vez acomodada su madre, cerró la portezuela y saludó agitando la mano mientras el taxi se alejaba. Esperó un rato, hasta que el vehículo desapareció en el tráfico, y entonces miró lo que su madre le había dado. Era un pequeño anillo de brillantes que había llevado durante toda su vida, una joya de la familia que había pasado de una generación a otra. Cuando pensaba en su madre, Beata siempre la veía con aquel anillo en la mano. Se sintió profundamente conmovida mientras se lo ponía en el dedo, junto a la alianza; pero luego se estremeció. ¿Por qué su madre se lo daba ahora? Tal vez estaba más enferma de lo que Beata creía, o tal vez se debiera tan solo a la preocupación de Monika. Le había dicho que su problema cardíaco no era una novedad, y que en la ocasión anterior lo superó. Sin embargo, Beata se pasó toda aquella noche inquieta por ella.

Al día siguiente, nada más levantarse, obedeciendo a un impulso llamó a su madre, solo para asegurarse de que todo iba bien y de que aún se proponía ir al médico. No confiaba en que acudiera a la cita. Sabía lo mucho que detestaba a los médicos, y lo independiente que era. Siempre era violento llamarla, y Beata solo lo había hecho unas pocas veces en los dos últimos años. Pero sabía que su padre estaría en el banco y, al cabo de diecinueve años, no quedaba en la casa ningún criado que reconociera su voz.

Marcó el número con nerviosismo, y observó que le temblaban las manos. Siempre la alteraba llamar allí; esta vez respondió una voz masculina. Beata supuso que era el mayordomo, y preguntó por su madre en un tono formal. Hubo una larga pausa y entonces el hombre le preguntó quién llamaba. Desprevenida, dio el nombre de Amadea, como lo había hecho en otras ocasiones.

—Lamento informarle de que la señora Wittgenstein se encuentra en el hospital. Anoche sufrió un ataque.

—Oh, Dios mío, eso es terrible... ¿Está bien? ¿Adónde la han llevado?

Su tono perdió por completo la formalidad. El mayordomo le dio el nombre del hospital; le pareció que la mujer estaba muy alterada y supuso que, quienquiera que fuese, deseaba enviar unas flores a su patrona.

—Solo puede recibir visitas de la familia —le dijo, para asegurarse de que no intentaría verla.

Beata asintió:

—Comprendo.

Colgó al cabo de un momento y se quedó mirando el vacío, sentada junto al teléfono en el vestíbulo. No sabía cómo iba a hacerlo, pero tenía que visitar a su madre. ¿Y si fallecía? Su padre no podría negarse a que ella viera a su madre in extremis. Eso no podía hacérselo de ninguna manera. Ni siquiera se vistió apropiadamente. Se puso un abrigo negro sobre el vestido también negro que llevaba, cogió un sombrero y el bolso, y salió de casa a toda prisa. Al cabo de unos momentos paró un taxi y se dirigió hacia el hospital, para ver a su madre. Durante el trayecto, sin pensarlo, tocó el anillo que esta le había dado el día anterior. Agradeció a Dios haberla visto, y rezó por que se recuperase.

Cuando llegó al hospital, una enfermera le indicó la planta y la habitación. Era el mejor hospital de Colonia, y había enfermeras, médicos y personas bien vestidas por todas partes. Beata se dio cuenta de que no estaba demasiado elegante con la ropa que se había puesto al azar, pero no le importaba. Todo lo que quería era ver a su madre y estar a su lado. En cuanto salió del ascensor y dobló por el primer pasillo, los vio. Sus dos hermanos, su hermana y su padre de pie en el pasillo. Había con ellos dos mujeres; Beata supuso que eran sus cuñadas. Su corazón latía con fuerza mientras se aproximaba al grupo. Casi había llegado hasta ellos cuando Brigitte, al volverse, la vio, y se quedó mirándola con los ojos desmesuradamente abiertos. No dijo nada, y los demás observaron su expresión. Cada uno se volvió lentamente para mirar a Beata, y finalmente también lo hizo el padre. Este pareció atravesarla con la mirada; no dijo nada, absolutamente nada, y no hizo ningún movimiento hacia ella.

—He venido a ver a mamá —dijo Beata con la voz aterrada de una niña. Deseaba abrazar a su padre e incluso pedirle perdón si era necesario. Los demás miembros de la familia seguían mudos de asombro.

—Estás muerta, Beata. Y tu madre se está muriendo.

Las lágrimas brillaban en sus ojos mientras decía esto; lágrimas por su esposa, no por su hija, a la que miraba con una expresión glacial.

—Quiero verla.

—Los muertos no visitan a los muertos. Celebramos la *shiva* por ti.

—Lo siento. Lo siento de veras. No puedes impedirme verla —le dijo con la voz ahogada.

—Sí que puedo, y te lo voy a impedir. La emoción de verte acabaría con ella.

Beata imaginó lo patético que debía de ser su aspecto con aquel viejo vestido, el abrigo y el sombrero un poco ladeado. En lo único que había pensado era en llegar allí lo antes posible, no en el aspecto que tenía. Podía ver en el rostro de su hermana, sus hermanos e incluso en el de las mujeres que estaban con ellos que les daba lástima. Parecía lo que era y aquello en lo que se había convertido, una inadaptada y una paria. Su padre no le preguntó cómo se había enterado de que su madre estaba en el hospital. No quería saberlo. Todo lo que sabía era que, para él, la mujer que había sido su hija estaba muerta. La que estaba en pie ante él era una desconocida, y no deseaba saber quién era.

—No puedes hacerme esto, papá. Debo verla.

—Deberías haber pensado en eso hace diecinueve años. Si no te marchas, haré que te echen del hospital. —Beata sintió que enloquecía y debía de tener ese aspecto; no le costaba imaginar que su padre podría hacer que la echaran—. No te queremos, ni tu madre tampoco. Aquí estás fuera de lugar.

—Es mi madre —replicó Beata, sin poder reprimir las lágrimas.

—Lo fue. Ahora no eres nada para ella.

Por lo menos Beata sabía que eso no era verdad. Lo habían demostrado sus visitas semanales durante dos años. Le estaba muy agradecida por esa relación y por que hubiera llegado a conocer a sus hijas y estas a su abuela.

—Lo que haces está muy mal, papá. Ella nunca te perdonaría esto. Y yo tampoco lo haré.

Esta vez sabía que no iba a perdonarlo. Lo que su padre estaba haciendo era demasiado cruel.

—Lo que tú hiciste estuvo muy mal, y nunca te he perdonado —replicó él, sin asomo de arrepentimiento.

—Te quiero —le dijo Beata en voz baja, y entonces miró a los demás. Ninguno de ellos se había movido ni había dicho una sola palabra. Vio que Ulm se había dado la vuelta y que Brigitte lloraba quedamente, pero no le tendía una mano. Ninguno de ellos intentaba convencer a Jacob de que le permitiera ver a su madre. Le tenían demasiado miedo—. Quiero a mamá. Y siempre te he quedido. A todos vosotros. Nunca he dejado de quereros. Y mamá también me quiere, tanto como yo a ella —dijo ardientemente.

—¡Márchate ya! —le espetó su padre, y pareció como si la odiara por haber intentado ablandarlo. Era imposible llegar a su corazón—. ¡Vete! —le gritó, señalando el pasillo por donde había venido—. Estás muerta para nosotros y siempre lo estarás.

Ella permaneció sin moverse un rato, mirándolo, temblando de la cabeza a los pies, desafiándolo como lo hizo en el pasado. Era la única que lo hacía. Lo había hecho la primera vez por Antoine, y ahora por su madre. Pero sabía que de ninguna manera él iba a permitirle entrar en la habitación de la enferma. No tenía más alternativa que marcharse, antes de que la echaran a la fuerza. Lo miró por última vez, y entonces giró sobre sus talones y se alejó lentamente por el pasillo con la cabeza gacha. Se volvió a mirarlos de nuevo antes de doblar la esquina, pero cuando lo hizo ellos habían desaparecido. Habían entrado en la habitación de su madre sin ella.

Beata lloró mientras bajaba en el ascensor, y continuó sollozando durante todo el camino de regreso a casa. Aquella tarde llamó al hospital a cada hora, para informarse del estado de su madre, y a las cuatro se lo dijeron. Monika acababa de fallecer. Beata se quedó sentada, mirando al vacío, mientras colgaba el teléfono. Había terminado. Su último vínculo con su familia había sido cortado y su madre, a la que tanto amaba, ya no existía. Todavía podía oír el eco de su voz el día anterior: «Te quiero, Beata». Y luego la estrechó en sus brazos. «Yo también te quiero, mamá», susurró Beata. Y supo que así sería siempre.

10

Al día siguiente Beata asistió al funeral de su madre, y lo observó desde lejos. Llevaba un abrigo de piel, un buen vestido negro y un bello sombrero del mismo color que Antoine le había comprado antes de morir. Sabía que su madre habría estado orgullosa de su aspecto. En el dedo llevaba la sortija de Monika. Nunca volvería a quitársela. Jamás.

Sentada en el banco, escuchaba fascinada las plegarias y las repetía. De acuerdo con la tradición judía, debían enterrar a Monika antes de que hubiera transcurrido un día desde su fallecimiento, y así lo estaban haciendo. Beata siguió al cortejo hasta el cementerio, y permaneció alejada de ellos. Sus familiares ni siquiera se enteraron de que estaba allí. Era como un fantasma que los observaba mientras echaban una palada de tierra sobre el ataúd de su madre después de haberlo bajado a la fosa. Una vez se hubieron ido, se acercó a la tumba, se arrodilló y puso un pequeño guijarro junto a ella, como un gesto de respeto, de acuerdo con la tradición. No sabía qué estaba murmurando hasta que se oyó a sí misma rezar un padrenuestro. Sabía que a su madre no le importaría. Permaneció allí un buen rato, y entonces se fue a casa, con la sensación de que estaba muerta en su interior. Tan muerta como su padre había dicho que estaba.

Cuando llegó a casa, Amadea la miró entristecida y la rodeó con los brazos.

—Lo siento, mamá.

Beata se lo había dicho a las niñas la noche anterior, y las dos habían llorado. A su distinta manera, cada una quería a su abuela, aunque siempre habían tenido unos sentimientos conflictivos, sobre todo Amadea, acerca del modo en que sus abuelos habían tratado a su madre por casarse con su padre. Les parecía una acción detestable, y Beata estaba de acuerdo. Pero de todas formas quería a su madre, e incluso a su padre. Eran sus padres.

Aquella noche Beata se retiró temprano y se quedó despierta en la cama, rememorando todo lo que había sucedido y sus primeros días con Antoine. Había mucho en que pensar, y absorber; una vida entera que había valido la pena, a pesar de sus dificultades. Beata había pagado un alto precio por el amor. La pérdida de su madre le recordaba que solo le quedaban sus hijas. El padre lo había dejado bien claro. Las niñas eran toda su vida. Ella carecía de vida propia.

Al cabo de un mes, en junio, Amadea volvió a dejarla sin respiración. Beata escuchó la noticia como otro golpe mortal asestado a su corazón. En cierto modo, era como la pérdida de su madre, aunque por lo menos Amadea seguiría viva.

—Voy a ingresar en el convento, mamá —le dijo serenamente, el último día del curso escolar.

Nada había preparado a Beata para el anuncio que su hija mayor acababa de hacerle. La miró como si le hubiera disparado un tiro, pero la calma no desapareció de los ojos de Amadea. Había aguardado meses para comunicar su decisión, y su convencimiento había ido aumentando día a día. No había nada apresurado ni frívolo en la decisión que acababa de tomar.

—No harás tal cosa —le dijo Beata, como si no hubiera nada que hablar al respecto. Nada en absoluto. Ella misma tuvo la sensación de que se parecía a su padre, pero no iba a dejar que su hija hiciera lo que acababa de decirle. Ni siquiera Antoine habría querido una cosa así, y eso que había sido un católico devoto—. No te lo permitiré.

—No puedes impedírmelo.

Por primera vez el tono de Amadea era el de una adulta. Su

voz era firme, sólida como una roca. Había dado demasiadas vueltas al asunto para que ahora tuviera la menor duda. Estaba totalmente segura de que tenía vocación religiosa, y nadie podría hacer que se tambaleara su fe, ni siquiera su madre a la que tanto amaba. Aquello no era una discusión por el deseo de ir a la universidad. Amadea era una mujer adulta que sabía lo que quería, e iba a hacerlo. El tono de Amadea asustó a Beata, tanto como la expresión de sus ojos.

—Tu padre no querría que hicieras eso —razonó. Confiaba en desviarla de su propósito al evocar el nombre de su padre. No sirvió de nada.

—Eso no lo sabes. Tú lo abandonaste todo para casarte con él, porque creías en lo que estabas haciendo. Yo creo en esto. Tengo vocación.

Lo dijo como si estuviera hablando del Santo Grial. En realidad, había encontrado todo lo que quería y necesitaba. Después de hablar con un sacerdote durante meses, no tenía la menor duda, y eso se reflejaba en su actitud.

—Oh, Dios mío. —Beata se dejó caer en una silla y miró fijamente a su hija—. Eres demasiado joven para saber si tienes realmente vocación. Estás aburrida, y te parece que lo que piensas hacer es romántico.

Beata sabía que Edith Stein, que llevaba dos años en un convento, se había convertido en su modelo.

—No sabes lo que estás diciendo —replicó Amadea con calma—. Voy a ingresar en la orden carmelita. Ya he hablado con ellas. No puedes impedírmelo, mamá.

Repitió lo que le había dicho al principio. No parecía una joven caprichosa, sino una mujer con un propósito sagrado.

—Es una orden de clausura. Vivirás como una prisionera durante el resto de tu vida, apartada del mundo. Eres una chica muy guapa, deberías casarte y tener hijos.

—Quiero ser monja —repitió la muchacha con claridad. Beata se estremeció. Por suerte, Daphne estaba en casa de una amiga, por lo que no las oía.

—Te has dejado influir por Edith Stein. Ella era una mujer

de cuarenta y dos años cuando profesó. Había vivido, sabía qué estaba haciendo, al contrario que tú. Eres demasiado joven para tomar esa decisión.

—Es la clase de vida que deseo, mamá. —Sus ojos no se apartaban de los de su madre, y estaban llenos de serena determinación, cosa que aterraba a Beata.

—Pero ¿por qué?, dime, ¿por qué? —inquirió Beata en tono quejumbroso, las lágrimas caían por sus mejillas—. Eres bonita y joven, tienes toda la vida por delante. ¿Por qué tienes que hacer eso?

—Quiero servir a Dios, y esta es la mejor manera de hacerlo. Creo que es lo que Él quiere. Deseo ser la novia de Cristo, de la misma manera que tú amabas a papá. Eso es lo que quiero. Eres religiosa, mamá, vas a la iglesia. ¿Cómo es posible que no lo comprendas?

Amadea parecía dolida porque su madre se mostraba reacia; la expresión de sus ojos evocó en Beata a su propia madre, cuando le habló de Antoine. Entonces Monika se sintió traicionada, y ahora a Beata le sucedía lo mismo. Tenía la sensación de que era como su padre, rígida e implacable, y no quería ser así. Pero tampoco quería que su hija fuese al convento. A Beata esta actitud le parecía anormal.

—Te admiro por tu devoción —le dijo serenamente Beata—, pero es una vida dura. Quiero algo mejor para ti, un hombre que te cuide, unos hijos que te amen. —Y entonces pensó en Daphne—. ¿Qué haremos tu hermana y yo sin ti? —Estaba desolada ante aquella perspectiva.

—Rezaré por ti. Eso es mucho mejor que cualquier cosa que pueda hacer aquí. Seré mucho más útil rezando por el mundo que viendo las cosas terribles que hacen los hombres para destruirse unos a otros, su crueldad hacia sus semejantes.

Amadea estaba profundamente afectada por las injusticias que se cometían contra los judíos, lo estaba desde que comenzaron. Semejantes acciones eran contrarias a cuanto ella creía, y sus creencias eran firmes. A Beata aquello la conmovía. Pero desaprobaba su decisión, la forma en que Amadea desperdiciaría su vida al hacerse monja, encerrada en un convento como una prisionera.

—¿Pensarás en ello, mamá? Te lo ruego. Es todo lo que quiero... No puedes impedírmelo, pero quiero que me des tu bendición. —Eso era exactametne lo que ella pidió a sus padres cuando se casó con Antoine. Ahora Amadea le pedía su bendición para seguir a Cristo. Era una difícil decisión para Beata—. Te quiero —le dijo Amadea con un hilo de voz, y la rodeó con sus brazos mientras Beata suspiraba entre lágrimas.

—¿Cómo ha ocurrido? ¿Cuándo has tomado la decisión?

—Hablé con la hermana de Ella antes de que profesara. Siempre pensé que tenía vocación, pero no estaba segura. Ahora sé que es lo que debo hacer, mamá. Tengo la absoluta certeza. —Su belleza, mientras hablaba así, conmovió a Beata más que nunca.

—¿Por qué? ¿Cómo puedes estar tan segura?

—Lo estoy.

Mientras la miraba, su madre reparó en la paz que había en sus ojos. Como una joven santa. Pero Beata no podía sentirse feliz. Era una gran pérdida y una tragedia para ella. En cuanto a Amadea, era un don. El único que había querido, junto con la bendición de su madre.

—¿Cuándo te propones hacerlo?

Beata confiaba en que hubiera tiempo para disuadirla, tal vez un año.

—Me voy la próxima semana. No hay ningún motivo para que espere más. Ya he terminado la escuela.

Había esperado a acabar los estudios para decírselo a su madre, pero ahora todo sucedía con mucha rapidez.

—¿Lo sabe Daphne? —preguntó Beata. Amadea hizo un gesto negativo con la cabeza. Daphne solo tenía diez años, pero las dos hermanas estaban muy unidas.

—Quería decírtelo a ti primero. Confiaba en que te alegrarías por mí, después de que te hicieras a la idea.

Era exactamente lo mismo por lo que Beata pasó cuando planteó a sus padres su relación con Antoine. Incluso las palabras que empleaba eran las mismas, salvo que ella no estaba amenazando a su hija. Le rogaba que lo pensara bien, como su propia madre se lo pidió a ella. Sus padres creyeron que había elegido un camino demasiado duro, que era precisamente lo que Beata pensaba de su propia hija. Era de nuevo el eco del pasado. La historia se repetía. La cadena ininterrumpida de la repetición.

Beata se quedó despierta durante toda la noche; escuchó los ecos de su pasado, revivió las terribles discusiones con sus padres. Aunque sabía que tenía razón recordó el atroz día en que se marchó de casa para irse con Antoine a Suiza, y lo perfecto que fue todo. Para ella. Eso era lo importante. El único argumento correcto. Cada persona tenía que seguir su propio destino, fuera cual fuese. En su caso, había sido Antoine. Tal vez para Amadea fuese la Iglesia. ¿Y por qué le habían puesto aquel nombre, como si hubieran tenido una terrible intuición? Amada por Dios. Beata deseaba que Él no la hubiera amado tanto como para elegirla, pero tal vez lo había hecho. ¿Quién era ella para juzgar? ¿Qué derecho tenía a tratar de cambiar el destino de su hija y tomar decisiones por ella? No tenía más derecho del que tuvo su padre para tratarla como lo hizo. Tal vez amar significaba sacrificar lo que querías para ellos, a fin de dejarlos perseguir su sueño. Cuando amanecía, Beata supo que no tenía ningún derecho a retener a Amadea si era aquello lo que ella quería. Si estaba equivocada, debería descubrirlo por sí misma. Disponía por lo menos de ocho años para hacerlo. Siempre podía cambiar de idea, aunque Beata sabía que no iba a hacerlo. Probablemente también sus padres esperaron que abandonara a Antoine. Pero lo cierto es que ella y su marido fueron muy felices. Él fue su destino, de la misma manera que Amadea había encontrado el suyo. Beata nunca había pensado que tendría una hija monja, como tampoco Antoine, pero intuía que él también le habría permitido hacerlo. ¿Qué derecho tenían ellos a impedírselo?

Cuando fue a la habitación de Amadea, antes del desayuno, estaba deshecha. Su hija pudo ver en el rostro de Beata, incluso antes de que esta hablara, que había ganado; contuvo el aliento mientras esperaba a oírlo.

—No te retendré, quiero que seas feliz —le dijo su madre. Parecía desconsolada, pero sus ojos estaban llenos de amor—. No te haré lo que mis padres me hicieron. Tienes mi bendición, porque te quiero y deseo tu felicidad, al margen de lo que ser feliz signifique para ti.

Era el último regalo que le hacía a su hija, y el sacrificio definitivo para ella como madre. Aquella era la parte difícil de la maternidad. Las cosas importantes nunca eran fáciles, pero eso era lo que las hacía importantes.

—¡Gracias, mamá..., muchas gracias!

A Amadea le brillaban los ojos mientras estrechaba a Beata entre sus brazos. Parecía realmente feliz; nunca habían estado más unidas. La profundidad del afecto que se profesaban era insondable.

Resultó más difícil decírselo a Daphne, que se echó a llorar desconsoladamente. Al igual que Beata, no quería que su hermana las abandonara.

—No te veremos nunca más —gimió Daphne, abatida—. Ella no ve nunca a su hermana, no se lo permiten. Y no puede tocarla ni abrazarla.

Ante semejante perspectiva, Beata se sintió descorazonada.

—Sí que me veréis. Podréis ir a verme dos veces al año, y podré tocaros a través de una ventanita. Además, ahora nos daremos un gran abrazo que nos durará mucho tiempo.

Amadea parecía sentirlo por su hermana, pero seguía convencida de su decisión. Daphne estuvo desconsolada durante el resto de la semana. Amadea se sentía triste por abandonarlas, pero parecía más feliz cada día que pasaba, a medida que se aproximaba su ingreso en el convento.

Con la esperanza de suavizar la situación para Daphne, Beata le pidió a Amadea que esperase unas semanas más, pero la muchacha hizo un gesto negativo con la cabeza.

—Eso solo empeoraría las cosas, mamá. Se acostumbrará. Te tiene a ti. —Pero eso no era precisamente lo mismo, pues Amadea era la luz y la alegría en la vida de Daphne, al igual que en la de Beata. Esta había permanecido seria, deprimida y retraída la mayor parte del tiempo desde la muerte de su marido—. También será bueno para ti. Puedes hacer cosas con ella: ir al cine, al parque o a los museos. Tienes que salir más.

Amadea había hecho todo eso con su hermana durante años. Beata lo había hecho muy poco. Estaba demasiado deprimida y se pasaba la mayor parte del tiempo en su habitación. No estaba segura de que ahora estuviera en condiciones de hacer lo que le pedía Amadea, pero tenía que intentarlo. Antoine había desaparecido, su madre también, y ahora Amadea también desaparecería. Beata tenía la sensación de que Amadea estaría muerta para ellas, si no lograban verla a diario, si no podían volver a estrecharla en sus brazos nunca más. Era deprimente.

—¿Podrás escribirnos? —le preguntó Beata, con una sensación de pánico.

—Claro que sí, aunque estaré atareada. Pero os escribiré con tanta frecuencia como pueda.

Era como si se marchara de viaje para el resto de su vida. Como si se fuera al cielo. O a la primera parada en el camino hacia allí. Beata no podía imaginarlo, ni quería hacerlo. Se había convertido en una católica devota, pero no podía imaginar que alguien deseara ingresar en una orden religiosa. Le parecía una vida terriblemente restrictiva, pero Amadea ardía en deseos de profesar.

El día de su marchar, Beata la acompañó en el coche, junto con Daphne. La joven llevaba un sencillo vestido azul marino, y el sombrero que se ponía para ir a la iglesia. Lucía un sol espléndido, y Beata pocas veces se había sentido más deprimida. Daphne lloró durante todo el trayecto hasta el convento, mientras Amadea le sostenía la mano. Cuando bajaron del coche, Beata se detuvo y miró a su hija durante largo rato, como si lo hiciera por última vez y quisiera grabar su imagen en el cerebro. La próxima vez que la viera, tendría otro aspecto, y sería otra persona.

—Quiero que siempre recuerdes lo mucho que te quiero, lo mucho que significas para mí y lo orgullosa que estoy de ti. Eres mi don de Dios, Amadea. Sé feliz y cuídate. Y si descubres que ese no es tu camino, rectifícalo. Nadie te lo reprochará. —Beata confiaba en que así fuera.

—Gracias, mamá —replicó Amadea en voz baja, pero sabía que no iba a haber rectificación. Sabía en el fondo de su alma que aquel era el camino correcto. Luego tomó a su madre en sus brazos y la estrechó. Fue el abrazo de una mujer adulta, que sabía lo que estaba haciendo y no se arrepentía de nada, un abrazo como el que Beata dio a su madre el día que se marchó para unirse a Antoine—. Ve con Dios —le susurró Amadea mientras la abrazaba. Las lágrimas caían por las mejillas de Beata mientras asentía. Era Amadea quien ahora parecía la adulta y no la adolescente.

—Tú también —susurró Beata.

Amadea besó a su hermana menor y le sonrió. Parecía triste por abandonarlas, pero también experimentaba una profunda sensación de alegría y paz.

No tenía equipaje. No se había traído más que la ropa que llevaba y de la que prescindiría en cuanto se la quitara. Darían las prendas a los pobres. No podía llevar posesiones al convento. Luego haría los votos de pobreza, castidad y obediencia; todo ello armonizaba con su forma de ser. Lo que estaba haciendo no le asustaba. Nunca había sido más feliz en toda su vida, y eso se reflejaba en su rostro. Era la misma expresión de Beata cuando se reunió con Antoine en la estación de ferrocarril de Lausana, cuando empezaron su vida juntos. La misma expresión que tenía la noche en que nació Amadea. Para ella, aquel era el comienzo. No el final, como temía su madre.

La muchacha las abrazó una vez más, y entonces se volvió para tocar la campanilla. Estaba preparada. Acudieron enseguida a la puerta; una joven monja abrió una minúscula mirilla; luego, sin mostrarse, abrió la puerta. Amadea desapareció en un instante, tras cruzarla sin mirar atrás. Cuando se cerró, Beata y Daphne se quedaron en la calle solas, mirándose, y entonces se abrazaron. Aquello era todo lo que les quedaba ahora, todo lo que tenían. La una a la otra. Una viuda y una chiquilla. Amadea tenía toda su vida por delante, una vida que estaría lejos, muy lejos de la suya.

11

Cuando Amadea entró en el convento, la joven monja que le había abierto la puerta la llevó directamente a la sala donde guardaban los hábitos. No le dijo una sola palabra a la recién llegada, pero su apacible sonrisa y la calidez de sus ojos equivalían a un saludo. Amadea lo comprendió. No tener que decir nada era en cierto modo profundamente tranquilizador. Se sintió de inmediato como si hubiera entrado en un lugar seguro, y supo que era el apropiado para ella.

La monja la miró, decidió qué talla correspondía a su delgado físico y asintió mientras sacaba una sencilla prenda negra que le llegaría a los tobillos y un corto velo de algodón que le cubriría el cabello. No era el hábito de la orden, pero Amadea sabía que pasarían seis meses antes de que le permitieran llevarlo, en caso de que se hubiera hecho merecedora de ello. Podría ser necesario mucho más tiempo, como le había explicado la madre superiora antes de que ingresara; las monjas de más edad tendrían que votar por la candidata. La indumentaria que llevaría entretanto la identificaba como postulante. No recibiría el negro velo de la orden hasta que hiciera los solemnes votos de la orden, al cabo de ocho años.

La monja la dejó sola un momento para que se cambiara de ropa, incluso las prendas interiores. Le dejó un par de ásperas sandalias, que era lo único que calzaría en lo sucesivo. Era una orden de monjas descalzas, lo cual significaba que no usaban zapatos; era otra de las incomodidades a que se sometían voluntariamente.

A Amadea le entusiasmaron las prendas seleccionadas para ella. No habría sido más feliz si se estuviera poniendo un vestido de boda; experimentó la misma sensación que su madre el día que llevó el vestido de lino blanco que se confeccionó con manteles de encaje. Aquel era el comienzo de una nueva vida para Amadea, y en ciertos aspectos era como prometerse a Cristo. La preparación de la boda duraría ocho años. Nada más ingresar en el convento, ya ansiaba que llegara ese día.

La monja regresó al cabo de unos minutos, y las ropas que Amadea había llevado, incluidos sus zapatos, fueron a parar a un cesto de prendas destinadas a los pobres. Su madre le había dicho que guardaría todo lo demás, por si cambiaba de idea. En realidad, lo conservaría todo como se conservan las prendas de vestir y las posesiones de los hijos muertos, por los sentimientos y la incapacidad de separarse de ellas. Para Amadea, cuanto le había pertenecido hasta entonces no significaba nada. Su vida estaba allí.

Una vez vestida, la condujeron a la capilla para que rezara con las demás monjas. Luego hubo un largo silencio, durante el que las monjas hacían examen de conciencia, como todos los días, y recordaban los pecados que habían cometido, los malos pensamientos, los mezquinos celos, las ansias que habían tenido de comida o personas o comodidades que en otro tiempo consideraron importantes y de las que habían aprendido a desprenderse. Era un buen lugar para que Amadea empezara a hacer examen de conciencia, y se reprochó su apego a su madre y a su hermana, incluso más que a Cristo. Nadie le explicó qué significaba aquel silencio, pero ella se había informado de antemano y empleó bien el tiempo.

Mientras las demás monjas almorzaban, la llevaron al despacho de la madre superiora. Ella no comería hasta la hora de la cena, el primer sacrificio que debía hacer, el mismo que hacía la madre superiora para hablar con ella.

—¿Va todo bien, hija mía? —le preguntó amablemente tras

saludarla con las palabras «la paz de Cristo», que Amadea repitió antes de hablar.

—Sí, madre, gracias.

—Nos alegra mucho tenerte aquí.

En aquellos días la comunidad era grande. No había escasez de vocación. El hecho de que Edith Stein se les hubiera unido dos años atrás tampoco había sido perjudicial para la orden. Se habló del asunto más de lo que a la superiora le habría gustado, pero lo cierto es que despertó muchas vocaciones, como la de aquella muchacha. Edith Stein se había convertido en Teresa Benedicta a Cruce el año anterior, y Amadea llegaría a conocerla, aunque la fascinación y la admiración personales estaban estrictamente prohibidas. Aquella era una comunidad de hermanas, no un grupo de individuos con personalidades e ideas propias. Servirían a Cristo y rezarían por el mundo, como la madre superiora le recordó a Amadea. Esta contestó que lo comprendía.

—Compartirás una celda con otras tres hermanas. Guardamos silencio excepto durante las comidas y el recreo; en esos momentos puedes hablar pero solo sobre asuntos de la comunidad. Aquí no tendrás amigas personales. Todas somos amigas de Cristo.

Amadea asintió de nuevo, intimidada por la madre superiora. Era una mujer alta y delgada, con una mirada enérgica y rasgos amables. Era imposible intentar adivinar su edad; además, hacer tal cosa habría sido impertinente. Era la madre que guiaría y protegería a las hermanas, y a la que debían obedecer, como al Padre que las había conducido allí. Entrar en las carmelitas significaba integrarse en una nueva familia. Ahora no existía otra para Amadea. Durante dieciocho años había sido cedida a Beata, a su padre y a Daphne. Su etapa con ellos había terminado, y sus vínculos se rompían, excepto por medio de la oración y el envío de cartas, por amabilidad hacia sus familiares. Le dijeron que podía escribir a casa una vez a la semana, como ella había prometido a su madre que haría. Pero su actividad en el convento era lo primero.

La destinaron a la lavandería, y en su tiempo libre fregaría la cocina. Si le quedaba más tiempo, trabajaría en el huerto, lo cual se consideraba un privilegio y un honor. La madre superiora le recordó las palabras de santa Teresa de Ávila: que Dios se revela al corazón en la soledad. Tenía que trabajar a solas cuanto pudiera y rezar constantemente. Solo hablaría durante las comidas. El centro y el eje de su vida cotidiana era el sacrificio de la misa.

—Recuerda lo que nos enseñó santa Teresa: que la esencia de la oración no es pensar mucho, sino amar mucho. Estás aquí para amar a tus hermanas y al mundo. Y con el paso del tiempo, si has sido bendecida con la vocación, te convertirás en la novia de Dios.

Era una gran responsabilidad y un honor. Por eso estaba allí. Ya había pensado en su nombre. Quería convertirse en la hermansa Teresa del Carmen. Hasta entonces, en su humilde condición de postulante, sería la hermana Amadea. Le dijeron que aquella noche, después de cenar, le mostrarían su celda. Ella ya sabía que una de las reglas de la orden era privarse definitivamente de comer carne, excepto si enfermaba y el médico la recomendaba para su salud. Pero incluso entonces, debía ser un sacrificio. Todos los años ayunaban entre el 14 de septiembre y la Pascua. Pero la comida nunca había sido prioritaria para Amadea, y no le importaba.

Cuando finalizó su entrevista con la madre Teresa María Mater Domini, el almuerzo y el recreo ya habían terminado, y Amadea se reunió con las demás hermanas para rezar la letanía de la Santísima Virgen. Intentó concentrarse en el rezo y no pensar en todo lo que le había dicho la madre superiora. Era mucho lo que tenía que asimilar. Luego tuvo lugar la lectura y, a continuación, la enviaron a fregar el suelo de la cocina antes de la cena. Se pasó la mayor parte de la tarde de rodillas, y no dejó de rezar mientras fregaba. Luego ayudó a preparar la cena. Las monjas estaban continuamente ocupadas. Rezaban mientras trabajaban, por ello mantener silencio era importante. Cuando terminaron las vísperas estaba agotada, pero llena de júbilo.

Finalmente, el ángelus anunció la cena. Amadea no había probado bocado desde el desayuno, y entonces estaba demasiado emocionada para comer mucho. La cena consistió en judías, patatas, verduras y frutas del huerto, y las monjas comieron mientras charlaban animadamente. Había algunas muchachas de la edad de Amadea, muchas de ellas con el atuendo de postulantes y otras ya con el hábito de novicias. Algunas habían ingresado cuando eran incluso más jóvenes que ella, o por lo menos así lo parecía. Las monjas que llevaban ya el velo negro de la orden eran como santas para Amadea, con sus rostros angelicales, sus expresiones apacibles y unos ojos cálidos y amorosos. Amadea nunca se había sentido más feliz de lo que se sentía allí. Muchas de las monjas le hablaron amablemente durante la cena. Vio que algunas de las más jóvenes cuidaban de las más ancianas, a algunas de las cuales las llevaban al refectorio en sillas de ruedas y charlaban como abuelas, flanqueadas por sus jóvenes ayudantes.

Después de la cena y de un breve recreo de media hora, durante el que compararon las labores de punto que estaban haciendo y las vestiduras que confeccionaban para la iglesia, rezaron juntas durante media hora; luego, en silencio durante dos horas, y tras rezar juntas por última vez se retiraron a descansar. Tenían que levantarse a las cinco y media y rezar de nuevo a las seis. Entonces lo harían durante dos horas, antes de la misa de las ocho, seguida del desayuno y el trabajo hasta el momento del examen de conciencia diario y, a continuación, el almuerzo. Era una jornada llena de oración y trabajo duro, pero no había nada en ella que decepcionase a Amadea. Sabía lo que le esperaba, y aquello era lo que quería. En lo sucesivo sus días serían siempre así, y tendría el corazón ligero.

A las diez de la noche, cuando entró en la celda, vio a las monjas con las que la compartiría: dos novicias y otra postulante como ella. Se saludaron con inclinaciones de cabeza, sonrieron y apagaron las luces para ponerse las camisas de dormir de lana que, a pesar de haberse lavado un millar de veces, aún estaba rasposa. En las celdas no había calefacción, y aquellas camisas producían un picor muy desagradable, pero era un sacrificio que hacían de buen grado. Iban a convertirse en esposas de Cristo crucificado, que había muerto en la cruz por ellas. Aquello era lo mínimo que podían hacer por Él. Amadea sabía que, con el tiempo, se acostumbraría a aquellas incomodidades. Por un instante pensó en las delicadas camisas de dormir de seda y algodón que su madre siempre le había confeccionado y entonces, con la misma rapidez, se dijo que al día siguiente, durante el examen de conciencia, tendría que arrepentirse de ese pensamiento. Allí no podía permitirse tales recuerdos. No tenía tiempo que perder lamentando las comodidades de una vida anterior.

Aquella noche pensó en su madre y en Daphne y rezó por ellas. Rogó a Dios que las protegiera, que las mantuviera sanas y felices. Por un instante, sintió que los ojos le escocían a causa de las lágrimas, y se recordó que debería rezar por eso también. Era la vigilante de su conciencia, la portera en la entrada de sus pensamientos. Solo podía permitirse pensamientos sobre Cristo, como le había dicho aquel día la madre superiora. Se acordó de sus familiares mientras rezaba y se deslizaba en el sueño, y dijo una oración por su abuela, que había muerto dos meses atrás y ahora estaba en el cielo.

Aquella noche, cuando Daphne se durmió al fin, fatigada tras su inconsolable llanto, Beata, acostada al lado de la pequeña, también pensó en su madre y en la hija que acababa de dejarla para servir a Dios. Rezó, como lo había hecho Amadea, para que viviera segura y feliz. Y entonces, sin ninguna razón en particular, rezó por todos los judíos.

12

Los días pasaban rápidamente para Amadea, llenos de oraciones y trabajo. La mayor parte del tiempo estaba asignada a la cocina y a la lavandería, aunque un día trabajó en el huerto con Edith Stein. Lo hicieron en silencio la una al lado de la otra; a Amadea la hizo feliz estar cerca de ella y sonreírle de vez en cuando. Más tarde, aquella misma mañana, durante su examen de conciencia, pensó que no debería tener ningún interés personal por ella. En lo sucesivo la evitó y se esforzó por apartar de su mente lo que sabía, y tanto admiraba, del pasado de aquella monja. Ahora la hermana Teresa Benedicta a Cruce no era más que una de las hermanas carmelitas, y solo así debía verla.

Recibía con regularidad cartas de su madre y de Daphne, y tenía cierta idea de lo que sucedía en el mundo. Las leyes raciales contra los judíos habían sido promulgadas aquel septiembre en Nuremberg, unas leyes que ahora complicaban todavía más la vida a los judíos. Amadea tenía algo más por lo que rezar. Por Navidad, su madre envió naranjas para todo el convento, un auténtico festín. Y en enero las hermanas votaron para permitir a Amadea que iniciara el noviciado y le concedieron el sagrado hábito carmelita. Amadea tuvo la sensación de que aquel era el día más importante de su vida. Incluso le permitieron ver a su madre y a Daphne durante una breve visita. Ella les sonrió a través de la pequeña rejilla, y su madre lloró al verla con el hábito, mientras su hermana la miraba fijamente.

—No pareces tú —le dijo seriamente Daphne. Casi sentía miedo. Beata vio al instante lo feliz que era su hija, lo cual estuvo a punto de romperle el corazón.

—No soy yo. Soy una monja. —Amadea les sonrió. Estaba deseando adoptar su nuevo nombre algún día del año siguiente—. Las dos tenéis un aspecto magnífico.

—Lo mismo que tú —replicó Beata, mientras la miraba fijamente y se la comía con los ojos. Las tres deslizaron los dedos entre los barrotes de la ventanita para tocarse, pero fue más decepcionante que satisfactorio. Beata ansiaba abrazar a su hija, pero sabía que nunca volvería a hacerlo.

—¿Vendrás a casa? —le preguntó Daphne, esperanzada, con los ojos enormes, mientras Amadea sonreía.

—Estoy en casa, cariño. ¿Cómo va la escuela?

—Muy bien —respondió Daphne, sin demasiado entusiasmo. La vida no era lo mismo sin ella. En casa reinaba un silencio sepulcral, aunque Beata se esforzaba por pasar más tiempo con su hija menor. Ahora la casa, sin Amadea, estaba apagada, sin vida. El espíritu que las había mantenido animadas y que había llenado sus días de sol ahora se encontraba en aquel convento.

La visita terminó con demasiada rapidez; no volverían a verla hasta finales de año. Por entonces, Daphne tenía once años y medio. Aquel verano Beata la había llevado a los Juegos Olímpicos, y fue magnífico. A Daphne le gustaba sobre todo la natación, y escribió a su hermana contándoselo todo con detalle. Cuando la vieron por segunda vez, se había convertido en la hermana Teresa del Carmen. Amadea de Vallerand ya no existía.

El verano siguiente la hermana Teresa del Carmen solicitó permiso para hacer la profesión temporal, lo cual la uniría a la orden por los votos de pobreza, castidad y obediencia. Fue aceptada por votación del capítulo y pudo realizar su deseo. Todavía le faltaban seis años para los votos definitivos, pero tras su profesión temporal se sentía como si hubiera sido monja toda su vida, aunque solo llevaba dos años en el convento. Corría el año 1937.

Ese año las noticias fueron turbadoras, pues se prohibía a los judíos que desempeñaran innumerables profesiones, como la docencia o la odontología. Ya no podían ser contables. Era como si poco a poco el régimen de Hitler quisiera expulsarlos de la sociedad. Los retiraban paulatinamente de todos los ámbitos, uno tras otro. Eso daba a las hermanas carmelitas otro motivo por el que rezar. Aquellos días había mucho por lo que rezar.

En marzo del año siguiente, 1938, tropas nazis entraron en Austria y la anexionaron a Alemania. Pusieron a las SS al frente de los asuntos judíos, y ordenaron a cien mil judíos vieneses que emigraran.

Al mes siguiente, en Alemania, se ordenó a los judíos que registraran su riqueza y sus propiedades. Beata se preguntó cómo afectaría aquello a su padre y a sus hermanos. Que ella supiera, todavía poseían el banco y lo dirigían.

Las cosas empeoraron mucho más durante el verano, poco después de que Amadea renovara su profesión temporal. Por entonces se pasaba casi todo el día trabajando en el huerto y, por la noche, cosía vestiduras para la iglesia, según decía en las cartas que enviaba a su madre. En julio, los nazis ordenaron que toda persona judía de más de quince años solicitara un documento de identidad a la policía, que debería mostrar a petición de cualquier agente de la autoridad y en cualquier momento. Se prohibió practicar a los médicos judíos. Con las mismas regulaciones del año anterior contra los dentistas, la mayor parte de Alemania se quedó sin médicos ni odontólogos, e innurables judíos con profesiones importantes se encontraron sin trabajo.

En otoño, cuando Beata y Daphne visitaron a Amadea, esta vio que su madre estaba preocupada. Le sorprendió lo mucho que había crecido Daphne. Tenía trece años, y cada vez estaba más bonita. Tenía la misma delicada belleza de su madre, que contrastaba con la hermana mayor, mucho más alta, que le sonreía orgullosamente a través de la rejilla y que le rozó la mejilla con los labios.

Amadea bromeó con Daphne acerca de su interés por los chicos, y su hermana se ruborizó. Eso era algo que su madre le había contado en una carta. Había un chico que le gustaba en la escuela, y él le correspondía. Era fácil ver por qué. Era una niña encantadora, y tenía una inocencia que conmovía a Amadea. Gracias a las cartas, conseguían que Amadea siguiera formando parte de sus vidas. Resultaba difícil creer que llevaba tres años en el convento. A veces, Beata tenía la sensación de que llevaba ausente una eternidad, mientras que en otras ocasiones tan solo parecían meses. Todavía la echaban mucho de menos, pero dadas las cosas atroces que sucedían a su alrededor, en cierto modo Beata se sentía aliviada porque su hija estaba a salvo entre los muros del convento. Ella misma aún no había tenido ningún problema, y no creía que pudiera tenerlo. Para los demás, ella y Daphne eran católicas. Beata era una inofensiva viuda con una hija adolescente, que no necesitaba hacer ningún trámite oficial ni llamaba la atención, y las autoridades no habían reparado en ella. Pero no podía decirse lo mismo de los Wittgenstein, prominentes judíos de la ciudad. Beata examinaba a diario los periódicos, por si había noticias de su familia o del banco o si les habían pedido que renunciaran al negocio. Pero hasta entonces no había visto nada.

En octubre de 1938, diecisiete mil judíos de origen polaco fueron detenidos en Alemania y enviados a Polonia. Entre el 9 y el 10 de noviembre tuvo lugar la llamada *Kristallnacht*, la «noche de los cristales rotos», y el mundo entero cambió. Joseph Goebbels organizó una noche de terror que nadie olvidaría y que enseguida se desmandó. Fue la culminación del antisemitismo que había ardido a fuego lento durante los últimos cinco años; finalmente estalló en llamas y se convirtió en una conflagración fuera de control. En Alemania ardieron mil sinagogas y sesenta y seis fueron destruidas, junto con siete mil negocios y hogares judíos; murieron centenares de judíos, y treinta mil fueron detenidos y enviados a campos de concentración. Se ordenó que todos los negocios judíos pasaran a manos de arios. En un solo día todos los alumnos judíos fueron expulsados de las escuelas públicas. Y, para añadir el insulto a la infamia, comunicaron a los judíos que deberían pagar los destrozos causados durante la noche de los cristales rotos. El odio a los judíos en Alemania había llegado al paroxismo. Tras aquella noche de horror, Beata escuchó las noticias, aturdida, sentada en la sala de estar.

Debido a los alborotos callejeros pasaron dos días antes de que se atreviera a salir de casa. Tomó un taxi y pidió al conductor que pasara por delante del banco de su padre y su antigua casa. Había cordones policiales alrededor del banco, en el que se veían daños considerables en la fachada. Ambos edificios parecían desiertos. Beata no conocía el paradero de su familia, y no se atrevía a preguntárselo a los vecinos. Parecer interesada por el destino de algún judío podría haber llamado la atención y puesto en peligro a Daphne.

Pasó otra semana antes de que, de pasada, mencionara el asunto en su propio banco, cuyo personal era totalmente ario. Dijo que se alegraba mucho de haber retirado sus fondos del banco Wittgenstein varios años atrás, pues imaginaba que ahora se encontraban en un atolladero.

—Han cerrado —le dijo el empleado bruscamente. Ella no sabía qué había ocurrido con los fondos de los clientes, y se preguntó si los nazis se habrían apropiado del dinero, pues la mayoría de los clientes eran judíos.

—No me sorprende —dijo lánguidamente Beata—. ¿Qué cree que les ha ocurrido? —preguntó, procurando dar la impresión de que no era más que un ama de casa curiosa que charlaba con un empleado de su banco en tiempos turbulentos. El país entero, como el resto del mundo, hablaba de la noche de los cristales rotos.

El empleado bajó la voz casi hasta a un susurro para decirle:

—Mi jefe conocía a la familia. El jueves pasado los deportaron. —El día siguiente a la noche de los cristales rotos.

—Qué triste —comentó Beata. Tenía la sensación de que iba a desmayarse, pero estaba decidida a que no se le notara nada.

—Supongo que sí, pero al fin y al cabo son judíos y se lo tienen merecido. En cualquier caso, la mayoría de ellos son criminales. Probablemente intentaron robar el dinero de todo el mundo.

Beata asintió en silencio.

—¿Se los han llevado a todos?

—Creo que sí. Es lo que suelen hacer. O por lo menos así lo hacen ahora. Antes no se los llevaban a todos, pero creo que al final han llegado a la conclusión de que las mujeres son tan peligrosas como los hombres. Se puede olerlas. —Beata sintió náuseas mientras escuchaba.

—Era una familia muy importante —comentó mientras se guardaba el dinero. Había ido al banco a cobrar un cheque exclusivamente con aquella finalidad, para ver qué podía averiguar. Y había logrado enterarse. Su familia entera había sido deportada.

—Alégrese de haber retirado su dinero del banco. Puede estar segura de que le habrían robado.

Ella sonrió, le dio las gracias y se marchó, con la sensación de que si la pinchaban no saldría sangre, y preguntándose cómo podría descubrir adónde habían enviado a sus familiares. No había forma de hacerlo sin exponerse, pues cualquiera que tratara de informarse correría un gran riesgo. Quiso hacer un último intento y pidió al taxista que pasara ante la casa de sus padres. El edificio parecía enorme y oscuro, y Beata pudo ver que lo habían saqueado. Había piezas de mobiliario en la calle, las antigüedades que su madre tanto había amado. Era evidente que habían destruido la casa durante la noche de los cristales rotos y que sus habitantes se habían ido. Se preguntó si quizá estaban escondidos en alguna parte, si habrían tenido el buen sentido de huir. Desesperada, camino de casa se detuvo en la iglesia y habló con el sacerdote. Le explicó que años atrás había conocido a una familia judía, y temía que hubieran sido víctima de los disturbios ocurridos la noche de los cristales rotos.

—Me temo que eso es más que probable. —El sacerdote tenía el semblante sombrío. Los católicos tampoco estaban completamente a salvo de Hitler, quien no tenía mucho afecto ni respeto por la Iglesia católica—. Debemos rezar por ellos.

—Me estaba preguntando... ¿cree usted que hay alguna manera de saber qué les ha sucedido? Alguien me ha dicho que los han deportado, pero no pueden habérselos llevado a todos, por lo menos no a las mujeres y los niños.

—Nunca se sabe —replicó el sacerdote en voz baja—. Estos tiempos son terribles.

—Bien, no quería causarle a usted ninguna molestia —dijo Beata en tono de disculpa—. Pero me sentí tan mal cuando me lo dijeron en el banco... Si se entera de algo, hágamelo saber.

—¿Cómo ha dicho que se llaman?

—Los Wittgenstein. Del banco.

El sacerdote asintió. Todo el mundo en Colonia conocía el apellido. Si los habían deportado, el régimen había hecho una declaración de principios, pues ahora cualquier cosa era posible. La *Kristallnacht* había abierto las puertas del infierno y desatado los peores demonios. La inhumanidad del ser humano en su forma y con sus colores más espantosos.

—Ya le diré algo. Conozco a un sacerdote en esa parroquia. Es posible que él haya oído algo, aunque esa familia sea judía. Al final estas cosas se saben. La gente lo ve. Incluso aunque teman hablar. —Ahora todo el mundo tenía miedo, incluso los católicos—. Tenga cuidado —le advirtió mientras ella se levantaba para marcharse—. No intente averiguarlo usted misma.

Sabía que era una viuda de buen corazón con una hija adolescente, y podría tratar de hacer alguna locura. Además, ocupaba un lugar especial en el corazón del sacerdote debido a Amadea. La madre de una monja carmelita solo podía ser una mujer buena, y él sabía que lo era.

La última semana de noviembre abordó a Beata cuando esta iba camino de la iglesia. Daphne estaba distraída, hablando con una amiga. Beata no le había dicho nada a Amadea acerca de sus preocupaciones en las cartas que le enviaba.

—Tenía usted razón —le dijo en voz baja el sacerdote, cuando se puso a su lado y siguió caminando junto a ella—. Todos han desaparecido.

—¿Quiénes? —inquirió ella, un tanto confusa. Recordaba haberle preguntado si sabía algo, pero el hombre se mostraba tan misterioso, que ella no estaba segura de si aquella era la respuesta, o de si le estaba hablando de otra cosa.

—La familia por la que me preguntó. Se los llevaron a todos al día siguiente. La familia entera. Parece ser que el propietario del banco tenía una hija y dos hijos, y otra hija que murió años atrás. Mi amigo los conocía bien. Muy a menudo veía al hombre por el vecindario y se detenía a charlar con él. Me ha dicho que era un buen hombre, viudo. Se los llevaron a todos. El viudo, los hijos, incluso los nietos. Cree que los han enviado a Dachau, pero eso no hay forma de saberlo. En cualquier caso, han desaparecido. Lo más probable es que cedan la casa a un oficial del Reich. Rezaré por ellos.

Tras decir esto, el sacerdote reanudó su camino. En aquellos días se contaban muchas historias similares. Beata se sentía alterada, y no le dijo una sola palabra a Daphne durante el trayecto hasta casa.

—¿Te encuentras bien, mamá? —le preguntó con suavidad la muchacha. Últimamente su madre parecía muy nerviosa, pero todo el mundo lo estaba. Habían sacado de la escuela a varios niños, y todos habían llorado. La profesora los regañó y les dijo que solo eran judíos y que no merecían ir a la escuela, cosa que a Daphne le pareció brutal y repugnante. Todo el mundo merecía ir a la escuela. O por lo menos eso era lo que su madre decía—. ¿Ocurre algo?

—No, estoy bien —respondió Beata lacónicamente. De repente se alegró de lo que había dicho el sacerdote, referente a que Jacob Wittgenstein había tenido una hija que murió años atrás. Con un poco de suerte, todos supondrían que estaba muerta. Hasta entonces, nadie las había molestado en absoluto. Era una viuda católica, con una hija adolescente y otra que era monja. Dio gracias a Dios por haberle permitido conocer a Antoine—. Acabo de oír una triste historia acerca de una familia a la que conocí y a la que deportaron después de la noche de los cristales rotos —le explicó en voz baja.

Toda su familia había desaparecido. Su padre, sus hermanos, su hermana, los hijos de todos ellos y las esposas de sus hermanos. Desaparecidos. Era algo imposible de creer. Solo Dios sabía dónde estaban y si sobrevivirían. Se oía contar horribles historias acerca de los campos. Se suponía que eran campos de trabajo, pero muchos morían. Y su padre no era joven. Tenía setenta y tres años. Su madre tendría sesenta y ocho; Beata agradeció que se hubiera librado de aquel horror. Por lo menos había muerto en paz, aunque Beata no hubiera estado junto a ella para consolarla hasta el final. No le guardaba rencor a su padre. Lo que acababa de suceder era mucho peor de lo que él pudiera haberle hecho, y ninguno de sus familiares lo merecía. Nadie lo merecía. Ella misma estaba asustada. Pero, de momento, se encontraba a salvo. Estaba segura de ello.

—Qué espantoso —dijo Daphne en voz queda, pensando en lo que acababa de decirle su madre.

—No le digas eso a nadie —le espetó Beata—. Si te muestras solidaria con los judíos, te harán daño.

Llegaron al remanso de tranquilidad que era su hogar. Era cálido, cómodo y seguro. Ahora eso era lo esencial. Beata no podía apartar de su mente la visión de la fachada destruida de su antiguo hogar, las ventanas rotas y las antigüedades desperdigadas por la calle.

—Pero lamentas lo que les pasa a los judíos, ¿no es cierto, mamá? —le preguntó Daphne con una expresión de inocencia.

—Sí —le dijo sinceramente Beata—, pero es peligroso decirlo en público. Mira lo que acaba de ocurrir. La gente está enojada y confusa. No saben lo que están haciendo. Es mejor guardar silencio. No quiero que lo olvides, Daphne.

Su madre la miró severamente, y ella asintió con una expresión de tristeza.

—No lo olvidaré, te lo prometo.

Pero parecía una acción tan abominable, algo tan cruel y malvado... Daphne no podía dejar de pensar en lo aterrador que era ser judío. Perder tu hogar. Que te lleven, o tal vez perder incluso a tus padres; pensar en ello hacía que se estremeciera. Se alegraba de que ella y su madre estuvieran a salvo. Puede que no tuviera un padre, pero nadie iba a molestarlas.

Aquella noche ambas guardaron silencio, sumidas en sus pensamientos. Daphne se sorprendió cuando entró en la habitación de su madre y la encontró arrodillada, rezando. La miró durante un instante y salió de la habitación. Se preguntó si su madre rezaba por la familia de la que le había hablado aquella tarde, y supuso que así era. Estaba en lo cierto, pero Daphne no sabía qué hacía su madre. Estaba haciendo lo que nunca hasta entonces había hecho, lo que había visto hacer a su padre, lo que sus familiares habían hecho por ella. Estaba diciendo el *Kaddish*, las plegarias por los muertos, y rezando por que sus familiares estuvieran vivos. Pero si no era sí, alguien tenía que hacerlo. Dijo todo lo que podía recordar, y entonces se arrodilló allí, al lado de la cama, con las lágrimas cayendo por sus mejillas. Ellos le habían cerrado sus puertas años atrás, le habían cerrado su corazón y la habían declarado muerta, pero ella los quería de todos modos. Y ahora habían desaparecido, todos ellos. Brigitte, Ulm, Horst, su padre. Las personas con las que había crecido y a las que nunca había dejado de amar. Aquella noche observó la *shiva* por ellos, del mismo modo que, mucho tiempo atrás, sus familiares la observaron por ella.

13

Beata llamó a la madre superiora la primera semana de diciembre y le pidió permiso para visitar a su hija. Le dijo que se trataba de un asunto importante, pero la madre superiora respondió con suavidad que debería esperar, pues en aquellos momentos estaban muy atareadas. En realidad, las monjas tenían grandes preocupaciones y un serio problema. Dio cita a Beata para el día 15, confiando en que por entonces las aguas se habrían calmado.

Hasta entonces Beata estuvo muy inquieta. No sabía por qué, pero tenía que ver a Amadea y contarle lo que había sucedido. En principio no las afectaba, pero las cosas podrían cambiar. Necesitaba saberlo. Tenía ese derecho. También se lo habría dicho a Daphne, pero era demasiado joven y podría irse de la lengua en la escuela. Aún no había cumplido catorce años, demasiado joven para cargar con secretos. Sin embargo, Amadea estaba segura donde se encontraba, y su madre valoraba su consejo. No quería tomar sola aquella decisión. Había estado pensando en irse a Suiza, pero los primos de Antoine habían muerto mucho tiempo atrás. Tendría que alquilar una casa y abandonar la suya. Detestaba tomar decisiones provocadas por el pánico. No había ninguna razón para que tuviera miedo, pero lo tenía. Estaba muy asustada.

Amadea lo percibió nada más entrar. Algo iba mal. Su madre venía sola. Daphne estaba en la escuela. A Beata no le gustaba hacer una visita sin ella y privarla de la oportunidad de ver a su hermana, pero no tenía otra alternativa. Sabía que no estaba pensando con claridad. Al fin y al cabo, eran alemanas. Ella era católica. Nadie conocía su identidad. Nadie la molestaba. Pero, de todos modos, ya no podía sentirse segura. Su padre también debía de haberse creído a salvo. No sabía cómo comenzar.

—La paz de Cristo —dijo Amadea en voz baja, sonriendo a su madre.

Había sido una semana triste en el convento. La hermana Teresa Benedicta a Cruce, Edith Stein, las había dejado tres días atrás, para irse a un convento de Holanda. Un amigo la había llevado hasta la frontera, y su hermana Rosa la había acompañado e iba a quedarse también en el convento. Temía poner en peligro a las otras monjas. Ella había nacido judía. Le pidió a la madre superiora que la dejara marcharse a fin de que las demás estuvieran seguras. Su marcha había sido muy penosa para todas. No era lo que deseaban, pero sabían que debía ocurrir, por su bienestar y el de las demás monjas. Todas lloraron cuando se fue, y rezaban por ella a diario. El convento no parecía el mismo sin su rostro sonriente.

—¿Te encuentras bien, mamá? ¿Dónde está Daphne?

—En la escuela. Quería verte a solas. —Hablaba con rapidez, pues sabía que no disponían de mucho tiempo, y tenía mucho que decirle a su hija—. Han deportado a mi familia, Amadea.

—¿Qué familia? —Amadea pareció confusa mientras miraba a su madre. Ambas deslizaron los dedos entre los barrotes de la ventanita. Hablaban en susurros—. ¿Te refieres a la familia de *oma*?

Beata asintió.

—Todos ellos. Mi padre, mi hermana, mis dos hermanos, sus hijos y mis cuñadas.

Tenía lágrimas en los ojos mientras hablaba; se las enjugó cuando cayeron por sus mejillas.

—Cuánto lo siento —dijo Beata en voz queda, confusa—. ¿Por qué?

Beata aspiró hondo y lo soltó.

—Son judíos, o lo fueron. —Por entonces era probable que

estuvieran muertos—. Y yo también soy judía. Nací judía. Me convertí para casarme con tu padre.

—No lo sabía —dijo Amadea, mirando a su madre con compasión. Pero no parecía asustada, ni tampoco comprender lo que aquello significaba, o podría significar para ella, para todos ellos.

—Nunca te lo dije. No creíamos que tuviera importancia. Pero ahora la tiene. Es muy importante. Es posible que tuviera miedo... o que me avergonzara. No lo sé. Nadie nos ha molestado ni ha dicho nada, y en todos mis documentos figuro como católica. En realidad no tengo ningún documento, excepto los carnets de identidad que conservo desde la muerte de tu padre. No hay ninguna prueba en ninguna parte, y en tu partida de nacimiento consta que nosotros éramos católicos, y es verdad. Incluso el certificado de matrimonio dice que soy católica. Pero está ahí, en alguna parte. Mi padre le dijo a todo el mundo que yo había muerto. Anotó mi nombre en el libro de los muertos. La persona que fui ya no existe. Renací cuando me casé con tu padre, como cristiana, católica. Pero en realidad eres medio judía, al igual que Daphne. Y, por lo que respecta a los nazis, yo soy totalmente judía. Si llegan a enterarse, correrás peligro. Tienes que saberlo. Quiero que lo sepas, para que puedas protegerte.

«Y a las demás», pensó Amadea enseguida, al recordar lo que Edith Stein acababa de hacer para protegerlas a todas. Pero Edith era totalmente judía, y se sabía que lo era. En el caso de Amadea, nadie lo sabía, y era una desconocida. Nadie sabía quién era ni le importaba. Además, su madre afirmaba que no existía prueba alguna de su procedencia ni de sus parientes judíos. De todos modos, era bueno saberlo.

—Gracias por decírmelo —replicó Amadea con tranquilidad. Miró a su madre y besó sus dedos—. No estoy preocupada. —Entonces pensó en lo que Edith Stein, la hermana Teresa Benedicta a Cruce, dijo antes de marcharse acerca del posible riesgo que corrían las demás por asociación—. ¿Qué me dices de Daphne, mamá?

—Ella está a salvo conmigo. No es más que una niña.

Pero también lo eran los demás niños a los que deportaban y enviaban a campos de concentración. Ellos eran totalmente judíos, no como Daphne, pero era indudable que existía cierto riesgo. Mientras nadie las molestara y no desenterrasen nada del lejano pasado, todo iría bien. ¿Y qué probabilidades había de que lo hicieran? Incluso ir a Suiza le parecía ahora a Beata una decisión algo histérica. No tenían motivos para huir. Solo que era perturbador saber lo que les estaba sucediendo a otros.

—Mamá, la hermana Teresa Benedicta nos contó algo antes de marcharse. Es muy hermoso. Por lo visto los británicos utilizarán un tren para rescatar a los niños judíos antes de que los envíen a campos de trabajo y los deporten. El primero saldrá el uno de diciembre, pero habrá otros. Envían a Inglaterra a niños alemanes hasta que termine esta locura. Solo niños, hasta los diecisiete años. Y los alemanes lo permiten. Es legal. De todas maneras no quieren que aquí haya niños judíos. ¿Y si enviaras allá a Daphne para asegurarte de que esté a salvo? Siempre podrás hacer que vuelva más adelante.

Pero Beata sacudió la cabeza al instante. No se separaría de su hija. No había necesidad de hacerlo. Además, irse a vivir con desconocidos a Inglaterra también podría ser peligroso.

—Ella no es judía, Amadea. Solo a medias. Y nadie sabe que yo lo soy. No voy a enviarla desprotegida a un país extranjero con Dios sabe quién, como un animal en un tren de carga. Es demasiado peligroso para ella. No es más que una niña.

—También lo son los demás. Hay buenas personas que los aceptarán en sus hogares y cuidarán de ellos —replicó suavemente Amadea. Le parecía juicioso aprovechar aquella oportunidad, pero Beata no lo creía así.

—Eso no lo sabes. Podría violarla un extranjero. Podría suceder cualquier cosa. ¿Y si esos niños caen en malas manos?

—Aquí están en malas manos. Tú misma lo has dicho.

Amadea suspiró. Tal vez su madre tuviera razón. De momento, no corrían ningún peligro, y podían esperar a ver cómo iban las cosas. Siempre habría tiempo para enviarla fuera del país, si surgían complicaciones. Quizá Beata acertaba. Quizá era mejor mantener la cabeza baja, permanecer quieta y dejar que pasara la tormenta. Más tarde o más temprano todo aquello terminaría.

—No sé —dijo Beata, con expresión preocupada. No era fácil saber qué decisión tomar, cuál era la correcta.

Corría la sangre, pero de momento no era la suya. Y todo lo que ella quería era advertir a Amadea, que estuviera informada. Ella estaba a salvo en el convento. El caso de Edith Stein era diferente; era totalmente judía, todo el mundo lo sabía, y había sido radical y activista no mucho tiempo atrás. Era exactamente la clase de persona que los nazis buscaban. Alborotadores. Amadea no tenía nada que ver con eso. Mientras las dos mujeres permanecían sentadas mirándose y pensando, una monja llamó a la puerta y le indicó a la joven que el tiempo de la visita había terminado.

—He de irme, mamá.

Pasarían meses antes de que volvieran a verse.

—No le digas a Daphne que he estado aquí. No haberte visto le rompería el corazón, pero quería verte a solas.

—Lo comprendo —replicó Amadea, besando los dedos de su madre. Tenía veintiún años, pero parecía mucho mayor. Durante los tres años y medio pasados en el convento había madurado, y su madre podía verlo ahora—. Te quiero, mamá. Ten cuidado. No hagas ninguna locura —le advirtió, y su madre sonrió—. Te quiero muchísimo.

—También yo, cariño mío. —Entonces le confesó con una sonrisa triste—: Cuánto me gustaría que siguieras en casa con nosotras.

—Aquí soy feliz —la tranquilizó Amadea.

En ocasiones las echaba de menos, pero seguía estando segura de su vocación. Al cabo de cuatro años y medio haría los votos definitivos. No lo había dudado una sola vez desde que estaba allí. Su madre se levantó para marcharse.

—Feliz Navidad, mamá —le dijo.

—Lo mismo te digo —replicó su madre en voz queda, y salió de la pequeña celda donde tenía lugar la visita, dividida por una pared con la estrecha ventanilla con rejilla.

Tras el encuentro con su madre, Amadea se apresuró a volver al trabajo, y, durante el tiempo destinado al examen de conciencia, pensó en todo lo que su madre le había dicho. Tenía mucho en que pensar, pero no dudaba de lo que debía hacer a continuación. Después de comer, fue directamente a ver a la madre superiora, durante el tiempo normalmente asignado al recreo. Le alivió encontrar a la madre Teresa María Mater Domini sentada a su mesa y trabajando. Alzó la vista al notar que Amadea titubeaba. Estaba escribiendo una carta a la madre superiora del convento de Holanda al que había ido la hermana Teresa Benedicta, dándole las gracias por responder a su necesidad.

—Sí, hermana. ¿Qué desea?

—La paz de Cristo, madre. ¿Puedo hablar con usted?

La superiora hizo un gesto para que tomara asiento ante ella.

—¿Ha sido agradable la visita de su madre, hermana?

Los ojos viejos y sagaces la observaban. Se daba cuenta de que la joven monja estaba preocupada por algo, y parecía inquieta.

—Sí, gracias, madre, ha sido muy grato. —Amadea había cerrado la puerta a sus espaldas cuando entró—. Hay algo que debo decirle, y que desconocía cuando ingresé en la orden. —La madre superiora aguardó. Se daba cuenta de que era algo grave. La joven monja parecía alterada—. No tenía la menor idea de que mi madre no nació católica. Hoy me ha dicho que se convirtió al catolicismo para casarse con mi padre. Es judía de nacimiento. Deportaron a su familia al día siguiente de la *Kristallnacht*. No llegué a conocerlos porque repudiaron a mi madre cuando se casó con mi padre, y jamás volvieron a verla. Finalmente mi abuela se puso en contacto con nosotras dos años antes de que yo profesara. Pero mi abuelo nunca le permitió a mi madre que viera a los demás familiares. La anotaron en el libro de los muertos... Para ellos era como si hubiese desaparecido. —Alzó la vista para mirar a la madre superiora y aspiró hondo—. Ella asegura que no existen documentos que prueben todo esto. Nunca se incribió en el registro civil, ni tiene pasaporte. Mis padres vivieron en Suiza durante tres años antes de que nos mudáramos aquí. Yo nací en Suiza. En el certificado de matrimonio consta que es católica, como mi padre. Y en mi partida de nacimiento pone que ambos lo son. Pero lo cierto es que soy medio judía, madre. Jamás lo había sabido. Y ahora temo que, si me quedo, ponga en peligro a todas las hermanas. —Era exactamente la razón por la que la hermana Teresa Benedicta acababa de marcharse.

—No corremos ningún riesgo, hija mía, y usted tampoco. Por lo que está diciendo, nadie conoce las circunstancias de su madre. ¿Tiene intención de registrarse en la comisaría como judía?

Amadea sacudió la cabeza.

—No, no se propone hacer tal cosa. Lleva una vida tranquila, y no hay razón alguna para que nadie se entere.

No era honesto, desde luego, pero sí práctico, y sus vidas estaban en juego. No solo las de Daphne y la suya, sino también la de Amadea. Incluso tal vez las de las otras monjas. La madre superiora no parecía desaprobar su actitud.

—Las circunstancias de la madre Teresa Benedicta eran diferentes de las suyas. Era totalmente judía de nacimiento, muy conocida como conferenciante y activista, antes de que viniera aquí. Es una conversa, y usted no. Llamó mucho la atención sobre su persona antes de hacerse monja. Usted es una joven que se educó como católica, y, con un poco de suerte, nadie se enterará de que su madre no fue educada como católica. Si guarda silencio, podemos tener la esperanza de que nadie lo averigüe jamás. Si ocurriese algo que cambiara la situación, estoy segura de que ella nos lo haría saber. En ese caso, podríamos llevarla clandestinamente a alguna parte. Eso es lo que no me gustaba de las circunstancias de la hermana Benedicta... todo el mundo tenía miedo. En su caso no hay necesidad de alarmarse. Usted ingresó aquí como una joven inocente, no como una mujer adulta que gozaba de popularidad, que se había convertido y atraído la atención hacia su persona. En su caso, fue juicioso que se marchara. En el de usted, es imperativo que se quede. Es decir, si quiere quedarse.

Le dirigió una mirada inquisitiva, y Amadea pareció aliviada.

—Sí, quiero quedarme, pero temía que usted prefiriese que me marchara. Lo haré, si alguna vez lo desea.

De ser así, habría sido el sacrificio definitivo de Amadea, por el bien de sus compañeras. Y su «pequeño camino» de abnegación por ellas. El «pequeño camino» de santa Teresa consistía en la abnegación en nombre de Dios.

—No lo deseo. Y otra cosa, hermana —entonces la miró severamente, como una madre que riñe a una hija—, es muy importante que no hable de esto con nadie. Absolutamente con nadie. Que esto quede entre nosotras. —Alzó los ojos, que reflejaban preocupación—. ¿Sabe lo que le ha ocurrido a la familia de su madre? ¿Ha tenido alguna noticia?

—Ella cree que los han enviado a Dachau. —La madre superiora no dijo nada y frunció los labios. Aborrecía lo que estaban haciendo con los judíos, un sentimiento compartido por toda la comunidad de hermanas.

—Por favor, cuando le escriba, dígale que lo lamento —le pidió—, pero hágalo discretamente. —Amadea asintió, agradecida por su amabilidad.

—No quiero marcharme, madre. Quiero hacer mis solemnes votos.

—Si esa es la voluntad del Señor, así será. —Pero ambas sabían que aún faltaban cuatro años y medio hasta ese día. A la joven monja le parecía una eternidad. Estaba decidida a no permitir que nada se interpusiera en su camino. En la última media hora habían superado un gran obstáculo—. No confunda sus circunstancias con las de la hermana Teresa Benedicta. Es un caso muy diferente. —Y había sido muy grave, con un gran riesgo para todos los involucrados. No ocurría así en el caso de Amadea.

Amadea sintió un enorme alivio durante el resto del día, aunque seguía preocupada por su madre y su hermana. Pero tal vez su madre estaba en lo cierto, y nunca se sabría la verdad de sus orígenes. No había ninguna razón para que se difundiera. Aquella noche rezó por los familiares que habían sido deportados y posiblemente incluso habían muerto, y a los que ella nunca había conocido. Recordó entonces la ocasión en que su madre la llevó a la sinagoga; en aquel momento Amadea no pudo comprender por qué lo hacía. Luego se olvidó del asunto, pero ahora, al rememorarlo, se dio cuenta de que de alguna manera aquello guardaba relación con su pasado. Nunca volvió a llevar allí a Amadea.

14

Como era predecible, la persecución de los judíos se prolongó durante el año siguiente. En enero de 1939, Hitler pronunció un discurso en el que los amenazaba y dejaba muy clara su hostilidad hacia ellos. Ya no se los aceptaba como ciudadanos de su propio país, y Hitler juraba que iba a ponerles las cosas difíciles, aunque en realidad ya lo había hecho. Al mes siguiente les ordenaron que entregaran todos sus objetos de oro y plata. En abril perdieron sus derechos como inquilinos y los alojaron en casas en las que solo vivían judíos; ya no podían vivir al lado de los arios.

En consecuencia, los judíos trataron de emigrar, lo cual estaba lejos de ser fácil. En muchos casos, los países a los que deseaban ir no los aceptaban. Debían tener parientes y avaladores en el extranjero, y a menudo no los tenían. Debían tener empleos a los que incorporarse y permiso tanto de los alemanes como de los países a los que querían ir, y con frecuencia ambos países se lo negaban. Necesitaban dinero para financiar las gestiones, y la mayoría de ellos no lo tenían. Pocos eran capaces de reunir todos los requisitos en el tiempo concedido. Muchos judíos alemanes seguían insistiendo en que las aguas volverían a su cauce. Lo que estaba sucediendo era difícil de creer. Aquello no era razonable; eran alemanes. No podía ocurrir nada malo. Pero muchos ya habían sido deportados y enviados a campos de trabajo, y las noticias que llegaban de lo que sucedía allí eran cada vez más alarmantes. La gente moría a causa de los malos tratos, la desnutrición, el exceso de trabajo y las enfermedades. Algunos desaparecían sin dejar rastro. Aquellos que veían las palabras escritas en la pared ya eran presa del pánico. Pero abandonar Alemania era casi imposible.

A lo largo del año, el *Kindertransport*, o transporte de niños, del que Amadea había hablado a su madre, continuó recogiendo niños y enviándolos a Inglaterra. El sistema había sido organizado por los británicos, y los cuáqueros intervenían en él. Enviaban niños fuera de Alemania, Austria y Checoslovaquia. Algunos eran cristianos, pero la mayoría eran judíos. Los británicos los aceptaban sin pasaporte siempre que no rebasaran los diecisiete años, pues los de más edad podrían complicar la situación laboral del país. Los nazis aceptaban que se marcharan, pero no podían llevarse objetos de valor, solo una pequeña maleta. Ver cómo salían de las estaciones de ferrocarril tras despedirse de sus padres partía el corazón. Pero era la única seguridad que tenían los padres de que estarían a salvo y podrían librarse del destino al que los nazis condenaban a los judíos. En los andenes los padres decían a sus hijos que pronto se reunirían con ellos en Inglaterra. Padres e hijos confiaban en que ello fuese cierto. Algunos pedían a los chicos que les buscaran a alguien que los respaldara y les diera trabajo en Inglaterra, una carga imposible para unos niños que no tenían la menor posibilidad de ayudarlos, aunque sabían que la vida de sus padres corría peligro si no lo hacían. Milagrosamente, unos pocos lo consiguieron.

Los británicos los llevaron a sus casas como hijos adoptivos, a veces en grupos. Se habían comprometido a mantenerlos hasta que disminuyera el peligro que corrían los judíos, aunque nadie tenía la menor idea de cuándo sería. En algunos casos, había incluso bebés de meses entre los *kinder*, como los llamaban los británicos. En un asombroso gesto de caridad, uno de los Rothschild se quedó con veintiocho y los estableció en una casa para ellos. Otros no podían ser tan generosos, pero los británicos se esforzaron en albergarlos y cuidar de ellos. Los que no pudieron encontrar unos padres adoptivos, también recibieron los cuidados necesarios en campamentos y barracones.

Las noticias del frente militar seguían siendo angustiosas, y algunas llegaron incluso al convento, cuando recibían provisiones del mundo exterior. En marzo los nazis invadieron Checoslovaquia, y en verano parecían tener puestas sus miras en Polonia. Amadea profesó sus votos temporales por segunda vez. Su madre y Daphne la visitaron poco después. Nadie las había hostigado ni pedido los papeles, y Amadea se sintió aliviada. Daphne tenía catorce años, y todavía no sospechaba el secreto de su madre. Amadea se alegró al ver que Beata tenía buen aspecto y estaba serena. Pero su madre le dijo que la atmósfera en la ciudad era tensa; había muchos judíos desempleados, incluso los que tenían profesiones respetables, y a otros los enviaban a campos de trabajo. El número de judíos que abandonaban las ciudades con destino a los campos de trabajo no disminuía. A muchos de ellos los retenían en campos de clasificación en las afueras de la ciudad, en espera de trasladarlos a otra parte, tanto a hombres como a mujeres y niños.

Por entonces Beata conocía bien el sistema de *Kindertransport* y la labor que estaba realizando. Pero de ninguna manera quería separarse de Daphne. Insistía en que no había ninguna razón para hacerlo. Beata y Amadea no mencionaban el asunto en presencia de la niña, y se limitan a alabar lo que los británicos estaban haciendo. Dos compañeras de escuela de Daphne ya habían partido hacia Inglaterra, y ella tenía noticia de que algunas más se marcharían pronto. Todas aguardaban el permiso para hacerlo. Dijo que era muy triste para ellas marcharse sin sus padres, pero que las alternativas eran mucho peores, así que todas estuvieron de acuerdo.

A Beata la tranquilizó ver lo saludable que parecía Amadea. Crecía como la hermana Teresa del Carmen, y era evidente que aquella vida le gustaba. Esta certidumbre era lo único que hacía que Beata aceptara el camino que Amadea había seguido. Como siempre, la visita terminó demasiado pronto. Antes de marcharse, le dijo a su hija mayor que había visto a los Daubigny y que estaban bien.

Dos semanas después de su última visita, los nazis invadieron Polonia, y el mismo día los judíos que vivían en Alemania fueron sometidos al toque de queda. Por la noche tenían que estar en sus casas a las nueve, una hora antes en invierno. Dos días después Francia e Inglaterra declararon la guerra a Alemania. Aquella mañana, el último *Kindertransport* salió de la estación. Era el fin de aquella posibilidad de escape. Tras la declaración de la guerra, ya no sería posible sacar a más niños judíos del país. El sistema había funcionado exactamente durante nueve meses y dos días, y había rescatado a diez mil niños. Un milagro. Mientras los últimos *kinder* salían del continente hacia Inglaterra, los polacos luchaban valerosamente por su supervivencia, aunque en vano. Se rindieron casi un mes después. Los relatos del asedio de Varsovia hacían llorar a Beata cuando los oía.

Al cabo de un mes ordenaron a todos los judíos que abandonaran Viena, y todos los judíos polacos de edades comprendidas entre los catorce y los sesenta años fueron enviados a trabajos forzados. Los horrores continuaban, y parecían interminables.

En vista de lo que estaba sucediendo, y de que Alemania se encontraba en guerra, aquella Navidad fue muy triste, incluso en el convento, donde recibieron varias cartas alegres de la hermana Teresa Benedicta desde Holanda. Su hermana Rosa seguía con ella en el convento, y ambas se sentían seguras allí, aunque la hermana Teresa Benedicta decía que echaba de menos a las hermanas de Colonia, y rezaba por ellas a diario, al igual que sus compañeras hacían por ella.

En abril de 1940 Amadea cumplió veintitrés años. Su madre y su hermana fueron a visitarla. Daphne iba a cumplir los quince, cosa que incluso a Amadea le resultaba difícil de creer. Era realmente hermosa, y las fotografías de su madre a la misma edad revelaban que tenía casi el mismo aspecto que ella. Todo el mundo se horrorizó cuando, ocho días después, los nazis invadieron Dinamarca y Noruega. Al cabo de un mes, en mayo, tomaron Holanda y los Países Bajos, algo que nadie había esperado. La hermana Teresa Benedicta volvía a estar en peligro. Las hermanas susurraban durante el almuerzo; tenían miedo de lo que podría ocurrirle. Era imposible saber qué más iba a pasar. Por entonces Amadea había efectuado una vez más su profesión temporal. Faltaban tres años para que hiciera los solemnes votos que la vincularían permanentemente a la orden, a la que ya se sentía totalmente unida. No recordaba otra vida ni quería imaginarla. Llevaba cinco años en el convento.

Los nazis invadieron Rumanía en octubre, poco después de que Daphne volviera a la escuela. En noviembre cerraron el gueto de Cracovia, con setenta mil judíos, y el de Varsovia, con cuatrocientos mil. Lo que estaba ocurriendo era impensable. Pero a pesar de lo que sucedía, y de la implacable política de los nazis para eliminar de la sociedad a todos los judíos, Beata volvió a decirle a Amadea, cuando la visitó en Navidad, que ella no tenía ningún problema. Nadie la había interrogado ni pedido documentos que pudieran delatarla. Era como si se hubieran olvidado de que existía, o como si nunca lo hubieran sabido. A nadie parecía importarle. No era más que una viuda católica, que vivía sola con una hija, sin meterse en los asuntos de nadie. Parecía que la habían pasado por alto. Amadea se sentía siempre aliviada cuando le decían que todo iba bien.

Era la primavera de 1941, poco después de que Daphne cumpliera dieciséis años y Amadea veinticuatro, Beata se encontraba en el banco y vio a una mujer que le pareció familiar. Se quedó mirándola durante un rato, cada una frente a una ventanilla, pero por mucho que la miraba, no conseguía situar aquel rostro. Ese día, Beata retiraba una suma considerable, algo que no solía hacer, pero, tras un sueño que había tenido recientemente, decidió hacerlo. Habló de ello con Gérard Daubigny, que se mostró bien dispuesto. Quería dejarle una suma de dinero, por si a ella le ocurría algo, de modo que pudiera dárselo a sus hijas. Él no entendía por qué no lo dejaba todo en el banco, pero Beata siempre estaba nerviosa desde la muerte de Antoine, y si de esa forma se sentía mejor, estaba dispuesto a seguirle la corriente. Era una satisfacción para él hacer lo que pudiera por la esposa de su viejo amigo. Durante años a él y a Véronique les pareció que jamás superaría la muerte de su marido. Los años transcurridos desde entonces se habían cobrado su tributo y a los cuarenta y seis años parecía tener diez más. Aquella tarde se proponía ir en coche al castillo, para darle el dinero, en metálico, a fin de que él lo guardara. No era mucho, pero ayudaría a las chicas si ocurría algo. Escribió a Amadea, explicándoselo, y le informó de que Gérard Daubigny tendría fondos para ellas, en caso de que algo le sucediera. A Amadea no le gustaba que su madre pensara de ese modo, pero sabía que Beata se había preocupado durante años por lo que ocurriría si enfermaba o si le pasaba algo peor, sobre todo cuando Daphne era todavía muy pequeña. Ahora, con la incertidumbre que había a su alrededor, era incluso más fácil que se inquietara, y Amadea sabía que estaba nerviosa por los nazis y por la situación bélica.

La mujer a la que Beata había estado mirando en el banco finalizó su gestión al mismo tiempo que ella, y las dos mujeres se dirigieron hacia la salida. Beata casi se desmayó cuando la desconocida la llamó: «¡Señorita Wittgenstein!». Con la sensación de que las piernas no la sostenían, apretó el paso y salió del banco. Todo lo que deseaba era alejarse de ella lo antes posible y parar un taxi. No mostró ninguna señal de haberla reconocido y en cuanto vio un taxi alzó el brazo, pero la mujer había llegado a su lado y la miraba a la cara con una amplia sonrisa. Solo entonces un recuerdo surgió en la mente de Beata, y de repente supo quién era, a pesar del paso del tiempo. Era una joven checa que había trabajado de sirvienta para sus padres hacía casi treinta años. De hecho, estaba allí cuando Beata se marchó de casa.

—¡Sabía que era usted! —exclamó en tono victorioso—. Creía estar viendo un fantasma. Su padre nos dijo que había muerto en Suiza.

—Lo siento... no tengo ni idea... —Mientras la miraba, Beata procuró que su rostro no revelara ningún signo de reconocimiento; debía fingir que se trataba de un error. Pero estaba claro que la mujer sabía quién era y que no estaba dispuesta a dejar las cosas así—. No sé a quién se refiere —le dijo Beata fríamente, temblando de terror ante la posibilidad de que alguien pudiera haber oído a la mujer llamarla por su nombre de soltera. No era un apellido que Beata pudiera permitirse reconocer. Hacerlo podría poner su vida en peligro.

—¿No se acuerda de mí? Soy Mina... trabajé para sus padres.

En realidad, Beata recordaba ahora que había estado casada con el chófer de su padre, unos treinta años atrás. Los recuerdos se agolpaban en su mente, envueltos en una ola de temor, sabedora de cuáles podrían ser las consecuencias de aquel encuentro casual.

—Lo siento...

Beata sonrió vagamente, tratando de ser cortés y deseosa de escapar; por suerte un taxi se detuvo a su lado.

—Sé quién es usted —dijo Mina, obstinada, mientras Beata subía al coche y miraba a otro lado.

Ahora solo podía confiar en que Mina creyera que se había confundido. Con suerte, aquel desdichado encuentro casual se quedaría en nada, y la mujer lo olvidaría. No tenía ningún motivo para perjudicar a Beata. Solo había tratado de ser amable. Recordó que era una muchacha agradable, y que estaba profundamente enamorada del chófer. Se casaron no mucho antes de que Beata se marchara de casa, y ella estaba embarazada. Beata sabía que Mina debía de haberse sorprendido al verla, puesto que su padre dijo a todo el servicio que estaba muerta. Y lo cierto era que estaba viva. Tal vez eso fuese lo que Mina estaba empeñada en hacerle ver. Pero, en aquellos tiempos terribles, Beata no podía permitirse que la identificaran como una Wittgenstein, ni siquiera a riesgo de ser descortés con su antigua criada.

En el taxi, se sorprendió de ver que temblaba violentamente. Aquel había sido uno de esos desconcertantes encuentros fortuitos que no significan nada, pero oír que alguien pronunciaba en voz alta su apellido de soltera en el banco no podía dejar de alarmarla por el riesgo que entrañaba. Era un apellido que ya no podía permitirse admitir como propio. Había sido un momento atroz, pero ya había pasado. Y Beata no había admitido su identidad ante la mujer. Exteriormente había mantenido la serenidad, aunque temblara por dentro. Tenía la esperanza de que no vería nunca más a Mina. Durante el trayecto hacia el castillo de

Gérard y Véronique, apartó aquel encuentro de su mente, decidida a mantener el pánico a raya.

Los Daubigny habían tenido la suerte de mantener la propiedad intacta, a pesar de la guerra. Afortunadamente, años atrás Gérard había tenido la previsión de adoptar la nacionalidad alemana, al igual que Véronique, aunque Beata sabía por las conversaciones sostenidas con él que deploraba lo que Hitler les estaba haciendo a los judíos. Decía que le enfermaba. No preguntó a Beata por qué motivo quería dejarle el dinero. Gérard lo achacaba a su nerviosismo y a su excentricidad. Ella era una mujer infeliz y sin más familia que una hija adolescente. Era comprensible que estuviera nerviosa. La guerra no tenía visos de terminar, y con toda Europa en armas aquella era una época espantosa, y el mundo parecía inestable. Gérard sospechaba que la preocupación de Beata se debía a la posibilidad de que los bancos quebraran. Esa era la única explicación que se le ocurrió al ver la suma de dinero que le dio aquella tarde. Ella le entregó un sobre con el equivalente de veinte mil dólares, una cantidad que, según ella, ayudaría a las chicas a salir del paso durante algún tiempo, hasta que pudieran conseguir el resto. Se sentaron los dos a tomar el té, puesto que Véronique estaba ausente.

Cuando Beata entró en los establos, vio que todavía eran hermosos, aunque Gérard le dijo que había menos caballos que cuando Antoine vivía. Nunca había encontrado a nadie que estuviera a la altura del malogrado francés, para dirigir la granja equina. Habían transcurrido catorce años desde la muerte del marido de Beata. Se entregaron a los recuerdos durante un rato, y luego él llamó a un taxi para que la llevara de regreso a la ciudad.

Daphne ya estaba en casa cuando Beata llegó, y su madre la encontró entusiasmada con un nuevo chico que había conocido en la escuela. El padre del muchacho servía en el ejército de Austria, y Daphne le dijo a su madre que era muy guapo y le brillaban mucho los ojos. Beata se echó a reír. Durante la cena, Daphne le dijo que quería visitar pronto a Amadea, pues hacía meses que no la veían. Iba a hacer sus votos temporales por cuarta vez. Ahora aceptaba sin reservas que Amadea fuese monja carmelita. A Beata le resultaba más difícil aceptarlo, y todavía confiaba en que algún día cambiara de idea. Faltaban aún dos años para hacer los votos definitivos. Era la primavera de 1941.

A la semana siguiente, Beata fue al banco a fin de sacar algún dinero para hacer unas compras. Quería adquirir tela para hacerle a Daphne unos vestidos de verano, y era más fácil pagar en metálico que mediante cheque, aunque por entonces se habían reducido los establecimientos donde comprar material. Todas las tiendas de las que ella había sido clienta asidua pertenecían a judíos y estaban cerradas desde hacía tiempo. Estaba pensando en lo que necesitaba cuando el cajero le devolvió el cheque en vez de entregarle el dinero.

—Lo lamento, señora —le dijo fríamente—, no puede usted cobrar este cheque. —Era evidente que había algún error.

—¿Usted perdone? Claro que puedo. En esa cuenta tengo fondos más que suficientes para cubrir la suma. —Sonrió al empleado y le pidió que lo mirase de nuevo.

Él le devolvió el cheque sin comprobar nada. Sabía que había leído correctamente la nota la primera vez. No había ningún error. El director en persona había hecho la anotación, y el cajero no iba a poner objeciones.

—Su cuenta ha sido cancelada.

—Eso es ridículo. ¿Cómo que está cancelada? —Irritada por el error, estaba a punto de decir que quería hablar con el director del banco cuando vio algo en los ojos del joven cajero—. ¿Quién la ha cancelado?

—El Tercer Reich —respondió el hombre vivamente. Ella lo miró fijamente, abrió la boca y volvió a cerrarla.

Se guardó el cheque en el bolso, giró sobre sus talones y abandonó el banco tan rápido como pudo. Sabía exactamente lo que aquello significaba. Alguien la había denunciado, y solo podía pensar en Mina, la antigua criada de sus padres. Ella era la única que lo sabía. O tal vez le habían oído gritar «señorita Wittgenstein» y habían hecho averiguaciones. Al margen de lo que hubiera sucedido, lo cierto era que habían cancelado su cuenta, indudablemente porque alguien sabía que era judía y que lo era de nacimiento. No había ninguna otra razón para hacerlo. Solo Mina lo sabía, aunque Beata no había admitido nada ante aquella mujer.

Se alejó a toda prisa del banco, paró un taxi en la calle y cinco minutos después estaba en casa. No tenía idea de qué debía hacer, si esperar a ver qué pasaba o marcharse de inmediato. Pero ¿adónde irían? Pensó en los Daubigny, pero no quería que también corrieran peligro, por mucha simpatía que él dijera tener hacia los judíos. Una cosa era lamentarlo por ellos y otra muy distinta ocultarlos. Pero tal vez podrían pasar allí una noche y él le aconsejaría cómo actuar. Beata carecía de pasaporte y sabía que ella y Daphne nunca podrían cruzar la frontera. Además, ahora no tenía dinero, excepto el que le había dado a Gérard y que no quería usar, pues las chicas podrían necesitarlo más adelante. Beata trató de sobreponerse al pánico, mientras sacaba dos maletas y empezaba a hacer el equipaje. En una de ellas puso sus joyas y algunas prendas de vestir. Luego entró en la habitación de Daphne. Estaba metiendo sus cosas en la maleta cuando la niña regresó de la escuela. Nada más ver la cara de su madre, supo que algo grave estaba ocurriendo.

—¿Qué estás haciendo, mamá? —le preguntó, con el miedo dibujado en su rostro.

Nunca le había visto a su madre una expresión como la que tenía. Su cara mostraba pánico. Beata siempre había temido que llegara aquel día, y ahora había llegado.

—Nos marchamos. Dame lo que desees que pueda caber en esta maleta. —Le temblaban las manos mientras hacía el equipaje.

—¿Por qué? ¿Qué ha ocurrido? Mamá..., por favor.

Sin saber siquiera por qué, Daphne empezó a llorar. Entonces su madre se volvió a mirarla, y las penalidades acumuladas durante veinticinco años aparecieron en sus ojos.

—Nací judía. Me convertí para casarme con tu padre. Nadie lo sabía. Lo he mantenido en secreto durante todos estos años.

No tenía intención de ocultarlo, pero cuando comenzó la persecución de los judíos, no tuve más remedio. La semana pasada vi en el banco a una mujer que me conoció cuando era joven. Me llamó por mi apellido de soltera en el vestíbulo del banco. Hoy, cuando he ido de nuevo allí, habían cancelado mi cuenta. Tenemos que marcharnos de inmediato. Creo que van a detenernos...

—Oh, mamá... no pueden... —Los ojos de Daphne se llenaron al instante de pánico y congoja.

—Lo harán. Date prisa. Haz el equipaje. Quiero que nos marchemos esta tarde.

Su voz era desesperada. Daphne trataba de digerir todo aquello.

—¿Adónde iremos? —Se enjugó los ojos, tratando de ser valiente.

—No lo sé. Todavía no lo he pensado. Tal vez podamos quedarnos una noche con los Daubigny, si nos dejan. Luego tendremos que decidirlo. —Quizá deberían huir durante años, pero era mejor que ser capturadas.

—¿Y el convento? ¿No podríamos ir allí?

Daphne tenía los ojos desmesuradamente abiertos mientras metía al azar prendas en la maleta. Nada de aquello tenía el menor sentido. Era demasiado para que pudiera encajarlo una muchacha de dieciséis años, o cualquiera. Estaban a punto de abandonar su hogar, posiblemente para siempre. Era el único hogar que Daphne había conocido. Habían vivido allí desde que ella tenía dos años.

—No quiero poner en peligro a Amadea y a las monjas —replicó Beata escuetamente.

—¿Lo sabe ella? Me refiero a lo tuyo.

—Se lo dije después de la noche de los cristales rotos. Ese día se llevaron a mi familia, y pensé que debía saberlo.

—¿Por qué no me lo dijiste a mí?

—Eras demasiado joven, solo tenías trece años.

Mientras hablaba, se oyeron unos golpes en la puerta. Las dos mujeres intercambiaron una mirada, aterradas; Beata, con una fuerza inesperada, miró a su hija a los ojos.

—Te quiero, no lo olvides. Eso es lo único que importa. Pase lo que pase, nos tenemos la una a la otra.

Quería decirle que se escondiera, pero no estaba segura de si eso sería acertado. Volvieron a oírse frenéticos golpes en la puerta, y Daphne se echó a llorar. Aquel era el peor día de su vida.

Beata intentó recobrar la compostura y se dirigió hacia la entrada de la casa. Cuando abrió la puerta, se encontró con dos soldados y un oficial de las SS. Era lo que tanto había temido. Ahora deseaba decirle a Daphne que se ocultara, pero era demasiado tarde. La niña estaba en el umbral del dormitorio, mirándolos.

—Está usted detenida —le dijo el oficial con una voz aterradora—. Las dos —añadió, mirando a Daphne—. Por su condición de judías. La denuncia ha procedido de su banco. Acompáñennos.

Beata temblaba de la cabeza a los pies, y Daphne gritó.

—¡No grites, Daphne! —le dijo Beata en tono imperioso—. Saldremos de esta. —Entonces se volvió hacia el oficial—. ¿Podemos llevarnos algunas cosas?

—Cada una puede llevar una maleta. Van a ser deportadas.

Beata ya había hecho el equipaje. Fue en busca de su maleta y le dijo a Daphne que llevara la que acababa de hacer. La muchacha parecía presa del pánico, y su madre la estrechó con fuerza entre sus brazos.

—Tenemos que hacer esto. Sé fuerte. Recuerda lo que te he dicho. Te quiero. Nos tenemos la una a la otra.

—Estoy muy asustada, mamá.

—¡Vámonos ya! —gritó el oficial, y envió a los dos hombres a por ellas.

Al cabo de un momento, Daphne y Beata salían de la casa escoltadas, con la maleta en la mano y sin saber qué les esperaba ni adónde las llevarían.

15

Al cabo de dos días, el cura de la parroquia de Beata fue al convento para ver a la madre superiora. Se había enterado por la criada de Beata, que acudió a él con lágrimas en los ojos. Ella estaba ausente cuando se produjo la detención. Los vecinos le contaron lo que habían visto, y él pensó que Amadea debería saberlo. No estaba seguro del motivo de su detención, pero sabía que se las habían llevado. Antes de ir a verla hizo algunas discretas averiguaciones. Según sus informadores, los nazis habían llevado a Beata y a su hija menor al centro de clasificación en las afueras de Colonia. Normalmente mantenían a la gente allí durante semanas e incluso meses. Pero aquella tarde un tren había partido hacia Ravensbrück, el campamento de mujeres, y las habían hecho subir a bordo. Ya se habían ido.

La madre superiora escuchó en silencio lo que el sacerdote le contaba; luego insistió en que guardara silencio. Pero sabía que no iba a pasar mucho tiempo antes de que la noticia se difundiera. Había gente en la parroquia que sabía que Amadea se había hecho carmelita seis años atrás. No tenía la menor duda de que la situación era muy grave y, tras pensar en ello, en cuanto el sacerdote se fue, abrió un cajón, sacó una carta e hizo una sola llamada. Meses atrás Beata le había enviado una carta con un nombre y un número de teléfono. Era para una emergencia como la que acababa de producirse. Sin dejarse llevar por el pánico, Beata había tratado de prever lo peor. Y ahora lo peor había sucedido. Resultaba difícil creer que hubieran tenido suerte durante tanto tiempo. O que al final hubieran sido tan desafortunadas.

Tras colgar el aparato, la madre superiora inclinó la cabeza para orar; luego llamó a Amadea. Esta había estado trabajando en el jardín, y entró en el despacho con el rostro radiante.

—¿Sí, reverenda madre?

No podía imaginar por qué la había llamado. Aún estaba un poco desliñada tras haber trabajado en el huerto.

—Siéntese, por favor, hermana Teresa. —Aspiró hondo y confió en que Dios la ayudara a encontrar las palabras apropiadas. No era una tarea fácil—. Como usted sabe, corren tiempos difíciles para todo el mundo. Y Dios toma decisiones por nosotros que escapan a nuestra comprensión. Tenemos que limitarnos a seguir la senda que nos marca, sin poner en tela de juicio sus designios.

Amadea la miró, repentinamente preocupada.

—¿He hecho algo malo?

—En absoluto —respondió la superiora y, extendiendo un brazo por encima de la mesa, tomó una mano de Amadea entre las suyas—. Debo darle una noticia muy dura. Alguien denunció a su madre, y la detuvieron hace dos días, junto con su hermana. Ayer las enviaron a Ravensbrück. Eso es todo lo que sé. La última vez que las vieron estaban bien. —Pero ambas sabían lo improbable que era que ambas mujeres siguieran bien durante mucho tiempo. Ravensbrück era un campo de concentración femenino donde las mujeres trabajaban hasta la muerte, y caían como moscas. Ninguna regresaba. Amadea se quedó sin respiración mientras escuchaba. Abrió la boca para hablar, pero no emitió sonido alguno—. Lo siento muchísimo, pero ahora debemos decidir qué haremos con usted. Quienquiera que la haya denunciado conoce su existencia. Y si no es esa persona, sin duda otros lo saben. No quiero que corra ningún riesgo. —Amadea asintió en silencio, y por un instante imaginó la comprometida situación de las demás monjas, pero ahora solo podía pensar en su madre y su hermana y en lo terrible que debía de haber sido para ellas, lo asustadas que debían de estar. Daphne solo tenía dieciséis años. Había sido el bebé de Amadea desde que nació. Las lágrimas cayeron por sus mejillas mientras aferraba en silencio las manos de la madre superiora; esta se levantó, dio la vuelta a la mesa y la estrechó entre sus brazos. Ni siquiera podía imaginarlo; era atroz—. Están en manos de Dios —susurró—. Todo lo que ahora podemos hacer por ellas es rezar.

—Nunca volveré a verlas. Oh, madre... no puedo soportarlo... —No podía dejar de llorar.

—Muchas sobreviven.

Pero ambas eran conscientes de que no era así para la mayoría, y no había manera de enterarse de si Beata y Daphne estarían entre las afortunadas. Daphne era tan hermosa que solo Dios sabía qué harían con ella. Sólo pensarlo ya era insoportable.

Ahora la madre superiora pensaba en Amadea, de la que era responsable. No podían enviarla a Holanda, como habían hecho con la hermana Teresa Benedicta. Holanda estaba ocupada, y su presencia en aquel convento ya hacía correr un gran riesgo a las hermanas. No podían aumentar el peligro aceptando entre ellas a otra hermana en la misma situación. Además, nunca lograrían que Amadea cruzase la frontera. La hermana Teresa Benedicta había ido a Holanda antes de que empezara la guerra. Ahora todo era diferente. No había modo de sacar a Amadea del país; por ese motivo la madre superiora había hecho cierta llamada. No tenía alternativa. El hombre había dicho que se presentaría antes de una hora.

—Voy a pedirle algo muy difícil —le dijo con tristeza la madre superiora—, por su seguridad tanto como por la nuestra. No tengo alternativa. —Amadea estaba todavía demasiado alterada por lo que acababa de oír acerca de su madre y su hermana para encajar mucho más, pero hizo un gesto de asentimiento y volvió los tristes ojos hacia la monja—. Voy a pedirle que nos deje, por el momento. Si se queda aquí, el convento entero correrá peligro. Cuando esto termine, cuando la vida recupere la normalidad, entonces volverá con nosotras. Sé que lo hará. Jamás he dudado ni un instante de su vocación. Y por ello le pido que haga esto. Seguirá siendo una de nosotras, incluso en el mundo exterior, dondequiera que esté. Nada cambiará.

Amadea había hecho los votos temporales en cuatro ocasiones, y tenía que repetirlos al cabo de dos meses. Le faltaban dos años para hacer los votos definitivos. Aquello era otro mazazo. Había perdido a su madre y a su hermana, tal vez para siempre, y ahora tenía que marcharse de allí. Pero a pesar de la angustia que sentía, sabía que aquello era lo mejor. Era un sacrificio que debía hacer por ellas. Como había dicho la madre superiora, no había alternativa, ni para ella ni para las hermanas. Amadea hizo un gesto de asentimiento con la cabeza.

—¿Adónde iré? —preguntó Amadea con la voz entecortada. Llevaba siete años sin abandonar los muros del convento. No tenía ningún lugar donde alojarse, no podía ir a ninguna parte.

—Meses atrás su madre me envió una carta. En ella me daba el nombre de un amigo, y le he llamado hace unos minutos. Me ha dicho que estaría aquí antes de una hora.

—¿Tan pronto?

Supo de quién se trataba sin necesidad de preguntarlo. Era el único amigo de su madre, con quien debía ponerse en contacto si algo iba mal, Gérard Daubigny. Incluso le había dicho que tenía dinero para ella. Pero no podía hacer que aquella pareja corriera riesgo. Ella era un peligro para todo el mundo.

—¿Podré despedirme de las demás?

La madre superiora asintió tras una breve vacilación. No permitírselo habría sido demasiado cruel tanto para ella como para el resto de la congregación. Después de esta conversación tocó la campana, que avisaba a las hermanas de que algo importante sucedía, y fueron a reunirse en el refectorio. Ya estaban todas allí cuando entraron Amadea y la madre superiora; todos aquellos rostros familiares, todas las monjas con las que había trabajado y vivido, a las que había querido durante tanto tiempo. Las jóvenes y las mayores, incluso las que se desplazaban en silla de ruedas. Era desolador para ella pensar que las abandonaba. Pero la madre superiora estaba en lo cierto. No tenía alternativa.

Adondequiera que dirigiera sus pasos, a cualquier convento que fuese, o aunque permaneciera donde estaba, supondría un peligro para quienes la rodeaban, y las amaba demasiado para hacerles esto. Tenía que abandonarlas. Pero, como había dicho la madre superiora, sabía que algún día regresaría. Aquella era la vida que ella había deseado. Aquel era su hogar. Tenía la certeza absoluta de que había nacido para ser carmelita y servir a Dios del modo que Él eligiese.

La madre Teresa María Mater Domini no les dio ninguna explicación. No dijo nada. Incluso saber las circunstancias de la partida de Amadea podría ser peligroso para ellas. Si la policía las visitaba, no podrían decir nada. Y el hecho de que Amadea se hubiese ido las exoneraba. Si alguien debía pagar un precio sería la madre superiora y nadie más. Amadea se limitó a besar y abrazar a cada una de ellas, diciendo en voz baja «Dios te bendiga, hermana». Eso fue lo único que dijo, pero todas supieron que se marchaba, como lo supieron cuando la hermana Teresa Benedicta las dejó tres años atrás.

Tardó media hora en despedirse de ellas; no volvió a la celda para recoger sus cosas, pues no tenía nada que llevarse. No había traído nada y se marchaba sin nada. Y ahora tenía que volver a un mundo al que ya no comprendía y al que no veía desde hacía mucho tiempo. Un mundo en el que ya no estaban ni su madre ni su hermana, donde carecía de hogar y de pertenencias, donde no tenía a nadie. Todo lo que tenía era al amigo de su padre. Lo esperó en el despacho de la madre superiora hasta que él llegó, con una expresión muy seria en el rostro. Gérard Daubigny entró en el despacho y estrechó suavemente a Amadea en sus brazos.

—Lo siento mucho, Amadea —le susurró. Era increíble pensar que Beata y Daphne habían desaparecido. Y, teniendo en cuenta lo que había oído decir de los campos de concentración, supuso que sería improbable que sobrevivieran. Pero no expresó sus pensamientos.

—¿Qué voy a hacer? —le preguntó ella con un hilo de voz, mientras él la miraba.

Había olvidado lo bella que era, y su hermosura no había hecho más que aumentar. A pesar de la tristeza que sentía, tenía una expresión luminosa, una gran profundidad en los ojos, que parecían iluminados desde dentro, y Gérard supo que la movía una gran devoción. Que se viera obligada a abandonar el convento parecía una tragedia y una gran pérdida tanto para ella como para las hermanas cuya austera vida había compartido. Gérard no sabía si sería capaz de adaptarse al mundo al cabo de tanto tiempo, algo que también preocupaba a la madre superiora. Mientras miraba al amigo de su padre, Amadea parecía traumatizada.

—Ya hablaremos de ello esta noche —respondió él serenamente.

Tenían que hablar de muchas cosas. Le habían abierto las puertas del convento, y él había introducido el coche por la parte trasera del edificio. Quería que ella se tendiera en el suelo del vehículo, cubierta por una manta, de modo que nadie la viera al salir. Nadie sospecharía que abandonaba el convento con una de las monjas. Y si iban a por ella en algún momento, la madre superiora podría limitarse a decir que se había ido. No tendría por qué dar más explicaciones. Por entonces ni siquiera ella tendría la menor idea del paradero de Amadea, aunque la tendrían constantemente presente en sus plegarias hasta que regresara.

—Ahora debes vestirte —le recordó la madre superiora.

Amadea entró en la habitación donde guardaban los hábitos; mientras se quitaba el suyo se sintió como si se estuviera arrancando la piel. Cada una de las prendas era una parte de sí misma. Permaneció sola en la estancia, observando el hábito doblado sobre la mesa. Le habían dejado un abrigo, un vestido y unos zapatos, un feo sombrerito y prendas interiores.

Cuando se puso aquella ropa, comprobó que no le sentaba bien, pero no le importó. Nada importaba. Su madre y Daphne se habían ido, ahora estaban en manos de Dios, dondequiera que estuvieran, y ella abandonaba el lugar donde buscó refugio seis años atrás, donde había vivido, trabajado y madurado.

Mientras se abrochaba el vestido, que era demasiado corto para ella, y se calzaba los zapatos demasiado prietos, se sentía como si abandonara la matriz. Durante seis años había llevado sandalias, y le resultaba extraño llevar zapatos de nuevo. Mientras volvía a ponerse ropas civiles, le sorprendió descubrir lo delgada que estaba. Enfundada en el hábito no lo había notado, y tenía el pelo muy corto. Aquel feo atuendo, comparado con la sencilla belleza del hábito, hacía que se sintiera un monstruo. Deseaba volver a ponérselo, y se preguntó cuánto tiempo pasaría antes de que pudiera hacerlo. Ahora solo podía rezar para que fuese pronto. En realidad, no tenía el menor deseo de volver al mundo, y hubiera hecho cualquier cosa por evitarlo.

Gérard la esperaba en el patio, en pie e inquieto junto a su vehículo. Quería regresar al castillo lo antes posible. Ya había hablado del asunto con Véronique, y esta se había mostrado totalmente de acuerdo. Era algo que podían hacer por Beata y Antoine, que fueron buenos amigos suyos, aunque aquello rebasaba los límites de la amistad. Pero había algo más. Se trataba de justicia, y en los últimos tiempos la justicia era difícil de encontrar. De hecho, era imposible encontrarla.

Gérard hablaba en voz baja con la madre superiora; las demás hermanas habían vuelto al trabajo. Ninguna vio que Amadea subía al coche, se tendía en el suelo y él la cubría con una manta de montar que olía a establo, pero que despertaba en Amadea alegres recuerdos. Antes de que la cubrieran, miró por última vez a la madre superiora, y los ojos de las dos mujeres se encontraron.

—Que Dios la bendiga, hija mía. No se preocupe. Volverá pronto a casa. La estaremos esperando.

—Que Dios la bendiga, madre... la quiero...

—También yo la quiero —susurró la monja, mientras Gérard la cubría delicadamente.

Agradeció sus cuidados a la monja que lo observaba, dio marcha atrás, lenta y silenciosamente por el patio, y condujo hasta el castillo sin detenerse. Avanzó a velocidad normal, como si no estuviera haciendo nada particular, pero no dejó de mirar por el retrovisor. Le habían dado un gran cesto con frutas y verduras, para poder explicar su presencia en el convento, pero no lo siguió nadie. No iban a esforzarse demasiado por buscar a una joven monja. E incluso si la policía se presentaba para preguntar por ella, no tardarían en olvidar el asunto. Amadea no representaba un gran peligro para ellos, y lo sabían. Tampoco lo eran Beata y Daphne, pero, una vez denunciadas, la Gestapo no tenía más alternativa que hacer algo. En el caso de Beata, había dinero y una casa que expropiar. Amadea no tenía nada excepto las ropas que llevaba y el rosario que la madre superiora le dio cuando salió del convento.

Gérard entró en el patio del castillo y aparcó detrás de la casa. Era la hora del almuerzo, y no había nadie presente. Todo el mundo estaba comiendo o atareado cuando acompañó a Amadea a su dormitorio. Véronique los esperaba allí. Cuando estrechó a la joven entre sus brazos, ambas se echaron a llorar por todo lo que habían perdido y el horror de cuanto había sucedido. Gérard cerró con cautela la puerta de la habitación. Ya había dicho a las criadas que a su mujer le dolía la cabeza y que nadie la molestara. Tenían mucho de que hablar y muchas cosas que decidir. Pero, de momento, Amadea debía recuperarse de todas las emociones de aquella mañana. Lo había perdido todo. Su madre. Su hermana. El convento. Había perdido el único modo de vida que había conocido en los seis últimos años, todas las personas con las que estaba familiarizada y los momentos de su infancia. Lloró como si fuese a rompérsele el corazón, mientras Véronique Daubigny la abrazaba.

16

Gérard y Véronique hablaron con Amadea hasta muy entrada la noche. Esperaron a que los sirvientes se retirasen a sus aposentos, y entonces Véronique fue a la cocina y le hizo la cena a Amadea. Esta apenas pudo probar bocado. Llevaba seis años sin comer carne, y se sentía extraña ante las salchichas y los huevos que Véronique le había preparado. Además, sin el hábito era como si estuviese desnuda. Todavía llevaba aquellas prendas que le habían dado en el convento. Pero ese era el menor de sus problemas. Gérard se había pasado toda la tarde pensando en qué harían con ella.

Él y Véronique estaban totalmente de acuerdo. No podía quedarse allí para siempre, pero de momento y durante tanto tiempo como pudieran, querían ocultarla. Había un almacén con un cerrojo en la puerta y un ventanuco en lo alto de una de las torres, y Gérard estaba convencido de que allí nadie la encontraría. Por la noche podría bajar a los aposentos de la pareja, donde había aire y espacio, y el resto del tiempo, durante el día, se alojaría allí. Incluso había un minúsculo baño.

—Pero ¿qué haréis si me descubren?

—No te descubrirán —se limitó a decir Gérard. De momento, era el mejor plan que se le ocurría.

Amadea le estaba muy agradecida a la pareja.

Aquella noche se bañó en el cuarto de baño de Véronique. Al ver su imagen en el espejo se sobresaltó. No se veía desde hacía seis años, y le sorprendió verse mucho mayor. En el transcurso de seis años se había convertido en una mujer. Llevaba muy corto el cabello rubio claro. Cada mes se lo cortaba, sin mirarse, y el resultado estaba a la vista, aunque a ella no le importaba. Estar en el mundo era para ella algo circunstancial. Sabía con todo su ser que pertenecía al convento, pero aquel era el regalo que hacía a sus hermanas: salir al mundo para que no corrieran peligro por su culpa. Era un sacrificio que estaba dispuesta a hacer. Por no mencionar el sacrificio que los Daubigny estaban haciendo por ella.

Véronique buscó en sus armarios alguna prenda que le sentara bien. Encontró una falda larga azul, una blusa blanca y un suéter. Las dos mujeres eran casi de la misma talla. También le buscó ropa interior y unas sandalias rojas. Mientras se ponía aquella indumentaria, Amadea tuvo la sensación de que estaba cometiendo un pecado. Todo parecía demasiado bonito. Pero, mientras se vestía, pensó que estaba cumpliendo con su deber. Obedecía a la madre superiora, que le había pedido que saliera al mundo hasta que pudiera volver, sin poner en peligro a las hermanas. De todos modos, se sentía triste mientras Gérard la acompañaba a la torre. Había sacado un colchón de otro almacén y estaba extendido en el suelo, con una almohada y algunas mantas.

—Hasta mañana —le dijo dulcemente, mientras cerraba la puerta y echaba el cerrojo. Ella se tendió en el colchón.

¡Qué amables eran con ella! Se quedó despierta, rezando por su madre y su hermana durante el resto de la noche. Dedicó el día siguiente a la oración, como lo habría hecho en el convento. Gérard se presentó durante la jornada para traerle comida y agua. Por la noche, descorrió el cerrojo de la puerta y la dejó bajar a su dormitorio, donde se bañó de nuevo, y Véronique volvió a prepararle la cena.

Esta situación se convirtió en un ritual cotidiano durante todo el verano. Cuando llegó septiembre, su cabello había vuelto a crecer y le llegaba hasta los hombros. Tenía el mismo aspecto que cuando ingresó en el convento, solo que algo mayor. No sabía nada de su madre y su hermana. Había oído que en ocasiones les permitían enviar una postal para comunicar a sus familiares y seres queridos que estaban bien, pero Amadea no había recibido nada de su madre ni de su hermana. Gérard había ido al convento a informarse. No se había recibido ninguna tarjeta dirigida a Amadea. Y, afortunadamente, las autoridades tampoco habían preguntado por ella. Amadea sencillamente se había desvanecido, y la habían olvidado.

En el frente, aquel verano los nazis invadieron Rusia. En los países ocupados se producían matanzas de judíos, y se estaban construyendo nuevos campos de concentración. Durante una de sus largas conversaciones nocturnas, Gérard le dijo que, en septiembre, ordenaron a los judíos alemanes que llevaran brazaletes con estrellas amarillas. Dio comienzo una deportación masiva de judíos alemanes a todos los campos de concentración que se habían preparado.

Por entonces hacía cinco meses que los Daubigny tenían oculta a Amadea, y hasta entonces nadie había reparado en su presencia. En el castillo la vida seguía como de costumbre. Gérard y Véronique no veían ninguna razón para no seguir ocultándola, aunque los tres sabían que, si los descubrían, serían fusilados o deportados. Pero cuando ella les decía que estaba dispuesta a marcharse, insistían en que se quedara con ellos. No tenían hijos. Aquel era un riesgo que habían decidido correr por ella y en memoria de sus padres.

Amadea creía que debía de haber judíos ocultos en otros lugares, y decía que, si era necesario, los encontraría. El matrimonio insistía en que eso era imposible y, a falta de cualquier otra solución, Amadea accedió a quedarse con ellos. No tenía ningún otro lugar adonde ir.

Las cosas continuaron sin variación durante los meses siguientes; una noche, Gérard abrió la puerta de su cubículo y le habló del ataque a Pearl Harbor. Estados Unidos había declarado la guerra a Japón y, cuatro días después, a Hitler, después de que este hiciera lo mismo con respecto al país norteamericano. Por entonces Amadea llevaba ocho meses sin salir del edificio, y le resultaba difícil pensar que ya era casi Navidad. Ese año no tenía nada que celebrar, excepto la amabilidad de los Daubigny por permitirle alojarse allí.

Dos días antes de Navidad, cuando Gérard fue a abrir la puerta de su habitación, parecía profundamente preocupado, y ella supo que había ocurrido algo. Durante todo el día había oído ruido en el exterior, ruido de caballos. Gérard le dijo que la Gestapo había entrado en los establos y requisado la mayor parte de los caballos. Le preocupaba que incautaran también el castillo. El *Kommandant* le dijo que, pasada la Navidad, quería hacer una inspección de toda la finca. Entretanto, estaban ocupados. Los tres decidieron que Amadea ya no estaba segura allí. Antes de que los alemanes exploraran cada recoveco, tenían que encontrarle otro refugio. Discretamente, Gérard hizo unas averiguaciones, y se enteró de que en las proximidades había una granja donde ocultaban a judíos en un túnel subterráneo. Pero llegar allí no sería fácil. Hasta entonces, habían tenido mucha suerte. Sin embargo, ahora el ejército alemán estaba acampado en las inmediaciones, y Amadea volvía estar en grave peligro.

—Habéis sido muy buenos conmigo —les dijo a los dos en la cocina, mientras cenaban ganso en Nochevieja.

Mientras mordisqueaba el alimento, ella solo podía pensar en si su madre y su hermana seguirían con vida. No había recibido ningún mensaje suyo desde que se las llevaron a Ravensbrück en abril. A veces, cuando los deportados llegaban a los campos, se les permitía enviar una sola postal; Beata podría haber enviado la suya a los Daubigny para que informaran a Amadea. Pero no había llegado nada.

Un día después de Navidad, antes del alba, Gérard abrió la puerta con el semblante sombrío. El *Kommandant* le había dicho la noche anterior que quería llevar a cabo una inspección completa de la finca a la mañana siguiente. El francés estaba seguro de que, de momento, el militar no sospechaba nada. Pero por la mañana abriría todas las puertas, desde la bodega a la torre. Ya se habían quedado con una docena de cajas de vino y dos barriles de coñac.

Gérard tenía la información que Amadea necesitaba. Sabía dónde estaba la granja con el túnel, y le dijo que la estarían esperando. Le dio un pequeño mapa y le explicó cómo llegar allí.

—¿Cómo la encontraré? —preguntó, preocupada, y de nuevo se dio cuenta de la suerte que había tenido por haber estado allí desde abril.

Ahora tenía que arriesgarse. La granja se encontraba a veinticuatro kilómetros de distancia, en pleno campo. Si lograba llegar hasta allí, estaban dispuestos a ayudarla. Primero tenía que burlar la vigilancia de los soldados en los establos. Gérard le dijo que era demasiado peligroso llevarla en coche. Atraería la atención hacia la granja.

—Te he dejado uno de los caballos en un cobertizo —le dijo en voz baja—. Ve hacia el norte y no pares. Las indicaciones están en el mapa. Estarán atentos a tu llegada. Una vez allí, puedes soltar el caballo y él volverá solo.

Quería que partiera antes de la salida del sol. Estaban sentados en la habitación a oscuras, hablando en susurros. No querían que los soldados viesen las luces encendidas. Al cabo de media hora, Gérard bajó con ella para reunirse con Véronique. Se abrazaron por última vez. Véronique la abrigó bien, y la besó como a una hija.

—Gracias —susurró Amadea por última vez, mientras se aferraba a ella. Luego Gérard la abrazó.

—Ve allí lo antes posible. El caballo que te he dejado conoce el camino.

Era también uno de los más rápidos. Abrieron la puerta y ella salió a la oscuridad. Le sorprendió el frío que hacía. No había salido al exterior durante ocho meses, y sus pulmones no estaban acostumbrados. Jadeaba mientras andaba a paso vivo hacia el cobertizo; una vez allí abrió la puerta, dio unas palmaditas al caballo y ajustó la silla en la oscuridad. Se guardó el mapa en el bolsillo.

Montó sobre el animal; de sus ollares salía vapor. No había ningún centinela apostado, y Gérard le había dicho que los soldados dormían. No tenía nada que temer mientras abandonaba el castillo. Todo lo que debía hacer era recorrer los veinticuatro kilómetros hasta la granja antes de la salida del sol. Mientras se acomodaba en la silla, recordó los años en que cabalgó con su padre. Montar a caballo era como una segunda naturaleza para ella; siempre lo había sido. Emprendió un galope lento, dando un amplio rodeo al castillo, y oyó a los caballos en los establos. Notaban su presencia, pero al parecer ninguno de los hombres la oyó. La huida fue fácil, y disfrutó de la carrera. Por primera vez saboreaba la libertad.

Al cabo de media hora sacó el mapa del bolsillo. Podía examinarlo fácilmente a la luz de la luna, y vio la primera indicación. Ahora solo estaba a unos kilómetros de distancia. El cielo era de color gris claro, pero ella sabía que aún disponía de tiempo para llegar a su destino antes de que saliera el sol.

Estaba a kilómetro y medio de la granja cuando de repente vio luces a su izquierda. Se dio cuenta de que era un coche escondido entre unos arbustos y oyó un disparo. Por un instante, no estuvo segura de si era mejor retroceder o seguir adelante, pero entonces, sin pensarlo, azuzó al caballo y recorrió el último tramo perseguida a toda velocidad por el coche. Casi había llegado, cuando se dio cuenta de qué estaba haciendo. Conducía a la Gestapo directamente hacia la granja, y era imposible que los dejara atrás. De repente un camión se detuvo delante de ella, mientras el coche que la perseguía frenaba detrás. La habían acorralado.

—¡Alto! —gritaron dos hombres mientras el caballo brincaba en el frío aire nocturno y exhalaba vapor por los ollares. Amadea le había hecho esforzarse durante la última media hora—. ¿Quién eres?

Ella permaneció sentada en la silla sin responder, y el caballo hizo nerviosas cabriolas.

La iluminaron con una luz brillante y se sobresaltaron al ver que era una mujer. Amadea había cabalgado como un hombre, haciendo avanzar velozmente al caballo por un terreno escabroso. Uno de los hombres se le acercó, mientras ella pensaba en la posibilidad de emprender la huida, pero sin duda abatirían al animal o a ella. Entonces supo que nunca llegaría a la granja y que por la mañana Gérard se enteraría. Peor aún, por la marca del caballo sabrían que era uno de los suyos. Pasara lo que pasase, no quería involucrar a Gérard, y pensó con rapidez.

—¡Los papeles! —le gritó el soldado, tendiendo una mano, mientras otro le apuntaba con un arma.

—No tengo.

En el convento no le habían dado ningún documento. Se había pasado seis años fuera del mundo.

—¿Quién eres?

Amadea pensó en inventarse un nombre, pero no le serviría de nada. Era mejor que dijera la verdad.

—Amadea de Vallerand —dijo con claridad.

—¿De quién es el caballo? —le preguntaron, sin dejar de apuntarle para evitar que huyera. El caballo era fuerte y nervioso, y era fácil ver que ella era una amazona experta. Incluso después de tantos años, no tenía ningún problema para dominar uno de los mejores ejemplares de Gérard. Su padre le había enseñado bien.

—Lo he cogido —respondió, sin que pareciera atemorizada. Pero estaba temblando de la cabeza a los pies. No tenía ni idea de qué iban a hacer con ella—. Mi padre trabajaba en los establos. Lo he robado.

Tenía que proteger a Gérard y Véronique a toda costa. No les dejaría pensar que los Daubigny se lo habían facilitado.

—¿Adónde vas?

—A visitar a unos amigos.

Era evidente que no le creían, y no había motivo alguno para que lo hicieran. Tan solo rogó que no encontraran el mapa del camino hacia la granja que llevaba en el bolsillo. Era un trocito de papel, y no hizo el menor movimiento para sacarlo.

—Desmonta —le ordenaron. Ella saltó con facilidad de la silla y sostuvo las riendas hasta que uno de los soldados las tomó.

El soldado se llevó el caballo, mientras su camarada apuntaba con su arma a Amadea. A ella misma le sorprendía tener tan poco miedo. Se sentía como si no tuviera nada que perder.

Solo la vida, que pertenecía a Dios. Y si Él decidía reclamarla, lo haría.

Le hicieron subir a empujones a la parte trasera del coche y, cuando se alejaban, vio que uno de los soldados montaba el caballo de Gérard y emprendía la dirección de los establos.

—¿Cuántos caballos has robado? —le preguntó el soldado que conducía. Otro soldado apareció a su lado.

—Solo ese —se limitó a responder. No parecía una ladrona de caballos, pero todos los hombres habían observado que era una amazona excepcional y una hermosa joven.

La llevaron a una casa cercana y la dejaron sola en una pequeña habitación. Ella aprovechó la ocasión para romper el mapa en muchos pedazos y esparcir los minúsculos fragmentos en los rincones y bajo la alfombra. Los soldados volvieron al cabo de dos horas. Le habían pedido que deletreara su nombre, y regresaron después de haber hablado con Colonia. Tenían sus datos o, lo que era más importante, los de su madre. Estaba fichada desde el incidente en el banco.

—Tu madre era judía —le espetaron. Amadea no replicó—. Ella y tu hermana fueron detenidas en abril.

La joven asintió. Mostraba el aplomo y la compostura de una mujer que se sabía protegida. Miraba a sus captores y se decía que llevaba puesto el hábito. Había algo místico en ella, y ellos lo percibieron mientras los miraba serenamente.

Aquella tarde la llevaron a Colonia, directamente al almacén donde retenían a los judíos para deportarlos. Ella jamás había visto ni imaginado nada igual. Allí había centenares de personas hacinadas como animales. La gente lloraba, gritaba, hablaba, se apretaban contra las paredes y se empujaban unos a otros. Algunos habían perdido el conocimiento, pero no había espacio para poder tenderlos y permanecían en pie, apretujados con los demás. Los soldados empujaron brutalmente a Amadea, que todavía llevaba las viejas botas de montar de Véronique y las ropas que se había puesto por la mañana. Se preguntó si su madre y su hermana pasaron por aquella misma experiencia cuando se las llevaron, cuando fueron al centro de clasificación y luego las llevaron en tren hacia Ravensbrück. Amadea permaneció allí y rezó, preguntándose adónde iba. No le dijeron nada y, una vez en el almacén con los demás, se convirtió en uno de ellos. Otro judío al que iban a enviar a alguna parte.

Permaneció dos días en el almacén, donde hacía un frío glacial y hedía a humanidad hacinada, a vómitos, orina, sudor y defecación. Lo único que podía hacer era rezar. Finalmente, los cargaron en un tren sin decirles su destino. Ya no importaba. No eran más que cuerpos. La arrojaron allí con todos los demás judíos capturados a los que deportaban. La gente formulaba preguntas desesperadamente mientras los hacían subir al tren, pero Amadea no decía nada. Estaba rezando. Intentó ayudar a una mujer que llevaba un bebé en brazos y a un hombre tan enfermo que parecía a punto de morir. De pie entre ellos, supo que estaba allí por una razón. Fuera cual fuese el destino que Dios había preparado para ella, había sido enviada allí para compartir aquel horror con ellos, y tal vez para ayudar a quien pudiese, aunque solo fuese rezando.

Recordó lo que le dijo el primer día la madre superiora: cuando hiciera los votos definitivos sería la esposa de Cristo crucificado. Estaba allí para compartir su crucifixión y la de todos ellos. Cuando por fin el tren se puso en marcha al cabo de dos días, se sentía debilitada por el hambre y el agotamiento, pero podía oír el eco de la voz de su madre diciéndole que la quería, y la de la madre superiora que le decía lo mismo.

El hombre que estaba a su lado murió el tercer día, y el bebé de la mujer falleció en sus brazos no mucho después. En el tren había niños y ancianos, hombres, mujeres, muertos entre los vivos. De vez en cuando el tren se detenía, abrían las puertas y hacían subir a más gente. Amadea no sabía adónde se dirigían, mientras avanzaban lentamente a través de Alemania hacia el este. Nadie tenía la menor idea de su destino, y ya no importaba. Los habían despojado de su humanidad. Quienesquiera que hubieran sido ya no existían. Viajaban en un tren hacia el infierno.

17

El tren se detuvo a unos sesenta kilómetros al norte de Praga, en Checoslovaquia, cinco días después de que hubiera salido de Colonia. Era el 3 de enero de 1942. Amadea desconocía el número de personas que iban en el convoy, pero cuando les dijeron que bajaran de los vagones, la gente cayó literalmente al suelo a través de las puertas abiertas. Ya no podían caminar. Amadea había conseguido por fin encontrar un pequeño espacio donde durante algún tiempo pudo acuclillarse. Cuando se apeó del tren, apenas podía doblar las rodillas. Miró hacia atrás y vio los cuerpos de ancianos y niños tendidos en el vagón. Una de las mujeres que estaban junto a ella había tenido en brazos a su hijo muerto durante dos días. Algunos ancianos se rezagaban, y los guardias les gritaban que se movieran. Amadea vio letreros en checo, la única indicación del lugar donde se encontraban. El viaje había sido interminable. Algunas personas todavía asían sus maletas y formaban largas colas bajo las órdenes de los soldados. Cuando avanzaban con excesiva lentitud, los empujaban brutalmente con las culatas de los fusiles. A medida que las colas se extendían a lo largo de kilómetros, se ponía de manifiesto que el tren había transportado a varios miles de personas.

Amadea estaba de pie al lado de dos mujeres y un hombre joven. Se miraban unos a otros sin decir nada; cuando empezaron a caminar, Amadea rezó. En lo único que podía pensar era en que su madre y su hermana habían pasado por aquello, y si ellas pudieron hacerlo, ella también lo haría. Pensó en el Cristo crucificado y en las hermanas del convento, y no se permitió imaginar lo que iba a sucederle a ella y a quienes la rodeaban. Todavía estaban vivos, y cuando llegaran a su destino, cualquiera que fuese, tendrían que enfrentarse a lo que les esperase allí. Rezó en silencio, como lo había hecho durante días, para que no hubiera represalias contra Gérard y Véronique. No había ninguna prueba de que la hubieran ocultado, por lo que confiaba en que no sufrieran ningún contratiempo. Parecía como si hubiera transcurrido toda una vida desde la última vez que los vio, y en cierto modo así era.

—¡Dame eso! —le gritó un joven soldado a un hombre que caminaba detrás de Amadea. Le arrancó de la muñeca un reloj de oro que habían pasado por alto en Colonia. Ella y el hombre que estaba a su lado intercambiaron una mirada y giraron la cara.

Amadea aún llevaba las botas de montar de Véronique, y agradeció ir bien calzada mientras caminaban. Algunas de las mujeres habían perdido los zapatos en el tren y se veían obligadas a caminar con los pies heridos y sangrantes sobre el suelo helado. Lloraban de dolor.

—¡Tienes suerte! —le dijo uno de los guardias a una anciana que apenas pudo caminar diez minutos una vez se pusieron en marcha—. Vas a una ciudad modélica —añadió con petulancia—. Es más de lo que mereces.

La mujer daba traspiés; Amadea vio que los hombres que estaban a su lado la sujetaban y la ayudaban a avanzar, y ella se lo agradecía. A lo largo de los dos o tres kilómetros siguientes, Amadea rezó por ella. Rezaba por todos, incluida ella misma.

Casi una hora después la vieron. Era una antigua fortaleza construida por los austríacos doscientos años atrás. Un letrero desvaído decía TEREZIN en checo, y debajo uno nuevo en alemán rezaba THERESIENSTADT. Era, en efecto, una ciudad amurallada. Tras cruzar las puertas principales, les ordenaron que se alineasen para la «tramitación», mientras veían a la gente que deambulaba por las estrechas calles adoquinadas. Tenía más de gueto que de prisión, y la gente parecía desplazarse libremente. Había interminables colas de gente, que llevaban en las manos tazas de hojalata y utensilios para comer. Y más allá se alzaba un edificio con un letrero que decía CAFETERÍA, cosa que le pareció a Amadea singularmente extraña. Por todas partes había una intensa actividad; hombres que daban martillazos, serraban y alzaban estructuras. Amadea reparó enseguida en que la gente no llevaba uniformes carcelarios, sino sus propias ropas. Era una especie de campo de prisioneros modelo, donde los judíos que vivían allí tenían que sobrevivir y arreglárselas por sí mismos. Había doscientas casas de dos pisos y catorce enormes barracones de piedra. Se había construido para tres mil personas, y había más de setenta mil. La mayoría parecían hambrientos y fatigados, y ninguno llevaba ropa de abrigo. A unos ochocientos metros había otra fortaleza, más pequeña, donde se encerraba a los que creaban problemas.

Transcurrieron siete horas hasta que Amadea fue «tramitada»; mientras esperaban les dieron una taza de gachas aguadas. La joven llevaba cinco días sin comer. En el tren había agua y pan, pero ella dio el pan a los niños, y el agua no era demasiado potable y enfermaba a quienes la bebían, por lo que al final prescindió de ella. De todos modos, tenía disentería.

Las gentes que deambulaban por las calles de Theresienstadt formaban una curiosa mezcla. Había muchos ancianos a los que, como Amadea supo más tarde, les dijeron que Theresienstadt era una aldea para judíos jubilados, e incluso les mostraron folletos, a fin de que fuesen allí voluntariamente. Había también grupos de personas más jóvenes, con aspecto demacrado, dedicados a trabajos de construcción. Incluso había un considerable número de niños. Aquello parecía más un gueto que un campo de trabajo y, debido a su forma de ciudad amurallada, tenía el aspecto de un pueblo. Pero quienes vivían allí, aparte de los soldados y los guardianes que los vigilaban, estaban harapientos, tenían los ojos apagados y parecía que hubieran sido maltratados antes y después de su llegada a aquel lugar.

Cuando por fin le tocó el turno a Amadea, la enviaron a uno

de los barracones con una docena de mujeres. Había números en los dinteles, y hombres y mujeres en el interior. La asignaron a una zona construida inicialmente para albergar a cincuenta soldados y donde ahora vivían quinientas personas. No había intimidad ni espacio ni alimento ni ropa de abrigo. Los prisioneros habían construido unas literas de tres pisos, lo bastante cercanas para que quienes las ocupaban pudieran extender los brazos y tocarse. Las parejas compartían una litera, si habían tenido la suerte de llegar juntos y no los habían separado antes. Los niños ocupaban un edificio independiente, vigilado por guardianes y otros prisioneros. En el desván, donde la mayoría de las ventanas tenían los cristales rotos, estaban los enfermos. Una anciana le dijo en voz baja a Amadea que a diario morían personas a causa del frío y las enfermedades. Los viejos y los enfermos por igual tenían que hacer cola con los demás y esperar hasta seis horas a que les dieran la cena, consistente en una sopa clara y patatas podridas. Y había un solo lavabo para cada mil personas.

Amadea guardó silencio mientras alguien le mostraba su cama. Como era joven y fuerte, le asignaron una litera superior. A los más débiles y ancianos les daban las literas inferiores. Amadea llevaba unos zuecos de madera que le habían dado durante la «tramitación», cuando le quitaron las botas y le proporcionaron los documentos de identidad del campo. Le ordenaron que se quitara las botas de montar de cuero de Véronique, que desaparecieron al instante. Otro guardia cogió su cálida chaqueta y le dijo que no la necesitaba, a pesar del frío que hacía. Fue una recepción que consistía en provocar terror, privación y humillación, y una vez más le recordó a Amadea que era la novia de Cristo crucificado. Sin duda Él la había llevado allí por alguna razón. Lo que no podía imaginar era que su madre y su hermana soportaran aquella vida y sobrevivieran. Se obligó a no pensar en ello de momento, mientras miraba a quienes la rodeaban. Era de noche y todo el mundo había regresado de sus trabajos, aunque muchos seguían haciendo cola en el exterior, esperando la cena. En las cocinas preparaban cincuenta mil raciones a la vez, y aun así al parecer nunca había suficiente alimento para todos.

—¿Has venido en el tren que ha llegado de Colonia? —le preguntó una mujer delgada que tosía ásperamente. Amadea vio que tenía un número tatuado en un brazo y la cara y el cabello mugrientos. Las uñas estaban rotas y sucias. No llevaba más que un delgado vestido de algodón y unos zuecos, y su piel era casi azul. Los barracones también estaban helados.

—Sí, así es —respondió Amadea, tratando de sentirse como lo que era, una carmelita, y no solo una mujer. Saber eso y aferrarse a ello era su única fuente de fortaleza y protección en aquel lugar.

La mujer le preguntó por varias personas que podrían haber estado en el tren, pero Amadea no conocía el nombre de nadie, y la gente era casi irreconocible en aquellas circunstancias. No reconoció ninguno de los nombres ni las descripciones que la mujer le dio. Entraron otros prisioneros y preguntaron a la mujer si la había visto el médico. Muchos de los médicos y enfermeras que se habían quedado forzosamente sin trabajo años atrás habían acabado allí, y estaban haciendo lo que podían por ayudar a sus compañeros de reclusión, aunque sin el instrumental o los medicamentos necesarios. El campo comenzó a funcionar solo dos meses atrás y, según le dijeron a Amadea, ya había una epidemia de fiebre tifoidea. Le dijeron que tomara la sopa pero que no bebiera agua. Como era inevitable, dada la cantidad de gente hacinada allí, bañarse era prácticamente imposible. A pesar del intenso frío, el hedor en la sala era insoportable.

Amadea ayudó a una anciana a tenderse en la litera y vio que había tres mujeres en las literas contiguas. En el barracón al que la habían destinado había mujeres y niños menores de doce años. Los niños que tenían más de doce vivían con los hombres en otro barracón. Algunos de los más pequeños se encontraban en otro lugar, sobre todo aquellos cuyas madres habían sido enviadas a otros campos o habían muerto. No había intimidad ni calor ni comodidad. Pese a todo ello, en ocasiones no faltaba el buen humor cuando alguien decía algo gracioso o contaba un chiste. A lo lejos, una música llegaba a oídos de Amadea. Los guardianes deambulaban entre ellos de vez en cuando; daban un brutal puntapié con la bota a alguien o empujaban a otro, siempre con las armas omnipresentes. También vigilaban en busca de contrabando o de objetos robados. Alguien le dijo a Amadea que robar una patata se castigaba con la muerte. Si desobedecían las reglas, fueran las que fuesen, los azotaban sin piedad. Era esencial no enojar a los guardianes, a fin de evitar las represalias.

—¿Has comido hoy? —le preguntó la mujer que tosía. Amadea asintió.

—¿Y tú?

Amadea agradeció sus habituales ayunos en el convento. Aunque allí el ayuno era de carne y productos similares, pero no de verduras y frutas del huerto. En el campo las raciones estaban por debajo de lo necesario para subsistir. Amadea observó que algunas personas no tenían tatuajes; aunque desconocía la diferencia entre quienes los tenían y quienes no, no se atrevía a preguntarlo. Ya estaban sufriendo demasiado y no quería importunarlos.

—He tardado cuatro horas en conseguir la cena. —Empezaban a servirla por la mañana—. Y cuando ha llegado allí, se habían terminado las patatas, solo había sopa, si puedes llamarla así. No importa, porque de todos modos tengo disentería. Aquí la comida te enferma enseguida... si no lo estás ya. —Amadea ya había visto que el estado de los lavabos era alarmante—. Me llamo Rosa, ¿Y tú?

—Teresa —respondió Amadea sin pensarlo. Tenía tan interiorizado el nombre que, incluso tras varios meses de reclusión con Gérard y Véronique, Amadea le resultaba extraño.

—Eres muy guapa —le dijo, mirándola—. ¿Qué edad tienes?

—Veinticuatro. —Cumpliría veinticinco en abril.

—Yo también —dijo Rosa. Amadea procuró no mirarla. Parecía tener cuarenta—. Mataron a mi marido la noche de los cristales rotos. He estado en otro campo antes de venir aquí. Este es mejor.

Amadea no se atrevió a preguntarle si tenía hijos. Para la mayoría era un tema doloroso, sobre todo si los habían separado y enviado a otro campo, o lo peor de todo, los habían matado antes o después de apresarlos. Los nazis solo querían a los niños que estaban en condiciones de trabajar. Los más pequeños eran inútiles.

—¿Estás casada? —le preguntó la mujer con interés, tendida en el colchón, mientras estiraba las delgadas piernas. Tenía un trozo de tela vieja que usaba como manta. Muchos no tenían nada.

—No, no lo estoy. —Amadea sacudió la cabeza y le sonrió—. Soy carmelita.

—¿Eres monja? —Rosa pareció primero impresionada, y a continuación indignada—. ¿Te han sacado del convento?

—Me marché del convento en abril. Desde entonces he estado con unos amigos.

—¿Eres judía? —La situación de la joven le resultaba confusa.

—Mi madre lo era. Se convirtió... Yo no sabía... —Rosa asintió.

—¿Se la llevaron? —le preguntó Rosa en voz baja.

Amadea asintió, y por un momento no pudo responder. Ahora sabía lo que significaba ser deportado y lo que debían de haber sufrido su madre y Daphne. Habría hecho cualquier cosa por evitárselo, aunque eso le hubiera acarreado a ella mayores sufrimientos. No tenía ninguna duda de que había ido allí para ayudar a cuantos pudiera. La posibilidad de morir allí no significaba nada para ella. Tan solo confiaba en que su madre y Daphne hubieran sobrevivido y siguieran con vida dondequiera que estuviesen. Deseaba que estuvieran juntas y pudiera volver a verlas algún día, aunque Gérard le dijo a Amadea, antes de que esta se marchara, que el silencio de su madre y Daphne desde el mes de abril anterior no era una señal esperanzadora. No había llegado ni una postal ni un mensaje, ningún indicio de que siguieran vivas.

—Siento lo de tu madre —susurró Rosa—. ¿Te han dicho dónde vas a trabajar?

—He de volver mañana para que me asignen trabajo.

Amadea se preguntó si, cuando lo hiciera, la tatuarían; finalmente hizo acopio de valor para preguntárselo a Rosa, mientras yacían una al lado de la otra en sus literas. Hablaban en un susurro, aunque se entendían, a pesar de que el ruido en la estancia con muros de piedra era enorme.

—Me marcaron con este número en el centro de clasificación, antes de que viniera aquí. Se supone que aquí también lo hacen cuando llegas, pero somos tantos y el campo es tan nuevo que dicen a la gente una y otra vez que vuelva cuando dispongan de más personal para hacerlo. Probablemente te darán uno mañana, cuando te asignen el trabajo.

A Amadea no le gustaba que la tatuaran, pero estaba segura de que a Jesús tampoco le había gustado que lo crucificaran. No era más que otro pequeño sacrificio que debía hacer por su Padre, en su «pequeño camino».

Se tendieron en las literas y guardaron silencio. La mayoría de la gente estaba demasiado débil, cansada y enferma para hablar, aunque muchos de los jóvenes lo hacían animadamente, a pesar del duro trabajo que desempeñaban durante todo el día, y sin apenas alimento.

Más tarde, cuando la mayoría de los internos se habían acostado, se oyó el sonido de una armónica solitaria. Alguien tocaba tonadas vienesas y algunas viejas canciones alemanas. Las lágrimas acudían a los ojos de la gente mientras escuchaban. Amadea ya había oído decir que había una compañía de ópera en el campo, y varios músicos que tocaban en el café, pues muchos de los internos habían sido músicos, cantantes y actores antes de que los deportaran. A pesar de las penalidades, trataban de animarse unos a otros, pero el verdadero terror de todos ellos era que los llevaran a otro lugar. Se decía que los demás campos eran mucho peores, y que en ellos la gente moría. Theresienstadt era el campo modelo que los nazis querían exhibir, a fin de demostrar al mundo que, aunque querían separar de la sociedad y aislar a los judíos, todavía eran capaces de tratarlos humanamente. Sin embargo, las llagas abiertas en las piernas de los internos, los sabañones y la disentería, los rostros demacrados, las palizas al azar y la gente que moría a causa de las condiciones higiénicas contaban una historia muy diferente. Un letrero sobre la entrada del campo decía EL TRABAJO LIBERA. Allí la muerte era la libertad final.

Amadea, tendida en la litera, rezaba mientras escuchaba el sonido de la armónica. De manera muy parecida a la del convento, a las cinco de la mañana despertaron a los internos. Había colas para recibir agua y unas gachas ligeras, pero la distribución era tan lenta que la mayoría de la gente se iba a trabajar con el estómago vacío. Amadea volvió al centro de tramitación donde había estado el día anterior para que le asignaran su trabajo. Una vez más, hizo cola durante horas. Le dijeron que si se marchaba sería castigada, y el guardia que se lo dijo le puso su arma en el cuello, lo cual era una clara indicación de que hablaba en serio. Permaneció allí un buen rato, mirándola de arriba abajo, y entonces pasó al siguiente interno. Poco después se oyó ruido en el exterior, y Amadea vio que tres guadias golpeaban con porras a un joven, mientras un anciano que estaba en la cola detrás de ella le susurraba.

—Por fumar —le dijo, sacudiendo la cabeza. Era un delito que se castigaba con brutales palizas, aunque para los internos encontrar una colilla de cigarrillo era todo un festín, y debían ocultarla cuidadosamente, como la comida robada.

Cuando por fin Amadea llegó ante el oficial que distribuía las tareas, el hombre parecía fatigado tras una larga jornada. Se detuvo un momento y miró a Amadea, asintió y cogió unos papeles. Había varios oficiales alineados en mesas contiguas a la suya, con montones de papeles en los que ponían sellos con tampones. Amadea tendió los documentos de identificación del campo que le habían dado el día anterior. Intentó mostrarse más serena de lo que estaba. Por mucho que estuviera dispuesta a sacrificarse por el Dios al que servía, estar en pie ante un militar nazi en un campo de trabajo era una experiencia aterradora.

—¿Qué sabes hacer? —le preguntó el soldado lacónicamente, dejando claro que no le importaba.

Trataba de encontrar ingenieros, albañiles, cocineros, técnicos de laboratorio, y miles de personas que sirvieran como esclavos.

—Puedo trabajar en el huerto, cocinar y coser. Podría trabajar como enfermera, aunque no tengo título oficial. —Sin embargo, a menudo había ayudado a las monjas ancianas y enfermas en el convento de Colonia—. Probablemente sería más útil en el huerto —añadió, aunque su madre le había enseñado algunas de sus habilidades de costurera, pero las monjas con las que había trabajado en el huerto siempre alababan su pericia de hortelana.

—Podrías ser la buena esposa de alguien —bromeó el militar, mirándola de nuevo—, si no fueses judía.

Tenía mejor aspecto que la mayoría de las internas, y se la veía sana y fuerte. Aunque delgada, era una joven bastante alta.

—Soy monja —reveló Amadea serenamente.

En cuando dijo esto, el hombre la miró de nuevo, y echó un vistazo a sus papeles, en los que constaba que su madre era judía. Entonces vio también que tenía un nombre francés.

—¿A qué orden perteneces? —le preguntó con suspicacia. Ella se preguntó si habría allí otras monjas y de qué órdenes serían.

—Soy carmelita. —Sonrió, y el soldado vio aquella misma luz interior que otros observaban en ella. Rosa también la había visto la noche anterior, incluso allí.

—Aquí no tenemos tiempo para esas tonterías. —Vio que el hombre parecía nervioso mientras anotaba algo en sus documentos—. Bien. —La miró con el ceño fruncido—. Puedes trabajar en el huerto. Si robas algo, te fusilaremos —le espetó brutalmente—. Preséntate aquí mañana a las cuatro de la madrugada. Trabajarás hasta las siete.

Era una jornada de quince horas, pero a ella no le importaba. A otros los enviaron a distintas habitaciones, edificios y barracones, y Amadea se preguntó si a ellos les tatuarían un número, pero el militar parecía haberse olvidado de ella. Tenía la impresión de que saber que era monja lo había turbado. Tal vez incluso los nazis tenían conciencia, aunque dado lo que ella había visto hasta entonces, parecía bastante improbable.

Por la tarde se puso en la cola de la comida; recibió una patata negra y podrida y un mendrugo de pan. A la mujer que estaba delante de ella le dieron una zanahoria. La sopa se había terminado hacía horas. Pero Amadea agradeció lo que le dieron. Comió lo que no estaba podrido de la patata y royó rápidamente el pan. Pensó en ello durante el camino de regreso a su habitación y se reprochó su glotonería y la rapidez con que había devorado la comida, pero estaba muerta de hambre. Todos lo estaban.

Cuando llegó al barracón, Rosa ya estaba allí, tendida en el colchón. Su tos había empeorado. Aquel día la temperatura era glacial.

—¿Cómo te ha ido? ¿Te han dado un número?

Amadea hizo un gesto negativo con la cabeza.

—Parece que se han olvidado. Creo que el oficial se puso nervioso cuando le dije que era monja. —Sonrió maliciosamente y miró de nuevo a su joven compañera—. Deberías consultar a los médicos acerca de esa tos —le dijo, preocupada.

Puso los pies debajo del colchón; se le estaban helando dentro de los zuecos y, bajo los delgados pantalones de montar no llevaba nada que le abrigara las piernas. Llevaba los mismos sucios pantalones desde hacía más de una semana. Había pensado ir a la lavandería aquella tarde y ver si podía cambiarlos por alguna prenda limpia, pero no había tenido tiempo.

—Los médicos no pueden hacer nada —replicó Rosa—. No tienen medicinas. —Se encogió de hombros y entonces miró a su alrededor. Sus ojos tenían una expresión conspiradora mientras miraba a Amadea—. Mira —susurró, y se sacó algo del bolsillo. Amadea vio que era un trozo de manzana que parecía haber sido pisoteado por mil personas, y probablemente lo habían hecho.

—¿De dónde has sacado eso? —susurró Amadea, sin atreverse a cogerlo, pero la boca se le hizo agua nada más verlo. No daba más que para un par de bocados poco sustanciosos, o uno solo bueno.

—Me lo ha dado un guardia—respondió. Partió el trozo de

fruta por la mitad y le dio un trozo a Amadea. Sabía que robar comida se castigaba con la muerte. Rosa se apresuró a llevarse la otra mitad a la boca y cerró los ojos. Como dos niñas que compartieran un solo caramelo, Amadea hizo lo mismo.

No hablaron durante unos minutos; luego, algunos internos entraron en la estancia. Parecían agotados. Miraron a las dos mujeres y no dijeron nada.

Ninguno de los hombres con los que Amadea se había encontrado en el exterior, los que trabajaban en la construcción, le había molestado en el breve tiempo que llevaba allí, pero por la tarde, mientras esperaba en la cola, oyó hablar a otras mujeres; algunas de ellas habían sido violadas. Los nazis consideraban a los judíos unos seres inferiores y la escoria de la especie humana, pero eso no les impedía violar a las judías cuando les apetecía. Las otras mujeres le advirtieron que tuviera cuidado. Destacaba excesivamente y era demasiado bonita, y con el cabello rubio y los ojos azules se parecía a ellos. Le dijeron que intentara estar siempre sucia y oler lo peor posible; permanecer alejada de ellos era su única protección, aunque a veces ni siquiera eso bastaba si los guardias se emborrachaban, como hacían a menudo, sobre todo de noche. Eran jóvenes, querían mujeres y había muchas en el campo. Ni siquiera los guardias mayores eran dignos de confianza.

Aquella noche Amadea trató de dormirse temprano, a fin de estar descansada para el trabajo del día siguiente, pero era difícil conciliar el sueño con tanta gente a su alrededor. También la distraían cuando trataba de rezar en silencio. Procuraba seguir la disciplina del convento en la medida de lo posible, tal como hizo cuando estuvo oculta en el castillo. Sin embargo, allí fue más fácil. A las tres y media, cuando se levantó, reinaba el silencio. Había dormido vestida, y por una vez solo había unas treinta personas esperando ante el lavabo. Pudo hacer sus necesidades antes de partir hacia el trabajo.

Se dirigió hacia el lugar donde le habían dicho que estaba el huerto. Cuando llegó allí, había unas cien personas que se habían presentado al trabajo; en su mayoría muchachas y chicos, pero también había algunas mujeres mayores. El aire nocturno era muy frío, y el suelo parecía de hielo. Mientras los guardias repartían palas se preguntó qué podría hacerse allí. Tenían que plantar miles de patatas. Era un trabajo extenuante. Trabajaron ocho horas seguidas, hasta el mediodía; con las manos heladas y llenas de ampollas clavaban las palas en el suelo, mientras los guardias deambulaban entre ellos empujándolos con sus armas. Les permitieron un alto de media hora para tomar pan y sopa. Como siempre, la sopa era clara y el pan estaba rancio, pero las porciones eran algo más grandes. Después siguieron trabajando durante otras siete horas. Aquella noche, cuando abandonaron el huerto, los registraron. Robar en el huerto se castigaba con palizas o con la muerte, según el estado de ánimo del guardia y de lo resistentes que fuesen. Registraron las ropas de Amadea, la palparon y le hicieron abrir la boca. Cuando el guardia que la registraba la palpó, le apretó un pecho, pero ella no dijo nada; se quedó con la mirada perdida en el vacío. Cuando regresó al barracón, no le contó a Rosa el incidente. Estaba segura de que su compañera había soportado cosas peores.

A la semana siguiente trasladaron a Rosa a otro barracón. Un guardia las vio hablando y riendo en varias ocasiones, y las denunció. Dijeron que eran alborotadoras y que era preciso separarlas. Después de esto, Amadea no vio a su compañera en varios meses, y cuando volvió a verla, Rosa no tenía un solo diente. La descubrieron robando un trozo de pan, y un guardia le rompió los dientes y la nariz. Por entonces su deterioro parecía irreparable. Murió aquella primavera, de neumonía, según dijo alguien.

Amadea trabajaba duro en el huerto. Hacía lo que podía, pero era difícil obtener resultados dadas las herramientas que tenían para trabajar. Ni siquiera ella podía obrar milagros con el suelo helado y aquellos utensilios rotos, pero cada día plantaba una hilera tras otra de patatas para sus compañeros de cautiverio. En primavera plantó zanahorias y nabos. Le habría gustado plantar tomates, lechugas y otras verduras, como había hecho en el convento, pero eran demasiado delicadas. Algunos días lo único que tenía para comer era un nabo, y no pocas veces pensó en robar una patata, pero entonces se concentraba en la oración. Sin embargo, en el tiempo que llevaba allí no había habido incidentes dignos de mención, y los guardias la dejaban en paz. Siempre era respetuosa con ellos y se mantenía apartada, hacía su trabajo y ayudaba en lo que podía a los demás internos. Había empezado a visitar por la noche a algunos de los enfermos y los ancianos, y cuando llovía demasiado para trabajar en el huerto, iba a ayudar a los niños, algo que siempre le levantaba el ánimo, aunque muchos de ellos estaban enfermos. La mayoría de ellos eran risueños y valientes, y trabajar en su compañía le hacía sentirse útil. Pero incluso allí había tragedias. En febrero enviaron a Chelmno un tren lleno de niños. Sus madres permanecieron junto a los camiones que iban a llevarlos al tren, y las que se agarraban demasiado tiempo a ellos o trataban de enfrentarse a los guardias fueron abatidas a tiros. Todos los días se contaban horrores.

En abril, cuando Amadea cumplió veinticinco años, el tiempo mejoró y la trasladaron a un nuevo barracón que estaba más cerca del huerto. Al alargarse el día, aumentaron las horas de trabajo, y a veces no regresaba al barracón hasta las nueve de la noche. Pese a las magras raciones y a la disentería crónica, y aunque su delgadez era extrema, Amadea estaba fuerte gracias al trabajo en el huerto. Era extraño que, al igual que unas pocas reclusas más, nunca le hubieran tatuado su número de prisionera. Sencillamente, se habían olvidado de hacerlo. Le pedían los papeles constantemente, pero nunca querían ver el número, y ella nunca cometía la imprudencia de arremangarse. Por entonces llevaba el pelo largo, su color rubio era todavía más pálido a causa del sol, y se lo recogía en una larga trenza. Cuantos la conocían sabían que era una monja. Los internos la trataban con amabilidad y respeto, cosa que no siempre hacían con las demás. La gente estaba enferma y era desdichada, presenciaban continuas tragedias, los guardias los aterrorizaban con frecuencia, les pegaban al azar y, en ocasiones, incluso los provocaban para que se pelearan entre ellos por una zanahoria, una chirivía o un trozo de pan rancio. Pero, en general, había solidaridad entre ellos, y de vez en cuando incluso los guardias eran amables.

En mayo, un joven soldado fue a trabajar como guardia al huerto, y Amadea lo cautivó. Era alemán, de Munich, y una tarde, cuando se detuvo a hablar con ella, le confesó que detestaba estar allí. Le parecía sucio y deprimente. Confiaba en que lo trasladaran a Berlín, cosa que había solicitado varias veces desde su llegada.

—¿Por qué pareces siempre tan feliz cuando trabajas? —le preguntó, mientras encendía un cigarrillo. Algunas mujeres lo miraron con envidia, pero él no les ofreció ninguno, aunque le brindó a Amadea una calada, que ella rechazó.

Su oficial se había marchado pronto aquella tarde, para asistir a una reunión, y los jóvenes soldados se relajaron un poco tras la partida del comandante. El joven del cigarrillo había esperado durante semanas una oportunidad de hablar con Amadea.

—¿Lo parezco? —replicó ella en tono agradable, mientras seguía trabajando. Aquel día estaban plantando más zanahorias. Las plantadas hasta entonces habían crecido bien.

—Sí, siempre das la sensación de que guardas un secreto. ¿Tienes un amante? —le preguntó bruscamente. Algunos de los internos jóvenes habían formado parejas. Era un pequeño rayo de sol y de calor en un lugar oscuro, un último resto de esperanza.

—No, no lo tengo —replicó Amadea, y se dio la vuelta. No quería darle esperanzas; recordaba las advertencias que le habían hecho las otras mujeres.

Era un joven alto, bastante más que ella, y apuesto, con las facciones bien marcadas, ojos azules y pelo negro, de un color muy parecido al de la madre de Amadea. Esta, con sus ojos azules y el cabello rubio, le parecía hermosa. Sospechaba correctamente que si se lavara sería una mujer espectacular. Incluso allí, con las ropas sucias y el pelo a menudo desgreñado, era fácil verlo. A pesar de todo, muchas de aquellas mujeres eran todavía bonitas, sobre todo las jóvenes, y Amadea desde luego lo era.

—¿Tenías novio en casa? —le preguntó él, encendiendo otro cigarrillo. Su madre se los había enviado, y era la envidia de su barracón. A menudo intercambiaba pitillos por favores.

—No, no lo tenía —dijo Amadea, distanciándose mentalmente. No le gustaba el giro que estaba tomando la conversación, y no quería darle alas.

—¿Por qué no?

Entonces ella lo miró, clavó los ojos en los suyos sin temor.

—Soy monja —se limitó a decir, como si eso fuese una advertencia de que no era una mujer, de que estaba eximida de sus atenciones. Para la mayoría de la gente era un estado sagrado, y la expresión de sus ojos indicaba que esperaba de él que lo respetara, incluso allí.

—No es verdad —dijo asombrado. Nunca había visto a una monja tan guapa como ella, por lo menos no lo recordaba. Las monjas siempre le habían parecido unas mujeres bastante feas.

—Soy la hermana Teresa del Carmen —dijo con orgullo, mientras él sacudía la cabeza.

—Qué lástima. ¿Nunca lo has lamentado...? Quiero decir antes de venir aquí.

Supuso correctamente que alguno de sus familiares tenía que ser judío, de lo contrario ella nunca habría ido a parar allí. No parecía ni gitana ni comunista ni criminal. Tenía que ser judía, en mayor o menor grado.

—No, es una vida maravillosa. Algún día volveré.

—Deberías tener marido e hijos —le dijo él con firmeza, como si Amadea fuese su hermana menor y le reprochara un comportamiento alocado. Esta vez ella se rió.

—Tengo marido. Mi marido es Dios. Y estos son mis hijos y los suyos —añadió, señalando el huerto con un amplio gesto del brazo. Por un momento él se preguntó si estaría loca, pero se dio cuenta de que no. Lo decía en serio. Su fe era inquebrantable.

—Es una vida estúpida —masculló él, y fue a comprobar lo que hacían los demás internos. Aquella noche, al marcharse, vio de nuevo al soldado y confió en que no fuese él quien la registrara. No le gustaba su manera de mirarla.

Al día siguiente se le acercó de nuevo y, sin decirle nada, le deslizó una pastilla de chocolate cuando pasaba por su lado. Era un regalo increíble, pero una mala señal, y además peligrosa. Ella no tenía ni idea de qué hacer con aquello. Si la descubrían la fusilarían; además, parecía absolutamente injusto comer chocolate cuando los demás se morían de hambre. Esperó a que él pasara de nuevo por su lado, le dijo que le agradecía el regalo, pero que debería dárselo a uno de los niños, y discretamente se lo devolvió cuando nadie miraba.

—¿Por qué haces esto? —inquirió él, visiblemente dolido.

—Porque no está bien. No debo tener nada mejor de lo que tienen los demás. Alguien habrá que lo necesite más que yo. Un niño, un anciano o un enfermo.

—Entonces dáselo tú —replicó él con brusquedad, le puso de nuevo el chocolate en la mano y se alejó.

Pero los dos sabían que el chocalate se le fundiría en el bolsillo y que entonces estaría en apuros. Como no sabía qué hacer, se lo comió, pero se sintió culpable durante el resto de la tarde. Rogó a Dios que la perdonara por ser glotona y deshonesta. Pero había sido delicioso, y el sabor del chocolate la persiguió durante todo el día. No pudo pensar en nada más hasta que se marchó. Cuando lo hizo, el joven soldado le sonrió y, a pesar suyo, ella le devolvió la sonrisa. Parecía un chico grandote y travieso, aunque tenía más o menos la misma edad que ella. A la tarde siguiente se le acercó de nuevo para hablar con ella. Le dijo que iban a nombrarla jefa de grupo, debido a lo bien que trabajaba. Pero lo que el militar estaba haciendo era concederle favores, por los que estaría en deuda con él, algo extremadamente peligroso. No tenía ni idea de qué quería de ella, pero era fácil imaginarlo. Durante semanas, hizo cuanto pudo por evitarlo. El tiempo se había vuelto más cálido. Un día él se le acercó de nuevo para hablarle. Ella acababa de tomar la sopa y el pan y regresaba al trabajo.

—Temes hablar conmigo, ¿no es cierto? —le preguntó él en voz baja mientras la seguía hacia el lugar donde Amadea había dejado la pala.

—Soy una prisionera y tú un guardia, eso es problemático —respondió ella sinceramente, eligiendo las palabras con cuidado para no ofenderlo.

—Tal vez no sea tan problemático como crees. Podría hacerte la vida más fácil, si me dejaras. Podríamos ser amigos.

—Aquí no —dijo ella con tristeza, deseosa de creer que él era una buena persona, pero en semejante lugar era difícil saberlo. El día anterior había salido otro tren de deportados. Ella conocía a una de las personas que hacían las listas. Hasta entonces su nombre no había figurado en ellas, pero podría suceder en cualquier momento. Theresienstadt parecía ser el punto de partida hacia otros campos, la mayor parte de los cuales eran peores. Auschwitz, Bergen-Belsen y Chelmno. Eran nombres que daban pánico a todo el mundo, incluso a ella.

—Quiero que seamos amigos —insistió él. Le había dado chocolate en otras dos ocasiones, pero los favores eran peligrosos, y ella lo sabía.

No quería verse obligada a rechazarlo, pues eso sería todavía más peligroso, y ella carecía de experiencia con los hombres. Había vivido en un convento, retirada del mundo, desde su adolescencia. A los veinticinco años era más inocente que las chicas de quince.

—Tengo una hermana de tu edad —le dijo él en voz queda—. A veces pienso en ella cuando te miro. Está casada y tiene tres hijos. También tú deberías tener hijos algún día.

—Las monjas no tenemos hijos. —Le sonrió dulcemente. Había algo triste en los ojos del joven. Ella supuso que añoraba su hogar, como les sucedía a muchos de ellos. Por la noche se emborrachaban para olvidar la nostalgia y los horrores que presenciaban a diario. Aquello también tenía que afectarlos, aunque no a todos. Pero en ciertos aspectos, el muchacho parecía una buena persona—. Cuando esto termine volveré a mi orden y haré los solemnes votos.

—¡Ah! —exclamó él, esperanzado—. Entonces, ¡todavía no eres monja!

—Sí que lo soy. He estado seis años en el convento.

Había transcurrido casi un año desde que se marchó. Todo había ido bien y, de no haberse visto obligada a abandonar el convento, ahora le faltaría un año para los votos definitivos.

—Puedes pensarlo mejor —dijo él entusiasmado, como si ella le hubiera hecho un regalo. Luego se quedó pensativo—. ¿Hasta qué punto eres judía?

—Soy medio judía.

Parecía más aria que la mayoría de las mujeres que él conocía, incluida su madre, que era morena. Su padre era alto, delgado y rubio como Amadea y como su hermana. Él tenía el cabello oscuro de su madre y los ojos claros del padre. Pero Amadea ciertamente no parecía judía. Tampoco se lo parecería a nadie más, cuando aquello hubiera terminado. Por un momento tuvo el deseo de protegerla y mantenerla viva.

Ella volvió al trabajo y dejó de hablar con él, pero a partir de entonces, cada día se le acercaba para conversar con ella y siempre le deslizaba algo en el bolsillo. Una pastilla de chocolate, un pañuelo, un trocito de carne seca, un caramelo, algo, cualquier cosa, para demostrarle sus buenas intenciones. Quería que confiara en él. No era como los demás. No iba a arrastrarla a un callejón oscuro o detrás de un arbusto y violarla. Deseaba que ella le quisiera. Se decía que cosas más raras habían ocurrido. Ella era hermosa, inteligente y totalmente pura, puesto que se había pasado toda su vida adulta en un convento. La quería más de lo que nunca había querido a ninguna mujer. Tenía veintiséis años y, de haber podido, habría huido con Amadea. Pero ambos debían tener cuidado. Él podía crearse tantos problemas como ella, por haber hecho amistad con una prisionera. No le pondrían objeciones si la violaba; él era consciente de que la mayoría de los hombres lo encontrarían divertido, y que muchos de ellos lo habían hecho, pero enamorarse de ella era otra cuestión. Por una cosa así lo fusilarían o lo deportarían. Era peligroso, y él lo sabía tanto como ella, aunque Amadea tenía más que perder que él. Nunca olvidaba que cada día, cuando pasaba por su lado, él le metía pequeños regalos en los bolsillos. Si alguien los veía, la fusilarían. Eran unos regalos extremadamente peligrosos.

—No debes hacer eso —le riñó ella una tarde, cuando él pasó por su lado.

Esta vez le había deslizado varios caramelos en el bolsillo y, por mucho que ella se negara a admitirlo, le daban energía. Ni siquiera se atrevía a ofrecérselos a los niños que visitaba, pues la castigarían por tener golosinas y probablemente también a los niños, porque estarían tan entusiasmados con la posibilidad de tomarlas que se lo dirían a alguien, y todos se hallarían en un gran aprieto. Así pues, se las comía ella y no decía nada a nadie. El joven soldado se llamaba Wilhelm.

—Ojalá pudiera darte otras cosas, como una chaqueta que te abrigara —le dijo en serio—, unos buenos zapatos... y una cama caliente.

—Estoy bien así —replicó ella.

Se estaba acostumbrando cada vez más a las incomodidades, como se había acostumbrado a las del convento. Eran pequeños sacrificios que realizaba por el Cristo crucificado. De esa manera le resultaba más fácil aceptarlas. Lo único a lo que no podía acostumbrarse era a ver morir a la gente. Y eran muchos los que perecían, por diferentes motivos, tanto por enfermedades como por violencia. A juzgar por lo que todo el mundo decía, Theresienstadt era el campo menos violento. Auschwitz era el que todos temían. En comparación con él, Theresienstadt era un balneario, y en él supuestamente moría menos gente. Incluso se hablaba de llevar allí a algunos oficiales para que vieran que era un campo modélico y demostrarles lo bien que trataban a los judíos. Al fin y al cabo, incluso tenían una *Kaffehaus* y una compañía de ópera. ¿Qué más necesitaban? Medicinas y alimentos. Y Wilhelm lo sabía tan bien como Amadea.

—No deberías estar aquí —le dijo con tristeza. Ella estaba de acuerdo, pero no debería haber nadie allí. Claro que ninguno de los dos podía hacer nada al respecto, él no más que ella—. ¿Tienes parientes en alguna parte? ¿Cristianos?

Ella hizo un gesto negativo con la cabeza.

—Mi padre murió cuando yo tenía diez años. Era francés. No conocí a su familia —dijo como si eso ahora importara, lo cual no era cierto. Pero por lo menos respondía a la pregunta que él le había hecho. Entonces él bajó la voz y habló en un susurro apenas audible.

—Hay partisanos checos en las colinas. Continuamente oímos hablar de ellos. Podrían ayudarte a escapar.

Amadea lo miró fijamente, preguntándose si le estaba tendiendo una trampa. ¿La estaba tentando a que escapara para luego matarla? ¿Era una prueba? ¿Estaba loco? ¿Cómo creía que iba a escapar?

—Eso es imposible —le replicó, atraída por lo que él le estaba diciendo, pero todavía suspicaz.

—No, no lo es. A menudo, entrada la noche, no hay centinelas en la puerta trasera. La mantienen cerrada. Si encontraras las llaves, podrías largarte.

—Y que me disparen —replicó ella con seriedad.

—No necesariamente. Podría reunirme allí contigo. Odio este sitio. —Ella lo miró, sin saber qué responderle, ni qué haría si lograba escapar. ¿Adónde iría? No conocía a nadie en Checoslovaquia, y no podía regresar a Alemania. Toda Europa estaba ocupada por los nazis. No había ninguna posibilidad, y ella lo sabía, pero la idea era interesante—. Podría ir contigo.

—¿Adónde?

Si alguien los oía podrían fusilarlos por lo que estaban diciendo.

—Tengo que pensar en ello —respondió él, cuando apareció el oficial a cuyo mando estaba y lo llamó.

Amadea estaba aterrada al pensar que Wilhelm podría hallarse en un aprieto por hablar con ella, pero el oficial le mostró unos papeles, se echó a reír ruidosamente y Wilhelm sonrió. Era evidente que todo iba bien. Sin embargo, ella no podía quitarse de la cabeza lo que le había dicho. Había oído contar historias de hombres que huían, pero nunca de mujeres. Poco tiempo atrás, un grupo salió del campo; parecían un equipo de trabajo que iba a alguna parte. Los centinelas no les prestaron atención y supusieron que estaban autorizados a trabajar fuera del recinto. Dijeron que iban a la fortaleza cercana para hacer unos arreglos en la prisión, y se escaparon. Salieron del campo sin más. A muchos los capturaron y fueron fusilados, pero algunos huyeron. A las colinas, como había dicho Wilhelm. Era una idea extraordinaria. Y, por supuesto, debía huir con él, lo cual entrañaba otra clase de problema. Ella no tenía intención de convertirse en su amante o su esposa, aunque la ayudara a escapar. Y si la entregaba, la enviarían a Auschwitz o la matarían allí mismo. No podía confiar en nadie, ni siquiera en él, aunque parecía una persona decente, y era evidente que estaba loco por ella. Jamás hasta entonces había experimentado la sensación de que podía tener poder sobre los hombres solo por su aspecto exterior.

En el caso de Wilhelm se trataba de algo más que eso. No solo la encontraba hermosa sino también inteligente y buena persona. Era la mujer que había deseado hallar durante años y no lo había conseguido. Y ahora la tenía allí. Una mujer medio judía en el campo de concentración de Theresienstadt, y monja por añadidura. En la vida no había nada fácil.

Aquella noche, tendida en su litera, Amadea solo podía pensar en la huida, pero cuando estuviera al otro lado de las puertas, ¿qué haría? Era imposible que saliera bien. Él le había hablado de partisanos checos en las colinas, pero ¿cómo iban a encontrarlos? ¿Bastaría con adentrarse en las colinas y agitar una bandera blanca? Eso no tenía sentido. Pero la idea de huir no la abandonaba, y cada día Wilhelm era más amable y pasaba más tiempo con ella. Lo que trataba de iniciar era una relación romántica, pero no eran ni el tiempo ni el lugar apropiados, como tampoco ella era la mujer adecuada. Pero ya no le decía esas cosas. Tal vez podrían irse juntos, como amigos. Era una idea extraordinaria. Sin embargo, sabía que no había ningún lugar en el mundo donde pudieran estar seguros. Él sería un desertor y ella una judía. Y estando juntos el riesgo se duplicaría.

A finales de mayo corrieron por el campo rumores de que

estaba sucediendo algo. Al principio los internos no sabían de qué se trataba. pero había rumores entre los guardias. Dos patriotas checos que servían con las fuerzas británicas se lanzaron en paracaídas cerca de Praga. El 27 de mayo trataron de asesinar al *Gruppenführer* Reinhard Heydrich, el Protector del Reich. El resultado fue que Praga se convirtió en un infierno. Herido de muerte, Heydrich falleció el 4 de junio. En los días siguientes se detuvo a 3.188 ciudadanos checos, de los que 1.357 fueron fusilados. Otros 657 murieron durante los interrogatorios. Las repercusiones fueron enormes, y las represalias de los nazis, terribles. Todo el mundo en los campos de concentración esperaba a tener noticias de lo que sucedía día tras día.

La tarde del 9 de junio, Wilhelm se acercó a Amadea en el huerto, pasó lentamente por su lado sin mirarla y dijo solo dos palabras: «Esta noche». Ella se volvió y lo miró fijamente. No era posible que él hubiera dicho aquello en serio. Tal vez solo le estaba haciendo proposiciones. Pero cuando Amadea terminó el trabajo, él se detuvo como si inspeccionara lo que había hecho y le explicó en un rápido susurro:

—Esta noche tomarán la ciudad de Lidice. Está a treinta kilómetros de aquí, y necesitan a nuestros hombres. Deportarán a todas las mujeres y matarán a los hombres; luego incendiarán la ciudad, para dar ejemplo. Dos tercios de nuestros hombres irán allá. Partirán a las ocho de la tarde, las nueve como máximo, con la mayor parte de los vehículos. Espérame en la puerta trasera a medianoche. Buscaré la llave.

—Me dispararán si me ven.

—No quedará nadie para dispararte. No te alejes de los barracones y nadie te verá, y si te detienen, diles que vas a ver a los enfermos.

Entonces la miró de una forma significativa y asintió, como si aprobara su trabajo, tras lo cual se marchó. Ella sabía que lo que Wilhelm acababa de decirle era una locura. Era un plan absurdo, pero no había duda de que, si alguna vez había una oportunidad, era esa noche. ¿Y qué harían entonces? ¿Qué haría ella? Sabía que, al margen de lo que sucediera, tenía que intentarlo.

Mientras se dirigía hacia el barracón, pensó en los habitantes de la ciudad de Lidice. Iban a matar a los hombres, deportar a las mujeres y a los niños, y a incendiar la ciudad. Era espantoso, pero también lo era quedarse en Theresienstadt hasta el final de la guerra, o ser trasladada a otro campo. Ella llevaba allí cinco meses, y era afortunada. No estaba enferma como la mayoría, no la habían tatuado. Llegaban demasiados internos nuevos, había mucho trabajo de construcción que organizar, demasiado que hacer. Ella se había deslizado entre las grietas de tanta actividad. Y ahora iba a deslizarse por la puerta. Si los capturaban, a ella la matarían o la enviarían a Auschwitz, y a él también podrían matarlo. Tenía mucho que perder. Pero tal vez perdería más si se quedaba allí. De todos modos podrían enviarla a Auschwitz. Sabía que debía intentarlo, aunque finalmente la mataran. No podía quedarse allí, y no volvería a tener una oportunidad semejante. Era la ocasión perfecta.

Aquella noche oyó el ruido de los camiones y los coches. Otros prisioneros también los oyeron. Los guardias que deambulaban alrededor de los barracones eran escasos. Allí apenas había nadie. Theresienstadt era un lugar apacible. Ellos eran «buenos» judíos. Hacían lo que les pedían que hicieran. Trabajaban. Construían lo que les encargaban. Realizaban sus cometidos. Tocaban música. Hacían lo que los guardias les indicaban. Era una noche apacible y, a medianoche, Amadea se levantó de su litera, todavía vestida. Casi todos dormían vestidos, pues, de lo contrario, las prendas desaparecían. O se perdían. Le dijo al guardia que iba al baño y que quería comprobar cómo seguía una amiga que estaba en el desván, el lugar de los enfermos. Él le sonrió y siguió su camino. Amadea nunca le había causado el menor problema, y él confiaba en que ahora tampoco lo haría. Sabía que era una monja, y que siempre estaba atendiendo a alguien, ya fuesen ancianos o niños o enfermos, de los que había a miles. Todos estaban enfermos hasta cierto punto.

—Buenas noches —le dijo cortésmente el guardia, y se dirigió hacia el siguiente barracón.

Los demás guardias se habían ido, y la noche iba a ser tranquila. No había la menor señal de agitación. Solo pacíficos judíos. La mejora del tiempo ponía a todo el mundo de buen humor, tanto internos como guardias. El invierno había sido duro, pero el verano era suave y cálido. Cuando Amadea se marchó, alguien tocaba la armónica. Se detuvo un momento en el baño y entonces salió del barracón. Allí no había nadie, y la distancia desde donde se encontraba hasta la puerta trasera era corta. Resultaba increíble que no hubiera absolutamente nadie. Aquella noche la plaza principal era como la de una ciudad fantasma. Y él estaba allí, esperándola. Tenía la llave en la mano y se la mostró con una sonrisa. Con un solo y breve gesto, introdujo la enorme llave en la cerradura, la misma llave que habían usado durante casi doscientos años. La puerta se abrió con un chirrido, lo suficiente para que pudieran pasar; él la cerró de nuevo, extendió el brazo para correr el cerrojo y tiró la llave. Si alguien la encontraba, creería que un centinela la había dejado caer inadvertidamente y se sentiría aliviado porque nadie la había encontrado y abierto la puerta. Echaron a correr. Lo hicieron como el viento. Amadea no sabía que era capaz de correr tan rápido. A cada momento, a cada segundo, esperaba oír disparos, sentir un dolor como el de una cuchillada en la espalda o el corazón o un brazo o una pierna. No sintió nada. No oía nada excepto la respiración de Wilhelm y la suya, hasta que llegaron a los árboles. Cerca de Theresienstadt había un bosque, y se internaron en él como dos niños perdidos, jadeando. ¡Lo habían conseguido! ¡Estaban a salvo! ¡Ella era libre!

—¡Oh, Dios mío! —susurró bajo la luz de la luna—. ¡Oh, Dios mío! ¡Lo hemos conseguido, Wilhelm!

Era imposible creerlo. Ella sonreía, y él sonrió a su vez. Amadea jamás había visto tanto amor en los ojos de un hombre.

—Te quiero, vida mía —le susurró él, y la estrechó en sus brazos.

Ella se preguntó de repente si aquello no era más que una estratagema para violarla. Pero no era posible. Él había corrido tanto riesgo como ella, aunque siempre podría decir que ella había escapado y la había perseguido, y entonces la llevaría de regreso al campo de concentración, tras haberla violado. Ahora no confiaba en nadie, y miró a Wilhelm con suspicacia. Él la besó en la boca, y ella lo empujó, apartándolo de sí.

—No, Wilhelm... por favor...

Aún tenía la respiración entrecortada, igual que él.

—No seas estúpida —le dijo, en tono irritado—. No arriesgo la vida por ti para que te hagas la monja. Voy a casarme contigo cuando volvamos a Alemania, o antes. —Aquel no era momento para discutir los planes de Wilhelm o los votos de Amadea—. Te quiero.

—Y yo te quiero por ayudarme, pero no de la manera que imaginas —le dijo ella sinceramente, mientras él le acariciaba los pechos y la asía. Quería hacerle el amor allí mismo—. No, Wilhelm.

Amadea se levantó para apartarse de él; Wilhelm también se puso en pie y la asió con sus fuertes manos. Trataba de obligarla a tenderse, mientras ella lo rechazaba con tanta fuerza como podía; luego, él tropezó con la raíz de un árbol, perdió el equilibrio y cayó hacia atrás con un fuerte ruido y una expresión de asombro en el rostro. Su cabeza golpeó violentamente contra el suelo y se abrió.

Había sangre por todas partes cuando Amadea se arrodilló a su lado, horrorizada. No tenía intención de hacerle daño, solo de empujarlo para que se mantuviera apartado de ella. Había temido que la violara, estimulado por su estusiasmo y su adoración, y ahora sus ojos estaban abiertos y tenían la mirada inmovilizada de un muerto. Ella comprobó su pulso: era inexistente. Wilhelm estaba muerto. Amadea inclinó la cabeza, abrumada de dolor por lo que había hecho. Había matado a un hombre. El hombre que la había ayudado a escapar. Su muerte le pesaba en el alma. Lo miró. Le cerró los ojos y se persignó. Entonces, cautelosamente, empuñó su arma. Él llevaba una pequeña cantimplora, y también la cogió. Encontró dinero, aunque muy poco, unos caramelos y balas, con las que no sabía qué hacer. Supuso que el arma estaba cargada, pero no sabía cómo usarla; luego se levantó.

—Gracias —le dijo en voz baja, y se internó más en el bosque, sin saber adónde iba ni qué podría encontrar.

Lo único que podía hacer era seguir caminando, quedarse en el bosque y rezar por que los partisanos la encontraran. Pero sabía que aquella noche estarían atareados. Lidice ardía ya cuando Amadea echó a andar y dejó al soldado muerto bajo los árboles. Nunca sabría qué planes tenía él, si le habría hecho daño, si la quería, si era buena o mala persona. Todo lo que sabía era que había matado a un hombre y que, de momento por lo menos, ella era libre.

18

Amadea estuvo sola dos días en el bosque. De día caminaba, y por la noche dormía unas pocas horas. La atmósfera era limpia y fresca, aunque en un momento determinado le pareció oler a quemado en el aire. Lidice. Pero el bosque estaba a oscuras. Incluso durante el día las sombras eran profundas. Ella no tenía la menor idea de la dirección que seguía, ni de si encontraría a alguien antes de que se muriese de hambre, sed y fatiga. El agua de la cantimplora de Wilhelm se había agotado. El segundo día encontró un arroyo. No sabía si el agua era potable, pero la bebió de todos modos. No podía ser peor que el agua que bebían en Theresienstadt, estancada en barriles y llena de gérmenes patógenos. Por lo menos aquel agua sabía a limpia. Hacía fresco en el bosque. No se oía más sonido que el de los trinos de los pájaros en las copas de los árboles y los que ella misma producía. En cierta ocasión vio un conejo, y otra vez una ardilla. Le parecía encontrarse en un bosque encantado, pero la magia consistía en que era libre. Había matado a un hombre para llegar allí. Sabía que jamás se perdonaría por ello. Había sido un accidente, pero de todos modos tendría que rendir cuentas de lo que había hecho. Deseaba poder decírselo a la madre superiora. Deseaba encontrarse en el convento con sus hermanas. Había enterrado sus papeles bajo un montículo de tierra. Ahora no tenía identificación. Ningún documento. Era un alma errante, una persona perdida que vagaba por el bosque. Y no tenía un número tatuado en el brazo. Si la descubrían podría decir cualquier cosa, pero no engañaría a sus captores. Su aspecto era el de los demás internos de los campos. Delgada, desnutrida, sucia. Los zapatos que llevaba apenas tenían suelas. Al anochecer del segundo día se tendió y pensó en comer hojas. Se preguntó si serían venenosas. Encontró unas bayas, pero, tras comerlas, tuvo unos terribles calambres y empeoró la disentería. Se sentía débil, agotada y enferma. A la luz desvaída del bosque, se tendió a dormir sobre la blanda tierra. Si los nazis la encontraban, tal vez le dispararían allí mismo. Era un buen lugar para morir. No había visto a nadie en dos días. No sabía si la buscaban, o tal vez ni siquiera les importaba su desaparición. No era más que otra judía. Y dondequiera que se hallaran los partisanos, seguramente no era allí.

Estaba sola en el bosque, pero no se olvidó de decir sus plegarias antes de dormirse. Rogó por el alma de Wilhelm, y pensó en su madre y su hermana y en lo tristes que deberían de estar. Su madre y Daphne seguían en su mente, y se preguntó dónde estarían en caso de que continuaran con vida. Quizá también hubieran huido. Sonrió al pensar en ello, y entonces se durmió.

La encontraron a la mañana siguiente, cuando la luz se filtraba vagamente a través de los árboles. Llegaron en silencio e intercambiaron señales. Uno de ellos la sujetó y el otro le tapó la boca para que no gritara. Ella se despertó con un enorme sobresalto y una expresión aterrada. Eran seis hombres armados, y la rodeaban. El arma de Wilhelm estaba en el suelo a su lado. No podía empuñarla, y de todos modos no habría sabido usarla. Uno de los hombres le hizo una señal para que no gritara, y ella le correspondió con un ligero gesto de asentimiento. No sabía quiénes eran. La observaron durante un momento y entonces la soltaron, mientras cinco de ellos le apuntaban con sus armas y otro le registraba los bolsillos. No había nada. No encontraron nada, excepto el último caramelo que le quedaba. Vieron por el envoltorio que era un caramelo alemán, y la miraron con suspicacia. Los hombres susurraron algo en checo. Ella conocía algo de la lengua, por los prisioneros checoslovacos del campo. No estaba segura de si eran amigos o enemigos, de si eran los partisanos que había esperado encontrar. Y aun en el caso de que lo fuesen, no sabía si la violarían o qué podía esperar de ellos. La pusieron bruscamente en pie y le hicieron una señal para que los siguiera. La tenían rodeada, y uno de los hombres cogió el fusil. Estos avanzaban con rapidez, y ella daba frecuentes traspiés. Estaba cansada y debilitada, y cuando caía, esperaban a que se levantara ella sola, por si era una treta.

Los hombres apenas hablaron entre sí. Caminaron durante varias horas, hasta que Amadea vio un campamento en el bosque. Había allí unos veinte hombres. La entregaron a dos de ellos, que a empujones la llevaron hasta unos árboles bajo los que algunos hombres sentados conversaban. Cuando Amadea llegó a su lado, los dos sujetos que la habían llevado se marcharon. Los otros la miraron en silencio, hasta que finalmente uno de ellos habló. Primero se dirigió a ella en checo, y la joven sacudió la cabeza. Entonces le habló en alemán.

—¿De dónde vienes? —le preguntó en un alemán correcto aunque con fuerte acento, mientras la miraba de arriba abajo. Estaba sucia y delgada, tenía cortes y rasguños por todas partes, y sus zapatos estaban hechos jirones. Las plantas de los pies le sangraban. Ella lo miró directamente a los ojos.

—De Theresienstadt —respondió en voz baja. Si eran partisanos, tenía que decirles la verdad. De otra forma, no podrían ayudarla, aunque quizá no lo harían de todos modos.

—¿Estabas prisionera allí? —Ella asintió—. ¿Te has escapado?

—Sí.

—No tienes el número tatuado —observó el hombre con suspicacia.

Con el cabello rubio y su belleza, Amadea parecía más una agente alemana. Incluso sucia y cansada era hermosa, y estaba evidentemente asustada. Pero el hombre se dio cuenta de que también era valiente, y la admiró por ello.

—No llegaron a tatuarme, se olvidaron de hacerlo —replicó con una leve sonrisa. El hombre no le sonrió. Aquello era un asunto serio, no solo para ella, sino para todos.

—¿Eres judía?

—A medias. Mi madre era judía alemana. Mi padre era francés y católico. Ella se convirtió.

—¿Dónde está ella? ¿También en Theresienstadt?

Amadea titubeó, pero solo un momento.

—Hace un año la enviaron a Ravensbrück.

—¿Durante cuánto tiempo has estado en Terezin? —Utilizó el nombre checo del campo, que nadie usaba.

—Desde enero. —El hombre asintió.

—¿Hablas francés? —Esta vez fue ella quien asintió—. ¿Qué nivel tienes?

—Lo hablo con fluidez.

—¿Tienes acento? ¿Puedes pasar por francesa igual que por alemana?

Se sintió débil al comprender que iban a ayudarla, o que tratarían de hacerlo. Las preguntas que el hombre le hacía eran rápidas y concretas. Parecía un campesino, pero era algo más que eso. Era el líder de los partisanos en aquella zona. Sería él quien decidiría si la ayudarían.

—Puedo pasar tanto por una cosa como por la otra —respondió. Pero el hombre se daba cuenta, al igual que ella, de que parecía alemana. En ese caso, era una ventaja. Parecía aria. En ese momento lo miró y se atrevió a preguntarle—: ¿Qué haréis conmigo? ¿Adónde iré?

—No lo sé. —El hombre sacudió la cabeza—. Si eres judía no puedes volver a Alemania, por lo menos no para quedarte. Podemos hacer que entres con documentación falsa, pero acabarían por encontrarte. Y no puedes quedarte aquí. Todas las mujeres alemanas han regresado. Las esposas de los oficiales vienen de visita a veces. Ya veremos. —Dijo algo a uno de sus hombres, y al cabo de unos minutos le trajeron comida. Estaba tan hambrienta que sintió náuseas y apenas pudo comer. No había visto auténtica comida desde hacía seis meses—. Tenemos que quedarnos aquí durante un tiempo. Hay jaleo en los alrededores.

—¿Qué ha ocurrido en Lidice? —preguntó ella en voz baja.

Los ojos del hombre brillaron de odio al responderle.

—Todos los hombres y los muchachos están muertos. A las mujeres las han deportado. La ciudad ha desaparecido.

—Lo siento —dijo ella en voz baja, y miró hacia otro lado. El hombre no le dijo que su hermano y su familia habían vivido allí. Las represalias habían sido terribles.

—No podremos trasladarte en semanas, tal vez meses. Y hace falta tiempo para conseguir los papeles.

—Gracias.

A Amadea no le importaba cuánto tiempo la tuvieran allí. Era mejor que donde había estado. En otras circunstancias, la habrían trasladado a un piso franco en Praga, pero ahora era imposible.

Estuvo allí, viviendo en el bosque, en aquel campamento, hasta comienzos de agosto. Por entonces las cosas se habían calmado un poco. Pasaba la mayor parte del tiempo rezando o paseando por una pequeña zona alrededor del campamento. Los hombres iban y venían, y solo en una ocasión apareció una mujer. Nunca hablaban con ella. Y siempre que estaba sola, rezaba. El bosque era tan apacible que a veces resultaba difícil creer que se libraba una guerra más allá del campamento. Una noche, a altas horas, cuando llevaba allí varias semanas y se habían enterado de que ella procedía de Colonia, le dijeron que aviones británicos habían bombardeado la ciudad de un extremo al otro. En Theresienstadt no se enteraron. El relato de los partisanos era asombroso. Había sido un duro golpe para los nazis. Ella confiaba en que nada les hubiera ocurrido a los Daubigny; vivían a bastante distancia de la ciudad y podía tener esperanzas de que se hubieran librado de la destrucción.

Casi dos meses después de que Amadea se hubiera unido al grupo, el líder local de los partisanos se sentó con ella y le explicó lo que iba a suceder. Las autoridades locales no habían difundido la noticia de su huida. Probablemente pensaron que una judía más o menos, viva o muerta, no merecía su atención. No había forma de saber si habían relacionado su desaparición con la muerte de Wilhelm aquella misma noche. Era de esperar que no lo hubieran hecho. Se preguntó si habrían encontrado el cadáver. Los partisanos no habían querido aproximarse tanto al campo de concentración para llevárselo de allí y enterrarlo en otro lugar.

Los luchadores por la libertad le consiguieron unos documentos en Praga que parecían auténticos. En ellos constaba que se llamaba Frieda Oberhoff, y que era un ama de casa de veinticinco años, natural de Munich. Su marido estaba destinado en Praga, y ella había ido a visitarlo. Era el *Kommandant* de un pequeño distrito. Iría con ella de permiso a Munich, desde donde saldrían hacia París para disfrutar de unas breves vacaciones, antes de que ella volviera a Munich y él a Praga. Sus documentos de viaje parecían impecables. Una mujer joven le dio ropa y una maleta. La ayudó a vestirse y le hizo una fotografía para el pasaporte. Todo estaba en orden.

Amadea viajaría con un joven alemán que había trabajado con ellos. Había entrado y salido de Alemania, Checoslovaquia y Polonia. Aquella sería la segunda vez que viajaba a Francia con una misión parecida. Ella se reuniría con él al día siguiente en un piso franco de Praga.

Cuando abandonó el campamento, no sabía cómo mostrar su agradecimiento al líder del grupo. Todo lo que pudo hacer fue mirarlo y decirle que rezaría por él. Le habían salvado la vida, y le estaban proporcionando una nueva. El plan consistía en que se uniera a una célula de la Resistencia en las afueras de París, pero primero tenía que cruzar Alemania, como la esposa del *Kommandant*. Con el vestido de verano azul y el sombrero blanco que llevaba el día de su marcha, ciertamente daba el pego. Incluso llevaba zapatos de tacón alto y guantes blancos. Se volvió para mirar a los partisanos por última vez, y subió al coche con los hombres que la llevarían a la ciudad. Eran dos checoslovacos que trabajaban para los alemanes, quienes los consideraban irreprochables. Nadie los detuvo ni examinó sus documentos cuando entraron en la ciudad, y media hora después de salir del campamento de los partisanos se encontraba en el piso franco, un sótano de Praga. A medianoche llegó el hombre que viajaría con ella. Llevaba un uniforme de las SS y era alto, guapo y rubio. En realidad era un checo que se había criado en Alemania. Su alemán era impecable y, cuando se lo presentaron a Amadea a altas horas de la noche, tenía todo el aspecto de un oficial de las SS.

Saldrían en un tren a las nueve de la mañana. Sabían que el tren iría lleno de pasajeros y que los soldados en la estación estarían distraídos. Comprobarían algunas documentaciones al azar, pero nunca se les ocurriría sospechar de un apuesto oficial de las SS que viajaba con su bella y joven esposa. Uno de los hombres los dejó en la estación. Se dirigieron hacia el andén charlando amigablemente; él le recomendó a Amadea que sonriera y pareciera relajada. Llevar de nuevo ropas elegantes le producía una sensación extraña. No lo había hecho desde que era una jovencita de dieciocho años. Y se sentía muy rara viajando con un hombre. Le aterraba la posibilidad de que alguien viera que sus papeles eran falsos, pero ni el agente ni el soldado que observaba a los pasajeros del tren los interrogaron. Sin apenas mirar los papeles por encima, le hicieron un gesto para que pasaran. Con su aspecto, Amadea y su compañero de viaje respondían al sueño hitleriano de la raza superior, unos seres altos, rubios y hermosos, con los ojos azules. Se instalaron en un compartimiento de primera clase y Amadea miró a su compañero con ojos de asombro.

—Lo hemos conseguido —le susurró; él asintió y se llevó un dedo a los labios.

Nunca se sabía quién podía estar escuchando. Era importante representar su papel constantemente. Se sentían cómodos hablando en alemán. Charlaron de los planes de vacaciones que él tenía y de lo que ella deseaba ver en París. Él le habló del hotel donde se alojarían, y de su madre, que estaba en Munich. Cuando el tren salió de la estación, Amadea observó ensimismada las edificaciones de Praga que lentamente iban quedando atrás. En lo único que podía pensar era en el día que llegó allí hacinada en un vagón de ganado. Los sufrimientos y las penalidades que soportaron, los cubos de excremento, la gente que lloraba y que finalmente moría a su alrededor. Viajaron de pie durante días, y ahora estaba sentada en un compartimiento de primera clase, con sombrero y guantes blancos, viajando en compañía de un luchador por la libertad con uniforme de las SS. Solo podía llegar a la conclusión de que, por la razón que fuese, el Dios al que amaba profundamente había querido que sobreviviera.

Durante el viaje a Munich no hubo incidentes y solo duró cinco horas. Ella durmió durante gran parte del trayecto, y se despertó con un sobresalto cuando vio pasar a un soldado alemán. Wolff, el hombre con el que viajaba, o al menos ese era el nombre que utilizaba, soltó una risa, sonrió al soldado, y entre dientes le dijo a Amadea que sonriera también. Luego ella volvió a amodorrarse y finalmente se durmió con la cabeza apoyada en el hombro de su compañero. Este la despertó cuando el tren se detuvo en la Hauptbahnhof de Munich.

Disponían de un par de horas entre uno y otro tren; él le propuso que cenaran en un restaurante de la estación y le dijo que era una lástima que no hubiera tiempo suficiente para ir a la ciudad. Pero estaban de acuerdo en que ansiaban llegar a Francia. En aquellos días París era uno de los más importantes destinos de vacaciones para los alemanes. Después de que las tropas alemanas ocuparan la ciudad todos querían visitarla. En el restaurante, Wolff le habló de lo mucho que se divertirían. Pero incluso mientras hablaban, ella observó que su compañero se mantenía vigilante. Parecía tener un ojo en la gente y en su entorno, mientras charlaba tranquilamente con ella.

Amadea no se relajó hasta que subieron al tren de París. De nuevo viajaban en un compartimiento de primera. Ella apenas había podido probar bocado durante la cena; le preocupaba que sucediera algo y los detuvieran.

—Acabarás por acostumbrarte —le dijo en voz baja mientras subían al tren.

Pero, con suerte, no sería necesario. Amadea no sabía dónde iban a ocultarla en las afueras de París, pero pensar que circularía entre oficiales alemanes mientras fingía ser la esposa de un oficial de las SS de vacaciones, casi hacía que se desmayara de terror. Su pánico se parecía al de la noche que huyó de Theresienstadt. Aquello requirió valor, pero lo que estaba haciendo ahora exigía sangre fría. Permaneció rígidamente sentada en su asiento hasta que el tren partió. Esta vez viajarían de noche.

El mozo les abrió las camas y, cuando se hubo ido, Wolff le dijo a Amadea que se pusiera la camisa de dormir. Ella lo miró, alarmada.

—Soy tu marido —le dijo él, riendo—. Por lo menos podrías quitarte los guantes y el sombrero. —Este comentario hizo que incluso ella riera.

Le dio la espalda, se puso la camisa de dormir y por debajo de la prenda se quitó el vestido. Cuando se volvió, él ya llevaba el pijama. Era un hombre asombrosamente atractivo.

—Nunca había hecho algo así —le confesó ella. Parecía azorada ante el sonriente Wolff, y confiaba en que él no llevase la charada demasiado lejos. Aunque no parecía ese tipo de hombre.

—Deduzco que no estás casada, ¿verdad? —le preguntó en voz baja. El ruido del tren cubría su conversación, y él ya no estaba preocupado. Ahora nadie podía oírlos.

Amadea sonrió.

—No, no lo estoy. Soy monja carmelita.

Él pareció perplejo un momento y entonces puso los ojos en blanco.

—Bueno, nunca he pasado la noche con una monja. Supongo que siempre hay una primera vez para todo. —La ayudó a subir a su litera y se sentó en el estrecho banco situado enfrente, mirándola. Era una mujer muy guapa, aunque fuese monja—. ¿Cómo llegaste a Praga?

Ella vaciló un momento antes de responder. Ya no había explicaciones sencillas para nada. Todas eran difíciles.

—Theresienstadt —se limitó a decir. Esa sola palabra lo explicaba todo—. ¿Estás casado? —le preguntó, pues ahora sentía curiosidad por él. Wolff asintió, y entonces ella vio una expresión de dolor en sus ojos.

—Lo estuve. A mi mujer y a mis dos hijos los mataron en Holanda durante las represalias. Ella era judía. Ni siquiera se molestaron en deportarlos, los mataron en el acto. Después de eso volví a Praga. —Había estado dos años en Checoslovaquia, haciendo cuanto podía por poner palos en las ruedas alemanas—. ¿Qué vas a hacer cuando llegues a París? —le preguntó él, mientras el tren cruzaba Alemania. Llegarían a París por la mañana.

—No tengo ni idea.

Amadea nunca había estado en Francia. Si tenía oportunidad, quería visitar Dordoña, la tierra de su padre, y tal vez ver el castillo familiar. Pero sabía que no tendría libertad para desplazarse. Los partisanos de Praga le habían asegurado que el movimiento clandestino de Francia la escondería allí donde creyeran que estaría más segura, probablemente fuera de París. Ambos sabían que debía esperar y ver qué decidían cuando llegara.

—Espero que volvamos a viajar juntos alguna vez —le dijo él mientras se ponía en pie y bostezaba. Ella pensó que tenía una increíble sangre fría, dados los posibles peligros de su situación. Pero llevaba dos años realizando misiones similares.

—No creo que abandone Francia —dijo Amadea.

No se imaginaba corriendo el riesgo de volver a Alemania hasta después de la guerra. En Francia las cosas ya serían bastante difíciles, dada su situación. Vivir en Alemania era imposible. Prefería a morir antes de que volvieran a deportarla, y, con toda probabilidad, la próxima vez sería a un lugar mucho peor. Theresienstadt ya había sido bastante horrible. No podía apartar de su mente a los internos del campo y lo que les ocurriría. Haber escapado de allí y hallarse en aquel tren era un verdadero milagro.

—¿Volverás al convento después de la guerra? —le preguntó Wolff con interés. Ella sonrió, con el rostro radiante.

—Claro.

—¿No has tenido nunca dudas acerca de tu decisión?

—Ni una sola vez. Supe que era lo correcto en cuanto ingresé.

—¿Y ahora? ¿Después de lo que has visto? ¿Realmente puedes creer que lo correcto es apartarte del mundo? Podrías hacer mucho más por la gente en el exterior.

—Oh, no —dijo ella con una expresión de perplejidad—, rezamos por tanta gente... hay mucho que hacer.

Él le sonrió mientras la escuchaba. No iba a discutir con ella, pero no podía dejar de preguntarse si realmente volvería al convento algún día. Era una joven muy guapa, y tenía mucho que descubrir y aprender. Saber que viajaba con una monja le producía una extraña sensación. Era muy humana y deseable, aunque no parecía ser consciente de ello, algo que formaba parte de su atractivo. Era una mujer muy guapa y distinguida.

Aquella noche Wolff se quedó despierto en la litera, con el oído atento por si surgía algún problema. El tren podía detenerse para una inspección en cualquier momento, y él quería estar despierto si sucedía tal cosa. Se levantó una o dos veces, y vio que Amadea estaba profundamente dormida.

A la mañana siguiente la despertó con tiempo para que se vistiera antes de llegar a la estación. Él se vistió a su vez y permaneció fuera del compartimiento mientras ella se lavaba la cara, se cepillaba los dientes y se cambiaba. Al cabo de unos minutos, la acompañó al baño y la esperó. Parecía muy serena cuando regresaron al compartimiento y ella se puso de nuevo el sombrero y los guantes. Llevaba en el bolso el pasaporte y los documentos de viaje.

Wolff la observó, fascinado, cuando el tren se detuvo en la Gare de l'Est. Amadea se percató con asombro de la actividad en el andén. Antes de salir del compartimiento, él le susurró:

—Que no se te vea asustada. Tienes que dar la sensación de que eres una turista feliz, emocionada de encontrarte aquí con tu marido para pasar unas románticas vacaciones.

—No estoy segura del aspecto que se tiene cuando alguien se siente así —susurró ella a su vez, sonriente.

—Finge que no eres una monja.

—No puedo hacer eso.

Amadea no dejaba de sonreír, y mientras bajaban del tren parecían un joven matrimonio. Cada uno llevaba su maleta, y ella le cogía del brazo con la mano enguantada. Nadie los detuvo, nadie los interrogó. Eran dos perfectos arios que se disponían a disfrutar de unas vacaciones en París. Cuando salieron de la estación, Wolff paró un taxi.

Fueron a un café de la orilla izquierda, donde les habían dicho que encontrarían a unos amigos y, a continuación, irían a su hotel. El conductor estaba malhumorado y no parecía entender el alemán. Amadea le habló en francés, y al hombre le sorprendió su dominio de la lengua. Supuso que era alemana cuando los oyó hablar en el asiento trasero, pero, cuando le hablaba a él, parecía francesa. Su aspecto era de alemana.

Wolff le dio una buena propina, y el conductor se lo agradeció cortésmente y se marchó. Sabía que no era buena idea mostrarse maleducado con los alemanes, particularmente con los oficiales de las SS. A uno de sus amigos lo habían fusilado seis meses atrás, tan solo por mascullar «*sale boche*» a un oficial.

Se sentaron en el local, tomaron café, o lo que pasaba por tal aquellos días, y el camarero les trajo un plato de cruasanes. Diez minutos después se reunió con ellos el amigo de Wolff, que se mostró emocionado de verlo y le dio unas palmadas en el hombro. Eran amigos desde sus tiempos de estudiantes, o eso dijeron. En realidad nunca se habían visto, pero actuaban tan bien que Amadea los observaba con una tímida sonrisa. Wolff se la presentó como su esposa. Se sentaron juntos unos minutos, y luego el amigo de Wolff se ofreció a llevarlos a su hotel. Cargaron las maletas en el coche y subieron. Ninguno de los clientes del café pareció interesarse por ellos. Cuando llegaron a las afueras de París, Wolff se cambió de ropa dentro del vehículo y se puso la que le había traído su contacto. El uniforme de las SS y todos sus accesorios desaparecieron en una maleta con un fondo falso. Se cambió dentro del coche en marcha, mientras conversaba con el conductor. No prestaron atención a Amadea, y parecían hablar en código. Wolff dijo que regresaría aquella noche.

Se detuvieron ante una casita en las afueras de París, en el distrito de Val-de-Marne. No se distinguía de cualquier otra casa corriente, la clase de vivienda donde uno visitaría a su abuela o a una tía abuela viuda. Había una plácida pareja de ancianos sentados en la cocina, que leían el periódico mientras desayunaban.

El conductor, que se llamaba Pierre, les dirigió una rápida mirada.

—*Bonjour, grand-maman, grand-papa...*

Pasó por su lado para acercarse a un armario, abrió una falsa puerta que estaba en el fondo del mueble y, por una escalera a oscuras, bajó a un sótano, seguido por Wolff y Amadea. Los acompañó a la bodega y se quedó allí un momento, sin encender la luz; luego empujó una puerta oculta, tras la cual había un hervidero de actividad. Una vez cerrada la puerta a sus espaldas, vieron a una docena de hombres sentados alrededor de una mesa improvisada, y a dos mujeres y otro hombre que maneja ba una radio de onda corta. La habitación estaba atestada, y había papeles y cajas por todas partes, una cámara y varias maletas. Parecía como si llevaran mucho tiempo allí.

—*Salut* —dijo el conductor a uno de los hombres. Los demás asintieron y le saludaron a su vez.

—*Salut*, Pierre —resonó alrededor de la estancia, y uno de ellos le preguntó si había traído el paquete. Pierre señaló a Amadea con un gesto de la cabeza. Ella era el paquete que habían estado esperando. Una de las mujeres le sonrió y le tendió la mano.

—Bienvenida a París. ¿Has tenido un buen viaje? —Se dirigió a Amadea en alemán, pero ella la sorprendió respondiéndole en un francés impecable—. No sabíamos que hablabas francés.

Aún no sabían mucho acerca de ella, solo que era una superviviente del campo de concentración y que había sido rescatada por los partisanos cerca de Praga. Les habían dicho que necesitaba refugiarse en Francia, y que podría serles de utilidad. Nadie les había indicado cómo podría ayudarlos, pero ahora estaba claro. Amadea parecía alemana y hablaba un alemán y un francés impecables.

Wolff se sentó con dos de los hombres en un rincón y les informó de lo que estaba sucediendo en Praga y cuáles eran los movimientos y los planes de los japoneses. Hablaban en voz baja, y Amadea no podía oír lo que decían.

El hombre que parecía estar al frente de la célula miraba fijamente a Amadea. Nunca había visto a una mujer más típicamente aria, y parecía encontrarse a sus anchas tanto hablando en francés como en alemán.

—Íbamos a instalarte en una granja, en el sur, si podíamos trasladarte allí sin riesgo. Desde luego pareces alemana, ciertamente aria. ¿Eres judía?

—Mi madre lo era.

Él le examinó el brazo, pues sabía que había estado en un campo de concentración.

—¿Tienes número? —Ella hizo un gesto negativo con la cabeza. Era perfecta. Al jefe no le hacía ninguna gracia prescindir de ella, la necesitaban en París. La miró con los ojos entrecerrados—. ¿Tienes sangre fría? —le preguntó con una sonrisa irónica.

Wolff le oyó y respondió por ella.

—Se portó muy bien en el tren. —Entonces, dirigiendo una mirada afectuosa a su compañera de viaje, añadió—: Es monja, carmelita.

—Eso es interesante —dijo el jefe de la célula, mirándola—. ¿No es necesario tener buen juicio para ser carmelita? Y ser equilibrado, si no recuerdo mal.

Amadea se echó a reír.

—¿Cómo sabes eso? Sí, ambas cosas, y buena salud.

—Mi hermana ingresó en una orden, en la Turena. Fue una locura que la aceptaran. No tiene buen juicio y es incapaz de dominar sus nervios. Estuvo allí dos años, salió y se casó. Estoy seguro de que se alegraron de verla partir. Tiene seis hijos. —Le sonrió, y ella notó un acceso de simpatía hacia él. No los habían presentado, pero había oído que lo llamaban Serge—. Tengo un hermano que es sacerdote.

Ese cura era el jefe de una célula en Marsella, cosa que Serge no le dijo a Amadea. Se adiestró con el padre Jacques en Avon, donde ocultaba a muchachos judíos en la escuela que dirigía. El hermano de Serge hacía más o menos lo mismo en Marsella, como lo hacían otros sacerdotes en toda Francia, a menudo por su cuenta. Serge conocía a algunos de ellos. Sin embargo, no quería utilizar a aquella joven alemana como monja. Podría ser mucho más útil de otra forma. Le sería fácil hacerse pasar por alemana y arreglárselas perfectamente, si tenía agallas. Esto último era lo que debía averiguar.

—Estarás aquí durante algunas semanas. Puedes alojarte abajo hasta que tengamos tus papeles en orden. Luego vivirás con mis abuelos. Eres una prima mía de Chartres. Un lugar lo bastante religioso para que te sientas cómoda.

Ella se dio cuenta de que Pierre y Serge eran hermanos. Aquella oscura estancia parecía una fábrica, tal era la actividad que había. Alguien trabajaba con una pequeña imprenta en un rincón. Estaban imprimiendo boletines que distribuirían para levantar el ánimo de los franceses y decirles lo que realmente sucedía en la guerra.

Una de las mujeres le hizo una fotografía a Amadea, para sus nuevos documentos franceses. Poco después, la otra mujer subió al piso de arriba y regresó con comida para Amadea y Wolff. Después de lo que la joven había visto en Theresienstadt, ahora la comida le parecía abundante en todas partes. Se sorprendió al descubrir que tenía un hambre voraz. Mientras, Serge seguía entrevistándola. Al cabo de unas horas, Wolff se marchó. Regresaba a Praga.

Se detuvo para despedirse de ella antes de marcharse.

—Buena suerte, hermana —le dijo, sonriéndole—. Tal vez volvamos a encontrarnos.

—Gracias —replicó ella, triste de verlo partir. Tenía la sensación de que habían entablado amistad—. Que Dios te bendiga y te mantenga sano y salvo.

—Estoy seguro de que lo hará —dijo Wolff en tono confiado.

Se detuvo unos momentos a hablar con Serge de nuevo, y entonces él y Pierre se marcharon. Durante el camino de regreso a la estación se pondría el uniforme de las SS. Su intrepidez asombraba a Amadea, al igual que a cuantos los conocían. Eran el perfecto ejemplo de la valentía francesa. Aunque el país se había rendido a los alemanes en tres semanas, había células como aquella en toda Francia, para mantener vivos a los judíos y restablecer el honor del país. Pero, sobre todo, estaban salvando vidas y hacían lo que podían por ayudar a los Aliados trabajando estrechamente con los británicos.

Aquella noche Amadea durmió en el sótano, en un estrecho camastro, mientras los hombres hablaban hasta la madrugada. Al día siguiente sus papeles estaban preparados. Eran incluso mejores que los alemanes, que Serge le dijo que le guardaría. No quería que los llevara encima, si salía con los demás para reunirse con él. Habían hablado de ella durante toda la noche, y habían tomado una decisión. La mandarían a Melun, una localidad que se encontraba a ochenta kilómetros al sudeste de París; allí estaría más segura y les sería de mucha utilidad. Los británicos les lanzaban suministros y hombres con paracaídas. Era un trabajo delicado.

Esta vez, según sus papeles era una mujer soltera que vivía en un pueblo cerca de Melun. Se llamaba Amélie Dumas. Utilizaron la fecha de su nacimiento, y era natural de Lyon. Si le preguntaban, diría que había estudiado literatura en la Sorbona, antes de la guerra. Serge le preguntó si deseaba un nombre en clave, y ella dijo sin vacilar «Teresa». Sabía que le daría valor. No tenía ni idea de lo que esperaban de ella, pero, fuera lo que fuese, lo haría. Una vez más, le debía la vida a aquella gente.

Aquella noche Amadea y las otras dos mujeres se dirigieron en coche a Melun. Solo eran tres mujeres que habían ido a París a pasar unos días y regresaban a las granjas donde vivían. Las detuvieron una vez, examinaron sus papeles, los soldados alemanes se rieron y les hicieron guiños durante un rato, trataron de tentarlas con barritas de chocolate y cigarrillos, y dejaron que prosiguieran su camino. Por una vez habían sido inofensivos; les encantaba coquetear con las francesas. Hablaron a las tres mujeres en un francés chapurreado.

Llegaron a la granja cuando ya había oscurecido, y entraron. El granjero y su mujer parecieron sorprenderse al ver a Amadea. Las otras dos mujeres se la presentaron, y la mujer del granjero la llevó a una pequeña habitación detrás de la cocina. Ayudaría a la pareja en la granja y en las tareas domésticas. La mujer del granjero padecía artritis y ya no podía ayudar a su marido. Amadea haría cuanto pudiera, y por la noche trabajaría para la célula local. Uno de los hombres iría a verla al día siguiente. El granjero y su mujer pertenecían a la Resistencia desde la ocupación de Francia. Parecían unos ancianos inofensivos, pero no lo eran. Tenían un valor extraordinario, y conocían a todos los agentes que operaban en la zona. La ropa que le dejó la esposa del granjero le daba a Amadea el aspecto de una campesina. Parecía una mujer fuerte, y, aunque todavía estaba muy delgada, gozaba de buena salud y era joven y, con el vestido raído y el delantal, pasaba perfectamente por una chica del campo.

Pasó la noche en otra cama desconocida, pero agradecía tener donde dormir. Las dos mujeres de la célula de París regresaron por la mañana, tras desearle mucha suerte. Tal como ahora le sucedía con todo el mundo, se preguntó si volvería a verlas. Todo en la vida parecía transitorio e impredecible. La gente desaparecía en un instante. Cada vez que se despedía de alguien, podía ser para siempre, y a menudo lo era. Estaban haciendo un trabajo peligroso, y Amadea deseaba ayudarlos. Tenía la sensación de que les debía mucho, y quería pagar su deuda.

Aquella mañana los ayudó en la granja y ordeñó las pocas vacas que todavía les quedaban. Acarreó leña, trabajó en el huerto, ayudó a preparar la comida e hizo la colada. Trabajó tan incansable y seriamente como lo hacía en el convento, y la anciana se mostró agradecida. No había tenido tanta ayuda en muchos años. Aquella noche, después de la cena, su sobrino fue a visitarla. Se llamaba Jean-Yves. Era un hombre alto y desgarbado, con el cabello y los ojos oscuros, y tenía cierto aire de tristeza. Era dos años mayor que Amadea y parecía como si soportara el mundo sobre los hombros. Su tío le sirvió un vaso del vino que hacía él mismo y ofreció un vaso a Amadea, que lo rechazó. Prefirió beber un vaso de leche de la vaca que había ordeñado por la mañana. Era una leche deliciosamente fresca, y mientras la saboreaba se sentó a la mesa de la cocina, donde los dos hombres hablaban. Luego Jean-Yves le preguntó si le gustaría ir a dar un paseo, y ella supo enseguida lo que esperaba que hiciera. Era el miembro de la célula con quien ella trabajaría. Salieron de la casa y los envolvió el cálido aire. Caminaron como dos jóvenes que se estuvieran empezando a conocer; él la miró con cierta suspicacia.

—Tengo entendido que el viaje ha sido largo.

Ella asintió. Todavía le resultaba difícil creer que se encontraba allí. Había abandonado Praga solo unos días atrás, después de dejar su refugio en el bosque. Todavía estaba algo aturdida tras la tensión de cruzar las fronteras con un partisano vestido de las SS y llevando documentación falsa. Ahora era Amélie Dumas. Jean-Yves era bretón, y había sido pescador antes de ir a Melun, pero también estaba emparentado con los anfitriones de Amadea. De momento todo era confuso para ella. Había mucha información que asimilar: falsas identidades, trabajos auténticos, agentes secretos de la Resistencia, y todos ellos tratando de liberar Francia.

—Tengo suerte de estar aquí —se limitó a decir, agradecida por todo cuanto estaban haciendo por ella. Confiaba en poder ayudarlos. Era mejor que estar oculta en un túnel, en cualquier parte, rezando por que los nazis no la descubrieran. Esto daba más sentido a su vida.

—Te necesitamos aquí. Mañana habrá un lanzamiento.

—¿Desde Inglaterra? —preguntó ella en voz baja, aunque nadie podía oírlos. Él respondió haciendo un gesto de asentimiento—. ¿Dónde aterrizan?

—En los campos. Primero nos avisan por radio, y salimos a su encuentro. Llevamos antorchas. Solo pueden estar en el suelo unos cuatro minutos cuando aterrizan. A veces solo lanzan el material. Depende de lo que traigan.

Era un trabajo peligroso, pero estaban deseosos de hacerlo. Él era uno de los líderes de su célula. Había otro hombre por encima de él, pero Jean-Yves era uno de sus mejores elementos, y el más intrépido. En su juventud había sido temerario. Amadea no dejaba de preguntarse por qué parecía tan triste.

—¿Sabes manejar una radio de onda corta? —le preguntó. Ella negó con la cabeza—. Te enseñaré. Es muy sencillo. ¿Sabes usar un arma? —Amadea hizo otro gesto negativo, y él rió—. ¿Dónde has estado hasta ahora? ¿Eras modelo, actriz o solo una niña mimada?

Era tan bonita que él supuso que debía de ser algo por el estilo. Esta vez fue ella la que se echó a reír.

—Soy monja carmelita. Pero si tu intención era hacerme un cumplido, te lo agradezco mucho.

No estaba segura de que llamarla actriz fuese un cumplido; su madre, desde luego, no lo habría considerado así. Él pareció sorprendido por su respuesta.

—¿Abandonaste el convento antes de la guerra?

—No. Solo después de que deportaran a mi madre y a mi hermana. Por la seguridad de las demás monjas. Era lo correcto.

Ella no lo sabía, pero la hermana Teresa Benedicta a Cruce, Edith Stein, y su hermana Rosa habían sido deportadas a Auschwitz desde el convento de Holanda hacía solo unos días. Mientras Amadea paseaba por las huertas de Melun con Jean-Yves, Edith Stein había sido gaseada y estaba muerta.

—¿Y volverás al convento después de la guerra?

—Sí —respondió Amadea sin vacilar. Aquel deseo era lo que le permitía seguir adelante.

—Qué manera de desperdiciar la vida —dijo él, mirándola.

—En absoluto. Es una vida maravillosa.

—¿Cómo puedes decir tal cosa? —preguntó él, con ánimo de discutir—. Unas mujeres que se encierran de ese modo. Además, no pareces en absoluto una monja.

—Claro que sí —replicó ella con calma—. Es una vida muy atareada. Trabajamos duro todo el día, y rezamos por todos vosotros.

—¿Rezas ahora?

—Naturalmente. Hay mucho por lo que rezar estos días.

Entre aquellos por lo que elevaba sus plegarias figuraba muy particularmente el hombre cuya muerte había causado al huir de Theresienstadt. Todavía recordaba la cara de Wilhelm y la sangre que manaba de su cabeza. Sabía que se sentiría responsable y se arrepentiría de aquello durante toda la vida.

—¿Rezarás por mis hermanos? —le preguntó de repente, y se detuvo a mirarla. En aquel momento, él parecía más joven aunque era mayor que ella. Aquellos días tenía la sensación de haber envejecido. Todos habían visto demasiados horrores, algunos más que otros.

—Claro que lo haré. ¿Dónde están? —le preguntó ella, conmovida porque le pidiera que rezara por ellos. Aquella misma noche lo haría.

—Los nazis los mataron hace un par de semanas, en Lyon. Estaban con Moulin.

Amadea sabía de quién se trataba, porque Serge se lo había dicho. Era el héroe de la Resistencia.

—Lo siento. ¿Tienes otros hermanos o hermanas? —le preguntó suavemente, confiando en que así fuera, pero él se limitó a sacudir la cabeza.

—Mis padres están muertos. Mi padre murió en un accidente de pesca cuando yo era un crío, y mi madre murió el año pasado. Tuvo una neumonía y no pudimos conseguirle medicinas.

Las recientes muertes de sus hermanos explicaban su expresión afligida. Toda su familia había desaparecido, excepto sus tíos de Melun. A ella le sucedía lo mismo.

—Mi familia también ha desaparecido, o es posible que así sea. A mi madre y a mi hermana las deportaron en junio del año pasado. —No había habido ninguna noticia de ellas, o por lo menos no habían llegado a Amadea—. Mi padre murió cuando yo tenía diez años. A toda la familia de mi madre la deportaron tras la noche de los cristales rotos. Eran judíos. Y la familia de mi padre lo repudió cuando se casaron, porque mi madre era alemana y judía. Él era francés y católico. Sus dos familias no los perdonaron jamás.

—¿Eran felices? —Parecía interesado, y Amadea se sintió conmovida. Eran dos jóvenes que estaban entablando una amistad en tiempos difíciles, muy difíciles.

—Mucho. Se querían muchísimo.

—¿Crees que lamentaron lo que hicieron, quiero decir desafiar a sus familias?

—No, no lo creo. Pero cuando él murió, el golpe fue demasiado duro para mi madre. Ya nunca volvió a ser la misma. Mi hermana solo tenía dos años. Yo siempre cuidaba de ella. —Las lágrimas asomaron a los ojos de Amadea. Hacía mucho tiempo que no hablaba de Daphne, y de repente la añoraba mucho, así como a su madre—. Creo que ahora hay mucha gente como nosotros, que se ha quedado sin familia.

—Mis hermanos eran gemelos —dijo él, como si eso importara. Aunque a él sí le importaba.

—Rezaré por ellos esta noche. Y por ti.

—Gracias —replicó él cortésmente, mientras regresaban con lentitud a la granja.

Amadea le gustaba. Parecía muy madura, pero también había pasado por muchas penalidades. Todavía le resultaba difícil creer que era monja, o comprender por qué quería serlo. Pero la vida religiosa parecía proporcionarle algo muy profundo y apacible que se reflejaba en su manera de ser y que a él le gustaba. Era tranquilizador estar con ella.

—Te recogeré mañana por la noche. Ponte ropa oscura. Cuando salimos de aquí nos ennegrecemos la cara. Te traeré betún.

—Gracias —le dijo ella con una sonrisa.

—Ha sido muy agradable hablar contigo, Amélie. Eres una buena persona.

—Tú también, Jean-Yves.

La acompañó de regreso a la granja, y mientras conducía de vuelta a la suya se alegró de saber que la joven rezaría por él. Le daba la sensación de que Dios la escuchaba.

19

Jean-Yves la recogió a las diez de la noche siguiente. Conducía una vieja camioneta con los faros apagados, y le acompañaba otro hombre, un fornido y pelirrojo campesino. Jean-Yves lo presentó a Amélie, y le dijo que se llamaba Georges.

Amadea, ahora Amélie, se había pasado el día trabajando duramente en la granja, y había sido una gran ayuda para la tía de Jean-Yves. Esta agradecía mucho sus esfuerzos. Cuando los jóvenes se marcharon la pareja de ancianos ya se había acostado. No les hicieron preguntas, como era habitual. No se mencionó para nada lo que Amadea haría aquella noche. Se limitaron a darles las buenas noches y subieron a su habitación. Al cabo de unos minutos Amadea se fue en la camioneta con Jean-Yves. Los dos ancianos no hicieron ningún comentario cuando los oyeron partir. Amadea llevaba ropas oscuras, como Jean-Yves le había pedido que hiciera. Se dirigieron a los campos y avanzaron traqueteando, sin decir una sola palabra.

Cuando llegaron allí, había otras dos camionetas, que aparcaron bajo unos árboles. Eran ocho hombres en total, más Amadea. No se dijeron nada entre ellos. Jean-Yves le dio una cajita de betún y ella se embadurnó la cara. Si alguien se acercaba, la cara ennegrecida los delataría, pero era mejor que lo hicieran. Cuando oyeron un zumbido en el cielo, los hombres se dispersaron y echaron a correr. Al cabo de unos minutos sacaron las linternas e hicieron señales al avión. Segundos después se vio el lento descenso de un paracaídas. No pendía de él ningún hombre, sino un gran paquete que fue bajando poco a poco hasta el suelo. Los hombres apagaron las linternas y el avión se alejó. Eso fue todo. Corrieron hacia el bulto que había caído entre los árboles, desengancharon el paracaídas y uno de los hombres lo enterró con la mayor rapidez posible. Los demás abrieron el paquete. Contenía armas y munición, que cargaron en las camionetas. Veinte minutos después todos se habían dispersado, y ella y sus dos compañeros regresaban a la granja. Ya se habían limpiado el betún de las caras.

—Así es como se hace —le dijo lacónicamente Jean-Yves.

Le dio a Amadea un trapo para que se limpiase la cara, y esta recuperó su aspecto habitual. La operación se había desarrollado con notable facilidad, y la joven estaba impresionada. Los hombres hacían que pareciera fácil; todo sucedía con la precisión de un ballet, pero ella sabía que no siempre era así. A veces se producían accidentes. Y si los alemanes los capturaban, serían fusilados, para dar ejemplo a la ciudad. Aquello ocurría en toda Francia, y era lo que les había ocurrido a los hermanos de Jean-Yves, por quienes ella rezó la noche anterior, cumpliendo su promesa.

—¿Suelen aterrizar o solo lanzan los paquetes en paracaídas? —preguntó Amadea en voz baja; quería tener más información de su cometido y de lo que esperaban de ella.

—Depende. A veces lanzan paracaidistas. Si aterrizan, tienen que volver a despegar en menos de cinco minutos. Entonces es mucho más arriesgado. —No costaba demasiado imaginar que lo era.

—¿Qué hacéis con los hombres?

—Depende. A veces los escondemos. En general, despegan enseguida. Realizan misiones para los británicos. Es más difícil hacerlos salir y en ocasiones salen heridos.

Eso fue todo lo que dijo a Amadea durante el camino de regreso. Georges, por su parte, se mantuvo en silencio. Miraba a Amadea y a Jean-Yves. Cuando la dejaron, bromeó con él acerca de la joven. Eran amigos desde hacía mucho tiempo, y habían pasado juntos muchas penalidades. Confiaban completamente el uno en el otro.

—No seas estúpido —gruñó Jean-Yves—. Es una monja.

—¿De veras? Pues no lo parece.

—Será porque no viste el hábito. Probablemente lo parece cuando lo lleva, junto con eso que se ponen en la cabeza, ya sabes.

Georges asintió, impresionado.

—¿Volverá al convento? —Pensó que, si lo hacía, sería una lástima. Jean-Yves era del mismo parecer.

—Ella dice que sí —respondió Jean-Yves mientras avanzaban hacia la granja donde vivían y trabajaban.

—Tal vez puedas hacerla cambiar de idea. —Georges sonrió mientras se apeaban, y Jean-Yves no hizo ningún comentario. Él se había estado preguntando lo mismo.

En aquel momento, el objeto de su interés estaba de rodillas agradeciendo a Dios que su misión hubiera salido bien. Por un instante se preguntó hasta qué punto era apropiado dar gracias a Dios por ayudarlos a recoger unas armas que, con toda probabilidad, estaban destinadas a matar a seres humanos, pero no parecía haber alternativa, y Amadea confiaba en que Él lo comprendería. Permaneció de rodillas durante un buen rato, haciendo examen de conciencia, como en el convento, y luego fue a acostarse.

Se levantó antes de las seis de la mañana y fue a ordeñar las vacas, como había aprendido a hacerlo. Cuando sus anfitriones se levantaron, ella ya tenía el desayuno preparado. Tomaron solo fruta, gachas y sucedáneo de café, pero fue un festín en comparación con lo que había comido durante la mayor parte del año. Cada mañana y cada noche daba gracias a Dios por haberla llevado sana y salva a Francia. Aquella mañana estaba ensimismada, pensando en la misión en la que había participado la noche anterior.

Hubo otras dos similares en el transcurso de las siguientes semanas. Y tres en septiembre, en las que recogieron a unos hombres y los llevaron a la granja. En un caso el avión aterrizó. En los otros dos se lanzaron en paracaídas, y uno de los hombres se hizo daño. Sufrió un esguince en un tobillo, y lo ocultaron en la granja. Amadea lo cuidó hasta que estuvo en condiciones de marcharse.

Los soldados alemanes no los visitaron hasta octubre. Estaban inspeccionando las granjas, y les pidieron los papeles. Mientras miraban los de Amadea a ella casi se le paró el corazón, pero se los devolvieron sin ningún comentario, cargaron con unos cestos de fruta y se marcharon. Era evidente que la tía de Jean-Yves estaba imposibilitada por la artritis y necesitaba a una joven que los ayudara. Y su marido también era anciano. Todo les pareció en orden. Aquella noche, mientras se dirigían hacia otra misión, le habló a Jean-Yves de aquella visita. Recogieron más armas y municiones y varios receptores de radio.

—Me moría de miedo —admitió ella.

—A mí también me ocurre a veces —replicó él sinceramente—. Nadie quiere que lo fusilen.

—Preferiría que me fusilaran a volver al campo donde estuve, o ir a uno peor —confesó ella.

—Eres una chica valiente —le dijo él, mirándola a la luz de la luna.

Le gustaba trabajar con ella y conversar. En ocasiones iba a verla por la noche únicamente para hablar. Ahora que sus hermanos se habían ido, se sentía solo. Era agradable hablar con Amadea, una joven de buen corazón. No era solo eso lo que le gustaba de ella, pero nunca se lo decía. No quería ofenderla ni hacer que se apartara de él, asustada. Ella hablaba mucho del convento. No conocía otra cosa, y lo echaba mucho de menos. A Jean-Yves le gustaba su inocencia y, al mismo tiempo, su fortaleza. En ella se combinaban diversos aspectos. Nunca eludía el trabajo ni las responsabilidades, y no temía correr riesgos. Era tan valiente como cualquiera de los hombres. Los demás también lo habían comentado a menudo y la respetaban tanto como lo hacía él.

Durante el otoño y el invierno participó en todas las misiones con ellos. Él le enseñó a manejar la radio de onda corta y a cargar el fusil. Le enseñó a disparar en el campo de su tío. Sorprendentemente, Amadea resultó ser una magnífica tiradora. Tenía buenos reflejos y comprendía las cosas con rapidez. No le temblaban las manos y, por encima de todo, tenía un corazón que rebosaba amabilidad.

Dos días antes de Navidad, ella lo ayudó a transportar a cuatro muchachos judíos hasta Lyon. El padre Jacques había prometido aceptarlos, pero no pudo. Temía poner en peligro a los otros, por lo que los dejaron con Jean Moulin y regresaron solos. Uno de los chicos estaba enfermo, y ella lo tuvo todo el tiempo en sus brazos y lo cuidó.

—Eres una mujer maravillosa, Amélie —le dijo Jean-Yves cuando regresaban a Melun. Unos soldados los detuvieron por el camino, examinaron sus documentos y uno de ellos echó un vistazo al interior del coche—. Es mi novia —dijo él con naturalidad, y el soldado asintió.

—Menuda suerte —replicó con una sonrisa—. Feliz Navidad. —Y le hizo una señal para que siguieran adelante.

—*Sale boche* —dijo Jean-Yves mientras se alejaban, y entonces miró a Amadea—. Ojalá fuese cierto.

Ella no le prestaba atención; estaba pensando en el muchacho enfermo y confiaba en que se recuperaría. Permaneció oculto en un túnel excavado a mano durante tres meses, y como resultado había contraído una fuerte bronquitis. Tenía suerte de estar vivo.

—¿Qué?

—He dicho que me gustaría que fueses mi novia.

—No, eso no es cierto. —Amadea se quedó sorprendida—. No seas tonto.

Hablaba como una madre, y él, sonriente, parecía un niño en vez de un hombre que arriesgaba constantemente su vida por Francia.

—Sí que es cierto, y no es ninguna tontería. La tonta eres tú por encerrarte en un convento el resto de tu vida. Eso sí que es una idiotez.

—En absoluto. Es la vida que deseo.

—¿Por qué? ¿De qué tienes miedo? ¿De qué te estás ocultando? ¿Qué hay aquí fuera que sea tan terrible?

Casi gritaba, pero hacía meses que estaba enamorado de ella, y aquella situación lo desesperaba. Mientras regresaban a casa en el coche, parecían dos críos discutiendo.

—No me escondo de nada. Creo en lo que estoy haciendo. Me gusta el convento y deseo ser monja. —Casi hacía pucheros mientras cruzaba los brazos, como si los metiera en las mangas del hábito. Todavía lo echaba de menos y se sentía desnuda sin él.

—Esta noche te he visto con esos niños, sobre todo con el chico enfermo. Debes tener hijos. Las mujeres han nacido para eso. No puedes negártelo.

—Sí puedo. Hay otras cosas.

—¿Como qué? Allí solo hay sacrificio, soledad y oraciones.

—Nunca me he sentido sola en el convento, Jean-Yves —replicó serenamente, y entonces exhaló un suspiro—. A veces me siento mucho más sola aquí.

Eso era cierto. Echaba de menos la vida del convento, a sus hermanas, a la madre superiora, a su madre y a Daphne. Echaba de menos muchas cosas. Pero estaba agradecida por encontrarse allí.

—También yo me siento solo —le confesó él, mientras la miraba. Entonces vio que las lágrimas corrían por sus mejillas—. *Ma pauvre petite* —le dijo, y detuvo el coche—. Lo siento. No quería gritarte.

—No importa. —De repente se echó a llorar, y él la abrazó. No podía contener los sollozos. La nostalgia era más profunda debido a la Navidad. También lo había sido el año anterior—. Las añoro tanto... no puedo creer que hayan desaparecido... mi hermana era tan guapa... y mi pobre madre quería hacerlo todo por nosotras. Nunca pensaba en sí misma... Siempre pienso en lo que debe de haberles ocurrido... Sé que nunca volveré a verlas... oh, Jean-Yves...

Lloró en sus brazos durante mucho rato. Era la primera vez que se permitía abandonarse. Intentaba no pensar nunca en lo que les habría ocurrido. Oía contar cosas atroces de Ravensbrück. Era impensable que hubieran desaparecido para siempre, pero en su corazón sabía que así era.

—Lo sé... lo sé... también yo pienso en esas cosas... añoro a mis hermanos.... Ahora todos perdemos a seres queridos. No queda nadie que no haya perdido a alguien.

Entonces, sin pensarlo, la besó y ella le devolvió el beso. Todos aquellos meses de contención y de respeto por los votos que ella había hecho, la vida que decía querer, el convento al que quería huir. Él no deseaba que lo hiciera. Quería pasar el resto de su vida con ella, tener hijos y cuidarla. Ahora no les quedaba nada, solo se tenían el uno al otro. Todos los demás seres amados habían desaparecido. Eran como dos supervivientes a solas en un bote salvavidas a la deriva en un mar tormentoso, y, de repente, se aferraban el uno al otro.

Amadea no sabía lo que le estaba ocurriendo, pero sentía tal desesperación y apasionamiento que no podían dejar de besarse y abrazarse. Antes de que cualquiera de los dos pudiera impedirlo, reprimirse o pensar en ello, él le estaba haciendo el amor en la camioneta, y eso era todo lo que ella quería. Era como si en un instante se hubiera convertido en otra mujer, distinta de la que había sido durante todos aquellos años. Las guerras tienen extraños efectos y transforman a la gente, como esa acababa de hacer con ella. Olvidó sus votos, las hermanas, el convento, incluso su amor por Dios. Todo lo que quería y necesitaba en aquel preciso momento era a Jean-Yves, y él la necesitaba con idéntica intensidad. Ambos habían sufrido demasiadas penalidades, habían perdido demasiado, habían sido valientes demasiadas veces por el bien de otra gente, habían sobrevivido a demasiados terrores mientras intentaban mostrar valor. Todos sus muros se derrumbaron aquella noche. Luego él la abrazó, sollozando en su largo cabello rubio y estrechándola. Todo lo que ella quería era consolarlo. Él era el hijo que nunca había tenido y nunca tendría, un hombre al que jamás había deseado o amado. Se lo había reprochado un centenar de veces mientras rezaba en su habitación, y ahora lo único que deseaba era pertenecerle. Luego se miraron como dos niños perdidos, y él le dijo, aterrado:

—¿Me odias?

No la había poseído a la fuerza, ella lo había querido, lo había acogido de buen grado. Ambos se deseaban y se necesitaban más de lo que podían imaginar. Sencillamente, habían sufrido demasiado, y, tanto si lo reconocían como si no, las consecuencias de semejante sufrimiento eran enormes.

—No. Nunca podría odiarte. Te quiero, Jean-Yves. —Lo dijo en voz baja. En algún rincón de su mente, sabía todo lo que habían soportado, y le perdonaba a él y a sí misma.

—Yo también te quiero. Dios mío, cuánto te quiero. ¿Qué vamos a hacer?

Él sabía lo fuerte que era su vocación religiosa, pero le parecía errónea, siempre se lo había parecido. Era una mujer demasiado hermosa y adorable para pasarse el resto de su vida encerrada en un convento. Pero era la clase de vida que, desde que se conocían, ella había afirmado que deseaba.

—¿Tenemos que decidirlo ahora? No estoy segura de si he cometido un terrible pecado, o de si esto tenía que suceder. Tal vez era lo que Dios me tenía reservado. Esperemos a ver qué pasa y recemos.

Pensaba en voz alta mientras él la abrazaba. No tenía ni idea de adónde la conduciría Dios, pero sabía que de momento tenía que explorar aquel nuevo camino. Le parecía extrañamente correcto.

—Si te ocurriera cualquier cosa, Amélie, me moriría.

—No, no morirías. Te esperaría en el cielo, y lo pasaríamos muy bien cuando llegaras.

Tenía lágrimas en los ojos, pero se sentía feliz con él. Nunca había sido tan feliz en toda su vida. Era distinto que su amor por el convento, pero la sensación de alegría que experimentaba era deliciosa. Por primera vez en su vida se sentía frívola y joven. Por una vez, la vida no le parecía tan seria, las tragedias que les rodeaban no eran tan atroces. Aquello era lo que ambos necesitaban para contrarrestar las realidades de sus vidas, por lo menos de momento.

—Dios mío, cuánto te quiero —le dijo él con una amplia sonrisa, mientras se arreglaban las ropas y reían como colegiales. Él puso de nuevo el vehículo en marcha.

Jean-Yves deseaba pedirle que se casaran, pero no quería precipitarse. Ella había dado un gran paso aquella noche. Y tal vez estuviera en lo cierto, si aquello había tenido que ocurrir, el resto llegaría a su debido tiempo. No tenían que decidirlo todo en una noche. Aunque si de él dependiera ella sería su mujer y la madre de sus hijos. Tan solo confiaba en que Dios estuviera de acuerdo y en que ahora Amadea estuviese dispuesta a abandonar sus sueños de regresar al convento. Pero todavía era demasiado pronto. Aún estaba asombrada por lo que habían hecho, al igual que él.

Durante el resto del trayecto hasta la granja hablaron serenamente y, antes de apearse, él la besó y la abrazó.

—Te quiero, no lo olvides. Esta noche solo ha sido el comienzo. No ha sido un error —afirmó seriamente— ni tampoco un pecado. Volveré a ir a la iglesia con regularidad —le prometió, y ella sonrió. Él no había pisado una iglesia desde la muerte de sus hermanos. Todavía estaba demasiado enfadado con Dios.

—Tal vez por eso Él me ha enviado a ti, para hacerte volver a la iglesia.

Fuera cual fuese la razón, ella se mostraba tan feliz como él, pese a lo que acababan de hacer. Amadea estaba muy sorprendida de que no le pareciese mal. Por el contrario, se sentía feliz y enamorada. También sabía que tardaría mucho tiempo en asimilar aquello. La guerra era como un terremoto, y lo que acababa de suceder era una réplica.

Aquella noche, mientras estaba en la cama y pensaba en él, se sorprendió de no tener una crisis de conciencia, ni siquiera un asomo de remordimiento. Extrañamente, lo que había hecho le parecía bien. Se preguntó si, al fin y al cabo, no sería aquello lo que Dios le había reservado. Todavía pensaba en ello cuando llegó el sueño. Cuando despertó, a la mañana siguiente, él le había dejado un ramito de flores, camino del trabajo. Se había acercado a la granja de su tío y dejado el ramito de flores a la entrada del establo, con una nota: «Te quiero. J-Y». Ella se guardó la nota en el bolsillo, sonriente, y fue a ordeñar las vacas. Se sentía mujer por primera vez en su vida. Era una sensación desconocida para ella en todos los sentidos. De repente experimentaba todo lo que se había negado a sí misma y que había pretendido negarse siempre. Su vida había dado un vuelco, y era imposible saber qué dirección era la correcta, la tentadora que acababa de emprender con Jean-Yves, o la que había significado tanto para ella en el pasado. Lo único que sabía, y en lo único en que podía confiar, era que con el tiempo llegaran las respuestas y el misterio se resolviera.

20

Durante el resto del invierno, Amadea siguió realizando misiones con él. Los británicos lanzaban continuamente hombres y suministros en paracaídas. Una noche llegó un oficial británico y tras ayudarlo a enterrar el paracaídas y ver cómo se alejaba vestido con un uniforme de las SS, Jean-Yves le preguntó a Amadea si sabía quién era. Se llamaba lord Rupert Montgomery, y era uno de los hombres que habían ayudado a poner en marcha el *Kindertransport*, que logró sacar de Europa a diez mil niños antes de que empezara la guerra.

—Le pedí a mi madre que hiciera subir a mi hermana a ese tren —dijo tristemente Amadea cuando regresaban a casa—. Ella nunca pensó que tendríamos algún problema, y temía lo que sucedería si se iba. Mi hermana tenía entonces trece años; la deportaron a los dieciséis. Ese hombre hizo algo maravilloso por muchos niños.

—Es una buena persona, hablé con él una vez, hace más de un año —comentó Jean-Yves, sonriéndole.

Su relación proseguía sin obstáculos desde Navidad. Él había abordado la cuestión del matrimonio, pero ella no estaba segura. Aún no sabía si Dios quería que regresara al convento. Pero esa perspectiva parecía ahora más difícil, incluso para ella. Había matado a un hombre, aunque fuese por accidente, y ahora estaba profundamente enamorada de otro. Hacían el amor siempre que tenían oportunidad. Él apenas podía quitarle las manos de encima. Se había jurado que de ninguna manera le permitiría volver al convento después de la guerra. De ningún modo podía ser lo que Dios quería. No era una vida natural, a su modo de ver, y estaba muy enamorado de ella.

En primavera, Serge volvió de París para verlos. Corría el año 1943. Se dio cuenta enseguida de lo que había ocurrido entre Amadea y Jean-Yves, sin necesidad de que se lo contaran. Cuando volvió a París le dijo a su hermano Pierre que tenía la sensación de que, después de la guerra, la orden carmelita se quedaría sin una monja joven y muy bonita. Pero no era solo eso, sino que le había impresionado profundamente el trabajo que realizaba Amadea con Jean-Yves. Todas las misiones que habían llevado a cabo desde la llegada de la joven habían sido un éxito y, por lo que decía Jean-Yves, ella era intrépida, aunque siempre cauta para que ninguno de los miembros de su célula corriera demasiado riesgo.

Serge y Jean-Yves hablaron de volar al cabo de unas semanas un depósito de municiones alemán que estaba cerca. Jean-Yves insistió en que no quería que Amadea lo acompañara en esa misión. Serge opinaba que debía ser ella quien lo decidiera, pero comprendía lo que motivaba su preocupación. Era el amor que sentía por ella. Lo cierto era que necesitaban su ayuda y, por lo que Pierre había oído decir, ella era buena y rápida. Serge confiaba en ella casi más que en cualquier otro de los resistentes de Melun, con la excepción de Jean-Yves.

Todavía estaban discutiendo acaloradamente el asunto cuando Serge se marchó, y Amadea dijo que estaba de acuerdo con él. Quería ir a la misión con Jean-Yves. El signo de la guerra estaba empezando a cambiar. En febrero los alemanes se rindieron en Stalingrado, la primera derrota del ejército de Hitler. Ahora tenían que hacer todo lo posible para derrotarlo también en Francia. Y era indudable que volar su arsenal sería un fuerte golpe para ellos.

Durante las semanas siguientes planearon la misión cuidadosamente, y por fin Amadea convenció a Jean-Yves. Aquello era contrario a su instinto de protección, pero él accedió a que lo acompañara. Como líder de la célula, la decisión final era suya. Lo cierto era que tenían pocos hombres. Dos de los mejores estaban enfermos.

Una noche, a altas horas, Jean-Yves, Amadea, otras dos mujeres, Georges y otro hombre partieron hacia el depósito de municiones. Fueron en dos camionetas, con un arsenal de explosivos oculto en la parte trasera. Amadea viajaba en la camioneta de Jean-Yves. Dos de los hombres bajaron, avanzaron sigilosamente, atacaron por sorpresa a los centinelas y los degollaron. Aquella era la misión más peligrosa que realizaban hasta entonces. Colocaron los explosivos con precisión alrededor del depósito de municiones y, tal como estaba planeado, todos menos Jean-Yves y Georges regresaron corriendo a las camionetas. Sabían que solo tenían unos minutos para encender las mechas y huir. Los explosivos que utilizaban eran rudimentarios, pero no podían conseguir nada mejor. Antes de que hubieran podido regresar a las camionetas, Amadea oyó una terrible explosión y vio lo que parecía la exhibición de fuegos artificiales más grande que jamás había contemplado. Intercambiaron miradas mientras ponían en marcha los vehículos; no había señal de Georges ni de Jean-Yves.

—¡Vamos!... ¡Vamos!... —gritó el hombre que iba con Amadea en la camioneta, pero no podían abandonar a Georges y Jean-Yves. Las fuerzas militares de la localidad llegarían de un momento a otro y si encontraban a los dos hombres los abatirían. Las otras dos mujeres aguardaban a Georges en la segunda camioneta. Amadea estaba al volante de la suya.

—Yo no me voy —dijo con los dientes apretados, pero al volver la cabeza atrás, vio una enorme bola de fuego. La segunda camioneta se puso en marcha.

—No podemos esperar —le dijo con voz suplicante el hombre sentado a su lado. Iban a capturarlos, y ella también lo sabía.

—Tenemos que esperar —replicó con determinación. A sus espaldas las explosiones sacudieron la camioneta.

El fuego se expandía mientras sonaban las sirenas. Finalmente, Amadea cedió al instinto de conservación, pisó el acelerador y también se alejó de aquel infierno. Los dos vehículos avanzaron traqueteando por los campos; ella temblaba de la cabeza a los pies cuando entraron en el granero para dejar allí las camionetas. Era un milagro que no los hubiesen capturado, y ella sabía que habían esperado demasiado tiempo. Había estado a punto de poner en peligro a todos los demás por el hombre al que amaba. Permanecieron en el granero a oscuras, silenciosos, escuchando las explosiones con lágrimas en los ojos. Todo lo que podían hacer ahora era rezar por que Jean-Yves y Georges se hubieran salvado, pero Amadea no lo creía posible. Los explosivos habían estallado mucho antes de lo previsto, y parecía muy probable que los dos hombres hubieran quedado malheridos o hubieran muerto en el acto.

—Lo siento —dijo ella a los demás con la voz temblorosa—. Deberíamos habernos marchado antes.

Todos asintieron, pues sabían que era cierto, pero tampoco ellos habían querido abandonar a los dos hombres. Haber esperado tanto tiempo casi les había costado la vida a todos ellos. Se habían salvado por muy poco.

Aquella noche Amadea regresó a su granja, y mientras miraba el cielo brillantemente iluminado, oyó las explosiones. Se quedó despierta en la cama durante horas, rezando por él. A la mañana siguiente la noticia se difundió. El ejército recorría los campos, buscando pruebas, pero no había ninguna. En las granjas la gente se dedicaba en silencio a sus tareas. Los alemanes encontraron a dos hombres muertos; estaban tan quemados que era imposible reconocerlos. Incluso sus documentos se habían reducido a cenizas. Como no sabían qué hacer, al día siguiente detuvieron a cuatro jóvenes de una granja vecina y los fusilaron, como advertencia a los demás. Amadea se pasó el día entero sentada en su habitación, abrumada por el dolor y la conmoción. No solo había muerto Jean-Yves, sino que cuatro jóvenes habían sido fusilados a consecuencia de lo que ellos habían hecho. Era un precio muy alto por la libertad y por destruir las armas que los alemanes habrían empleado para matar a muchos otros. Pero el hombre al que amaba había muerto, y ella se sentía responsable de la muerte de ocho personas: Georges y Jean-Yves, cuatro jóvenes campesinos y los dos centinelas alemanes a los que habían degollado. Era un peso excesivo en la conciencia de una mujer que había querido ser la novia de Dios. Y, por primera vez, mientras lloraba la pérdida del único hombre al que había amado, supo que, cuando todo hubiera terminado, tendría que volver al convento. Sería necesario que durante el resto de su vida expiara sus pecados.

21

Serge esperó tres semanas antes de desplazarse de París a Melun. Se enteró de la noticia en París, y estaba satisfecho del resultado de la misión. El daño que habían sufrido los alemanes les creaba serios problemas. Pero saber que Jean-Yves había muerto lo dejó desolado. Había sido uno de sus mejores hombres. Quería hablar con Amadea lo antes posible.

La encontró sumida en el dolor y silenciosa, en su habitación de la granja. Los británicos habían seguido lanzando hombres y suministros en paracaídas, pero desde entonces ella no había participado ni en una sola misión.

Serge le expuso la situación y le dijo que ahora tenían escasez de efectivos para recoger con seguridad a los hombres y los suministros. Ella lo miró con aflicción y sacudió la cabeza.

—No puedo.

—Sí puedes. Si te hubiera ocurrido a ti, él habría seguido actuando. Tienes que hacerlo por él y por Francia.

—No me importa. Hay demasiada sangre en mis manos.

—No está en tus manos sino en las del enemigo. Y si no prosigues con el trabajo que estabas haciendo, también tendrás la nuestra.

—Han matado a cuatro muchachos —replicó ella, con expresión angustiada. La muerte de aquellos chicos la torturaba tanto como la afligía la de Jean-Yves.

—Matarán a más si no los paramos. Esto es todo lo que podemos hacer. No hay alternativa. Los británicos cuentan con nosotros. Pronto habrá otra misión. No tenemos tiempo para adiestrar a más hombres. Además te necesito de inmediato para otra cosa.

—¿Para qué? —le preguntó ella. Tenía el rostro ceniciento. Él la estaba presionando porque sabía que debía volver a actuar. Por una parte era demasiado buena para no seguir haciéndolo. Y por otra temía que la pérdida de Jean-Yves hiciera que se desmoronara por completo. Estaba destrozada de dolor.

—Te necesito para que lleves a Dordoña a un muchacho judío y a su hermana. Allí les tenemos preparada una casa donde estarán a salvo.

—¿Qué edad tienen?

—Cuatro y seis años.

—¿Por qué todavía están aquí?

Parecía sorprendida. La mayoría de los niños judíos, si no la totalidad, habían sido deportados fuera de Francia el año anterior. Los demás estaban ocultos.

—Su abuela los ocultaba, pero murió la semana pasada. Tenemos que sacarlos de aquí. En Dordoña estarán a salvo.

—¿Y cómo llegaré allí? —Se sentía inútil y parecía muy cansada.

—Tenemos documentos para ellos. Se parecen a ti. Los dos son rubios y con ojos azules. Solo su madre era judía. La deportaron, y al padre lo mataron. —Como a tantos otros, no les quedaba ningún familiar.

Ella empezó a decirle que no podía hacerlo, pero de repente lo miró, recordó sus votos y pensó en su madre, en Daphne y en Jean-Yves. Y tuvo la sensación de que estaba en deuda con ellos, tal vez era un intento de reparar las vidas que se habían perdido por culpa suya. Volvía a sentirse como una monja. Jean-Yves se había llevado consigo a la mujer que había sido con él. Sabía que nunca volvería a ser de nuevo aquella persona. Pero la hermana Teresa del Carmen no se habría negado a realizar la misión. Asintió lentamente. No tenía alternativa.

—Lo haré —le dijo a Serge, mirándolo a los ojos. Él se sintió aliviado.

Se había hecho cargo de aquella misión en particular tanto por ella como por los niños. No le gustaba nada el aspecto que tenía desde la muerte de Jean-Yves, y a este tampoco le habría gustado. En cierto sentido, Serge hacía aquello por él y por ella.

—Los traeremos aquí mañana por la noche, con sus documentos y los tuyos. Tendrás que esconder los demás documentos en el forro de tu maleta. Tus papeles demostrarán que eres su madre, y que vas a visitar a tu familia en Besse.

Esa localidad se encontraba en el corazón de Dordoña, de donde había sido su padre. Ella nunca había estado allí, y siempre había querido ir. Se preguntó si vería el castillo familiar por el camino, aunque tenía cosas más importantes que hacer.

—Tendrás que pedir prestado un vehículo en la granja —le dijo Serge. Sabía que no habría ningún problema para conseguirlo.

Amadea se pasó el resto del día rezando en su habitación, después de haber hecho sus tareas. En las últimas semanas apenas había probado bocado, y se le notaba. Al día siguiente escondió los documentos que la acreditaban como Amélie Dumas en el interior de la maleta. Sabía que aquella noche le darían otros.

Los niños llegaron después de la cena. Una de las mujeres de la célula de París los había llevado en coche. Eran unos pequeños muy guapos, y parecían aterrados. Se habían pasado dos años ocultos en un sótano, y el único familiar que tenían en el mundo había muerto. Serge estaba en lo cierto. Eran adorables, y se le parecían mucho. Se preguntó qué aspecto habrían tenido sus hijos si ella y Jean-Yves los hubieran tenido. Pero pensar ahora en esas cosas no tenía ningún sentido. Se sentó y habló durante un rato con los niños. Les dieron de cenar y luego ella los acostó en su cama y durmió en el suelo, a su lado. El chiquitín sostuvo la mano de su hermana durante toda la noche. Ambos sabían qué tenían que hacer. Debían llamarla *maman y* fingir que era su madre. Incluso si los aterradores soldados les preguntaban algo. Ella les prometió que no permitiría que les ocurriera nada malo, y rezó por que estuviera en lo cierto.

A la mañana siguiente partieron después del desayuno, en el

coche del tío de Jean-Yves. Amadea sabía que se podía hacer el viaje en seis o siete horas. Llevó suficiente comida para no tener que detenerse en ninguna parte. Pasaron por un control y ella mostró los documentos a los soldados. Ellos la miraron, echaron un vistazo a los niños, le devolvieron los papeles e hicieron un gesto para que siguiera adelante. Era la misión más fácil en la que había participado hasta entonces, y como los niños se durmieron tuvo rato para pensar. Se sentía mejor de lo que se había sentido en mucho tiempo, y se alegraba de haber aceptado la misión. Eran unos niños encantadores, y lamentaba su situación. Los dejaría con un miembro de una célula de Dordoña, que los llevaría a la casa franca que les habían proporcionado. El hombre dijo que Amadea podía pasar la noche allí antes de regresar, pues el viaje era largo.

Eran las cuatro de la tarde cuando llegaron a aquella ondulada campiña en la que nadie diría que había una guerra. El verdor era exuberante, espléndido. Amadea fue a la dirección que le habían dado; la encontró sin dificultad. Un hombre joven la estaba esperando, un hombre tan rubio y con los ojos tan azules como ella y los niños. Podría haber sido el padre de los pequeños de la misma manera que ella podría haber sido su madre. Le dio las gracias por haberlos traído.

—¿Quieres venir conmigo o quedarte aquí? —le preguntó.

Los niños parecían aterrados ante la posibilidad de que los dejara. Ella era la única persona que conocían allí, aunque fuese desde hacía poco tiempo. Pero había sido amable con ellos. Intentó tranquilizarlos, pero ambos se echaron a llorar, y ella miró al hombre del que solo sabía que se llamaba Armand.

—Voy contigo.

El hombre subió al coche y le indicó la dirección. Al cabo de cinco minutos llegaron a un castillo imponente, y él le dijo que virase para entrar en el patio.

—¿Aquí? —le preguntó Amadea, sorprendida—. ¿Es esta la casa franca? —Era una hermosa y antigua mansión, con muchos edificios anexos, establos y un patio enorme—. ¿De quién es esto? —preguntó, con una repentina curiosidad. No estaban lejos de la casa donde vivió su padre de joven, aunque ella no sabía con exactitud dónde se encontraba.

—Mío —respondió él. Ella lo miró con tal extrañeza que Armand se echó a reír—. Algún día lo será. Entretanto, es de mi padre.

Mientras bajaban del vehículo y miraba a su alrededor ella sonrió sin disimular su admiración. Los niños observaban el castillo maravillados. Tras haberse pasado dos años encerrados en un sótano en las afueras de París, aquello era como ir al cielo. Sabía que los documentos de los pequeños indicaban que eran de procedencia aristocrática. Decían que eran parientes lejanos del dueño del castillo.

Una anciana ama de llaves los acompañó al comedor para que cenaran, mientras un caballero de edad madura bajaba por la escalera. Amadea supuso que era el padre de Armand. El hombre, de aspecto distinguido, le estrechó la mano y se mostró encantado de conocerla. Lo único que sabía de ella era el nombre que constaba en su documentación, Philippine de Villiers, y así se la presentó a su padre.

—Te presento a mi padre —le dijo entonces cortésmente Armand a Amadea—, el conde Nicolás de Vallerand.

Amadea lo miró fijamente y observó cierto parecido, aunque era mucho mayor de lo que era su padre la última vez que lo vio. Su padre tenía cuarenta y cuatro años cuando murió, y ahora tendría sesenta. Mientras su mirada iba de Armand al padre de este, parecía asombrada, pero no dijo nada. Armand se dio cuenta de que algo la había turbado profundamente. El conde la invitó a entrar. Le habían preparado la cena, servida en el elegante comedor, y los dos hombres tomaron asiento con ella. Amadea miraba a su alrededor en silencio. El conde observó su expresión afligida, pero no hizo ningún comentario.

—Es una bella y antigua casa. La construyeron en el siglo XVI, pero fue reconstruida doscientos años después. Me temo que ahora necesita bastantes reparaciones, pero nadie podrá hacerlo hasta que termine la guerra. El tejado tiene tantas goteras que parece un cedazo.

El conde sonrió. La miraba como si también reconociera en ella algo familiar. Amadea sabía de qué se trataba: ella era la viva imagen de su padre. Se preguntó qué sucedería si le decía al conde la verdad. Pero las cosas debían de haber cambiado, pues estaba ocultando a niños judíos. Ahora parecía el colmo de la ironía, ya que la familia de su padre lo había repudiado por tener una esposa judía.

Terminaron de cenar y el conde la invitó a dar un paseo por el jardín. Le dijo que era obra del mismo arquitecto que diseñó los jardines de Versalles. Deambular por los mismos salones, habitaciones y lugares donde vivió su padre de joven le producía una sensación extraña, y, cuando salieron al exterior, pensar en ello hizo que asomaran lágrimas a sus ojos. Aquellas mismas habitaciones se llenaron con los sonidos de su voz y sus risas cuando era niño y joven. Eran los ecos de su pasado, que ella compartía con aquellos dos hombres, aunque no lo supieran.

—¿Estás bien? —le preguntó Armand. Se daba cuenta de que por alguna razón estaba profundamente conmovida. Su padre ya los esperaba en el jardín. Ella asintió mientras salían. El caballero paseó con ellos.

—Has sido muy valiente al traer tú sola a estos niños. Si tuviera una hija, no estoy seguro de que le dejara hacer algo así. No, la verdad es que no se lo permitiría. —Entonces miró a Armand, frunció el ceño y bajó la voz—. Armand también me preocupa, pero no tenemos alternativa en los tiempos que corren, ¿no es cierto?

En realidad sí que la tenían. Otros en su posición optaban por otro modo de actuar. A Amadea le gustaba lo que hacían ella y aquellos dos hombres.

Mientras paseaban por el que en otro tiempo fue un hermoso jardín, el conde no le preguntó nada personal. En una situación como la suya, era mejor que no supieran mucho los unos de los otros. En aquellos días todo del mundo extremaba la cautela. Era peligroso hablar demasiado con alguien. Pero cuando ella se sentó en uno de los bancos de madera gastada por los elementos, miró al anciano con los ojos velados por la tristeza.

—No sé por qué será —le dijo él suavemente—, pero tengo la sensación de que te conozco, de que nos hemos visto en alguna parte. —No había nadie a su alrededor aparte de Armand—. ¿Nos hemos visto? —Ella sabía que el caballero se acercaba a los sesenta años, y que no era lo bastante mayor para que estuviera senil, pero parecía confuso, como si oyera voces de otro tiempo y no estuviera seguro de lo que oía o veía—. ¿Nos hemos visto antes? —repitió. No le parecía probable, pero podría haberse olvidado. Y mientras estaba allí sentada, mirándolo, se apreciaba un notable parecido entre ella y Armand.

—Usted conoció a mi padre —le dijo serenamente, sin apartar los ojos de los suyos.

—Ah, ¿sí? ¿Cómo se llamaba?

—Antoine de Vallerand —respondió ella con calma.

Nicolás era hermano de su padre y tío de Amadea, y Armand su primo hermano. Se hizo un silencio absoluto durante un momento interminable, y entonces, sin decir una palabra, las lágrimas empezaron a caer por las mejillas del conde y la estrechó en sus brazos.

—Oh, querida... querida... —No pudo decir nada más durante muchos minutos. Estaba abrumado por los recuerdos que ella había traído consigo—. ¿Lo sabías cuando viniste aquí? —Se preguntaba si por ese motivo ella había aceptado aquella misión. Pero Amadea no lo sabía.

La joven hizo un gesto negativo con la cabeza.

—No lo sabía hasta que he llegado aquí y Armand me ha dicho su nombre. Ha sido una fuerte impresión para mí, como puede imaginar. —Sus lágrimas se mezclaron con la risa—. Durante la cena quería decir algo, pero temí que me obligara a marcharme. Quería saborearlo un poco más. Mi padre siempre me hablaba de todo esto, del lugar donde creció.

—Nunca perdoné a mi padre por lo que hizo. Lo odiaba por ello, y me odiaba a mí mismo por no haber tenido el valor de plantarle cara. Después de aquello, solo nos hablamos lo imprescindible. Cuando murió, quería pedirle a tu padre que viniera a casa y nos perdonara. Murió dos semanas después, y mi mujer al año siguiente. Quise escribir a tu madre, para expresarle mis sentimientos por lo ocurrido, pero no había llegado a conocerla y estaba seguro de que nos odiaba.

Se limitó a enviarle una carta de pésame y nada más.

—Ella no los odiaba —le aseguró Amadea—. Su familia se portó incluso peor con ella. Inscribieron su nombre en el libro de los muertos de la familia, y cuando su madre murió no le permitieron verla ni asistir al funeral. Mi abuela había empezado a visitarnos dos años atrás, y a ella llegamos a conocerla. Nunca vi a los demás.

—¿Dónde están ahora? —preguntó, aparentemente preocupado. Amadea hizo una pausa antes de responder. El resto no eran más que malas noticias.

—La familia entera fue deportada la noche de los cristales rotos. Algunos dijeron que los enviaron a Dachau, pero no lo sé con seguridad. A mi madre y a mi hermana las deportaron a Ravensbrück hace dos años, y desde entonces no he tenido noticias suyas.

Él pareció horrorizado por lo que estaba escuchando.

—¿Y viniste aquí? —Parecía confuso. Armand la miraba atentamente. Era una mujer asombrosa. Él no tenía hermanas, y le habría gustado tener una como ella. Era hijo único, sin más parientes que su padre, y decidieron sumarse a la Resistencia, lo único que tenían en el mundo era el uno al otro y aquella casa, elegante pero tan necesitada de reparaciones como el resto de la finca.

—Estuve en Theresienstadt cinco meses. Antes de eso unos amigos míos me escondieron, después de que deportaron a mi madre. Llevaba seis años en un convento carmelita.

—¿Eras monja? —preguntó Armand, asombrado.

—Supongo que todavía lo soy. —Aunque eso había sido discutible durante algún tiempo. Pero ahora volvía a estar segura de su vocación. Lo estaba desde la muerte de Jean-Yves. Tenía la certeza de que nunca la había perdido. Tan solo había tomado un ligero desvío, en unas circunstancias extraordinarias—. La hermana Teresa del Carmen. Volveré al convento después de la guerra. Tuve que abandonarlo para que las demás hermanas no corrieran peligro.

—Qué mujer tan extraordinaria eres —dijo su tío mientras le pasaba un brazo alrededor de los hombros—. Si hubiera vivido, tu padre estaría orgulloso de ti. Lo estoy yo, y apenas te conozco. —Entonces la miró con una expresión de nostalgia—. ¿Podrías quedarte más tiempo?

Habría sido necesaria una vida entera para ponerse al día, y él quería saberlo todo de los años en los que había estado separado de su hermano. Había miles de cosas que deseaba preguntar.

—No creo que sea muy prudente —respondió ella cabalmente, mostrando su buen juicio carmelita, como Serge habría dicho—. Pero, a ser posible, me gustaría volver otro día.

El conde se dio cuenta de que había planteado muy educadamente su petición.

—Por supuesto, puedes volver cuando gustes.

Regresaron al interior de la casa y se pasaron el resto de la noche hablando. No se retiraron a descansar, pero finalmente ella fue a tenderse un poco antes de marcharse.

Los niños lloraron cuando se despidió de ellos. Tanto ella como Armand y Nicolás tenían lágrimas en los ojos cuando se puso en marcha. Había prometido volver, y su tío le rogó que estuviera alerta y se cuidara. Aún podía verlos en el retrovisor, de pie en el patio, agitando las manos, hasta que hizo girar el vehículo y los perdió de vista. Había sido una de las mejores noches de su vida, y deseó que Jean-Yves y su padre hubieran estado allí. Mientras regresaba a Melun, los sintió cercanos a ella, junto con su madre y Daphne. Todos formaban parte de una cadena irrompible que unía el presente, el futuro y el pasado.

22

El viaje de regreso de Amadea a Melun transcurrió sin contratiempos. Una sola vez los soldados le dieron el alto, pero únicamente charlaron amigablemente con ella unos minutos y enseguida le permitieron proseguir su camino. Apenas echaron un vistazo a sus documentos. Uno de ellos agitó la mano, con una amplia y juvenil sonrisa, mientras ella se iba.

Al atardecer estaba de regreso en la granja de Melun. A la semana siguiente volvía a estar con los demás, recogiendo suministros lanzados en paracaídas y llevando a cabo las actividades de costumbre. Los británicos les habían enviado otras dos radios de onda corta, que estaban ocultas en granjas vecinas.

A finales de septiembre, Serge volvió a visitarlos. Siempre que podía le gustaba ver personalmente a los hombres y a las mujeres que trabajaban para él. Quería asegurarse de que no ponían en peligro a los demás y que eran tan leales como él creía. Tenía un sexto sentido para esas cosas. Y esta vez había algo que quería comentar con Amadea. Le habían informado de que durante mucho tiempo había estado deprimida por la desaparición de Jean-Yves y que todavía se consideraba responsable no solo de su muerte y de la de Georges, sino también del asesinato de los cuatro muchachos. Peor todavía, temía que la muerte de Jean-Yves fuese un castigo por sus pecados. Serge le tomó cariño durante el tiempo en que realizó misiones para él, y respetaba profundamente su buen juicio, su gran valor y su sangre fría. Quería asegurarse de que estaba bien, y había una misión de la que quería hablarle. Como de costumbre, cuando algo era delicado, quería hablarlo personalmente. Le envió un mensaje, y se reunieron en una granja vecina.

En cuanto ella entró en la estancia, Serge vio que estaba ojerosa, fatigada y todavía muy baja de ánimos. Parecía obsesionada por las muertes que creía haber causado, y muy a menudo comentaba lo ansiosa que estaba por volver al convento cuando terminara la guerra. Cenó con él y le informó sobre los suministros que habían recogido y los nuevos elementos que trabajaban con ellos; finalizada la cena, salieron a dar un paseo.

—Hay un asunto del que quiero hablarte —le dijo al cabo de unos minutos—. Necesito un agente para una misión especial en París. No sé si estarás en condiciones de hacerlo, pero creo que serías perfecta.

Los servicios secretos británicos le habían pedido que buscara a alguien con unas características específicas, y ella las tenía todas. Necesitaban a una persona que hablara un alemán impecable y que pudiera pasar por una fría, refinada y aristocrática mujer alemana. Amadea no solo era ideal para ese papel, sino que esas características la describían a la perfección. Y podía hacerse pasar igualmente por francesa o alemana. Querían que encarnara a la esposa o la novia de un oficial de las SS de alto rango que iría de visita a París. El oficial sería un miembro del servicio secreto británico que era medio alemán y que también hablaba con fluidez el francés. Necesitaba una pareja perfecta para él, y Amadea lo era. La gran pregunta era si ella podría hacerlo, y, como de costumbre, Amadea tenía la última palabra.

Serge le explicó la misión mientras seguían paseando en la oscuridad, y ella lo escuchaba en silencio. Durante un largo rato, no le respondió, y él prefirió no presionarla.

—¿Cuándo tengo que decírtelo?

Quería rezar primero. Era feliz en el campo, haciendo lo que podía por ellos. Ir a París y exhibirse ante las SS era mucho más peligroso para ella. No le importaba que los alemanes estacionados en Melun la mataran durante una misión a medianoche.

Lo único que no quería, y que temía más que nada, era que la deportaran a un campo de concentración. Ni siquiera ella se sentía preparada para enfrentarse de nuevo a semejante horror. Sabía que no volvería a tener la misma suerte que en Theresienstadt. Hasta entonces ni un solo interno había escapado de Auschwitz ni de la mayor parte de los demás campos. La falta de personal durante la noche en que arrasaron Lidice, hizo que consiguiera huir del «campo de concentración modelo» de los nazis. Precisamente por aquel entonces se disponían a mostrar su «Ciudad para los judíos» a la Cruz Roja internacional. La deportación a cualquier otro campo, e incluso a aquel mismo, significaba una muerte casi segura, tras unas torturas inimaginables. La invitación de Serge, para ir a París haciéndose pasar por la esposa de un oficial de las SS, le parecía demasiado arriesgada.

—No disponemos de mucho tiempo, y tú eres nuestra única posibilidad —le dijo Serge sinceramente—. El agente que dirige la misión vendrá este fin de semana. De todos modos iba a hablarte del asunto esta noche. Vendrá con otros tres hombres.

Ella ya sabía cómo eran aquellos aterrizajes; había ido varias veces a esperarlos, con Jean-Yves y otros hombres. Un pequeño Lysander aterrizaba apenas cinco minutos, el tiempo imprescindible para que los hombres bajaran, despegaba de nuevo y los hombres se dispersaban con rapidez. Eran los mismos aviones que efectuaban los lanzamientos de suministros y, en ocasiones, de paracaidistas. Los aterrizajes eran mucho más difíciles. Llegaban sin luces y confiaban en que los luchadores por la libertad que estaban en tierra los guiaran con linternas y los protegieran. Hasta entonces, durante el tiempo en que Amadea había trabajado con ellos, no habían tenido ningún percance ni perdido a un solo hombre, aunque en varias ocasiones habían estado cerca de un desastre.

—Debe de ser alguien importante —comentó Amadea, pensativa, preguntándose quién sería y si habría oído hablar de él.

Ya conocía muchos de los nombres de la gente con la que trabajaban en Inglaterra. Oía sus nombres codificados por la radio, cuando ella la manejaba, cosa que hacía de vez en cuando.

Era hábil con el receptor de onda corta. Jean-Yves le había enseñado bien, y también la había amado bien durante el breve tiempo que compartieron.

—Es muy importante —admitió Serge, refiriéndose al agente británico—. Si es necesario puede hacer la misión él solo, pero será más convincente que tenga «esposa». —Su mirada era sincera—. Tú eres la única que puede hacerlo.

Ninguna de las demás agentes hablaba el alemán con tanta fluidez como ella o podía pasar por alemana. Aunque lo hablaran bien, como lo hacían algunas, resultaba evidente que eran francesas. Amadea parecía completametne teutónica. No solo alemana, sino totalmente aria. Lo mismo que el oficial con el que trabajaría. Como ella, era medio alemán, aunque no judío. Su madre era una princesa prusiana, muy conocida por su gran belleza cuando era joven.

—¿Quién es? —Ahora sentía curiosidad por él y, a pesar suyo, le intrigaba la misión.

—Su nombre en clave es Apolo. —Ella había oído ese nombre con anterioridad, y pensó que quizá lo había visto alguna vez. El nombre le sonaba vagamente, pero no podía identificarlo con una cara. De pronto cayó en la cuenta. Había aterrizado allí en una ocasión. Era Rupert Montgomery, uno de los hombres que pusieron en marcha el *Kindertransport*—. Es un lord británico.

—Lo conozco. —Serge asintió. Sabía que los dos coincidieron en una misión.

—Él también recuerda haberte visto, y ha pensado que serías una buena pareja. Tienes el aspecto adecuado.

Y también la personalidad adecuada. Aunque Amadea no era consciente de ello, en las situaciones difíciles tenía unos nervios de acero y un juicio extraordinario. Cuantos habían trabajado con ella así lo afirmaban. Mientras regresaban a la granja se hizo un silencio interminable. El aire se estaba enfriando. El invierno se anticipaba. Cuando llegaron a la puerta de la valla, Amadea lo miró y exhaló un suspiro. Aquello era lo que les debía a todos, y tal vez la única razón por la que a menudo no se había rendido. Para servir al Señor, por terrible que fuera.

—Lo haré —dijo en voz baja—. ¿Cuándo viene?

—Te enviaré un mensaje.

Él había dicho que sería el fin de semana, y aquel día era lunes. Miró a Serge con preocupación. Este sabía que era pedirle mucho, tal vez demasiado, pero ella estaba dispuesta a hacerlo. Haría cualquier sacrificio por la victoria y la libertad, aunque fuese por salvar una sola vida.

—Estaré esperando —replicó. Serge hizo un gesto de asentimiento.

También ella le había causado buena impresión al coronel Montgomery. Él recordaba su nombre en clave: Teresa. Lo utilizaban para los mensajes y por la radio de onda corta. Ahora ella esperaría escucharlo.

—Gracias. Es un hombre cuidadoso. Sabe lo que hace.

Ella asintió. Había decidido hacerlo debido a la labor que él había realizado por los niños judíos. Quería ayudarlo.

Serge la abrazó; luego, regresó al granero donde se alojaba mientras ella volvía sola a la granja. Amadea no temía nada en Melun. A pesar de lo que hacían allí, se sentía segura entre las granjas. Y en aquella zona los alemanes eran bastante mansos, salvo en caso de represalias.

—Ve con Dios —le dijo ella antes de separarse, y él asintió.

Dos días después oyó su nombre en código por la radio de onda corta. El mensaje solamente decía: «Teresa. *Samedi*». El sábado, lo cual significaba el viernes. Sus misiones siempre tenían lugar un día antes de lo indicado. Empezarían con la espera —la vista y el oído aguzados— del pequeño avión alrededor de medianoche. Y, como siempre, tendrían que actuar con rapidez.

La noche del viernes siguiente ella estaba en el campo con siete de los hombres. Había dos grupos de cuatro trabajando juntos, con linternas. Se desperdigaron y encendieron las antorchas. El avión llegó enseguida, aterrizó bruscamente y recorrió una corta distancia. Antes de que se detuviera, descendieron cuatro hombres. Vestían rudas ropas campesinas y gorros de lana. El avión volvió a remontar el vuelo en menos de tres minutos. El aterrizaje había sido perfecto, y casi en un abrir y cerrar de ojos los miembros de la célula local habían desaparecido y regresado a sus granjas. Los tres hombres que traía consigo el coronel Montgomery los acompañaron. Realizarían otras misiones y él no volvería a verlos hasta su regreso a Inglaterra. Aquella misma noche se dispersarían e irían hacia el sur. El coronel trabajaba en solitario, como solía hacer. Esta vez con Amadea. Sin decir una palabra ella lo condujo a la granja donde vivían, y lo llevó a la cuadra vacía de uno de los caballos al fondo del establo. Ella le señaló una trampilla que había en el suelo, por si oía acercarse a alguien. Bajo la trampilla había mantas y un recipiente de agua. Al día siguiente se dirigirían a las afueras de París para encontrarse con Serge.

Amadea no le dijo nada al hombre conocido como Apolo, se limitó a mirarlo y asintió mientras él la observaba; cuando estaba a punto de salir, él musitó: «Gracias». Lo decía no solo por aquella noche y las cálidas mantas, sino también por haber aceptado la misión. Conocía bien sus antecedentes y el riesgo que corría. Lo único que no sabía de ella era la relación que había tenido con Jean-Yves, aunque carecía de importancia para lo que estaban haciendo. Él era miembro del servicio secreto británico, con un alto rango. También sabía que en el pasado ella había sido monja, algo que le intrigaba. Estaba enterado de que huyó del convento para salvar a las demás monjas.

Ella asintió de nuevo, y salió para ir a su habitación detrás de la cocina. Por la mañana llevó el desayuno al agente británico. Este vestía las mismas ropas de la noche anterior. Estaba limpio y bien afeitado, y parecía haber descansado. Incluso enfundado en las bastas prendas de trabajo, su aspecto era impresionante. Era tan alto como lo había sido el padre de Amadea, y en otro tiempo debía de haber sido tan rubio como él.

Ahora el cabello rubio estaba entreverado de gris. Aparentaba poco más de cuarenta años, más o menos la misma edad que tenía su padre cuando murió, y había un vago parecido entre ellos, aunque su padre era francés, no británico. Era evidente que aquel hombre podía pasar por alemán. Parecía el espécimen ideal de la raza superior. Le habría sido difícil pasar inadvertido en cualquier parte excepto en medio de una multitud de alemanes. Parecía cualquier cosa menos francés. Cuando Amadea le llevó el desayuno, él le habló en alemán. Era tan impecable como el de ella, tan natural para él como el inglés, de la misma manera que el francés y el alemán lo eran para ella. Ella hablaba inglés, aunque no con la misma soltura, y esta vez le respondió en alemán. Le preguntó si había dormido bien.

—Sí, gracias —replicó él cortésmente, y la miró intensamente a los ojos. Parecía buscar algo, pero ella no sabía qué podía ser. Quería conocerla mejor para saber cuál era su forma de reaccionar y cuánto tardaba en hacerlo. Si iban a pasar por marido y mujer, él tenía que conocerla a fondo, saber realmente cómo era, intuir qué pensaba.

—Nos iremos esta tarde a las cuatro —le dijo en voz baja, evitando los ojos que la escrutaban sin cesar.

—No hagas eso —la corrigió él—. Me conoces. Me quieres. No me temes. Me miras directamente a los ojos. Estás cómoda conmigo. Llevamos cinco años casados. Hemos tenido hijos.

Quería que ella aprendiera su papel, que lo sintiera, de modo que llegara a formar parte de ella.

—¿Cuántos hijos? —le preguntó Amadea, mirándolo de nuevo, como él le había pedido que lo hiciera.

Lo que le estaba diciendo era razonable; ella sabía qué trataba de hacer. No tenía nada que ver con ella. Era un papel que debían representar lo suficientemente bien para seguir vivos. Cualquier desliz por parte de uno u otro podría costarles la vida, y ella lo sabía. Esto era mucho más difícil y peligroso que ir al encuentro de un avión en un campo a medianoche.

—Tenemos dos. Dos chicos. Esta es la primera vez que nos separamos de ellos desde que nacieron. Es nuestro aniversario. Yo tenía que ocuparme de unos asuntos en París, para el Reich, y tú has decidido acompañarme. Vivimos en Berlín. ¿La conoces? —le preguntó, preocupado. De lo contrario, tendría que enseñárselo todo acerca de la ciudad. Fotografías, mapas, restaurantes, tiendas, museos, calles, parques, gente, cines. Tendría que conocer Berlín mejor que la ciudad donde nació.

—Bastante bien. La hermana de mi madre se trasladó allí al casarse. Yo no la conocí, pero fui de visita cuando era niña.

Él asintió. Era un comienzo. Sabía que ella era de Colonia. Incluso conocía el nombre de soltera de su madre, y el nombre de su hermana, así como la fecha en que las habían deportado. Sabía a qué escuela había ido antes de ingresar en el convento. Había muy poco que no supiera acerca de Amadea. En cambio, lo único que ella sabía del agente británico era su nombre verdadero y el codificado, y que había sido uno de los organizadores del *Kindertransport*, pero esto no lo mencionó. No estaban entablando una amistad, sino solo aprendiendo un papel.

Hablaron durante todo el trayecto hasta París, acerca de las cosas que ella necesitaba conocer. Apolo conducía un coche que alguien le había dejado. Sus papeles eran impecables, al igual que su francés. Según sus documentos, era de Arles, donde trabajaba como profesor. Ella era su novia. El único soldado que los detuvo les hizo una seña para que siguieran adelante. Parecían una pareja corriente. Dejó el coche donde le habían dicho que lo hiciera, a kilómetro y medio de la casa de Serge, y recorrieron a pie el resto del camino, todavía conversando. Ella disponía de tres días para aprender el papel y representarlo debidamente. Él no estaba preocupado por eso. Amadea era toda una belleza. Lo único que no conseguía entender era que fuese monja. Estaban a medio camino de la casa de Serge desde el lugar donde habían dejado el coche, cuando él la interrogó al respecto.

—¿Por qué ingresaste en el convento? ¿Tuviste una decepción amorosa?

La pregunta la hizo sonreír. ¡Qué extrañas cosas pensaba la gente cuando alguien entraba en una orden religiosa! Sin embargo, era mucho menos dramático de lo que sospechaban, sobre todo a la edad que ella tenía cuando lo hizo. Ella contaba ahora veintiséis años, y él, cuarenta y dos.

—En absoluto. Lo hice porque amaba a Dios. Tenía vocación.

Él no tenía ningún motivo para preguntárselo, pero sentía cada vez más curiosidad por ella. Era una joven interesante.

—¿Estás casado? —le preguntó mientras caminaban cogidos del brazo, algo que era apropiado para el papel y a lo que debería acostumbrarse ella.

Él la intimidaba un poco, pero, como le había dicho, tenía que sentirse cómoda a su lado. Aunque no era fácil. A pesar de la tosca indumentaria, tenía autoridad. Y ella sabía quién era realmente. Más o menos.

—Lo estuve —respondió mientras caminaban hacia la casa de Serge. Tenían la misma longitud de zancada, y eso a él le gustaba. Le molestaban los pasitos de *geisha*, como los de las mujeres muy menudas; siempre le habían resultado irritantes. Hacía las cosas rápido y bien, y tendía a impacientarse. El resto del mundo no siempre se movía con suficiente rapidez para su gusto. Ella sí—. Mi mujer murió en un bombardeo aéreo, junto con mis dos hijos. Fue al comienzo de la guerra. —Amadea notó que se ponía tenso al decírselo.

—Lo siento —le dijo ella respetuosamente. Todos habían perdido a alguien. O a muchos.

Se preguntó si era eso lo que lo hacía estar ahora tan dispuesto a arriesgar la vida. Como ella, no tenía nada que perder. En su caso, lo hacía por su país. En el de ella, por las vidas que pudiera salvar y por el Cristo crucificado, con quien se sentía casada, o lo estaría algún día, cuando hiciera los votos solemnes. Lo habría hecho aquel verano, si la vida hubiera transcurrido con normalidad. Pero se había ido del convento casi dos años y medio atrás. Con todo, en el momento apropiado, cada año renovaba los votos por su cuenta.

Llegaron a la vivienda de la abuela de Serge, donde Amadea se alojó por primera vez cuando llegó de Praga, con Wolff, el partisano que la llevó allí casi catorce meses atrás. Parecía haber transcurrido una eternidad. Ahora, en compañía de aquel hombre, correría de nuevo un gran riesgo.

Se detuvieron para saludar a los abuelos de Serge, y al cabo de un momento bajaron la escalera a la que se accedía por la puerta oculta en el fondo del armario. Poco después estaban en la sala llena de ajetreo donde Amadea entró la primera vez. Le pareció acogedora y familiar. Reconoció algunos rostros; pero había muchos nuevos. Uno de los hombres estaba manejando una radio de onda corta. Una mujer imprimía panfletos. Otros hablaban alrededor de una mesa, y Serge alzó la vista con placer cuando entraron.

—¿Algún problema?

Ellos hicieron un gesto negativo al unísono, y rieron. No había habido bromas entre ellos ni habían hablado de cosas personales, salvo la pregunta que él le había hecho acerca del convento y la suya acerca de su esposa. El resto de lo que habían hablado estaba totalmente relacionado con la información que necesitaban compartir para su misión.

Al cabo de un rato alguien les trajo comida, un estofado de conejo, una rebanada de pan y una taza del café amargo que todos tomaban. Era nutritiva y les calentó, pues el ambiente era bastante frío. El hombre conocido como Apolo estaba realmente hambriento. Incluso Amadea dio buena cuenta del delicioso estofado.

Después les hicieron fotografías, para la milagrosa obra de arte que eran los pasaportes y documentos de viaje que realizaban. Serge pensaba que sus pasaportes y documentos militares eran su mejor trabajo. Serge y el coronel Montgomery hablaron en voz baja en un rincón durante mucho rato; mientras, una de las mujeres tomó medidas a Amadea para las prendas que necesitaría. Ella no tenía ni idea de cómo lo hacían, pero siempre se las ingeniaban para conseguir ropas campesinas o trajes y vestidos elegantes, que seguían escondidos en alguna parte desde antes de la guerra. La gente tenía parientes que en el pasado vistieron bien, y viejos baúles llenos de tesoros. Incluso tenían algunas joyas y pieles.

Todo ello apareció en una elegante maleta de cuero dos días después, junto con sus pasaportes y documentos, así como todos los accesorios necesarios de las SS para Apolo. Este, vestido con el uniforme que había llevado otras veces, tenía un aspecto espectacular. Se probaron todas las prendas, y no había ninguna que no les sentara a la perfección. Formaban una pareja impresionante. Amadea llevaba un elegante vestido de lana gris parecido a uno de su madre, y un hermoso collar de perlas. El vestido había sido diseñado por Mainbocher y estaba en perfecto estado, al igual que el abrigo de pieles que llevaba y el bonito sombrero negro. Era increíble que incluso los zapatos que le habían encontrado fuesen de fabricación alemana. El bolso era un Hermès de piel de cocodrilo, y los guantes de ante negro también le sentaban a la perfección. Parecía la esposa elegantemente vestida de un hombre muy próspero, como se suponía que era el oficial al que Apolo encarnaba. El verdadero oficial, cuyo nombre él había tomado prestado, murió dos años atrás. El fallecimiento se produjo a causa de un accidente de barco, cuando estaba de permiso, y su difusión había sido relativamente escasa. Lo que ellos necesitaban era su nombre y su identidad. Nunca había estado en París, y estaban seguros de que nadie lo conocía allí. Y, aunque lo conocieran, era más que probable que la pareja pudiera salir adelante con la farsa durante los dos días que necesitaban.

El coronel Montgomery tenía que recoger información en reuniones del Reich en París y en acontecimientos sociales. Amadea era un señuelo, y recopilaría información por su cuenta mientras charlaba con otras mujeres y bailaba en las fiestas con los oficiales de alto rango. El coronel Montgomery había reservado habitación en el hotel Crillon, puesto que era su aniversario, y había encargado champán y rosas para ella. Iba a darle ostentosamente un precioso reloj Cartier de oro y brillantes como regalo de aniversario. Habían pensado en todos los detalles.

—Eres muy generoso —le dijo ella, admirando el reloj.

—¿Lo crees de veras? —replicó él. Con el uniforme de las SS su aspecto era muy frío y británico—. Me parece muy poca cosa. Creo que, tras haberme aguantado durante cinco años, mereces al menos un gran broche de brillantes o un collar de zafiros. Es muy fácil complacerte.

—No vemos muchos relojes así en el convento.

Le sonrió, sintiéndose todavía como su madre con el vestido de lana gris y el abrigo de piel. Se quitó el abrigo y lo colgó cuidadosamente. Su madre nunca había tenido pieles hasta después de la muerte de su padre. Antes de recibir su herencia, que había llegado en el último momento, siempre había podido permitirse un buen abrigo de pieles, pero solamente uno, y una chaqueta para las chicas cuando se hicieron lo bastante mayores para llevarlas. Hacía años que Amadea no veía de cerca un abrigo de piel.

—Tal vez debería haberte dado tu rosario como regalo de aniversario —siguió bromeando el coronel Montgomery, y esta vez él se rió abiertamente.

—Me habría gustado mucho. —Entonces pensó en algo que realmente deseaba hacer, si tenían tiempo—. ¿Podríamos ir a Notre-Dame? —le preguntó. Por primera vez parecía una esposa, y él estaba satisfecho.

—Creo que eso podría arreglarse. —También quería llevarla de compras, o por lo menos aparentarlo. A Apolo le habían dado una gran cantidad de dinero alemán. Iban a ser dos días de lujo, como correspondía a un hombre de su posición y su guapa esposa—. ¿Sabes bailar? —le preguntó de repente. Él se había olvidado por completo, y en cuanto a ella, puesto que había ingresado tan joven en el convento, le parecía imposible que hubiera aprendido.

—Antes lo hacía —respondió ella, sonriendo tímidamente.

—Solo bailaremos lo imprescindible. Mi mujer siempre me decía que bailaba muy mal. Te pisaré todos los dedos de los pies y tus elegantes zapatos.

Naturalmente, habría que devolverlos a quien se los había prestado.

Durante los tres días siguientes compartieron toda la información posible. Serge tuvo largas reuniones con él. Montgomery estaba allí para reunir datos sobre las nuevas bombas que estaban fabricando, no tanto detalles técnicos de las bombas en sí, aunque siempre eran útiles, sino los planes de fabricación, el número de operarios, los locales donde se almacenaban y quién estaba al frente del proyecto. Se encontraba todavía en una etapa inicial, pero los británicos sabían que tendría un enorme impacto en la guerra. Todo lo que debería hacer los dos días siguientes sería establecer contacto. La misión entrañaba un gran riesgo. Si lo reconocían o posteriormente podían recordar quién era, dificultaría su participación en futuras misiones, pero él era el único hombre que podían enviar. Lo que estaba haciendo era esencial para el desarrollo de la guerra.

Tomaron un taxi y fueron al Crillon, con dos hermosas maletas que contenían cuanto necesitaban. Sus documentos eran impecables. El maquillaje y el peinado de Amadea realzaban su belleza. Llevaba el largo cabello rubio recogido en un pulcro moño, y estaba muy elegante con su lujosa indumentaria. Formaban una pareja imponente cuando entraron en el hotel. Minutos después, Amadea se quedó sorprendida al ver la habitación, pero se esforzó por palmotear, soltar unas exclamaciones de alegría y besar a su marido. Sin embargo cuando salió el botones había lágrimas en sus ojos. No había visto nada igual desde que ingresó en el convento ocho años y medio atrás, y recordó a su madre.

—Nada de eso —le dijo él en alemán.

Fueron a Notre-Dame y luego a Cartier, que estaba haciendo un notable negocio vendiendo sus productos a los oficiales alemanes y a sus queridas. Almorzaron en Maxim's y por la noche asistieron a una fiesta en el cuartel general alemán. Amadea sorprendió a los invitados con su espectacular atuendo: un vestido de noche de satén blanco, gargantilla de brillantes, guantes blancos de cabritilla y unas sandalias adornadas con pedrería falsa. Su marido parecía extremadamente orgulloso de Amadea, que bailó con casi todos los oficiales jóvenes; mientras, él charló amigablemente sobre los nuevos planes de municiones y lo difícil que sería completarlos a tiempo. Obtuvo toda la información que deseaba. La segunda noche asistieron a una fiesta más reducida en casa del *Kommandant*, cuya esposa le cobró mucho afecto a Amadea, bebió más de la cuenta y se mostró demasiado indiscreta; le contó todo lo que su marido había estado haciendo y le hizo prometer a Amadea que volvería pronto a París. Cuando regresaron al Crillon para pasar la segunda noche, habían obtenido un gran éxito, y Amadea propuso a su compañero que fuesen ya a reunirse con Serge, pero el coronel Montgomery replicó que debían representar su papel hasta el final y esperar a la mañana siguiente.

Como habían hecho la noche anterior, dormirían en la misma cama, ella con una camisa de satén de color melocotón adornada con encaje de color crema, y él con un pijama de seda cuyas mangas y perneras eran cortas para su estatura, pero Amadea era la única que lo sabía. Se metieron en la cama y hablaron acerca de las cosas que habían oído aquella noche. Ella había obtenido cierta información importante, y él estaba enormemente satisfecho. Por su manera de hablar, podrían haber estado sentados en un despacho y vestidos de uniforme. La camisa de dormir y el pijama no significaban nada para ninguno de los dos. Estaban actuando como agentes del gobierno británico, y aquello era trabajo. Nada más. Aquella noche apenas durmieron, y, a la mañana siguiente, Amadea estaba deseosa de partir. En todo momento había sido consciente del riesgo que corrían, y, por lujoso que fuese aquel estilo de vida provisional, lo que ella quería era regresar cuanto antes a la granja de Melun.

—No tan rápido —le reconvino él, siempre en alemán—. Este es nuestro aniversario. Lo estamos pasando bien en París y no quieres marcharte. Te encanta estar aquí conmigo, solos los dos, lejos de los niños. Eres una madre maravillosa, pero una esposa incluso mejor.

Y pensaba que era todavía mejor agente secreto. Había sido inapreciable para él durante dos largos días, y confiaba en volver a trabajar con ella. Era brillante en su labor; mejor de lo que ella misma creía.

—Por cierto, me mentiste —le dijo mientras desayunaban en la habitación.

Ambos se habían vestido y ya tenían hecho el equipaje. El arrugó y desordenó las sábanas cuando se levantaron, mientras ella lo miraba, preguntándose qué hacía. «Hemos tenido una fabulosa noche de pasión», replicó él con una sonrisa. Habían estado tan quietos y separados que las sábanas estaban lisas y parecía que en aquella cama hubieran estado dos cadáveres. Cuando terminó, parecía como si la noche hubiera sido realmente movida, y ella se echó a reír.

—¿En qué te he mentido?

Parecía perpleja. Estaba cómoda hablándole en alemán, aunque hacía dos años que no hablaba la lengua, pero le hacía sentirse de nuevo en casa.

—Bailas de maravilla. Vi cómo te movías en la sala, coqueteando con todo el mundo. Estaba muy celoso —añadió en tono de broma.

—¿Coqueteaba?

Amadea pareció horrorizada. No había sido su intención. Tan solo había intentado ser encantadora y agradable, y confiaba en no haberse excedido.

—No más de lo estrictamente necesario, o me habría visto obligado a hacer una escena de celos, que por suerte no tuve que hacer. Te perdono, por eso y por la mentira.

En realidad, él la había observado bailar una o dos veces, y había visto la gracilidad y ligereza de sus movimientos, sobre todo para una carmelita.

Pagaron la cuenta del hotel, llamaron a un taxi y fueron a la estación. Desde allí tomaron otro taxi, se dirigieron a la casa de Serge y entraron en la habitación del sótano cuando aún no había transcurrido una hora desde que abandonaron el Crillon. Al entrar, Amadea se quitó el sombrero, tomó asiento y exhaló un hondo suspiro. Estaba agotada por la tensión de los dos últimos días. Había estado aterrada durante todo el día, aunque en ningún momento dio esa impresión, sobre todo en Notre-Dame.

El coronel Montgomery le dijo a Serge que había sido la misión que había tenido más éxito de todas las que él había realizado. Dijo que Amadea había estado impecable como esposa de un oficial de las SS, y que ella misma había recogido una gran cantidad de información. Serge estaba tan satisfecho como el coronel.

—¿Cuándo volvemos? —preguntó Amadea al coronel con una sonrisa fatigada tras haberse cambiado de ropa en su habitación.

Se sentía un poco como Cenicienta a medianoche. Había sido divertido llevar aquellas hermosas prendas de vestir y alojarse en el Crillon, pero en ningún momento había dejado de pensar en el riesgo de la deportación. Ella estaba acostumbrada al riesgo cotidiano de su vida en Melun, pero aquello había sido mucho más peligroso.

Él también se quitó el uniforme de las SS, y ambos devolvieron a Serge sus documentos. Los pasaportes y papeles se podrían utilizar de nuevo, modificándolos con pericia y nuevas fotografías. Serge les devolvió los documentos que identificaban a Amadea como Amélie Dumas y a él como un maestro de escuela de Arles. Ambos sabían que estaban jugando un juego peligroso, pero eran expertos en ello.

—¿Tienes hambre? —le preguntó a Amadea en voz baja, y ella le sonrió. En los dos últimos días habían llegado a parecer un matrimonio, y ya habían adquirido el hábito de hablarse como marido y mujer.

—Estoy bien. Comeré cuando regresemos. ¿Cuándo nos vamos?

—Dentro de dos horas.

Antes, el coronel quería enviar por radio una información codificada a Inglaterra.

Salieron de la casa de Serge sin despedirse de nadie y fueron a Melun, tal como hicieron a la ida, en el coche prestado. Pero esta vez se sentían muy a gusto el uno con el otro. Era como si realmente fueran marido y mujer. Incluso habían dormido juntos dos noches seguidas, aunque lo habían hecho como si fuesen hermanos. Él aún la recordaba con la camisa de dormir de seda de color melocotón, y ella con el pijama ridículamente corto. Era un hombre alto, y le resultaba difícil encontrar incluso pantalones a la medida de sus largas piernas.

—Has hecho un buen trabajo —le dijo a Amadea durante el trayecto de regreso—. Un trabajo excelente, de veras.

—Gracias, coronel —replicó ella. Había perdido por completo la timidez.

—Puedes llamarme Rupert. —Habían vuelto a hablar en francés, a fin de no cometer el error de hablar en alemán si los detenían—. ¿Sabes? En sueños hablas en alemán —le dijo, sonriente—. Eso es característico de un agente impecable. Habla en sueños en el lenguaje de la misión que realiza.

Amadea se sentía ahora un poco confusa por hablarle en francés de nuevo.

—Me gustaría hablarte en alemán —admitió—. Es terrible decir tal cosa en estos tiempos, pero me recuerda mi infancia. Hacía mucho que no lo hablaba. —No lo hacía desde su llegada a Francia.

—Hablas muy bien el francés, al igual que el inglés —le dijo él con admiración.

—Lo mismo digo.

Ambos habían tenido madres alemanas, por lo que no era sorprendente que el alemán fuese su lengua materna, aunque él se había criado en Inglaterra con un padre británico y ella en Alemania con uno francés.

—Quisiera volver a trabajar contigo —le dijo sencillamente.

—No estoy segura de que tenga la sangre fría necesaria para hacer esta clase de trabajo —replicó ella en francés—. No a este nivel. Esperaba que en cualquier momento la Gestapo llamara a la puerta y me deportaran.

—Eso habría sido muy desagradable —comentó él secamente—. Me alegro de que no haya sucedido.

—También yo —dijo ella, con el semblante serio. Trabajar con él había sido una interesante experiencia—. Verás, desde el principio deseaba decirte cuánto admiro lo que hiciste con el *Kindertransport*. Fue algo increíble.

—Fue maravilloso. Me alegro de que pudiera sacar a tantos. Yo mismo tuve a doce de ellos en casa.

Lo dijo como si admitiera que tenía un receptor de radio, o una planta exótica, como si no hubiera nada notable en ofrecer un hogar a doce hijos adoptivos, pues eso eran en realidad.

Todos tenían padres, o los tenían cuando abandonaron Alemania. Y aquellos cuyos padres siguieran vivos después de la guerra regresarían a su país. Rupert ya había tomado la decisión de adoptar a los que no lo hicieran, y se lo dijo a Amadea. Era un hombre extraordinario. Ella había podido comprobarlo en los dos últimos días. Incluso bajo una tensión extrema, como la que también él había vivido, se mostró siempre cortés, considerado, respetuoso y amable. Había corrido el constante peligro de ser descubierto y detenido, igual que ella. De haberlos descubierto, lo más probable era que los hubiesen fusilado.

—Debe de ser terrible tener doce niños en casa.

—Es entretenido —admitió él con una sonrisa. Le había consolado un poco de la pérdida de su esposa y sus hijos, aunque no era lo mismo. Pero le alegraba el corazón—. Son unos chicos magníficos. También con ellos hablo en alemán. Tengo ocho chicos y cuatro chicas, de cinco a quince años. La más pequeña tenía seis meses cuando la subieron al tren. Vino con su hermana. Dos de los chicos mayores son gemelos. Algunas familias de Inglaterra solo querían uno o dos miembros de una familia, pero a menudo eran más... Hicimos lo posible por mantener a las familias unidas. A algunos ha sido necesario realojarlos, pero la mayor parte de las colocaciones han sido un éxito. A veces añoran mucho su casa. No mi pequeña, claro; ella no recuerda a más familia que los demás chicos que llegaron con ella y yo. Es muy pícara, pelirroja y pecosa. —Sonrió al describirla, y Amadea vio en sus ojos el cariño que sentía por ellos. Supuso que también debía de haber sido un buen padre, cuando sus hijos vivían.

Llegaron a Melun cuando ya era de noche, y la tía de Jean-Yves les preparó la cena. No les preguntó dónde habían estado ni qué habían hecho, y ellos no dijeron nada de su viaje a París. La mujer no tenía ninguna duda de que él era un agente de otro lugar, y además importante. Cenaron tranquilamente y hablaron de la granja y del tiempo. Luego, Amadea y Rupert se sentaron en el granero y conversaron hasta que llegó el momento de partir.

—Parece extraño, pero lo he pasado muy bien contigo —le dijo él afablemente—. ¿Echas de menos el convento? —quiso saber, todavía lleno de curiosidad por aquella faceta de Amadea.

Ella era una interesante mezcla de muchas cosas diferentes. Mundana, inocente, bella, humilde, valiente, tímida, inteligente y carente por completo de pretensiones. En cierto sentido, él veía por qué podía ser una buena monja, aunque seguía pareciéndole que sería un terrible despilfarro. Todavía recordaba lo bella que estaba con el vestido de noche blanco o con la camisa de dormir de color melocotón. Él nunca se relacionaba sentimentalmente con agentes femeninos. Habría sido una locura hacer tal cosa, y lo habría complicado todo. Aquello era trabajo, no diversión. Había vidas humanas en juego.

—Sí, lo echo de menos —admitió con seriedad Amadea—. Constantemente. Cuando esto termine, pienso volver al convento. —Parecía segura de sí misma, y él le creyó. Tenía la sensación de que lo haría.

—Resérvame un baile antes de que lo hagas —bromeó—. Podrías enseñarme una o dos cosas.

Alrededor de las once y media se dirigieron al campo, donde estaban los demás. El avión llegó poco después de medianoche. Los hombres que habían ido a Francia con él aún estaban realizando otras misiones.

El aparato estaba aterrizando cuando él se volvió hacia ella y le dio las gracias de nuevo.

—Que Dios te bendiga —le dijo ella mientras el motor del avión ronroneaba—. Cuídate.

—Tú también —replicó él. Le tocó el brazo, hizo un saludo militar y subió al Lysander.

Despegaron menos de tres minutos después, y ella se quedó mirando el pequeño avión que se perdía en el cielo. Creyó ver que él la saludaba agitando una mano. Se dio la vuelta y regresó a la granja.

23

Amadea no volvió a tener noticias de Serge hasta dos semanas antes de Navidad, cuando él fue a verla personalmente. Ella había estado realizando las misiones locales de costumbre. En dos ocasiones rescató a hombres que se habían lesionado al lanzarse en paracaídas. Trepó a un árbol para liberar a uno que se había enredado en las ramas, y luego lo cuidó durante varias semanas. Su heroísmo y su abnegación no eran ningún secreto en Melun. Los dos hombres a los que había salvado eran británicos, y el que se había enredado en las ramas del árbol y salvó la vida gracias a ella, juró que después de la guerra volvería para verla. Pensaba que había sido un ángel de la guarda.

Cuando se aproximaba la Navidad se sentía triste y pensaba en Jean-Yves, en la Navidad anterior que pasaron juntos. Pero ahora su vocación religiosa era más fuerte que nunca. Se preguntaba si por esa razón Jean-Yves se cruzó en su vida. Sabía que, con el tiempo, su destino se revelaría.

Esta vez, cuando llegó Serge, incluso dudó en plantearle la misión. El coronel Montgomery en persona se lo había pedido aunque, naturalmente, ella podía rechazarla.

Los planes de la fábrica de bombas en Alemania habían avanzado mucho más rápido de lo que los británicos esperaban. Y ahora el coronel precisaba los detalles técnicos que no había obtenido en París. Necesitaba que Amadea volviera a hacerse pasar por su esposa, esta vez sería otro oficial con su mujer. El gran riesgo de la misión estribaba en que tendría lugar en Alemania. Tendrían que entrar y salir sanos y salvos, lo cual ya era un gran logro. Podían matar a cualquiera de ellos y, en el caso de Amadea, si no la mataban, con toda seguridad la deportarían. Esta vez Serge ni tan solo quería pedírselo, incluso trató de disuadirla. Tenía que entregarle el mensaje, pero nada más.

—Si puedo serte sincero, creo que no deberías aceptar.

Tras escucharlo, ella tampoco lo creía. Serge le dijo que tenía dos días para decidirse.

Amadea no quería ir, pero durante los dos días siguientes no pudo dormir. Solo podía pensar en los rostros que había conocido y visto en Theresienstadt. Se preguntó cuántos de ellos vivirían aún. Su madre y su hermana en Ravensbrück. La familia de su madre en Dachau. Si nadie realizaba aquellas misiones, estarían allí para siempre, y todos los judíos de Alemania y de los países ocupados morirían. Recordó algo que le había dicho uno de los internos de Theresienstadt, un anciano que murió un mes antes de que ella huyera. Le dijo: «Quien salva una vida, salva al mundo entero». Era una frase del Talmud, y ella nunca la había olvidado. ¿Cómo podía darles la espalda ahora, cuando tenía la oportunidad de ayudar a que cambiaran las cosas, aunque ello significara que volviesen a deportarla? Eso era lo último que quería, pero aquella era su ocasión de luchar por ellos. ¿Qué alternativa le quedaba? Se preguntó qué elección tuvo Cristo cuando se enfrentó a la cruz.

Aquella noche Amadea se puso en contacto con Serge por radio. El mensaje tan solo decía: «Sí. Teresa». Sabía que él lo entendería y transmitiría el mensaje al coronel. Al día siguiente recibió las instrucciones. Esta vez él volaría al este, y ella tenía que viajar para reunirse con la célula de allí. Ellos le darían documentos y las ropas que necesitara. Era invierno, y no tendrían un «fin de semana de aniversario» en el Crillon de París. Ella no necesitaba nada lujoso para vestir, tan solo recio.

Partió cuando era noche cerrada y llegó a Nancy por la mañana. El coronel Montgomery había aterrizado en un campo aquella noche. Esta vez se había lanzado en paracaídas. Los esperaban en Alemania al cabo de cinco días. Cuando vio a Amadea, apareció en su rostro una amplia sonrisa.

—Bueno, hermana, ¿cómo estás?

—Bien, gracias, coronel. Me alegro de volver a verte.

Su saludo fue respetuoso y amistoso. Era como encontrar a un viejo amigo. Él estaba impresionado de que ella hubiera aceptado aquella misión, a sabiendas de lo peligrosa que era. Se había sentido culpable por planteárselo, pero lo cierto era que la necesitaba, no solo él sino también Inglaterra. Se alegraba de que lo acompañara en la misión.

Obtuvieron sus documentos, y aquella noche él le dio instrucciones. Se sentaron a hablar hasta que amaneció. Esta vez las cosas eran complicadas. Él la necesitaba para que recogiera información e hiciera fotografías. Para ello le dio una cámara minúscula, que llevaría oculta en un compartimiento de su bolso. Rupert volvía a llevar el uniforme de las SS, y por la mañana tomarían el tren hacia Alemania. Como ya habían hecho antes, él le habló en alemán, a fin de no equivocarse durante su misión. El alemán debía ser la lengua habitual entre ellos, como lo había sido en París. Una vez más, ella observó que le alegraba hablarlo con él. Pero ambos sabían que aquella misión sería incluso más delicada que la anterior.

Los dos estaban cansados y pálidos cuando subieron al tren, como le sucedía a todo el mundo aquel invierno. Pero hablaron animadamente hasta que el convoy se puso en marcha; poco después, ella se durmió con la cabeza sobre su hombro. Estaba realmente cansada. Él leyó mientras ella dormía. Cuando se despertó, Amadea se sentía mejor. Se dirigían a Salzal Thüringen, donde se alojarían en un hotel frecuentado por los oficiales y sus esposas. No podía compararse con el Crillon, pero la habitación que les dieron era agradable. El recepcionista se disculpó porque en ella había dos camas estrechas en vez de una de matrimonio. El hotel estaba completo, porque muchas esposas visitaban a sus maridos antes de Navidad. Rupert les dijo que no había ningún problema, ya que no era su luna de miel; los tres se rieron. Cuando entraron en la habitación, observó que Amadea se sentía aliviada. Esta vez los agentes de la célula le habían proporcionado una cálida camisa de dormir de franela. Aquel viaje era mucho menos romántico, pero infinitamente más peligroso. Rupert encarnaba a un oficial de las SS que no existía. Su nombre y sus documentos eran totalmente ficticios, como los de Amadea. En el caso de esta, habían convenido que podía ser natural de Colonia. Así sería menos probable que cometiera errores, y muchos registros habían sido destruidos en los bombardeos de 1942, el año anterior. De ese modo la conversación sería mucho más fácil y se sentiría menos intimidada cuando hablara con otros oficiales o sus esposas.

Asistieron a dos cenas de etiqueta de la Gestapo. Pero la mayor parte del tiempo Rupert trabajaba. En una ocasión ella le acompañó a visitar la fábrica. Los nazis estaban muy orgullosos de lo que hacían. Amadea recordó todo lo que había visto y lo anotó por la noche.

La tensión durante el viaje fue constante, y el cuarto día, cuando se acostaron, Rupert le dijo en voz baja que lo habían logrado. Se marcharían por la mañana; todo había salido bien. Pero Amadea se pasó toda la noche despierta, con una sensación de inquietud que no la abandonó cuando subieron al tren a la mañana siguiente. Durante la mayor parte del recorrido a través de Alemania guardó silencio. Era como si tuviera una premonición que no se atrevía a comunicar a Rupert. No era necesario ponerlo nervioso. Lo que habían hecho era de una audacia y una valentía asombrosas, y ambos lo sabían.

Durante el viaje a través de Alemania les pidieron a menudo la documentación y, en la última estación, dos jóvenes soldados parecieron tardar una eternidad en devolvérsela. Se hallaban muy cerca de la frontera, y ella estaba segura de que algo sucedería. Pero, una vez más, les devolvieron los pasaportes y el tren siguió adelante.

Rupert le sonrió cuando se pusieron en marcha. A la mañana siguiente estaban de nuevo en Francia. Se dirigían hacia París, desde donde regresarían a Melun. Según los papeles de Rupert, estaba destinado en el cuartel general de las SS en París.

Iban a ver a Serge, desde cuya casa, Rupert podría informar por radio a Inglaterra, y luego irían a Melun, a esperar el avión que lo recogería. Faltaba una semana para Navidad.

Avanzaban a toda prisa por la estación de París, cuando un oficial de las SS cogió a Rupert del brazo y lo llamó por su nombre. Pero era el nombre del oficial al que había encarnado tres meses atrás, y no el que representaba ahora. Pensar en lo que aquello podía significar hizo que Amadea temblara de la cabeza a los pies. Pero los dos hombres intercambiaron saludos y se desearon una feliz Navidad; luego, la pareja salió tranquilamente de la estación y llamaron a un taxi. Fueron a un pequeño café desde donde podían ir andando a casa de Serge. Pidieron el habitual sucedáneo de café. Amadea estaba pálida.

—Todo va bien —le dijo él con calma, mirándola a los ojos para tranquilizarla y hablándole de nuevo en francés. Había sido un milagro que hubieran salido bien librados desde el principio hasta el fin.

—Desde luego, no estoy hecha para esto —dijo en voz baja, con una expresión contrita.

Desde la mañana se sentía como si fuese a vomitar de un momento a otro. Y él parecía cansado. Habían realizado aquel viaje bajo una gran tensión, pero también había sido un gran éxito.

—Lo haces mucho mejor de lo que crees. Casi demasiado bien.

Amadea era tan convincente en su papel de esposa de un oficial de las SS que él empezaba a temer que seguiría realizando aquel tipo de misiones. Y creía que no debería hacerlo. El número de veces que uno podía arriesgar la vida era limitado. Él siempre decía que por lo menos tenía diez vidas, pero ella era joven y el riesgo que entrañaba aquella actividad era excesivo. A los cuarenta y dos años, Rupert tenía la sensación de que ya había vivido. Ahora que habían desaparecido su esposa y sus hijos, nadie lo echaría en falta si moría, excepto sus *kinder*. Luchaba para que los alemanes pagaran por la muerte de su mujer y sus hijos, y para servir a su rey.

Fueron caminando hasta la casa de los abuelos de Serge, dieron sus informes y cambiaron de documentación. Rupert utilizó la radio durante varias horas; cambiaba de frecuencia cada quince minutos, para que los alemanes no pudieran usar sus dispositivos de rastreo, determinar su posición y saber qué sucedía en Francia. Hicieron cuanto tenían que hacer antes de marcharse, y Amadea se dijo que su premonición de que algo iba a salir mal había sido una tontería. Las cosas no podrían haber salido mejor.

Finalmente, aquella noche fueron a Melun, y regresaron a la granja de Amadea antes de que fuese demasiado tarde. Se sentó en el granero con él, como hicieron antes de su misión, y, pasada la medianoche, lo acompañó al campo. Hacía tanto frío que el suelo estaba cubierto de escarcha, y había minúsculos copos de nieve en el aire. Ella le sujetó el brazo para que no resbalara en los lugares donde se había formado hielo, y él la sostuvo varias veces. Había mucha confianza entre ellos, como si realmente fuesen marido y mujer, o al menos estuvieran emparentados. Aguardaron entre unos árboles la llegada del avión. Todo parecía muy rutinario. Era difícil creer que habían estado en Alemania casi toda una semana. A ella ni siquiera le importaba ya que fuese Navidad. Habían sobrevivido. Eso era lo único que quería.

El avión llegó poco antes de la una. Había sido una larga espera en aquel gélido clima. Ella tenía las manos heladas cuando estrechó la de Rupert y le deseó buen viaje y una feliz Navidad. Esta vez él se inclinó y la besó en la mejilla.

—Has estado extraordinaria, como siempre... Espero que pases una buena Navidad.

—Así será. Aún estamos vivos, y no estoy en Auschwitz. —Le sonrió—. Disfruta de la Navidad con tus *kinder* —añadió, empleando la palabra que utilizaban los padres adoptivos ingleses de los niños transportados desde Alemania y cuantos los conocían.

Él le dio unas palmadas en el hombro, y Amadea vio que sus compañeros hacían señales al avión. Aquella noche no la necesitaban. Solo había ido a despedirse de él, como cualquier buena esposa. Se quedó rezagada entre los árboles y lo vio correr por el campo hacia el Lysander que aguardaba. Entonces sonó un disparo. Él se agachó un momento, y Amadea vio que se cogía un hombro y echaba a correr. Hubo más disparos; vio que dos de los hombres con las linternas caían, y los haces luminosos apuntaban hacia el cielo. Amadea retrocedió más entre la vegetación. No podía hacer nada por ninguno de ellos. Ni siquiera iba armada. Pero había visto que Rupert estaba herido. Al cabo de unos segundos, lo subieron a bordo del aparato y este despegó. Cerraron la portezuela mientras alzaba el vuelo. Los otros miembros de la célula corrieron por el campo y desaparecieron, arrastrando con ellos a los dos caídos, pero estos ya estaban muertos. Minutos después hubo soldados por doquier, y ella supo que visitarían todas las granjas vecinas. Podría haber represalias, o tal vez no, puesto que ningún alemán había muerto y el único herido había sido Rupert.

Los soldados emprendieron la persecución de los hombres que huían, y ella corrió a casa tan rápido como pudo. Entró en su habitación, se quitó la ropa, se puso la camisa de dormir y se metió en la cama, restregándose las manos y la cara tan fuerte como podía para calentarlas. De todos modos la temperatura de la habitación era glacial.

Los nazis no fueron a la granja, lo que la sorprendió mucho. No podía creer en su suerte: habían salido de Alemania tras cumplir su misión y habían sobrevivido al ataque de los nazis durante la partida de Rupert. Recordó la premonición que tenía desde la última noche en Alemania, y pensó que podía fiarse de su instinto.

Los dos jóvenes luchadores por la libertad, ambos amigos de Jean-Yves, habían muerto. Al día siguiente Serge recibió un mensaje de los británicos por su radio de onda corta. Apolo había aterrizado; solo tenía un rasguño, pero nada serio, y le daba su más caluroso agradecimiento a Teresa. Serge transmitió debidamente el mensaje. Y, para alivio de todos, la Navidad fue apacible.

24

El exterminio sistemático de los judíos prosiguió en toda Europa durante el invierno de 1943. Cerca de cinco mil personas morían a diario en las cámaras de gas de Auschwitz. En el mes de agosto anterior 850.000 habían sido asesinadas en Treblinka, y, en octubre, 250.000 en Sobibor. En noviembre mataron a 42.000 judíos polacos. En diciembre enviaron a Auschwitz a centenares de judíos vieneses. Ahora había deportaciones masivas desde Theresienstadt a Auschwitz. Y los guetos de toda Europa habían sido arrasados.

En marzo de 1944, los nazis tenían puestas sus miras en 725.000 judíos húngaros. En abril, las tropas de Hitler entraban en los hogares franceses en busca de niños judíos. La tragedia del año anterior fue el arresto en Lyon de Jean Moulin, uno de los afamados líderes de la Resistencia.

En la primavera de 1944, Serge y todos los miembros de la Resistencia sabían que los Aliados preparaban la invasión, aunque ignoraban cuándo tendría lugar. Los alemanes perseguían encarnizadamente a los partisanos de la Resistencia, que pretendían perjudicar en lo posible al ejército alemán para que no estuviera en condiciones de detener a los Aliados cuando llegaran.

Amadea se preguntaba si Rupert intervenía en esas misiones, aunque estaba segura de que lo hacía. No había tenido noticias suyas desde diciembre, cuando realizaron juntos su misión en Alemania, pero no había motivo alguno para que ella supiera algo. De vez en cuando pensaba en él y en los *kinder*, y confiaba en que tanto él como los niños a los que llevó a Inglaterra estuvieran sanos y salvos.

En marzo, Amadea participó en más misiones de las acostumbradas. El tiempo había mejorado y desplazarse era más fácil que en invierno. La habían nombrado jefa de su grupo, y muchas decisiones de la célula dependían de ella.

A fin de entorpecer los movimientos de los alemanes, ella y algunos partisanos más decidieron volar un tren. Habían hecho cosas así en otras ocasiones, a menudo con funestos resultados y severas represalias, pero la consigna enviada desde París era que debían impedir el avance de los trenes a toda costa. Volar el tren y las vías al oeste de Orleans parecía una buena medida, aunque era peligroso para todos ellos.

La fecha establecida para la voladura coincidió casualmente con el vigésimo séptimo cumpleaños de Amadea. Nadie lo sabía, y la fecha significaba poco para ella. En aquellos momentos los cumpleaños y los días festivos carecían de importancia. En cualquier caso, siempre la entristecían. Era más feliz haciendo algo útil, sobre todo si era un obstáculo para los alemanes.

En la misión de aquella noche participaban veinte personas: una docena de hombres y ocho mujeres. Algunos de ellos eran de la zona y otros procedían de células cercanas. Uno de los hombres había trabajado para Jean Moulin, y se marchó de Lyon el año anterior, cuando detuvieron a Moulin. A Amadea no le sorprendió que estuviera muy bien adiestrado, y aquella noche, mientras estaba tendida en el suelo esperando a que pasaran los centinelas, no pudo evitar pensar que incluso a ella le resultaba difícil creer que había sido monja. Pasaba el tiempo preparando armas, reuniendo explosivos, causando daños y haciendo todo lo posible por crear problemas y destruir al enemigo que ocupaba Francia. Todavía tenía intención de volver al convento, pero a veces se preguntaba si las monjas, o el Dios al que amaba, podrían alguna vez perdonarle lo que había hecho. Sin embargo, estaba más decidida que nunca a hacerlo. No creía tener alternativa, al menos hasta que finalizara la guerra.

Aquella noche, Amadea ayudó a colocar los explosivos cerca de la vía. No era la primera vez que hacía aquello y sabía qué cantidad era preciso emplear. Como siempre que participaba en aquel tipo de misiones, se acordó de Jean-Yves. Pero tenía cuidado y, en cuanto encendieron la mecha, se dispuso a correr. Pero en aquel momento pasó un centinela alemán. Ella sabía que, en unos instantes, la explosión lo haría pedazos, pero si no se movía le ocurriría lo mismo a ella. En vez de moverse hacia donde se ocultaban algunos de sus compañeros, no tuvo otra alternativa que ir hacia atrás, con lo que se separaba más de ellos. Había empezado a correr cuando se produjo la primera explosión. El centinela alemán murió en el acto, y la onda expansiva lanzó a Amadea hacia atrás con tal fuerza que voló como una muñeca de trapo y cayó al suelo de espaldas, no lejos de las vías. Le sorprendió estar todavía consciente y darse cuenta de lo que ocurría, pero no podía moverse. Se había dado un fuerte golpe en la espina dorsal.

Uno de los hombres había presenciado lo ocurrido, y cruzó corriendo la barrera de fuego para acercarse a ella. La cargó sobre sus hombros y corrió hacia los otros, en el momento en que se producía la segunda explosión. Esta fue enorme, y de haber seguido allí la habría matado, como le sucedió a Jean-Yves.

Todo lo que recordó luego fue que alguien la llevó a hombros durante mucho rato y que no sentía nada, que la metieron en una camioneta mientras se sucedían las explosiones a lo lejos y que había fuego por todas partes. Después perdió el conocimiento y se despertó al cabo de dos días en un granero que no le resultaba familiar, entre personas desconocidas. La habían llevado a un pueblo vecino y la habían ocultado allí.

En el transcurso de la semana siguiente perdía y recuperaba el conocimiento continuamente. Dos de los miembros de su célula fueron a verla. Parecían preocupados por ella, y dijeron que los alemanes la estaban buscando por todas partes. Habían ido a la granja de los tíos de Jean-Yves donde ella vivía, y no dieron con ella. El anciano matrimonio les dijo que no tenían ni idea de dónde estaba, y milagrosamente salvaron la vida. Pero Amadea no podía volver allí. Serge les envió un mensaje por radio desde París, diciendo que debían sacarla de la zona. Pero, además de que los alemanes la estaban buscando, su segundo gran problema era que no podía mover las piernas, ni siquiera podía sentarse. Había sufrido una fractura en la columna vertebral. Tenía las piernas insensibles, y desde luego no podía marcharse por sí sola. En las condiciones en que se encontraba, se había convertido en un grave inconveniente, y ya no era de ninguna utilidad para los partisanos.

—Él quiere que te saquemos de aquí —le informó afablemente uno de los hombres a los que ella conocía y con el que había trabajado durante año y medio.

No querían decírselo, pero su aspecto era horrible. Durante los últimos dos días hablaba incoherentemente y tenía alucinaciones. No solo se había roto la columna, sino que también había sufrido graves quemaduras. Tendida allí, no sentía nada, ni siquiera dolor.

—¿Adónde? —preguntó Amadea, tratando de concentrarse en el problema, pero estaba tan cansada que casi no podía permanecer despierta. Apenas podía hablar con ellos unos minutos y volvía a perder el conocimiento. En uno de sus breves momentos de lucidez, le explicaron lo que iba a ocurrir. Lo habían arreglado todo.

—Esta noche vendrá un avión a buscarte.

—No me enviéis al campo —le rogó ella—. Seré buena, lo prometo. Me levantaré enseguida.

Pero todos sabían que no podía. La había visto un médico, y aseguró que se quedaría paralítica. E incluso en su estado, si los alemanes la encontraban la ejecutarían. Ni siquiera se molestarían en enviarla a un campo de concentración. Ahora era inútil para ellos, incluso como esclava.

Para empeorar las cosas, tenerla allí en tales condiciones era demasiado peligroso para ellos. Un joven les dio el soplo, y los alemanes sabían que o bien formaba parte de una célula o bien estaba al frente de ella. Todos eran conscientes de que Serge tenía razón: no había más remedio que sacarla de allí. Si podían la sacarían con vida, aunque parecía dudoso. Uno de los aviones Lysander vendría a por ella aquella noche. Si podían subirla a bordo... y si sobrevivía... Cuando la sacaron del granero estaba inconsciente. Una de las mujeres la envolvió en una manta y le cubrió la cara; parecía un cadáver. Se quejó mientras la transportaban, pero no volvió a recobrar la conciencia.

Un muchacho al que Amadea conocía desde que llegó a Francia, cargó con ella y cruzó el campo corriendo, mientras los otros hacían señales con las linternas. Aquello parecía más un funeral que una misión de rescate. Uno de los hombres lloraba y decía que estaría muerta antes de llegar al avión, y los demás temían que estuviera en lo cierto.

En cuanto las ruedas del pequeño aparato tocaron el suelo, se abrió la portezuela. Arrojaron a la joven al suelo de la carlinga, todavía envuelta en la manta. Dos hombres tripulaban el avión. Uno de ellos acabó de introducir a Amadea y cerró la portezuela mientras despegaban. El piloto logró por poco remontar los árboles; luego viró y puso rumbo a Inglaterra, mientras el otro hombre apartaba suavemente la manta de la cara de la joven. Sabían que habían ido en busca de un miembro de la Resistencia francesa al que tenían que sacar de allí. Carecían de más datos. Ni siquiera sabían cómo se llamaba. Serge había comunicado por radio a los británicos solo lo que necesitaban saber. Debían ir a cierto lugar y recoger a alguien. Eso era todo.

—Creo que este vuelo va a ser inútil —comentó el hombre sentado junto a ella en el suelo tras verle la cara. Amadea apenas respiraba, y casi no se le notaba el pulso—. No creo que salga adelante.

El piloto no dijo nada y siguió volando rumbo a casa.

Cuando llegaron a Inglaterra, ambos se sorprendieron al ver que seguía con vida. En la pista esperaba una ambulancia que la llevó a un hospital donde le habían reservado una cama. Cuando los médicos la vieron, comprobaron que necesitaba mucho más que una cama. Tenía quemaduras de tercer grado en la espalda y la columna rota. Tras hacer cuanto pudieron por ella, el cirujano escribió en su informe que era improbable que volviera a andar.

Ingresó en la sala con el nombre de la documentación que traía. Según sus documentos de identificación franceses, se llamaba Amélie Dumas. Poco después, un empleado del servicio secreto británico telefoneó para identificarla por el nombre en clave de Teresa.

—¿Crees que es una agente británica? —preguntó una enfermera a otra cuando vio la nota en su historial. Estaban enteradas de que la habían recogido en Francia, pero no sabían por qué ni quién lo había hecho.

—Podría ser. No ha dicho una sola palabra desde que llegó. No sé en qué idioma habla.

La enfermera jefe, que era monja, examinó atentamente el historial. En aquellos días no era fácil distinguir la procedencia de los heridos. En cualquier caso, la joven no pertenecía al ejército británico y su estado era desesperado.

—Puede que sea de los nuestros.

—Sea quien fuere, le ha ocurrido algo terrible —dijo la otra enfermera.

Amadea no volvió a recobrar la conciencia hasta tres días después, y cuando lo hizo, fue solo durante un minuto. Miró a la enfermera que la atendía y habló en francés. En sus ojos, que parecía que no veían, había una obsesión. Habló en francés, no en alemán ni en inglés, y lo único que dijo fue: «*Je suis l'épouse du Christ crucifié*»... soy la esposa del Cristo crucificado. Tras decir esto, volvió a perder la conciencia.

25

El 6 de junio los Aliados desembarcaron en Normandía, y Amadea lloró al enterarse de la noticia. Nadie en el hospital había rezado y luchado tanto para que aquello sucediera. A mediados de mes, pudo salir al jardín en una silla de ruedas.

Los médicos le habían dicho que era improbable que volviera a caminar, aunque no se podía descartar del todo esa posibilidad. Quizá sí... pero muy improbable. Ese era el dictamen. Ella pensaba que sus piernas eran un pequeño sacrificio que valía la pena hacer si con ello terminaba la guerra y la gente por la que ella había luchado vivía. Eran innumerables los que jamás podrían observar la vida ni siquiera desde una silla de ruedas. Mientras estaba sentada al sol, con una manta sobre las piernas, pensó de repente que sería una de aquellas monjas ancianas sentadas en una silla de ruedas y que cuidaban las jóvenes. No le importaba si tenía que entrar arrastrándose en el convento; en cuanto le dieran el alta en el hospital, regresaría. En el barrio londinense de Notting Hill había un convento de carmelitas, y ella se proponía visitarlas en cuanto pudiera salir de allí. Pero los médicos le decían que debía tomárselo con paciencia. Las quemaduras todavía estaban cicatrizando, y necesitaba terapia para la espalda y las piernas. Además, no quería ser una carga para las demás monjas.

Estaba sentada en el jardín con los ojos cerrados y la cara al sol, cuando oyó a su lado una voz familiar. No podía situarla porque la había oído en otro idioma. Era como un eco de un pasado lejano.

—Bueno, hermana, esta vez ciertamente lo has conseguido. —Amadea abrió los ojos y vio a Rupert de pie ante ella. Llevaba el uniforme de oficial británico, y a ella le pareció extraño no verlo con el uniforme de las SS. Se dio cuenta de que el sonido desconocido de su voz se debía a que le había hablado en inglés, y no en alemán ni francés. Ella sonrió mientras lo miraba—. Tengo entendido que intentaste tú sola destruir todo el sistema ferroviario francés junto con la mitad del ejército alemán. Según parece, hiciste un espléndido trabajo.

—Gracias, coronel. —Sus ojos se iluminaron. Era el primer amigo que veía desde que estaba allí. Y había tenido unas terribles pesadillas acerca de Theresienstadt, las peores que había sufrido desde que huyó de allí—. ¿Qué has estado haciendo? —Habían pasado seis meses desde su último encuentro, tras su misión en Alemania, cuando él recibió un disparo al abandonar Francia—. Por cierto, ¿cómo tienes el hombro?

—Me duele un poco cuando hace mal tiempo, pero no es nada que el tiempo no solucione.

En realidad, la bala causó considerables destrozos, pero los cirujanos hicieron un buen trabajo de reconstrucción. Mejor que el que le habían hecho a ella. O, por lo menos, eso era lo que él tenía entendido. El cirujano con el que había hablado antes de visitarla, le había dicho que prácticamente no había ninguna esperanza de que volviera a andar, pero no querían decírselo de una manera tan brutal. Según el médico, por lo menos de momento ella parecía resignada a su suerte. Añadió que era un milagro que estuviera viva. Pero, al fin y al cabo, los milagros eran un elemento propio de su oficio.

—Recibí tu mensaje cuando volviste. Te lo agradezco. Estaba preocupada —le dijo sinceramente, mientras él, sentado junto a ella en el banco, la miraba.

—No tan preocupada ni mucho menos como yo lo he estado por ti —dijo Rupert seriamente—. Parece ser que la explosión te alcanzó de lleno.

—Nunca se me han dado bien los explosivos —replicó Amadea, en el tono con el que algunas mujeres dicen que no les sale bien la tarta de manzana o el suflé.

—En tal caso, podrías considerar la posibilidad de no seguir manejándolos —dijo él, haciendo gala de un gran sentido práctico y con los ojos brillantes.

—¿Has venido a pedirme que regrese a Alemania, fingiendo que soy tu esposa? —le preguntó ella. A pesar de lo aterrador que había sido, al pensar ahora en ello descubría que había disfrutado trabajando con él. Tanto como él había disfrutado con su colaboración—. Tal vez, ahora que estoy en una silla de ruedas, podrías decir que soy tu abuela —añadió, aparentando que se sentía un poco azorada, pero él hizo caso omiso del comentario.

—Tonterías. Ya verás como antes de que te des cuenta correrás por ahí. Me han dicho que te darán de alta el mes próximo.

Se había interesado a fondo por su situación, tal como prometió a Serge que haría, pero había esperado a visitarla hasta que le pareciera que ella estaba en condiciones de recibirlo. Sabía que hasta entonces su estado había sido muy delicado. Los dos últimos meses habían sido muy difíciles para ella.

—Cuando salga de aquí he pensado en solicitar mi ingreso en el convento de Notting Hill. No quiero ser una carga para ellas, pero todavía puedo hacer mucho. Tendré que recuperar mis habilidades de costurera —dijo recatadamente, y solo por un instante pareció una monja. Pero él la conocía demasiado bien.

—No creo que les haga gracia la idea de que puedas volarles por los aires el huerto. La verdad es que podría inquietarlas bastante —le dijo sonriente, feliz de estar con ella. A pesar de las penalidades que había sufrido, tenía buen aspecto y su hermosura no había disminuido. La larga y rubia cabellera se deslizaba por su espalda y brillaba bajo la luz del sol—. La verdad es que tengo una proposición que hacerte, aunque admito que no es tan emocionante como una misión en Alemania, pero se le acerca y, en ocasiones, también pone a prueba los nervios. —Ella pareció sorprenderse mientras lo escuchaba. No podía imaginar que en su estado actual el servicio secreto británico quisiera que realizase una misión con él. Su época como luchadora de la Resistencia había terminado. Pero era de esperar que dentro de poco la guerra también terminara. Ella había luchado con denuedo durante mucho tiempo. Más tiempo que la mayoría—. La verdad, si he de ser sincero, necesito ayuda con mis *kinder*. Están creciendo, ya llevan cinco años conmigo. Los pequeños no son tan pequeños y cometen toda clase de travesuras. Los mayores son casi adultos y arman un enorme jaleo en mi casa. Estoy aquí, en Londres, la mayor parte del tiempo, y francamente necesito que alguien los vigile hasta que esta maldita guerra haya terminado. Y entonces necesitaré ayuda para localizar a sus padres, si todavía están vivos. Será un trabajo de mil demonios. Las cosas no son nada fáciles para un hombre solo con una docena de críos —dijo en tono quejumbroso, y ella se echó a reír—. He pensado que tal vez podrías posponer un poco tu regreso al convento, para echarle una mano a un viejo amigo. Si no recuerdo mal estuvimos casados durante algunos días, una semana en total. Creo que me debes eso por lo menos. No puedes irte sin más y dejarme solo con doce chiquillos.

Ella se reía mientras lo escuchaba, y aunque sospechaba que solo estaba siendo caritativo, también era amable, algo muy propio de él.

—No lo dices en serio, ¿verdad? —replicó ella con una peculiar expresión.

Un viejo sentimiento de amistad hacia él se agitaba en su interior. Aunque no se conocían totalmente, todo lo que habían pasado juntos creaba un poderoso vínculo. En cierto sentido, durante sus dos misiones, cada uno había protegido la vida del otro, y habían llevado a cabo un magnífico trabajo. Ella se sentía orgullosa de lo que habían hecho.

—Te hablo completamente en serio. Adoro a esos chicos, pero, si he de serte sincero, Amadea, están volviendo loca a mi ama de llaves. Tiene setenta y seis años, fue mi institutriz cuando era pequeño, y luego lo fue de mis hijos. Esos *kinder* necesitan a alguien un poco más joven que los entretenga y los ponga en cintura. —Le hablaba con absoluta sinceridad.

—No estoy muy segura de lo útil que puedo ser ahora. —Bajó los ojos para mirar la silla de ruedas, y entonces los posó de nuevo en Rupert—. Podrían arrojarme desde lo alto de un precipicio si no les gusta lo que les digo.

—Son buenos chicos, de veras —replicó él, muy serio.

También era fácil ver que amaba a los niños, pero estaba en lo cierto. No tenía esposa, y un ama de llaves de setenta y seis años no podía con una docena de inquietos chiquillos sin padres. Rupert estaba ausente casi siempre, realizando misiones o trabajando en Londres. Solo iba a East Sussex los fines de semana. Por otro lado, ella ansiaba regresar al convento. Había estado en el mundo exterior suficiente tiempo, y ya había hecho lo que debía. Era hora de que volviera, y así se lo dijo a Rupert, con la mayor gentileza posible.

—¿No crees que podrían arreglárselas sin ti durante algunos meses más? —le preguntó, esperanzado—. Después de todo, eso forma parte de la guerra. Esos chicos son víctimas de los nazis, igual que tú. Y cuando llegue la paz tendrían las cosas difíciles si descubren lo que les ha sucedido a sus padres. Podría ser muy duro.

Estaba apelando a su fibra sentimental, y ella vacilaba. Los hados parecían conspirar continuamente para mantenerla alejada del convento. Quería preguntarle a Dios qué deseaba de ella, pero mientras miraba la expresión de los ojos de Rupert lo supo. Tenía que hacerse cargo de aquellos niños. Tal vez por eso Dios le había enviado a Rupert. Volver a su vida anterior se postergaba interminablemente, pero puesto que ya llevaba tres años fuera del convento, supuso que podía esperar un poco más. Empezaba a pensar que tendría noventa años cuando hiciera los votos definitivos, pero sabía que al final los haría. De eso estaba segura.

—La verdad es que todavía no le he escrito a la madre superiora —dijo Amadea, mirándolo, compungida—. Pensaba hacerlo esta misma semana. ¿Estás seguro de que te sería de utilidad? Sentada en este trasto no sirvo de mucho.

A veces, pese a sus esfuerzos por superarlo, sentía un poco de lástima de sí misma. Pero si era la voluntad de Dios, podría tolerarlo. Eran muy diversas las bendiciones que había recibido, y en tantas ocasiones...

—Me alegra saber que aún no has solicitado ingresar en el convento. Temía que lo hicieras antes de hablar contigo. Y, por supuesto, eres perfectamente útil en tus condiciones actuales. No seas tonta. Todo lo que debes hacer es gritarles, y te daré un palo muy largo. Podrás azuzarles con él, si es necesario. —Estaba bromeando, y ella se rió.

—¿Cuándo quieres que vaya? —le preguntó.

Ya parecía llena de esperanza y emocionada. Estaba deseando conocer a los niños. Cuidar de ellos daría a su vida un nuevo objetivo, sobre todo porque Rupert solía ausentarse. Mientras hablaban de ello, casi se sentía casada de nuevo con él, como lo había estado en París y durante el viaje que hicieron a Alemania en diciembre. Su relación era muy curiosa. En ciertos aspectos eran desconocidos, pero en otros se sentían como grandes amigos. Y a ella la hacía feliz ayudarlo a cuidar de sus *kinder*. El convento podía esperar. La guerra no tardaría en terminar y, una vez hubieran encontrado a sus padres y le dejaran... Los pensamientos se atropellaban en su mente mientras hablaba con él sentada en la silla de ruedas. De repente irguió más el torso; quería que le anotara los nombres de todos los niños en un papel antes de marcharse por la tarde, y él le prometió que lo haría.

Rupert sabía que había conseguido levantar la moral de Amadea, y le sonrió mientras seguían hablando durante horas, acerca de los niños, de su finca, de los dos días que pasaron en París y los cinco en Alemania. Tenían mucho de que hablar, y ella parecía feliz y juvenil y se reía mientras él empujaba la silla de ruedas para llevarla de regreso a su habitación. Habían decidido que ella iría directamente a su finca de East Sussex tan pronto como los médicos le dieran el alta, al cabo de un mes, pero él le dijo que la visitaría a menudo antes de esa fecha. Quería asegurarse de que se restablecía debidamente; además, disfrutaba de su compañía.

Al marcharse, la besó en la mejilla. Y después de que él se hubiera ido, Amadea rezó por sus *kinder* y por él.

26

El viaje de Amadea a East Sussex desde el hospital le resultó incómodo. Aún tenía cierta sensibilidad en la parte inferior de la espina dorsal y en las piernas, aunque muy escasa. Era una sensación cosquilleante más que otra cosa, pero bastaba para que experimentara dolor si mantenía la misma postura durante demasiado rato. No podía controlar las extremidades inferiores. Al bajar del coche, cuando el chófer la sentó con cuidado en la silla de ruedas, no sentía nada de cintura para abajo. Cuando llegó, Rupert la estaba esperando. Había ido el día anterior para hablar con los niños. Quería que fuesen simpáticos con ella y no hicieran nada que la incomodara. Les habló de lo valiente que había sido, y de que dos años atrás había pasado cinco meses en un campo de concentración.

—¿Conoció a mi mamá? —le preguntó con interés una chiquilla pecosa y sin los dientes incisivos.

—No lo creo —respondió Rupert amablemente, mientras los gemelos se lanzaban bolas de miga de pan y él les pedía que se estuvieran quietos—. Vais a tener que comportaros mejor de lo que soléis hacerlo —les dijo, con el ceño fruncido y tratando de parecer severo.

Pero ellos lo conocían bien y no le prestaron atención. Cuando estaba en la finca de Sussex, se le echaban encima como cachorros. Y Rebekka, la pequeña pelirroja, siempre quería sentarse en su regazo y que le leyera cuentos. No hablaba alemán, sino solo inglés, puesto que tenía seis meses cuando llegó. Ahora tenía seis años. Pero algunos de los otros niños, que eran mayores cuando llegaron a Inglaterra, todavía hablaban alemán. Él le dijo a Amadea que creía que debía hablarles en alemán al menos a veces. De otro modo, cuando sus padres volvieran, si lo hacían, algunos de ellos ni siquiera podrían comunicarse con sus propios hijos. Estaría muy bien que conservaran su conocimiento del alemán. Él, por su parte, lo había intentado, pero siempre acababa hablándoles en inglés, aunque su alemán era tan bueno como el de Amadea, por la misma razón: era su lengua materna.

—Es una joven encantadora, y muy guapa. Os gustará mucho —les dijo a los niños casi con orgullo.

—¿Te casarás con ella, papá Rupert? —inquirió Marta, de doce años. Era rubia, alta y desgarbada, y parecía un potrillo.

—No, eso no —respondió él en un tono respetuoso—. La verdad es que, antes de la guerra, era monja, y tiene intención de volver al convento cuando la guerra termine.

Sabía que solo la había desviado temporalmente de su propósito, para ayudar a sus *kinder*. Y realmente necesitaba su ayuda. Pero ahora no podía pensar en nada más grato que volver a casa y encontrarse con los niños y con ella.

—¿Era monja? —Friedrich, de diez años, lo miró fijamente con una expresión preocupada—. ¿Lleva uno de esos grandes vestidos y ese sombrero raro?

—Qué va. En estos momentos no es monja, pero lo fue y volverá a serlo.

Rupert lo consideraba un desperdicio, pero respetaba la decisión de Amadea y esperaba de ellos que hicieran lo mismo.

—Vuelve a contarme cómo se rompió la espalda —le preguntó Rebekka, con el ceño fruncido y preocupada—. Lo he olvidado.

—Hizo que un tren saltara por los aires —dijo él, como si eso fuese algo que la gente juiciosa hacía a diario, como tirar la basura o pasear al perro.

—Debe de ser muy valiente —comentó Hermann, el mayor

de todos, en voz baja. Acababa de cumplir dieciséis años y ya empezaba a parecer un hombre.

—Lo es. Durante los dos últimos años luchó con la Resistencia en Francia.

Ellos asintieron. Todos sabían lo que eso significaba.

—¿Traerá un arma, papá Rupert? —preguntó Ernst con interés, un niño de ocho años y aspecto de aplicado. Le fascinaban las armas, y Rupert lo había llevado alguna vez de caza. Todos le llamaban «papá Rupert».

—Espero que no —respondió él, riendo mientras imaginaba la escena.

Al cabo de unos minutos llegó Amadea. Rupert salió a recibirla, mientras ella miraba a su alrededor, intimidada. La ancestral mansión y el terreno que la rodeaba se parecían mucho al castillo de su padre en la Dordoña. Era menos formal de lo que ella había temido que fuese, pero impresionante de todos modos.

Tras saludarla con un beso en la mejilla y darle una calurosa bienvenida, él empujó la silla de ruedas hasta la sala de estar. Todos los niños la esperaban con sus mejores prendas, y la señora Hascombs había preparado la larga mesa de la biblioteca para servir el té. Amadea no había visto nada tan encantador desde antes de la guerra. Los niños eran muy hermosos, y le pareció que estaban un poco asustados. Algunos de ellos parecían preocupados por la silla de ruedas. Amadea les sonrió.

—Veamos —les dijo sin dejar de sonreír, sintiéndose de nuevo como una monja. A veces eso era lo mejor que podía hacer para sentirse cómoda. Si fingía que aún llevaba el hábito y el velo no se sentía tan vulnerable y desprotegida. Todos la miraban, tratando de hacerse una idea de cómo era. Pero de momento, en general les gustaba lo que veían. Papá Rupert tenía razón. Era muy guapa, y nada mayor. De hecho, incluso a ellos les parecía muy joven. Lamentaban que tuviera que ir en silla de ruedas.

Amadea sonreía mientras les devolvía la mirada.

—Tú debes de ser Rebekka... tú eres Marta... Friedrich...

Ernst... Hermann... Josef... Gretchen... Berta... Johann... Hans... Maximilian... y Claus...

Los nombró a todos correctamente mientras señalaba a cada uno de ellos. El único error que había cometido, totalmente comprensible, era que había confundido a Johann con Josef, pero, como eran idénticos, todo el mundo los confundía, incluso Rupert. Este se mostró tan sorprendido como los niños. Ella pidió cortésmente disculpas a Johann y a Josef por su error.

—Yo tampoco los distingo a veces —dijo Rebekka y, sin previo aviso, se sentó en el regazo de Amadea. Ella apenas tenía sensibilidad en los muslos, aunque por un momento Rupert sintió pánico. No quería que la niña le hiciera daño, pero por suerte no se lo había hecho.

La señora Hascombs entró para saludarla y tenderle la mano, con una expresión amable en los ojos.

—Nos alegra mucho tenerte aquí —le dijo afectuosamente.

En realidad, sentía un inmenso alivio. Encargarse ella sola de una docena de vigorosos niños la sobrepasaba. Los *kinder* lo sabían y se aprovechaban de ello. Amadea no estaba segura de que pudiera dominarlos, pero desde luego lo intentaría. Le parecían adorables y se había enamorado de ellos a primera vista.

—Háblanos del tren que hiciste saltar por los aires —le pidió alegremente Rebekka, mientras tomaban té con bollos. Rupert pareció un poco incómodo, y Amadea sonrió. Al parecer, él los había puesto en antecedentes, y estaba segura de que también les había dicho que era monja, cosa que le agradaba.

—Bueno, hacer eso no estuvo nada bien —dijo seriamente—, pero eran alemanes, así que de momento era correcto hacerlo. Sin embargo, después de la guerra no estará nada bien. Solo podéis hacer estas cosas cuando hay una guerra. —Rupert hizo un gesto de aprobación.

—Nos bombardean continuamente, así que no hay nada malo en matarlos —dijo Maximilian con vehemencia.

El muchacho tenía trece años y ya sabía que sus padres estaban muertos. Se lo habían dicho unos parientes. En ocasiones mojaba la cama, y tenía pesadillas. Rupert también le había contado eso a Amadea. Había querido que ella lo supiera todo acerca de ellos, así no se alarmaría por alguna revelación inesperada por parte de los niños. Había ocasiones en que los doce diablillos le hacían subirse por las paredes. Una docena de niños era demasiado para cualquiera, incluso si eran maravillosos y se comportaban muy bien.

—¿Te duelen las piernas? —le preguntó amablemente Marta. Parecía la más simpática de todos ellos. Gretchen era la más bonita y Berta la más tímida. Los chicos parecían llenos de vida y no paraban de moverse, incluso mientras tomaban el té y comían los bollos. Estaban ansiosos por salir y jugar a la pelota, pero Rupert les había pedido que esperasen hasta que terminaran el té.

—No, no me duelen —dijo sinceramente Amadea—. A veces no las siento en absoluto, y en otras ocasiones las noto un poco.

A veces el dolor de espalda era atroz, pero eso no se lo dijo. Y las cicatrices dejadas por las quemaduras eran repulsivas.

—¿Crees que alguna vez volverás a andar? —le preguntó finalmente Berta.

—No lo sé —respondió Amadea con una sonrisa. Parecía tomárselo con realismo, y Rupert sintió que se le rompía el corazón. Confiaba en que al final pudiera recuperar la movilidad—. Ya veremos —concluyó, esperanzada. Adoptaba una actitud resignada acerca de su destino.

Entonces propuso a los niños salir a dar un paseo por el jardín antes de que oscureciera. Ellos se mostraron encantados, y poco después estaban en el exterior jugando a la pelota.

—Eres fabulosa con ellos —le dijo Rupert, admirado—. Sabía que ibas a serlo. Eres exactamente lo que ellos necesitan. Les hace falta una madre. Ninguno de ellos la ha tenido desde hace cinco años, y muchos no volverán a tenerla. La señora Hascombs es más una abuela para ellos.

En algunos casos, de hecho en la mayor parte, Amadea era demasiado joven para ser su madre, y era más una hermana mayor, pero no menos necesaria para ellos. Le recordó la infancia de Daphne. A ella le había encantado ser su hermana mayor, y eso también fue bueno para ella.

Aquella noche, durante la cena, hablaron de muchas cosas, no solo de la guerra. Le contaron a Amadea cosas de sus amigos, de la escuela, lo que les gustaba hacer. Rebekka dio con el nombre perfecto para ella. La llamó «Mamadea». A todos les gustó, y a ella también. Ahora eran oficialmente Mamadea y papá Rupert.

A partir de entonces los días transcurrieron rápidamente. Pasado el fin de semana, Rupert fue a Londres. Regresaba cada viernes por la tarde y se quedaba hasta el lunes por la mañana. Estaba muy impresionado por lo bien que los trataba Amadea, y se sintió conmovido cuando vio lo que ella preparó la primera noche de viernes que regresó. Leyó la manera de hacerlo y les organizó un *Sabbath*, durante el que comieron el pan *challah*.* Luego encendió velas y leyó la oración. Fue un momento profundamente conmovedor, y el primer *Sabbath* que los niños celebraban en cinco años. Hizo aflorar lágrimas a los ojos de Rupert, y, mientras ella realizaba el ritual, los niños parecieron volver con el recuerdo a un lugar amado.

—Nunca había pensado en eso. ¿Cómo sabías lo que hay que hacer?

—Tengo un libro —respondió Amadea, sonriendo.

También ella se había conmovido. También la familia de su madre había celebrado el *Sabbath*, aunque ella no lo hubiera conocido jamás.

—Supongo que no hacían eso en el convento —observó él, y ella se rió. Disfrutaba de su compañía y juntos se sentían cómodos. Amadea había tenido el primer atisbo de ello en París, cuando estuvo allí con él. Hablaron de ello una vez, y él recordó con nostalgia la camisa de dormir de color melocotón. Le encantaba bromear con ella.

* El *Sabbath* es el séptimo día de la semana para los judíos, durante el que descansan y cumplen con los preceptos religiosos. El *challah* o *hallah* es una clase de pan con levadura que se glasea con huevo antes de hornearlo. Se come especialmente el día del *Sabbath*. *(N. de la T.)*

—Si te hubieras apartado un poco más de mí en la cama, habrías levitado como un faquir indio.

—Fue divertido cuando deshiciste la cama al día siguiente.

Se echó a reír, pero, puesto que fingían ser marido y mujer, era muy adecuado hacer aquello para no despertar sospechas.

—Tenía que preservar mi reputación —comentó él en un tono bastante presuntuoso.

Los días del verano transcurrieron agradablemente, y por una vez Amadea ni siquiera añoró el convento. Estaba demasiado ocupada. Cosía, leía, jugaba con los niños, los regañaba y les enjugaba las lágrimas. Hablaba en alemán a los que querían y lo recordaban, y se lo enseñaba a los demás. Y el francés. Les decía que era conveniente aprenderlo. Ellos crecían bajo su protección. Y a Rupert le encantaba volver a casa los fines de semana.

Un domingo por la mañana, cuando estaba desayunando con Rupert, después de que Amadea hubiera salido con los chicos a pescar con ellos en el estanque de la finca, al que llamaban Lago Papá, Marta le dijo con tristeza:

—Es una lástima que sea monja.

—Yo también lo creo —replicó él sinceramente. Pero sabía lo firme que era la decisión de Amadea de volver al convento. Casi nunca hablaban de ello, pero ella era leal a su vocación, y él lo sabía.

—A veces me olvido de que lo es —admitió Marta.

—A mí me ocurre lo mismo.

—¿Crees que podría cambiar de idea? —preguntó ella cautamente. Los chicos hablaban de ello a menudo. Querían que permaneciera con ellos durante tanto tiempo como estuvieran allí.

—Lo dudo. Eso es algo muy serio. Y ella ha sido monja durante mucho tiempo. Seis años, nada menos. No estaría bien que tratara de disuadirla.

Marta tuvo la impresión de que, más que decírselo a ella, se lo decía a sí mismo.

—Creo que deberías intentarlo.

Él sonrió, pero no le dijo nada más. Había momentos en que también lo pensaba, pero no se atrevía a planteárselo a Amadea.

Temía que ella se lo tomara a mal y se marchase. Ciertas cosas eran tabú. Y él la respetaba mucho, incluso aunque no le gustara el camino que había elegido. Pero reconocía su derecho a hacer lo que quisiera, tanto si a él le gustaba como si no. No tenía ni idea de cómo abordar el tema. Sabía lo testaruda que podía llegar a ser, sobre todo si creía en algo. Era una mujer de firmes convicciones y, en ocasiones, le recordaba a su esposa fallecida; aunque sus caracteres diferían mucho también ella había sido una mujer tenaz en sus opiniones.

A veces, cuando veía a Amadea con los niños, y la curiosa familia que habían formado, Rupert echaba en falta una esposa. Pero, en ciertos aspectos, la situación que habían conseguido estaba muy cerca del matrimonio. Habían pasado un verano estupendo, y antes de que los niños regresaran a la escuela, todos hicieron una excursión familiar a Brighton. Él empujó la silla de ruedas de Amadea por el paseo marítimo, mientras los niños se divertían en el parque de atracciones. Ella miró la playa con añoranza. Rupert no podía empujar la silla de ruedas por la arena.

—A veces me gustaría poder andar —dijo ella en un tono nostálgico, aunque se las arreglaba muy bien con la silla de ruedas, podía desplazarse con rapidez de un lado a otro y no tenía ningún problema para avanzar al mismo ritmo que los niños. Él sintió una punzada de dolor al oírlo decir aquello.

—Tal vez deberíamos ir de nuevo al médico uno de estos días.

No la habían visitado en tres meses. Cuando abandonó el hospital, le dijeron que no podían hacer nada más por ella. Tal vez recobraría la sensibilidad en las piernas, pero era poco probable. No se había producido ningún cambio ni mejoría, aunque Amadea no solía hablar de ello. Esta era la primera vez que él la oía quejarse.

—No creo que el médico pueda hacer nada. Normalmente, no pienso en ello. Los chicos no me dejan tiempo para hacerlo. —Entonces se volvió y lo miró con una expresión de ternura en los ojos que siempre hacía que Rupert deseara que las cosas fuesen distintas de como él las veía—. Gracias por traerme aquí para cuidar de los *kinder*, Rupert.

Nunca había sido tan feliz en toda su vida, con excepción de sus primeros tiempos en el convento. Cada día traía consigo una nueva alegría. Le encantaba ser Mamadea, casi tanto como le había encantado ser la hermana Teresa. Pero sabía que también eso llegaría a su fin. Muchos volverían a sus casas, lo cual, en última instancia, era lo mejor para ellos. Necesitaban a sus padres. Ella y Rupert eran solo sustitutos, aunque muy buenos. Pensaba que Rupert se portaba magníficamente con ellos, y eso siempre la hacía pensar en lo mucho que debía de añorar a sus hijos, de los que había fotografías por toda la casa. Ian y James. Y su esposa, Gwyneth. Era escocesa.

—No sé qué haríamos sin ti —le dijo Rupert sinceramente, sentado en un banco del paseo marítimo, desde donde podían ver a los niños. Ella se le acercó en la silla de ruedas. Parecía relajada y feliz, mientras la brisa agitaba su larga y rubia cabellera. A menudo la llevaba suelta, como una de las niñas, y le gustaba cepillar el cabello de las chicas, tal como se lo hacía su madre a ella y a Daphne cuando eran pequeñas. Resultaba curiosa la manera en que la historia se repetía constantemente, una generación tras otra—. Ni siquiera puedo recordar cómo eran las cosas antes de que vinieras —comentó Rupert; de repente pareció inquieto. La sorprendió dolorosamente con lo que le dijo—: El próximo jueves emprenderé una misión.

No debía decírselo a nadie, pero confiaba plenamente en ella.

—No es posible —replicó ella, como si negarlo pudiera servir para que no sucediera. Pero, por la expresión de los ojos de Rupert, supo que en cualquier caso sucedería.

—Lo es. —Tampoco a él parecía entusiasmarle la idea. Le gustaba estar en casa con ella y los niños los fines de semana. Pero aún había una guerra que ganar.

—¿A Alemania? —le preguntó en un susurro, aterrorizada. Ambos sabían demasiado bien qué peligroso era. Ahora, tampoco ella podía imaginar la vida sin él.

—Algo así —respondió él.

Amadea sabía que él no podía decirle adónde iba. Era un dato de máximo secreto, información clasificada. Con él se utilizaban las mayores medidas de precaución. La joven se preguntó si iría a Alemania, a Francia o a un lugar peor, por ejemplo más al este. Ahora se daba cuenta de que durante su estancia en Francia, ella había llevado una vida agradable. Eran muchos los que habían muerto, pero ella no, aunque había estado cerca en varias ocasiones.

—Ojalá pudiera acompañarte —le dijo ella, olvidándose de la silla de ruedas. Pero eso había terminado definitivamente. Ya no podía llevar a cabo más misiones. Representaría un obstáculo y ninguna ventaja.

—No deseo tal cosa —replicó bruscamente Rupert. Ya no quería que ella arriesgara la vida. Había hecho bastante. Aunque estuviera en una silla de ruedas, tenía suerte de estar viva.

—Estaré preocupada por ti —le dijo Amadea, profundamente inquieta—. ¿Durante cuánto tiempo estarás ausente?

—Unos cuantos días.

Tampoco podía decírselo, pero ella tuvo la sensación de que estaría fuera mucho tiempo, aunque no podía preguntárselo. Permaneció silenciosa un momento y entonces lo miró. Había mucho que decir, aunque no había forma de hacerlo, para ninguno de ellos. Y lo sabían.

Aquella noche, durante el trayecto de regreso a casa, los niños observaron que estaba muy callada, y Berta le preguntó si se encontraba mal.

—No, cariño, solo estoy cansada. Es el efecto del aire del mar.

Pero ella y Rupert sabían cuál era el motivo de su silencio. Era la misión que él iba a emprender.

Aquella noche se quedó despierta en la cama durante horas, pensando en él y en lo que iba a hacer. También él estaba pensativo en su dormitorio. Sus habitaciones estaban en los extremos opuestos del mismo pasillo. Al principio, ella se sintió abrumada por el lujo de la casa. Ocupaba el mejor dormitorio de invitados. Ella le había pedido que la alojara en una de las habitaciones del servicio, pero él se negó en redondo. Le dijo que merecía la hermosa habitación que ocupaba, aunque ella insistía en que no sabía por qué. Allí le resultaba difícil adherirse a su voto de pobreza. Los demás votos podía mantenerlos, o por lo menos así lo había hecho hasta entonces.

Rupert partió hacia Londres a la mañana siguiente, como de costumbre. Los niños no sabían nada de su inminente viaje o, peor todavía, de la posibilidad de que jamás regresara. Amadea era plenamente consciente de ello. Él había pedido permiso para ir a Sussex a pasar el día y la noche del miércoles, antes de emprender la misión a la noche siguiente. Hasta su regreso, Amadea estuvo nerviosa, inquieta e indispuesta. Durante ese tiempo hizo algo absolutamente impropio de ella: regañó severamente a uno de los niños por romper el cristal de una ventana con una pelota de cricket. Luego le pidió disculpas por su arranque de malhumor. Él le dijo que no se preocupara, que su madre verdadera era mucho peor y se desgañitaba a gritos. Amadea no pudo evitar echarse a reír.

El alivio de Amadea fue inmenso cuando Rupert regresó el miércoles; se apresuró a darle un beso en la mejilla y un afectuoso abrazo. Sabía que no podía pedirle nada más. Todo lo que podía hacer era rezar por él mientras estuviera ausente y confiar en que volviera. Procuraron no hablar de ello, y cenaron agradablemente con los niños en el comedor principal, que solo usaban en ocasiones especiales. Los niños percibieron enseguida que ocurría algo.

—Papá Rupert se va de viaje—les reveló animadamente Amadea, pero los niños mayores la miraron a los ojos y supieron que algo iba mal. Amadea parecía preocupada.

—¿A matar alemanes? —preguntó Hermann, y pareció regocijado.

—Claro que no —respondió Amadea.

—¿Cuándo volverás? —inquirió Berta, con una expresión preocupada.

—No lo sé. Tendréis que cuidar bien los unos de los otros y de Mamadea. Volveré pronto —les prometió.

Todos le abrazon y besaron antes de irse a dormir. Les dijo que por la mañana, antes de que se levantaran, se habría ido.

Rupert y Amadea estuvieron conversando hasta altas horas de la madrugada, sobre cantidad de cosas y sobre nada en particular. Estar juntos era un consuelo. Casi amanecía cuando él la llevó al piso superior y la sentó en la silla de ruedas que estaba a la entrada del pasillo donde se encontraban sus respectivos dormitorios. Cuando él no estaba allí, los chicos mayores siempre la ayudaban. Era un esfuerzo comunitario.

—Cuando te levantes, me habré ido —le dijo él, procurando no parecer sombrío, pero se sentía así. Detestaba abandonarla.

Ella le sonrió.

—No, no te irás así. Me levantaré para despedirte.

—No es necesario que hagas eso.

—Lo sé, pero quiero hacerlo.

La conocía demasiado bien para discutir con ella. La besó en la mejilla, y la joven avanzó en la silla de ruedas hasta su dormitorio, sin mirar atrás. Durante las dos horas siguientes, deseó tener el valor o la audacia de entrar en el dormitorio de Amadea y cogerla en sus brazos, pero no lo hizo. Temía demasiado que, si lo hacía, ella se hubiera marchado de la casa cuando él regresara de la misión. Había límites entre ellos que él sabía que debía respetar; no había alternativa.

Fiel a su palabra, ella estaba esperándole en el pasillo cuando él salió de su dormitorio poco después de que amaneciera. Estaba sentada en la silla de ruedas, en camisa de dormir y con una bata encima. Con el cabello largo y la bata rosa parecía una de las niñas. Él tenía un aspecto serio y marcial, vestido con su uniforme, y ella le hizo un saludo militar. Rupert sonrió.

—¿Me bajarás? —le preguntó con naturalidad. Él titubeó.

—Luego no podrás subir. Ninguno de los chicos está despierto para ayudarte.

—De todos modos tengo cosas que hacer.

Quería estar con él tanto tiempo como pudiera. Él bajó la escalera despacio, con ella en brazos, la sentó en una silla de la sala, bajó la silla de ruedas y la acomodó en ella.

Amadea preparó té y calentó un bollo. Finalmente no tuvieron nada más que decirse. Ambos sabían que él tenía que partir. Lo siguió hasta la puerta y salió a los escalones de la entrada. Aunque solo era septiembre, a una hora tan temprana hacía frío. Él la besó en ambas mejillas.

—Cuídate, Mamadea.

—Rezaré por ti —replicó ella, mirándolo a los ojos.

—Gracias.

Iba a necesitarlo. Se lanzaría en paracaídas en territorio alemán, para llevar a cabo una misión que requeriría tres semanas.

Se miraron largamente y él bajó los escalones con paso resuelto, sin mirar atrás. Estaba a punto de subir al coche, cuando ella lo llamó. Rupert se volvió y vio que ella parecía angustiada mientras extendía una mano como para detenerlo.

—Rupert..., te quiero.

Ya no podía retener las palabras ni lo que sentía por él. Él se quedó como si le hubieran echado un jarro de agua fría, y se detuvo en seco. Desanduvo sus pasos y se acercó a ella.

—¿Lo dices en serio?

—Creo que estoy... no... sé que estoy...

Lo miraba como si el mundo hubiera llegado a su fin. Amadea sabía lo que aquello significaba para ella, y él también. Lentamente, una sonrisa apareció en su rostro y se le iluminaron los ojos.

—Bueno, pero no deberías sentirte desdichada por ello. Yo también te quiero. Hablaremos de ello cuando regrese... pero no cambies de idea.

La besó en la boca y la miró durante un largo momento, pero tenía que irse. No podía creer en lo que acababa de ocurrir, ni ella tampoco. Era algo que había estado preparándose durante mucho, mucho tiempo. Él estaba inmensamente feliz.

Agitó la mano y sonrió mientras el coche arrancaba. Ella lo saludó del mismo modo y le envió un último beso soplándolo sobre la palma. Él viró y cruzó la puerta de la finca, mientras ella, sentada en la silla de ruedas bajo el sol de la mañana, rezaba por que volviera. Era como si instancias superiores hubieran tomado por ella la decisión.

27

La ausencia de Rupert le pareció interminable. Al principio, Amadea estaba inquieta y preocupada, pero luego se dijo que todo iría bien. Sin embargo, al cabo de dos semanas... tres... cuatro... empezó a sentir pánico. No tenía ni idea de cuánto tiempo requería la misión. Hacia finales de octubre, supo que algo iba mal. Incapaz de seguir conteniéndose, llamó a la oficina de los servicios secretos. Tomaron nota y le dijeron que se pondrían en contacto con ella. Un oficial la llamó al cabo de una semana. Por entonces corría el mes de noviembre. Le dijeron muy poco y, desde luego, no dónde se encontraba Rupert, pero sí que «no tenían noticias de él» desde hacía bastante tiempo. Sin mencionarlo directamente, le dijeron que habían perdido el contacto con él, que había desaparecido en acción. Ella casi se desmayó al oír eso, pero se dominó por el bien de los niños. Tenía que hacerlo. Ya habían perdido a sus padres verdaderos, y no quería que pensaran que también habían perdido a Rupert. No debían angustiarse hasta que la noticia se confirmara. Amadea nunca había rezado tanto en su vida. Ahora se alegraba doblemente de haberle dicho a Rupert que lo amaba. Por lo menos él se marchó sabiéndolo. Y ella sabía que su amor era correspondido. Lo que harían al respecto, si tenían la oportunidad, estaba por ver. El hombre del servicio secreto le dijo que volvería a llamarla si sabían algo. No lo hizo.

Para intentar no perder el juicio por completo, se le ocurrió una idea que entretendría a los niños. Les dijo que papá Rupert estaría encantado si formaban su propia orquesta y cuando volvía le daban la sorpresa. Les consiguió instrumentos, y ella tocaba el piano, de modo que todos pudieran cantar para él. Estaban muy lejos de sonar como profesionales, pero se lo pasaron muy bien. Y ella también disfrutó. Así tenía un proyecto en el que trabajar. Al cabo de un mes de practicar, tocaban bastante bien.

Cierta noche, mientras tocaban una canción, Rebekka se sentó en el regazo de Amadea, que estaba en la silla de ruedas. Estaba cansada y se chupaba el pulgar. Se había resfriado y no quería cantar. Mientras escuchaban, se volvió hacia Amadea con una expresión malhumorada.

—Deja de dar golpecitos en el suelo con el pie, mamá. Estoy dando botes.

Amadea la miró fijamente, y uno tras otro los niños dejaron de cantar. Los que estaban en la fila de delante la habían oído, y los demás querían saber qué había pasado y por qué Mamadea miraba de aquel modo.

—Hazlo otra vez, mamá —le pidió dulcemente Berta, y todos le miraron los pies mientras ella lo intentaba. Podía dar suaves golpecitos con ellos, y hasta mover un poco las piernas. Había estado tan atareada con ellos y tan preocupada por Rupert que no había reparado en la mejoría.

—¿Puedes levantarte? —le preguntó uno de los gemelos.

—No lo sé —respondió ella. Rodeada por los niños, que la miraban, parecía asustada; Josef le tendió las manos.

—Inténtalo. Si eres capaz de hacer saltar un tren por los aires, puedes andar.

El muchacho no dejaba de tener razón. Ella se levantó muy lentamente, apoyándose en los brazos de la silla de ruedas, dio un solo paso hacia él y estuvo a punto de caerse. Johann la sostuvo, pero era innegable que había dado un paso. Sus grandes ojos revelaban su sorpresa, y todos la miraban llenos de emoción. Amadea dio otro paso, y otro más. En total dio cuatro; luego dijo que debía sentarse. Temblaba de la cabeza a los pies, y se sentía débil y mareada. Pero había andado. Las lágrimas caían por sus mejillas mientras los niños reían y palmoteaban entusiasmados.

—¡Mamá puede andar! —exclamó Marta, jubilosa.

A partir de entonces, todos los días la hacían practicar. Tocaban alguna pieza musical, y ella andaba.

A comienzos de diciembre podía caminar lentamente por la sala, apoyándose en los chicos mayores. En ocasiones todavía le flaqueaban las piernas y se tambaleaba, pero progresaba día a día. La mala noticia era que aún no sabía nada de Rupert. Nada en absoluto. No lo habían declarado muerto, pero nadie parecía saber nada de él. Y, como Amadea no era su esposa, no tenía derecho a informarse. Llevaba ausente casi dos meses, y ella sabía instintivamente que la misión no había sido planeada para que durase tanto. Cada noche se preguntaba si habrían vuelto a herirlo y nadie sabía dónde se encontraba. O si estaba en algún campo de concentración. Si lo habían encontrado vestido con uniforme alemán y habían descubierto que era un agente enemigo, lo debían de haber fusilado. Podían haberle sucedido infinidad de cosas terribles, y ella pensaba en todas ellas.

Al cabo de dos semanas, como no sabía qué más hacer para distraer tanto a los niños como a ella misma, celebró la *Chanukah** con ellos. Desde que estaban en Inglaterra celebraban la Navidad, pero ella les dijo que aquel año celebrarían ambas festividades. Hicieron *dreidels*** de papel, y ellos le enseñaron a hacerlas girar. También le enseñaron canciones propias de esa fiesta. A ella le encantó saber que las letras hebreas de la *dreidel* significaban «un gran milagro ha sucedido aquí». Su pequeña orquesta lo estaba haciendo muy bien, y ella andaba lentamente pero con seguridad.

* La *Chanukah* o *Hanukkah* es un festival judío que dura ocho días y conmemora la nueva dedicación del Templo de Jerusalén en tiempo de los macabeos. Cada noche del festival se enciende un candelabro de nueve brazos. *(N. de la T.)*

** La *dreidel* es una peonza cuadrada con una letra del alfabeto hebreo en cada uno de los lados, que se usa en un juego infantil realizado tradicionalmente durante ese festival. *(N. de la T.)*

La segunda noche de la *Chanukah* los niños estaban a su alrededor encendiendo las velas del candelabro, cuando Rebekka alzó la vista y ahogó un grito.

—¿Estamos celebrando la Navidad este año?

Había una atmósfera festiva en la sala, aunque los niños estaban silenciosos mientras se encendían las velas, que a muchos de ellos les traían recuerdos agridulces. Amadea alzó la vista al oír el sonido de su voz.

—No, la *Chanukah* —replicó ella tranquilamente; de repente, también ahogó un grito. Era Rupert. Todos los niños gritaron y corrieron a su encuentro, y Amadea avanzó lentamente hacia él. Rupert la miraba boquiabierto.

—Puedes andar —dijo con una expresión de asombro e incredulidad. Llevaba un brazo en cabestrillo, pero por lo demás parecía en buen estado, aunque terriblemente delgado. Durante los últimos dos meses había recorrido media Alemania a pie, hasta que finalmente logró reunirse con la Resistencia en Alsacia. Lo transportaron en avión desde una aldea cercana a Estrasburgo. Habían sido tres meses angustiosos para los dos. La estrechó entre sus brazos—. Nunca creí que volverías a andar —le dijo sinceramente.

—Yo tampoco —replicó Amadea, apretándose contra él. Había estado desesperada, por el temor de no volver a verlo—. Imagina lo preocupada que estaba por ti.

Él sabía que debía de estarlo, pero no había podido hacer nada al respecto. Fue muy duro, incluso para él, pero por fin pudo coronar la misión con éxito.

—He venido porque cuando me marché dejamos algo pendiente.

Ninguno de los dos había olvidado aquellas palabras. Ahora tenían mucho de que hablar y serias decisiones que tomar, sobre todo Amadea.

—¡Papá! ¡Hemos formado una orquesta!

Quien había gritado era Rebekka, y los demás la riñeron por dar al traste con la sorpresa. Ahora que ya lo sabía, tocaron dos piezas para él, y a Rupert le encantó. Estuvieron levantados casi hasta la medianoche, y le dijeron que Amadea había celebrado la *Chanukah* para ellos.

—Parece como si retrocedieras en la historia —bromeó él una vez los niños estuvieron acostados. Ellos estaban sentados junto al fuego, cogidos de la mano. A ella le parecía un sueño tenerlo de regreso.

—Me ha parecido importante que algo de su historia quede intacto y restaurado para ellos.

Parecía extraño, pero también significaba algo para ella. Podía imaginar a su madre haciendo lo mismo cuando era pequeña. Habían muerto tantos solo por ser judíos que ahora era también una especie de tributo hacia ellos. Era como si ella pudiera oír sus voces, no solo la suya propia, mientras leía las oraciones.

—No voy a perderte de nuevo, Amadea. He recorrido media Alemania para volver a tu lado. Ahora no puedes abandonarme —le dijo seriamente. Ella no apartaba los ojos de los suyos.

—No, no puedo. Ahora lo sé. Lo sabía antes de que te marcharas, por eso te dije que te quería... —Entonces pareció triste por un momento, mientras retenía su mano. Pero ahora sabía que su lugar estaba allí, con él y sus *kinder*, con los que al final se quedaran—. Siempre pensé que volvería al convento —añadió con tristeza.

Pero habían sucedido demasiadas cosas. Demasiada gente, demasiadas vidas, demasiados seres humanos a los que ella había contribuido a matar, aunque lo hubiera hecho por salvar a otros. Ahora quería estar allí con él, pero ya no le parecía un error, sino lo más correcto que podía hacer y la única elección posible. Jamás podría abandonarlo, aunque el convento y cuanto había significado para ella permanecería para siempre en su corazón. La decisión había sido difícil, pero se sentía satisfecha y aliviada. Mientras él estuvo ausente, ella supo más que nunca lo mucho que lo amaba.

—Temía tanto que volvieras al convento... pero quería respetar tu voluntad —le dijo Rupert amablemente.

—Te agradezco esa muestra de respeto.

Ella lo miró con ojos llenos de amor. Había estado muy segura de que siempre sería monja, y ahora era suya, de todas las formas en que jamás se habría atrevido a soñar.

—Si eso hubiera sido lo que realmente deseabas, y si te hacía feliz, no te lo habría impedido... pero parece ser un dilema del pasado. Ahora no podría soportarlo. —La atrajo más hacia sí y la abrazó.

Muy a menudo, durante los tres últimos meses, él había temido con desesperación no poder volver a su lado, y ella había temido lo mismo. Finalmente, después de todo lo que habían sufrido, los dos sabían que su unión era correcta. Ambos habían atravesado vidas enteras para llegar a aquel punto, habían perdido a sus seres queridos, se habían enfrentado a la muerte demasiadas veces. Se habían ganado todo cuanto habían encontrado.

Aquella noche, después de apagar las luces, él la cogió en brazos y la llevó al piso de arriba. Amadea aún tenía dificultades para subir la escalera, pero con el tiempo lo conseguiría. En el descansillo titubearon, y él la besó; luego, con una tímida sonrisa, ella le dio las buenas noches y él se echó a reír. Aquello no era París ni ella llevaba puesta la camisa de dormir de color melocotón. Aquello era la vida real. Ambos sabían lo que sucedería, y que ocurriría pronto, de la manera correcta, en el momento oportuno. Tenían por delante el resto de sus vidas.